Katharina Herzog
Die Nebel von Skye

Bisher von *Katharina Herzog*
im Loewe Verlag erschienen:

Faye – Herz aus Licht und Lava

Die Nebel von Skye

Katharina Herzog

DIE NEBEL VON SKYE

*Für Stefan.
Danke für das schönste Ende
und den schönsten Anfang.
Alles begann mit dir.*

ISBN 978-3-7432-0620-5
1. Auflage 2020
© 2020 Loewe Verlag, GmbH, Bindlach
Zitat auf Seite 5 © Nikita Gill, with permission
from David Higham Associates Ltd.
Umschlaggestaltung: Carolin Liepins unter Verwendung von
© Alex Gulko/shutterstock.com, © korwongss636/shutterstock.com,
© Andreas Gerhardinger/shutterstock.com, © Bokeh Blur Background/shutterstock.com,
© tomertu/shutterstock.com, © Spicey Truffle/shutterstock.com,
© Liliia Hyrshchenko/shutterstock.com, © Vagastar/shutterstock.com,
© Polina Katritch/shutterstock.com, © Chansom Pantip/shutterstock.com,
© Kwangmoozaa/shutterstock.com, © Pichaya Pureesrisak/shutterstock.com,
© Martin Fowler/shutterstock.com, © Ortis – Blätter/shutterstock.com
Printed in the EU

www.loewe-verlag.de

Die Leute sagen,
dass ein Mädchen hübsch sein müsse.
Also ehrlich? Vergiss das!
Sei nicht hübsch!
Sei wütend, sei intelligent, sei geistreich,
sei tollpatschig, interessant, lustig, neugierig,
verrückt, sei begabt!
Es gibt so viel mehr, was du sein kannst, als hübsch.

Nikita Gill

1

B in ich hier richtig? Dornröschenweg 21?«, fragte der junge Mann, der dick eingemummt aus dem gelben Postauto gestiegen war.

Mama nickte. »Unsere Hausnummer ist nur … ein wenig zugewachsen. Wir müssen unbedingt dran denken, sie freizuschneiden.«

»Cool!« Sein Lächeln offenbarte eine kleine Lücke zwischen seinen Vorderzähnen. »Dachte schon, dass mein Navi mich in die Irre geführt hat. Ich bin nicht davon ausgegangen, dass so weit draußen noch jemand wohnt. Der Straßenname passt total gut. Das Haus sieht wirklich ein bisschen aus wie ein Dornröschenschloss.«

Er ließ seinen Blick über das Efeu gleiten, das in langen Strängen an der Backsteinfassade unserer alten Villa hinaufwuchs. Der Raureif hatte ein zartes Eismuster auf die dunkelgrünen Blätter gemalt. »Jetzt hole ich Ihnen aber

Ihre Post. Darf ich dem Hund einen Hundekuchen mitbringen?«

»Natürlich«, sagte Mama.

Theo war der gleichen Meinung. Ich hatte alle Mühe, ihn am Halsband festzuhalten. Sein langer, buschiger Schwanz wedelte wild, und am liebsten wäre er ihm hinterhergestürzt. Theo liebte es, Besuch zu bekommen, vor allem von Postboten. Weil sie ihm immer etwas mitbrachten. Mir heute hoffentlich auch. Ich hatte nämlich ein Fachbuch bestellt: *Emotionen im Film*. Nach dem Abi wollte ich Regie studieren. Das Paket, das der junge Mann gerade aus dem Bus gehievt hatte, war aber leider viel zu groß und zu schwer dafür.

In den letzten Jahren hatte uns immer eine Frau mit kurzen Haaren und roten Wangen die Post gebracht. Sie hatte einen ausgeprägten russischen Akzent *(Hierrr unterschrrreiben, biddäää!)*, ihr Kreuz war so breit wie das eines Gewichthebers, und selbst wenn sie die beachtlichen Weinlieferungen von Opa Harry die Treppe hinauftrug, wirkte das so mühelos, als wären die Pakete mit Luftpolstern gefüllt. Papa meinte, er hätte ein bisschen Angst vor ihr. Ich konnte ihn verstehen.

Obwohl ich nie ein persönliches Wort mit der Frau gewechselt hatte, war ich fest davon überzeugt, dass sie Svetlana hieß und vor ihrem Job als Postbotin im Personenschutz tätig gewesen war. Erst eine Schussverletzung, bei der sie sich zwischen einen Scharfschützen und ihren Klienten geworfen hatte und an der sie fast gestorben wäre, hatte sie dazu gebracht, sich umschulen zu lassen und künftig einen Beruf auszuüben, bei dem sie nicht jeden Tag damit rechnen musste zu sterben.

Dieser Typ machte den Job sicher nur aushilfsweise, um sich etwas Geld für sein Studium zu verdienen. Er studierte Agrarwissenschaften, weil er später den Biobauernhof seiner Eltern übernehmen wollte. Ja, das würde zu ihm passen! Sein Haar hatte die Farbe von Weizen, und seine gesunde Gesichtshaut und seine Sommersprossen zeigten, dass er sich gerne draußen aufhielt.

»Endlich!« Jessy, meine achtzehnjährige Schwester, stürmte die Treppe hinunter. »Ich habe schon befürchtet, dass die Post heute gar nicht mehr kommt.«

»Du bist ja schon auf.« Mama runzelte die Stirn. Es war äußerst ungewöhnlich, dass sich Jessy am Wochenende schon vor dem Mittagessen im Untergeschoss blicken ließ.

»Ja. Heute sollen schließlich meine Belegexemplare kommen. Ich bin schon so gespannt. – Mach mal Platz, Enya!« Jessy drängelte sich an mir vorbei nach draußen. »Ist das Paket für Jessica Jung?«, rief sie dem jungen Mann zu.

»Ja.« Er stolperte über eine zersprungene Bodenplatte. Der Eingangsbereich war nur eines der vielen Dinge an unserem Haus, die dringend erneuert werden sollten.

»Yes!!!« Ohne ihn groß zu beachten, nahm meine Schwester ihm das Paket ab und stellte es in den Hausflur. Er dagegen starrte sie an, als wäre sie Gigi Hadid. Eine leichte Ähnlichkeit zwischen den beiden bestand tatsächlich: Genau wie das amerikanische Topmodel hatte meine

Schwester fast taillenlange blonde Haare und ein puppenhaft hübsches Gesicht mit einem ausgeprägten Schmollmund. Sie war nur nicht so abgemagert.

»Können Sie den Empfang bitte quittieren?« Ohne den Blick von ihr abzuwenden, streckte der Typ Jessy den Hundekuchen entgegen, auf den Theo schon sehnsüchtig gewartet hatte.

»Darauf?«, fragte sie ironisch.

»Oh …! Äh … nein!« Er warf Theo den Leckerbissen so jäh zu, als hätte er Angst, sich daran zu verbrennen, und zog den elektronischen Block aus seiner Hosentasche. Auf seinem Hals hatten sich rote Flecken gebildet.

Ich verdrehte die Augen. Es war so typisch! Sobald meine Schwester irgendwo auftauchte, drehten alle Jungs total am Rad – und ich war Luft.

»Haben Sie sonst noch etwas für uns dabei?« Mama fummelte an ihrem Ehering herum. Seitdem klar war, dass das Dach unseres Hauses so schnell wie möglich neu gedeckt werden musste, weil es an mehreren Stellen durchregnete, fürchtete sie sich vor jeder Rechnung.

»Ja, einen Brief.« Nur zögernd löste er den Blick von meiner Schwester und reichte Mama einen roten Umschlag. Er sah nicht so aus, als ob er etwas enthielte, das unser Familienkonto noch mehr belasten würde. Sie atmete sichtlich auf.

»Schaut mal! Sehen die nicht toll aus?« Inzwischen hatte Jessy ihr Paket aufgerissen und eines der glitzernden weiß-rosafarbenen Bücher darin herausgezogen.

Ich nickte knapp – Jessy bekam sowieso immer viel zu viel Aufmerksamkeit –, und auch Mama sagte nur geistesabwesend: »Oh ja! Wunderschön sind sie!«, bevor sie sich wieder dem Brief zuwendete.

Der Postbote dagegen zeigte sich angemessen begeistert. »Wow! Auf dem Cover sind ja Sie drauf!«

»Ja. Ich habe es schließlich geschrieben.« Auf ihrem Youtube-Kanal gab meine Schwester Mädchen Tipps in Sachen Freundschaften, Schule, Eltern und Liebe, und das kam so gut an, dass ihr Kanal nicht nur von über hunderttausend Leuten abonniert worden war, sie hatte auch von einem großen Jugendbuchverlag einen Vertrag für ein Aufklärungsbuch bekommen. »In einem Monat kommt es in die Buchhandlungen. – Schönen Tag noch!«, schob sie nach, weil der Typ immer noch keine Anstalten machte zu gehen.

»Ja, dir … ähm … Ihnen auch.« Er drehte sich fluchtartig um und stolperte noch einmal über die hervorstehende Bodenplatte, bevor er in den Postbus stieg und davonfuhr.

Verschnupft darüber, dass ihr monumentales Werk immer noch nicht die erwartete Aufmerksamkeit bekam, legte Jessy ihr Buch wieder in den Karton zurück und fragte: »Von wem ist der Brief eigentlich?«

»Von Großtante Mathilda, Schätzchen.«

Mama sagte zu jedem in der Familie *Schätzchen*, weswegen ich manchmal nicht so genau wusste, ob sie Jessy, Papa, Theo oder mich ansprach. Nur Opa Harry meinte sie damit niemals. Seit er aus dem Pflegeheim herausgeworfen worden war, weil er mit einer Zigarre in der Hand eingeschlafen war und es fast abgefackelt hätte, bezeichnete sie ihn entweder als *alten Stinkstiefel* oder, wenn er mal wieder irgendeiner jüngeren Frau schöne Augen machte, als *Lustmolch.* Manchmal auch, wenn er sie hörte.

»Großtante Mathilda! Die alte Frau aus der Schweiz?« Jessys Gesicht erhellte sich. »Vielleicht ist sie gestorben, und wir sind ihre Erben.«

»Das ist nicht nett von dir, so etwas zu sagen, Jessica.« Mama kniff ihre Lippen zusammen. »Außerdem ist es unwahrscheinlich. Denn wenn sie tot wäre, würden wir ja keinen Brief von ihr bekommen.« Sie streichelte Theo über den struppigen Kopf.

»Vielleicht hat sie ihn schon vor ihrem Tod geschrieben. – Mach ihn endlich auf!«

Auch ich war gespannt. Es war schon ein paar Jahre her, dass wir Mamas Tante das letzte Mal begegnet waren.

Mama gehorchte und zog einen cremefarbenen Bogen heraus. Sie kniff die Augen zusammen. »Hat jemand meine Lesebrille gesehen? Diese Altersweitsichtigkeit ist ein Fluch.«

»Keine Ahnung, wo du die schon wieder hingelegt hast! Ich lese ihn euch vor.« Jessy nahm ihr den Briefbogen ab, faltete ihn auf – und ihre Gesichtszüge versteinerten.

»Was ist? Ist sie wirklich gestorben?«, fragte ich.

Sie schüttelte den Kopf. »Viel schlimmer. Der Brief ist eine Einladung.«

»Eine Einladung? Zu was denn? Zu ihrem Geburtstag? Der war doch gerade erst. Sie will doch nicht etwa schon wieder heiraten?« Die Panik in Mamas Stimme war deutlich herauszuhören.

Großtante Mathilda war bereits fünf Mal verheiratet gewesen. Beim dritten Mann wollte Papa schon gar kein Geschenk mehr zur Hochzeit mitbringen. Aber Mama hatte darauf bestanden. Großtante Mathilda war nämlich reich. Natürlich nicht so wie Bill Gates, Mark Zuckerberg oder Dagobert Duck, aber sie hatte durch ihre Knopffabrik doch so viel Geld, dass sie unser neues Dach aus der Portokasse bezahlen konnte. Und außer Mama und Onkel Thomas hatte sie keine Verwandten.

»Oh Gott! Sie hat wirklich schon wieder geheiratet«, stöhnte Mama, als Jessy ihr nicht antwortete.

»Schön wär's«, sagte meine Schwester, ohne den Blick von den schwungvollen Buchstaben zu lösen. »Hört euch das an!«

Liebe Simone, lieber Alexander,
liebe Enya und liebe Jessica,

Jessy legte eine kurze Pause ein (wahrscheinlich war sie irritiert, dass sie als die Ältere von uns beiden erst nach mir genannt wurde), dann fuhr sie fort:

ich möchte den Jahreswechsel mit euch feiern.
Vom 27.12. bis zum 3.1. werden wir auf Dunvegan
Castle zu Gast sein. Die Burg liegt auf der Insel
Skye, und am Silvesterabend findet dort ein

*rauschender Ball statt. Für die Kosten
der Reise komme ich selbstverständlich auf.
Ich freue mich auf ein paar schöne Tage mit
euch und sende Küsse und Umarmungen!
Eure Mathilda*

Das war kurz und auf den Punkt gebracht. Aber so kannte ich Großtante Mathilda. Sie war kein Fan großer Worte. Ein oder zwei Sekunden sagte niemand von uns ein Wort. »Sie fragt überhaupt nicht, ob es uns recht ist«, stieß Mama dann aus. »Und Weihnachten ist schon in einer Woche.«

»Ja und!« Mama würde doch hoffentlich nicht auf die Idee kommen abzusagen! Schließlich bekamen wir alles bezahlt. Und Silvester auf einer Burg in Schottland zu feiern, stellte ich mir echt cool vor. Schließlich war die Isle of Skye Schauplatz von vielen bekannten Filmen: *Macbeth* mit Michael Fassbender und Marion Cottilard war hier gedreht worden, die Neuverfilmung der King-Arthur-Sage *Legend of the Sword* und mein absoluter Lieblingsfilm *Snow White and the Huntsman*. Vielleicht konnte ich mir dort auch selbst Anregungen holen, schoss es mir durch den Kopf. Seit ich vor ein paar Wochen mit meiner Freundin Daleen auf dem Kurzfilmfestival *Girls go Movie* gewesen war, suchte ich verzweifelt nach einem Stoff, den ich im nächsten Jahr bei einem Wettbewerb einreichen konnte. Abgabetermin war schon im April, aber bisher hatte ich noch keine überzeugende Idee gehabt, und allmählich wurde die Zeit knapp.

Isle of Skye – allein der Name hörte sich schon so richtig schön geheimnisvoll an. Ich musste ihn sofort googeln.

Jessy war nicht so begeistert wie ich. »Du denkst doch nicht etwa darüber nach, wirklich zu fahren?« Ihre Augen waren vor Entsetzen geweitet.

»Nun ja«, Mama knetete ihre Hände, »wenn Tante Mathilda es wünscht … Bei unserem letzten Telefonat hat sie angedeutet, dass sie einen Teil ihres Vermögens verschenken will. Weil eine warme Hand besser geben könne als eine kalte …«

Jessy verschränkte ihre Arme vor der Brust, wie immer, wenn sie zeigen wollte, dass sie von ihrer Meinung auf gar keinen Fall abweichen würde. »Dann müsst ihr allein dorthin. Ich habe eine Buchveröffentlichung vorzubereiten. Außerdem gibt Claudine eine Silvesterparty. Die halbe Oberstufe wird dorthin gehen, und ich werde bestimmt nicht darauf verzichten, um mitten im Winter mit euch in so einer kalten, zugigen alten Burg eingepfercht zu sein …«

»Völlig ausgeschlossen. In diesem Fall wirst du auf die Party verzichten müssen, und die Veröffentlichung kannst du auch in Schottland vorbereiten.«

»Dort gibt es garantiert nicht mal WLAN. Und du kannst mich nicht zwingen. Ich bin schließlich schon achtzehn.« Jessys Teint hatte eine ungesunde rote Farbe angenommen.

Die Haustür wurde aufgeschlossen, und Papa trat ein. In der Hand hielt er eine große Papiertüte und eine Flasche Milch. (Mama hatte gesagt, dass er Käse mitbringen soll.) Er presste beides fest an seine Jacke, während er versuchte,

sich an Theo vorbeizuschieben, der ihn so überschwäng-
lich begrüßte, als wäre er gerade von einem sechswöchigen
Aufenthalt in Neuseeland zurückgekommen. Dabei war
er nur beim Bäcker gewesen.

»Was ist denn das für eine Versammlung hier?« Wie immer saß seine Brille leicht schief auf seiner Nase, seine
dunkelblonden Haare waren so zerwühlt, als wäre er gerade erst aus dem Bett gestiegen, und sein linker Hemd-
kragen lugte aus dem Ausschnitt seines Pullovers heraus,
während der rechte darin versteckt war. Er sah aus wie
das, was er war: ein zerstreuter Professor.

Papa arbeitete als Verhaltensforscher, und sein Spezial-
gebiet waren Tauben. Sein Team und er hatten nicht nur
herausgefunden, dass die Gedächtnisleistung der Vögel
fast mit der von Pavianen zu vergleichen ist, sondern auch,
dass sie noch viel besser im Multitasking sind als Menschen. Lukrativ war diese Arbeit nicht sonderlich. Schon
gar nicht, wenn man wie wir in einem riesigen Haus mit
einem noch viel riesigeren Park drum herum wohnte, das
bereits den Ersten Weltkrieg miterlebt hatte. Aber noch
immer wartete er auf die große, bahnbrechende Entdeckung, die unsere finanziellen Probleme für immer lösen
würde. Gerade versuchte er zu beweisen, dass Tauben
dazu in der Lage waren, die Bilder von Manet und Picasso
zu unterscheiden.

Papa stellte Milch und Brötchen auf dem Schuhschrank
ab. »Ist etwas passiert?«, fragte er. »Ihr schaut so seltsam.«

»Ja.« Jessy streckte ihm den Brief entgegen. »Mamas verrückte Tante Mathilda hat uns alle über Silvester nach Schottland eingeladen.«

»Ich weiß.«

»Woher?«

Papa nahm seine beschlagene Brille ab und polierte sie am Zipfel seines Hemdes. »Thomas hat mich auf dem Weg hierher auf dem Handy angerufen, weil er dich nicht erreicht hat. Du hattest deins mal wieder aus.«

»Was sagt er?«, fragte Mama frostig.

»Er wollte wissen, ob wir fahren.«

»Fährt er?«

Papa nickte. »Er meinte, dass er zwar so viel in der Firma zu tun hat, dass er eigentlich unmöglich freimachen kann, aber Großtante Mathilda hätte er noch nie einen Wunsch abschlagen können.«

Mama stieß einen Ton aus, der mich an das Zischen einer Schlange erinnerte. »Dass ich nicht lache. Bei ihr einschleimen will er sich. Dabei braucht er Mathildas Geld doch überhaupt nicht, dieser Geldsack. Aber das kann er sich abschminken.« Sie griff zum Telefon.

»Was machst du?«, fragte Papa.

»Ich rufe Mathilda an, um ihr zu sagen, wie sehr wir uns auf die Reise freuen.«

»Wir! Können wir darüber nicht noch einmal reden? Über Weihnachten und Silvester muss sich jemand um die Tauben kümmern, und ich habe zugesagt, das zu übernehmen. Da kann ich mir nicht so einfach ein paar Tage freinehmen.«

»Oh doch! Es wird sich schon jemand anders finden, der die Vögel füttert. Und die Menschheit wird gut noch ein paar Wochen auf deine revolutionären Forschungsergebnisse verzichten können. Du kommst mit nach Schottland. Genau wie Jessy und Enya.« Mama sah uns einen nach dem anderen an. »Und in dieser Woche werden wir die reizendste Familie aller Zeiten sein.«

2

»Wann kommt sie denn endlich?« Schon seit über zwei Stunden hingen wir an dem winzigen Flughafen von Inverness herum und warteten auf Tante Mathilda. »Ihr Flugzeug hätte doch schon vor einer halben Stunde landen müssen.«

»Vielleicht ist es abgestürzt«, sagte Jessy. »Das würde die ganze Sache vereinfachen.« Ein Hauch Hoffnung schwang in ihrer Stimme mit.

»Fräulein!«, sagte Mama scharf. »Kein Wort mehr!«

Sie war so nervös, als warteten wir auf eine Audienz bei der Queen, und ihre Aufregung hatte sich vor ein paar Tagen noch einmal potenziert, weil sie für Opa Harry keinen Kurzzeitpflegeplatz bekommen konnte. Um diese Zeit des Jahres sei alles hoffnungslos ausgebucht, so lautete die Begründung von Frau Knorrn, der Heimleitung. Als Mama das hörte, hätte sie fast geweint.

»Ist im Keller oder auf dem Speicher vielleicht noch ein Plätzchen frei?«, hatte sie gefragt. »Wir würden auch eine Besenkammer nehmen, solange ein Feldbett hineinpasst – oder eine Luftmatratze. Es ist wirklich ein absoluter Notfall.«

Frau Knorrn lachte auf. »Ich mag Ihren Humor, Frau Jung«, sagte sie.

Ich war sicher, dass Mama jedes Wort ernst gemeint hatte.

»Die hat mich doch angelogen«, knurrte sie, als wir das Pflegeheim verließen. »Bestimmt ist noch ein Platz frei. Gerade zwischen den Jahren. Wie herzlos muss man sein, in dieser Zeit einen Verwandten abzuschieben?«

»Du willst es doch auch«, schnaubte Jessy.

Mama ging nicht darauf ein. »Sie wollen den alten Stinkstiefel nicht aufnehmen, das ist der einzige Grund, weshalb sie mir abgesagt haben«, giftete sie weiter. »Kein Wunder, so wie er sich dort aufgeführt hat! Dabei hatte er mir hoch und heilig versprochen, außerhalb des Raucherbereichs keine Zigarre anzuzünden und die Finger von den Schwestern zu lassen.«

Letztendlich war Opa allein daheim geblieben. Mit seiner Beinprothese wäre die Reise viel zu anstrengend für ihn gewesen. Unsere Nachbarin Frau Helmbrecht hatte angeboten, für ihn zu kochen und ein Auge auf ihn zu haben. Sie hatte eine Schwäche für den alten Casanova.

Dafür durfte Theo uns begleiten. Denn auch die Hundepension war komplett belegt gewesen. Das hatte Mama aber ohne Weiteres geglaubt. Theo war in einer Box im Frachtraum des Fliegers mitgereist. Nun lag er ein wenig benebelt von den Beruhigungstropfen vor meinen Füßen und schnarchte vor sich hin.

Nur als Mama kreischte: »Gelandet!«, hob er kurz den Kopf und gähnte. Er war genauso wenig an Großtante Mathildas Ankunft interessiert wie Papa, der schon die ganze Zeit mit dem Handy am Ohr ein Stück entfernt von uns stand und mit dem Mitarbeiter redete, der sich nun an seiner Stelle um seine heiß geliebten Tauben kümmerte. Ich dagegen freute mich darauf, sie zu sehen. Für ihr Alter war sie nämlich echt gut drauf. Außerdem gehörte sie zu den wenigen Menschen, die mich neben meiner erfolgreichen Schwester überhaupt wahrnahmen …

Auch Onkel Thomas zog seinen Bauch ein, straffte seine Schultern und glättete die wenigen Haare, die ihm rund um seine Halbglatze noch geblieben waren, während Tante Donna an seinem Krawattenknoten herumzupfte. Nachdem die Krawatte endlich zu ihrer Zufriedenheit saß, kämmte sie sich ihre sorgfältig frisierten blond gesträhnten Haare, überprüfte ihr Make-up im Spiegel ihrer Puderdose und befreite die Gesichter ihrer Zwillinge mit einem feuchten Tuch von Essensresten. Begeistert waren die beiden nicht darüber. Aber sie konnten nicht weglaufen. Denn obwohl James und Emma bestimmt schon drei waren, saßen sie fest angeschnallt in einem Zwillingsbuggy. Emma hatte sogar noch einen Schnuller im Mund. Er war rosa. So wie alles an ihr. James dagegen war von Kopf bis

Fuß in Hellblau gekleidet. Ich hoffte inständig, dass die beiden nur so ausstaffiert worden waren, um bei Großtante Mathilda einen guten Eindruck zu hinterlassen.

Auch Mama hatte uns allen strenge Kleidervorschriften auferlegt. Papa musste einen Anzug anziehen, in dem er sich sichtlich unwohl fühlte, und sie selbst trug das rote Kleid, das sie sich zu meiner Konfirmation gekauft hatte und das ihr inzwischen mehr als nur ein bisschen zu eng war. Jessy und mir hatte sie verboten, Hosen zu tragen. Angeblich war Großtante Mathilda nämlich noch nie in einer gesehen worden. Sie trug ausschließlich teure Designerkostüme.

Für mich war das eine echte Strafe. Denn im Gegensatz zu Jessy besaß ich nur einen einzigen Rock. Mama hatte ihn mir vor drei Jahren gekauft, und leider passte er mir immer noch. Abgesehen davon, dass meine Brust ein wenig runder geworden war, war ich nämlich noch genauso streichholzdünn wie in der siebten Klasse, und ich konnte essen, was ich wollte, ohne auch nur ein Gramm zuzunehmen. Das war die einzige Sache, um die Jessy mich beneidete.

Ich beneidete sie um mindestens hundert Dinge. Um ihre blonden, sanft gewellten Haare, um ihren Namen, den man so wunderbar abkürzen konnte (auf Instagram und Youtube nannte sie sich Jes_C; da En_I nicht wirklich cool war, hieß ich dort ganz banal Enya_2402), und um ihre über hunderttausend Follower. So viele wollte ich gar nicht haben, aber ein wenig mehr als sechsundzwanzig wären für eine angehende Regisseurin schon ganz schön. Bedauerlicherweise kannte ich auch noch jeden einzelnen persönlich, und einer von ihnen war Opa.

Natürlich war es für Jessy auch kein großes Opfer gewesen, einen Rock anzuziehen. Heute hatte sie sich passend zum Anlass für einen rot karierten Schottenrock entschieden. Dazu trug sie schwarze Boots, einen schwarzen Rollkragenpulli und so eine alberne Baskenmütze. Jede andere hätte mit diesem Outfit total bescheuert ausgesehen, aber bei ihr wirkte es … cool.

Trotzdem … Ich betrachtete uns in der verspiegelten Wand der Ankunftshalle. Neben Donnas und Thomas' teuren Gepäckstücken wirkten unsere Koffer noch schäbiger, als sie bei uns im Speicherabteil schon ausgesehen hatten, und egal wie viel Mühe sich Mama mit unserer Kleidung gegeben hatte, gegen die Designerteile von Onkel Thomas, Donna, James und Emma konnten wir nicht anstinken. Erschwerend kam hinzu, dass Theo kein aristokratischer Großpudel war, sondern ein undefinierbarer Mix aus verschiedensten Rassen. Das einzig Schäbige an Onkel Thomas' Familie war der zerrupfte Teddybär, den Emma im Arm hielt.

»Ich hätte nicht gedacht, dass Alexander auch mitkommt«, sagte Thomas zu Mama. »Am Telefon hat er mir gesagt, dass er sich eigentlich gar nicht freinehmen kann.«

»Kann er eigentlich auch nicht«, entgegnete sie mit einem süßlichen Lächeln, das jeder, der sie kannte, sofort als falsch entlarvte. »Das Forschungsexperiment, das er gerade betreut, ist wahnsinnig wichtig. Aber er wollte unbedingt Mathilda wiedertreffen. Genau wie Enya. Und Jessica …«

Ich nickte und lächelte. Auch Jessy hob einen Daumen nach oben. »Ich kann es kaum erwarten, sie wiederzusehen.« So solidarisch war sie dann doch. Oder sollte ich sagen geldgierig?

»Sie kommt!«, rief Donna.

Alle Köpfe schossen in Richtung der grauen Schiebetüren.

Tante Mathilda trat heraus. Anders als bei meinen letzten Begegnungen mit ihr und auf Fotos trug sie kein Kostüm, sondern eine dicke Funktionsjacke, eng anliegende Stretchhosen und kniehohe, klobige Boots. Sie sah aus, als wolle sie gleich auf ein Pferd steigen, eine mehrtägige Schneewanderung unternehmen oder einen Drachen erlegen. Nicht nur mir klappte der Unterkiefer herunter.

»Ich schwöre dir, beim letzten Mal, als ich sie gesehen habe, hat sie so eine Art Prinzessinnenkleid getragen«, flüsterte Onkel Thomas Donna zu.

»Das war wahrscheinlich bei ihrer Hochzeit«, zischte Donna genauso leise zurück. Sie knöpfte ihren Mantel zu, um das knallrote Wollkleid zu verdecken, das genau den gleichen Ton hatte wie ihre Lippen und Nägel. »Du hättest dich im Vorfeld besser informieren müssen. Wir sind total overdressed.«

Das fand auch Großtante Mathilda, denn sie sah uns der Reihe nach an, bevor sie sagte: »Wie schön, euch zu sehen, meine Lieben! Aber ihr habt schon gelesen, dass Dunvegan Castle in den schottischen Highlands liegt und nicht in der Nähe von St. Moritz? Das schottische Klima kann ziemlich rau sein. Und bis zum großen Silvesterball sind es noch ein paar Tage.«

Als sie als Antwort nur betretenes Schweigen erntete, beugte sie sich zu den Zwillingen hinunter. »Ihr seid also James und Emma. Bisher habe ich euch beide nur auf Fotos gesehen.« Sie tätschelte Emma die Wange. »Was hast du denn da für einen süßen Teddy?«

»Sie bekommt zu ihrem Geburtstag einen neuen«, sagte Donna, worauf der Kleinen ein entsetztes »Nein« entfuhr und sie den abgenutzten Bären fest an sich drückte.

Großtante Mathilda musterte Tante Donna einen Augenblick schweigend, bevor sie sich wieder dem Mädchen zuwandte. »Ich hatte auch so einen Teddy, als ich ein Kind war. Irgendwann hatte meine Mutter ihn so oft genäht, dass er fast nur noch aus Garn bestand. Ich habe ihn so geliebt. Genauso wie du deinen Teddy lieb hast.« Sie wisperte Emma zu: »Und das ist auch gut so.«

Ha! 1:0 für uns. Zwar hatte ich echt keine Lust auf diese lächerliche Familien-Battle, aber Donnas Gesicht war es wert. Sie sah aus, als ob sie in eine Zitronenscheibe gebissen hätte. Und sie und Onkel Thomas brauchten das Geld ja wirklich nicht.

Nachdem uns Großtante Mathilda alle begrüßt hatte, streichelte sie Theo über den zottigen Kopf. »Das ist ein sehr … äh … außergewöhnlicher Hund. Welche Rasse ist das?«

»Er ist ein Schottischer Schneehund«, antwortete Jessy wie aus der Pistole geschossen.

»Ein Schottischer Schneehund«, wiederholte Großtante Mathilda. »Interessant. Davon habe ich noch nie gehört. Und dabei hatte ich fast mein ganzes Leben lang Hunde. Erst seit mein Gero vor fünf Monaten gestorben ist, habe ich beschlossen, mir nun keinen mehr zuzulegen.« Meinte sie mit Gero ihren letzten Hund oder ihren letzten Ehemann? Es musste der Hund sein, denn ich meinte, dass sie sich von ihrem letzten Mann freiwillig getrennt hatte. Genau wie von den anderen vier zuvor auch …

Mama warf Jessy einen giftigen Blick zu. »Er ist sehr selten. Wir sind froh, überhaupt einen bekommen zu haben.«

»Aus Schottland kommst du also.« Großtante Mathilda klopfte Theo den Rücken. »So ein Zufall. Dann besuchst du ja jetzt deine alte Heimat.« Sie beugte sich tief über ihn, aber ich konnte sehen, dass sie schmunzelte. Auch ich musste mir ein Grinsen verkneifen.

Das verging mir gleich darauf wieder, als Mathilda sich an mich wandte: Ein paar Sekunden blieb sie wortlos vor mir stehen und schaute mich an, bevor sie sagte: »Mein Gott, du erinnerst mich so sehr an mich selbst, als ich in deinem Alter war.«

An der Hitze auf meinem Gesicht spürte ich, dass ich knallrot wurde, und es machte die Sache auch nicht besser, dass Jessy mir im Gehen zuflüsterte: »Hihi, na, dann weißt du ja, wie du später aussehen wirst!«

»Pssst!« Mama schaute sich besorgt um, um herauszufinden, ob Großtante Mathilda Jessy gehört hatte, doch die war von Donna in ein Gespräch verwickelt worden. »Außerdem kannst du das als Kompliment sehen, Enya. Mathilda ist früher eine große Schönheit gewesen.«

Auch wenn Großtante Mathilda für ihr Alter recht ansehnlich war: So richtig konnte ich mir das nicht vorstellen.

Würde ich wirklich auch mal so unglaublich viele Falten haben? Ich hoffte nicht. Ihre Haut sah aus wie zerknittertes Papier.

Im Büro der Mietwagenfirma war so gut wie nichts los. Donna und Thomas hatten den Schlüssel für ihren SUV sofort bekommen. Papa und Mama warteten noch auf den jungen Schotten, der sie bediente und laut dem Schild auf seinem Schreibtisch noch ein Trainee war. Hatte ich anfangs noch neben meinen Eltern gestanden, gesellte ich mich schon bald zu Jessy, die auf einer dunkelroten Kunstledercouch lümmelte und mit verklärtem Lächeln etwas in ihr Handy tippte.

»Wem schreibst du denn?«, fragte ich.

Jessy zuckte zusammen. »Ach, nur Claudine!« Sie schaltete das Handy aus.

»Und dabei grinst du so?«

»Soll ich weinen, wenn ich meiner besten Freundin schreibe?«

»Da du ihre große Silvesterparty verpasst, hätte ich das vermutet.«

»Erinnere mich nicht daran.« Jessy rollte mit den Augen.

»Hoffentlich gibt es auf der Insel wenigstens ein paar nette Foto-Hotspots. Ich google das gleich mal.«

Auch ich holte mein Handy heraus und nutzte das freie WLAN in der Autovermietung. Aber nicht weil ich wie Jessy nach instagramtauglichen Orten auf der Isle of Skye suchen wollte.

Kurz bevor ich es im Flugzeug ausschalten musste, war ich bei meiner Recherche über die bewegte Geschichte von Dunvegan Castle zufällig auf der Seite einer Reisebloggerin gelandet. Sie hatte ein paar Tage auf der Burg verbracht und viele Fotos von ihr gemacht. Ich öffnete den Artikel und scrollte mich durch die Bilder. Eines davon, ein Ölgemälde aus der Ahnengalerie, weckte meine Aufmerksamkeit. Eine Frau in einem karierten Kleid war darauf abgebildet. Mit ihrem herzförmigen Gesicht, den langen silberblonden Haaren und den kühlen blauen Augen sah sie haargenau so aus wie Charlize Theron in ihrer Rolle als böse Stiefmutter in *Snow White and the Huntsman*. In dem Absatz darunter stand, dass die Frau Finola MacLeod hieß. Sie war im siebzehnten Jahrhundert die Frau eines Clanchefs gewesen und der Hexerei angeklagt worden. Am Tag vor ihrer Hinrichtung verschwand sie spurlos aus ihrem fensterlosen Kerker und war danach nie wieder gesehen worden.

Noch einmal scrollte ich zu dem Ölgemälde hoch. Wie die klassische Hexe sah Finola MacLeod wirklich nicht aus, aber besonders sympathisch war sie mir auch nicht. Sie wirkte viel zu hochmütig und kalt. Ich meinte aber auch, eine gewisse Traurigkeit und Verlorenheit in ihren blauen Augen zu erkennen. Ihre Lippen lagen nicht entspannt aufeinander, sondern waren zusammengepresst. Kein Wunder! Ihre Ehe konnte nicht glücklich gewesen sein. Schließlich war es ausgerechnet ihr Mann gewesen, Colum MacLeod, der sie der Hexerei angeklagt hatte. Es hieß, dass Finola in dunklen Nächten noch immer durch die Burg spukte, um sich für das, was er ihr angetan hatte, zu rächen.

Ein Kribbeln durchlief meinen gesamten Körper, als ich diese Zeilen las. Ich liebte solche Geschichten. Konnte das der Stoff für meinen Kurzfilm sein, nach dem ich in den letzten Wochen so verzweifelt gesucht hatte? Ich musste unbedingt mehr über Finola MacLeod herausfinden!

3

Auf der Fahrt vom Flughafen nach Skye klebte ich die ganze Zeit mit der Nase am Fenster. Schottland war wunderschön! Es gab unendlich tief wirkende, dunkle Seen, bei deren Anblick es mir keine Mühe bereitete, an die Existenz von Seeungeheuern wie Nessi zu glauben, und stolze Burgen, die sich wunderbar als Filmkulisse geeignet hätten.

Eilean Donan, eine düstere und Ehrfurcht einflößende Burg, die auf einer Landzunge im Loch Duich lag und nur über eine steinerne Fußgängerbrücke zu erreichen war, gefiel mir ganz besonders gut. Denn ich kannte sie bereits aus zwei Filmen. Wegen ihrer malerischen Lage war sie Schauplatz in *Die Welt ist nicht genug* gewesen. Und in *Highlander*, einem Film über einen unsterblichen Clanchef namens Connor MacLeod. Der Clan, dem Dunvegan Castle gehörte, trug den gleichen Namen. Es hieß, dass dessen längst verstorbene Gründungsväter noch immer dafür sorgten, dass die Traditionen gewahrt wurden. Das war alles so spannend!

Die Isle of Skye schlug mich ebenfalls in ihren Bann, und als ich auf dem Bug der Fähre stand, der Wind an meinen Haaren zerrte und Skye in dichte Nebelschwaden gehüllt immer näher kam, musste ich unweigerlich an die geheimnisvolle Insel aus der Artus-Legende denken. Bis sich ein anderer Fahrgast zu mir gesellte und mir seinen Zigarrenrauch ins Gesicht blies, konnte ich mir ein paar wundervolle Sekunden lang sogar vorstellen, dass die Fähre eine Barke war und ich eine Hohepriesterin, die durch den Nebel nach Avalon übersetzte. Der Gedanke, das geheimnisvolle Leben der Finola MacLeod zu verfilmen, begeisterte mich immer mehr.

Auch nachdem wir das Schiff verlassen hatten, war die Landschaft einfach nur malerisch. Sanft beschneite Hügel wechselten sich mit schroffen Felsen ab, an die sich Nebelschwaden schmiegten, und überall weideten süße, wollige Schafe. Weniger schön waren allerdings die Straßen. Papa bemühte sich zwar, im Slalom um die vielen Schlaglöcher herumzufahren, aber hin und wieder erwischte er trotzdem eins, und wir wurden ganz schön durchgeschüttelt.

Ich verrenkte mir den Hals, um zu schauen, ob sich der dunkle SUV von Onkel Thomas noch hinter uns befand.

Mama war ganz schön enttäuscht gewesen, dass sie Großtante Mathilda nicht sofort gefragt hatte, ob sie bei uns
mitfahren wollte, denn jetzt saß sie bei ihnen im Auto.

Da Theo bei uns mitfuhr und Jessy unfassbar viel Gepäck mitgenommen hatte, wäre bei uns aber sowieso kein
Platz mehr für einen weiteren Fahrgast gewesen.

Ich öffnete den Browser, um mit meiner Recherche über
Finola MacLeod fortzufahren, doch er öffnete sich nicht.
Na toll! Ich hatte kein Netz, das fing ja nicht so gut an. Im
Gegensatz zu Jessys Prognose würde es auf der Burg aber
bestimmt WLAN geben.

Bis wir dort ankamen, konnte es allerdings noch eine
Weile dauern. Die Schneeflocken, die gerade noch so zart
durch die Luft getanzt waren, hatten sich auf den letzten
Kilometern verdichtet. Papa musste das sowieso schon
langsame Tempo, mit dem er fuhr, noch einmal drosseln.
Mittlerweile fuhren wir durch einen richtigen Schneesturm.

»Oh Mann! Wir werden niemals ankommen«, stöhnte
Jessy, bevor sie mit düsterer Stimme hinzufügte: »Wobei
ich mir sowieso besser wünschen sollte, dass diese Fahrt
nie ein Ende nimmt.«

Im Moment sah es ganz so aus, als ob sich ihr Wunsch
erfüllen sollte. In Schrittgeschwindigkeit zuckelten wir
durch ein Dorf, das ebenso wie die Burg, auf der wir wohnen würden, Dunvegan hieß. Auf einer Wiese zwischen
Dorf und Kirche stand eine Ansammlung alter Wohnwagen. Einer, der am nächsten an der Straße parkte, war mit-

ternachtsblau und mit unterschiedlich großen goldenen Sternen bemalt. Kurz dahinter begann der Wald. Ein ziemlich unheimlich aussehender Wald. Im Schnee wirkten die kahlen Bäume fast schwarz. Von den schiefen, gewundenen Ästen hingen Flechten herunter, grau und brüchig wie das Haar einer alten Frau, und peitschten im Wind hin und her. Cool! Solche Bilder würden sich in dem Film hervorragend machen. Ich zückte mein Handy und kurbelte die Scheibe herunter.

Sofort schoss Theo aus dem Fußraum nach oben. Sein Nackenhaar war gesträubt, und er knurrte.

»Was hast du denn?«

Im nächsten Moment sah ich den Bären. Aufrecht stand er zwischen zwei Bäumen, und mit seinem breiten Kopf, der langen Schnauze und den kleinen runden Ohren hätte er wie ein Kuschelteddy aussehen können, wäre sein braunes Fell nicht so zottelig gewesen und hätte er sein Maul nicht so furchteinflößend weit aufgerissen. Außerdem war er zwei Meter groß. Mindestens.

»Stopp!«, schrie ich, und Papa trat so heftig auf die Bremse, dass ich nach vorne geschleudert wurde.

»Was ist denn? Wieso sollen wir anhalten?«, schimpfte Mama.

»Da steht ein Bär!«

»Wo?«

»Wo wohl? Im Wald.«

»Du halluzinierst«, sagte Jessy. »Und jetzt mach das Fenster zu, es ist saukalt.«

33

Ich reagierte nicht, sondern suchte mit den Augen die Stelle, wo der Bär gestanden hatte. Nichts. Der Bär war nicht mehr zu sehen. Aber er war da gewesen. Und Theo hatte ihn auch gewittert. Sein ganzer Körper war immer noch angespannt, und seine Ohren, die sich sonst nie entscheiden konnten, ob sie stehen oder hängen wollten, waren gespitzt. Noch bevor ich das Fenster wieder hochlassen konnte, stieß er sich auf einmal ab, sprang aus dem Fenster und rannte in den Wald.

»Halt!«, schrie ich voller Panik. Wenn er den Bären einholte, würde der ihn zerfetzen. Ohne auch nur einen Moment nachzudenken, riss ich die Autotür auf und rannte dem Hund nach. Spitze Zweige streiften schmerzhaft mein Gesicht. Aber darauf achtete ich nicht, zu groß war meine Angst, Theo aus den Augen zu verlieren. Und nun sah ich auch den Bären wieder. Auf allen vieren galoppierte er davon, und ein Stück hinter ihm lief nicht nur Theo, sondern auch ein Junge.

Autsch! Ich hatte einen dicken Ast übersehen, der am Boden lag, und fiel der Länge nach hin.

Noch bevor ich mich hochgerappelt hatte, fing Theo an, ohrenbetäubend zu kläffen. Ich wischte mir den Schnee aus dem Gesicht. Schwanzwedelnd stand der Hund vor dem Jungen. Dieser versuchte, nach rechts oder links auszuweichen, doch Theo hüpfte mit und ließ ihn nicht vorbei. Er schien einen Heidenspaß zu haben. Der Junge hatte definitiv keinen.

»Ruf den Köter zurück!«

Ich sah blonde Haarspitzen unter einer Kapuze und ein Gesicht, aus dem mich zwei blaue Augen wütend anblitzten. Es war ein ausgesprochen hübsches Gesicht mit einem Grübchen im Kinn, einer Nase, die weder zu klein noch zu groß war, und hohen Wangenknochen, stellte ich beim Näherkommen fest. Nur zum Mund konnte ich nichts sagen, denn er war fest zu einem Schlitz zusammengepresst.

»Schluss jetzt, Theo!«, befahl ich außer Atem.

Erfreulicherweise gehorchte er.

»Wieso hast du deinen Hund auf mich gehetzt?«, fuhr mich der Junge an und schirmte mit einer Hand die dicken Schneeflocken ab, die ihm der Wind ins Gesicht wehte.

»Hab ich gar nicht.«

»Ach! Und wieso verfolgt ihr mich dann?«

»Wir verfolgen dich gar nicht, sondern den Bären.«

»Bist du betrunken? Welcher Bär?« Er hatte einen Tick zu lange mit seiner Frage gewartet, und auch sein nervöser Gesichtsausdruck ließ mich vermuten, dass er genau wusste, wovon ich sprach.

»Der Bär, der bei dir war.«

»Hier gibt es keine Bären.«

»Aber ich habe einen gesehen.«

»Du bist echt total verrückt«, sagte der Junge kopfschüttelnd und ließ mich stehen. Dabei stapfte er in die Richtung, in die der Bär galoppiert war, den es angeblich nicht gab.

»Hey, wenn da kein Bär war, mit dem du um die Wette gelaufen bist, was machst du dann bei dem Schneesturm im Wald?«, rief ich ihm nach. Doch ich bekam keine Antwort.

Wieder am Auto musste ich feststellen, dass außer mir niemand den Bären gesehen zu haben schien. Auch Onkel Thomas, Donna und Großtante Mathilda nicht.

»Enya hat eine blühende Fantasie«, erklärte Mama Großtante Mathilda, die inzwischen genau wie Onkel Thomas ebenfalls ausgestiegen war. »Das war schon immer so. Schon als kleines Kind hat sie behauptet, dass in unserem Garten Elfen und Feen hausen, und sie hat darauf bestanden, ihnen abends eine Schüssel mit Milch herauszustellen. Dass es die Nachbarskatzen waren, die sie getrunken haben, wollte sie nicht gelten lassen. Und selbst als sie schon in der Schule war, ist sie noch aufs Töpfchen gegangen, weil sie fest davon überzeugt war, dass in unserer Toilette eine Hexe haust, die nur auf eine Gelegenheit wartet, sie den Abfluss hinabzuziehen.«

Ja und! Bestimmt drei Viertel der Weltbevölkerung glaubten an irgendwelche Götter, ohne dass sie deswegen schräg angeschaut wurden. Aber sobald man andeutete, dass man die Existenz von Elfen, Feen und (Klo-)Hexen nicht ganz ausschließen wollte, wurde man für verrückt erklärt. Es war total unfair von Mama, diese alten Geschichten hervorzukramen, nur weil sie sauer auf mich war. Und jetzt schimpfte auch noch Onkel Thomas auf mich ein, weil er Papa fast hintendrauf gefahren wäre. Das kommt davon, wenn man zu dicht auffährt, verkniff ich mir zu sagen. Stattdessen klopfte ich mir den Schnee von den Klamotten und stieg wieder ins Auto.

»Du hast den Bären doch auch gesehen oder zumindest ihn gewittert, oder?«, flüsterte ich Theo zu, nachdem wir weitergefahren waren.

Wie zur Bestätigung schleckte er mir die Hand und sah mich mit seinen braunen Kulleraugen treuherzig an. Wenn ich ganz ehrlich war, beschäftigte mich der seltsame Junge im Moment aber noch viel mehr als der Bär. Was hatte er im Wald gemacht? Und wieso hatte er mich angelogen?

»Wow!«, entfuhr es mir spontan, als wir kurz darauf auf Dunvegan Castle zufuhren.

Der Schneesturm hatte sich genauso schnell wieder gelegt, wie er gekommen war, und durch die dicken Wolken hatten sich ein paar Sonnenstrahlen gekämpft, die nun auf die Burg fielen. Mit all ihren Türmen, Erkern, Zinnen und Schießscharten thronte sie leicht erhöht vor einem glitzernden See. Eine von Büschen gesäumte Straße führte durch den weitläufigen Park bis auf den gepflasterten Burghof, der mich in seiner Form an ein vierblättriges Kleeblatt erinnerte. Nur das große weiße Schild mit der Aufschrift *Rezeption* kam mir in dieser Umgebung vor wie ein Ufo. Papa und Onkel Thomas parkten die Autos davor, und wir stiegen aus.

Donna hatte kaum ihre Füße auf den Boden gestellt, als sie schon einen wenig damenhaften Fluch ausstieß. Der hohe Absatz einer ihrer Wildlederstiefel hatte sich im Kopfsteinpflaster verhakt. Auch Mama stolperte etwas unbeholfen auf die Rezeption zu. Zwar trug sie bequemere Schuhe als Donna, aber die Rollen ihres neuen Koffers blieben immer wieder an den unebenen Steinen hängen. Nur Tante Mathilda stapfte in ihren Stiefeln unbeeindruckt hinter Jessy und mir her.

Aus der Nähe betrachtet sah man Dunvegan Castle die achthundert Jahre seiner Geschichte doch an, und genau wie unser Haus konnte die Burg nicht verbergen, dass ihre besten Jahre längst hinter ihr lagen. Ihre Fassade war verwittert und an vielen Stellen von Moos überzogen, die ornamentalen Verzierungen an Fenstern und Türen bröckelten, und eine der Fensterscheiben im Untergeschoss hatte einen Sprung, der notdürftig mit einem Klebeband fixiert worden war.

»Ich habe schon auf euch gewartet!« Ein hagerer Mann mit dunklen Haaren trat so unerwartet hinter einem riesigen Weihnachtsbaum hervor, dass ich nach Luft schnappte. Er trug einen Weihnachtspullover mit einem Elch auf der Brust und dazu einen Kilt. Neben einem Schlüsselanhänger mit mehreren Schlüsseln baumelte ein Täschchen aus Fell zwischen den Falten seines Rocks. In seiner linken Hand hielt der Mann etwas, das ich auf den ersten Blick für einen Muff hielt. Doch dann wurde eine rosa Zunge sichtbar. Theo blieb abrupt stehen, und seine

Schwanzspitze bewegte sich erst langsam und dann zunehmend begeistert hin und her. Das war ein Hund.

»Fàilte gu Dunvegan! Mein Name ist Angus MacLeod«, begrüßte er uns auf Englisch. Sein schottischer Akzent war zum Glück nicht so ausgeprägt, dass man ihn nicht verstehen konnte. Er tippte auf das kleine weiße Schild an seiner Brust, auf dem sein Name stand. »Aber sagt bitte Angus zu mir. Ich bin der hundertneunundzwanzigste Burgherr von Dunvegan Castle. Hattet ihr eine angenehme Anreise?«

»Na ja, geht so«, sagte Jessy. »Wir sind in einen Schneesturm geraten.«

Mit dieser Antwort hatte er anscheinend nicht gerechnet, denn sofort nahm sein schmales Gesicht einen beunruhigten Ausdruck an, den er mit einem aufgesetzten Lächeln zu kaschieren versuchte. Dabei entblößte er eine Reihe auffällig großer Zähne. »Nun, jetzt seid ihr ja da, gerade richtig zur Teezeit.«

»Gibt es so viele von Ihnen?«, fragte Jessy. In ihrem Schottenlook passte sie ausgezeichnet zu dem Burgherrn, nur dass sein Outfit blau-grün-gelb kariert war und nicht rot-schwarz wie das meiner Schwester.

»Ich verstehe nicht, was du mit dieser Frage meinst.« Angus MacLeod runzelte so stark die Stirn, dass die Falten bis an den Rand seiner ebenfalls karierten Bommelmütze reichten.

»Weil Sie der hundertneunundzwanzigste sind.«

»Ach so, ja, alle Männer aus meinem Zweig der Familie

MacLeod tragen den Namen Angus, das ist eine Familientradition.«

Ich war beeindruckt. »Dann müssen Sie ja einen ziemlich langen Stammbaum haben!«

Er nickte. »Ja. Länger als meiner ist nur der von Gracia Patricia. Ihre Vorfahren haben schon in der Schlacht von Stirling Bridge gegen die Engländer gekämpft.« Er strich dem Hündchen die langen weißen Haare aus der Stirn, und muntere dunkle Augen wurden sichtbar.

Gracia Patricia – das klang ziemlich pompös für ein so kleines Hündchen. »Der Name ist aber nicht schottisch, oder?«, erkundigte ich mich.

»Nein, nein. Er kommt aus dem Spanischen. Ich habe sie nach der ehemaligen Fürstin von Monaco und früheren Hollywoodschauspielerin benannt. Ich habe eine Schwäche für Hollywood. Du auch?« Ohne meine Antwort abzuwarten, fuhr er fort: »Außerdem finde ich Bonnie, Flora oder wie meine Landsmänner ihre Hunde noch so gerne nennen, furchtbar langweilig. Sie sind so … schlicht.«

Oh! Dann würde ich ihm Theos Namen vermutlich besser nicht verraten, sondern ihn als Theodor von Hohenzollern ausgeben. Schmunzelnd drängte ich unseren Hund zurück. Der machte nämlich Anstalten, an Angus hochzuspringen, um das Objekt seiner Begierde zu beschnüffeln.

Inzwischen näherten sich auch Mama, Papa und Großtante Mathilda dem Eingangsbereich. Donna zog immer noch bei jedem Schritt mühsam ihre Absätze aus dem

Kopfsteinpflaster, und Onkel Thomas kämpfte mit dem Zwillingsbuggy. Dabei hatte ich genau gesehen, dass James und Emma wunderbar – und ziemlich schnell! – laufen konnten. Meist in verschiedene Richtungen.

»*Fàilte gu Dunvegan!*«, begrüßte Angus MacLeod auch den Rest meiner Familie, und er konnte sich auch nicht verkneifen, erneut darauf hinzuweisen, dass er der hundertneunundzwanzigste war. »Mit wem von Ihnen habe ich eigentlich im Vorfeld telefoniert?«, fragte er dann und schaute nacheinander Großtante Mathilda, Donna und Mama an.

»Mit mir.« Großtante Mathilda trat vor.

»Ach, dann sind Sie Frau Sternheim. Wie schön, Sie persönlich kennenzulernen. Nach all den Telefonaten, die wir geführt haben, kommt es mir fast schon so vor, als wären wir alte Freunde.« Er strahlte sie an. »Sie werden sehen, dass sich seit Ihrem letzten Besuch hier einiges verändert hat. Aber jetzt kommen Sie erst einmal so richtig hier an. Wenn sich alle frisch gemacht haben, gibt es einen kleinen Welcome Drink, und danach führe ich Sie herum.«

Ach! Großtante Mathilda war schon einmal hier gewesen. Das hatte sie gar nicht erwähnt.

Während Mama und Donna sich förmlich eine Schlägerei lieferten, wer Mathildas Koffer tragen durfte – er passte nicht mehr auf den Gepäckwagen –, nahm ich Großtante Mathilda beiseite.

»Wieso hast du uns denn nicht erzählt, dass du schon einmal auf Dunvegan Castle warst?«

Großtante Mathilda zuckte mit den Schultern. »Ich dachte nicht, dass es euch interessiert.«

»Bestimmt warst du mit einem Liebhaber hier und möchtest nun in Erinnerungen schwelgen!« Jessy zwinkerte ihr zu.

Ich stöhnte leise auf. Gut, dass Mama den Kampf um Großtante Mathildas Koffer gewonnen hatte und vorangegangen war. Dass Jessy immer so taktlos sein musste …

»Nein, ich war allein hier. Und es ist schon eine Ewigkeit her«, sagte Großtante Mathilda kurz angebunden und folgte den anderen ins Innere der Burg.

Nachdem alle einen Gästebogen ausgefüllt hatten, wurden uns unsere Zimmer zugewiesen.

Die Erwachsenen würden im ersten Stock des Hauptgebäudes wohnen. Eine ältere Frau mit straff zurückgebundenem Dutt, die Angus uns als seine Hausdame Teresa vorstellte, huschte mit einem Wagen für das Gepäck heran. Ihre blauen Augen standen in einem auffälligen Kontrast zu ihren weißen Haaren.

Jessy und ich hatten Zimmer im Ostflügel bekommen. Angus MacLeod zeigte uns den Weg. Hohl hallte das Geräusch unserer Schritte von den unverputzten Wänden wider. Durch die schmalen Fenster drang nur spärliches Tageslicht in die Burg. Alle paar Meter ragte ein Ritterrüstungshandschuh aus der Wand, der eine Fackel in den Klauen hielt. Ob sie nach Einbruch der Dunkelheit angezündet wurden? Ein wohliges Gruseln erfasste mich, als ich mir vorstellte, welch unheimliche Schatten der Schein ihrer Flammen werfen würde. Auf unserem Weg zum Ostflügel kamen wir auch durch die Ahnengalerie. Das Porträt von Finola MacLeod war viel größer, als ich vermutet hatte, es reichte fast vom Boden bis an die Decke. Und was die Reisebloggerin entweder verschwiegen oder nicht bemerkt hatte: Die Augen der Highlanderin waren so gemalt worden, dass es aussah, als würden sie mir folgen. Überhaupt sah sie so lebensecht aus, als würde sie gleich aus ihrem Rahmen heraussteigen und sich neben mich stellen. Ich schluckte und ging eilig weiter. Ob Finola wirklich eine Hexe gewesen war? In einer ruhigen Minute würde ich Angus über sie ausquetschen. Sicherlich gab es auf der Burg auch eine Bibliothek, in der ich stöbern konnte.

Mein Blick fiel in einen hohen Spiegel mit einem verschnörkelten Goldrahmen, der nur ein paar Meter hinter der Ahnengalerie an der Wand hing. Mein Gesicht wirkte in dieser schummrigen Beleuchtung viel älter als sonst und geisterhaft blass. Außerdem machten meine Haare durch die hohe Luftfeuchtigkeit draußen mal wieder, was sie wollten. Doch all das war es nicht, was mich dazu brachte, abrupt stehen zu bleiben. Denn die Person, die mir im Spiegel gegenüberstand, war zwar unverkennbar ich, aber mein Spiegelbild trug keinen dunklen Rollkragenpullover und keinen senfgelben Cordrock, sondern ein quietschbuntes Kleid mit psychedelisch anmutenden Kreisen, das mir nur knapp über den Hintern reichte. Ich blinzelte ein paarmal, doch das komische Kleid blieb und auch die giftgrünen Stiefel mit der Plateausohle. Nun zwinkerte mir mein Spiegelbild auch noch zu.

Ich schrie auf.

»Was ist los, junge Dame?«, fragte Angus MacLeod.

»Da im Spiegel ist jemand!«

4

Ja, du«, sagte Jessy unbeeindruckt, »und jetzt spinn
nicht rum und geh weiter!«
Sie wollte mich hinter sich herziehen, doch ich weigerte mich. »Aber ich sehe ganz anders aus. Schau doch mal
genau hin! Mein Spiegelbild trägt ein Kleid und keinen
Rock.«

Jessy verdrehte die Augen. »Ich muss dich enttäuschen,
auch dein Spiegelbild trägt so ein hässliches Ding. Wahrscheinlich ist es eine reine Wunschvorstellung von dir. –
Sollen wir den Rock nachher gemeinsam verbrennen, damit Mama dich nie wieder zwingen kann, ihn anzuziehen?«,
fügte sie versöhnlicher hinzu.

Angus MacLeod dagegen sah so entsetzt aus, dass ich
schon fest davon überzeugt war, dass auch er mein verändertes Spiegelbild bemerkte, doch dann straffte er die
Schultern und sagte: »Empfindsame Gemüter sehen in

dieser historischen Umgebung schon mal Dinge, die gar nicht existieren. Gracia Patricia kennt das auch, nicht wahr? Wie oft erschrickst du dich vor etwas, was gar nicht da ist!« Er schaute auf das Hündchen hinunter. »Können wir weitergehen?«

Ich nickte stumm. Mein Spiegel-Ich nickte auch. Nun hatte es auch wieder Rock und Pullover an. O Mann! Meine Nerven schienen mir tatsächlich einen Streich gespielt zu haben.

Jessys Zimmer war super. Es war klein und kuschlig mit einem großen, gemütlich aussehenden Bett darin und weichen weißen Kunstfellteppichen auf dem Boden. Ich war richtig neidisch und ziemlich sicher, dass sie – mal wieder! – das größere Glück gehabt hatte, aber unglaublicherweise war mein Zimmer sogar noch schöner. Nicht nur, dass es einen offenen Kamin hatte. Es stand auch eine wunderbar altmodische Schminkkommode darin mit einem kleinen Hocker, ein riesiger Schrank, in den selbst Jessys Kleider alle gepasst hätten, ein Schreibtisch und Bücherregale voll mit Romanen. An den in zartem Pastellblau tapezierten Wänden hingen Bilder von Blumen. Es war ein richtiges Mädchenzimmer. Und das Allerbeste war ein riesiges Himmelbett, dessen seidiger cremefarbener Stoff mit goldenen Sternen bedruckt war. Die Aussicht war grandios. Durch die hohen, von luftigen Gardinen eingerahmten Fenster konnte man über den Park und den See bis zu den schneebedeckten Plateaus zweier Tafelberge schauen. Es gab sogar einen kleinen Balkon. Leider war neben dem Kamin eine gruselige alte Ritterrüstung aufgestellt worden. Wer war denn auf die Idee gekommen, so einen dunklen, unheimlichen Typen in dieses helle, luftige Zimmer zu stellen?

»Das Zimmer ist total cool!«

»Finde ich auch!« Jessy war Angus MacLeod und mir gefolgt. »Warum kriegt denn ausgerechnet meine kleine Schwester das Prinzessinnenzimmer?«

Angus MacLeod zuckte mit den Schultern. »Da müsst ihr eure Tante fragen. Sie hat die Zimmereinteilung gemacht.«

Jessy schnaubte. Ich dagegen ließ mich mit einem Grinsen im Gesicht auf die weiche Matratze des Himmelbetts plumpsen, und es gelang mir, den Gedanken an mein seltsames Spiegelbild zu verdrängen. Hier in diesem Zimmer würde ich mich wie ein echtes Burgfräulein fühlen. Es war einfach herrlich.

Wenn nur diese Rüstung nicht wäre. Ich hatte das Gefühl, dass sie mich anstarrte, und in den Händen hielt der Ritter zu allem Überfluss auch noch ein riesiges Schwert mit einer ziemlich scharf aussehenden Schneide. Sollte ich Jessy anbieten zu tauschen? … nein, das könnte ihr so passen, dass ich ihr dieses tolle Zimmer abtrat! Leider traute ich mich auch nicht, Angus MacLeod darum zu bitten, die Rüstung zu entfernen. Er dachte wahrscheinlich sowieso schon, dass ich nicht mehr ganz dicht war. Nicht, dass mir an der Meinung von jemand besonders viel lag, der auch im Haus eine Schottenmütze mit Bommel auf dem Kopf hatte, einen Weihnachtspulli mit Elch darauf trug und seinen Hund Gracia Patricia nannte. Aber auch ich hatte meinen Stolz. Wenn Jessy und er weg waren, würde ich das Monstrum auf den Balkon hinausschieben. Das konnte ja nicht so schwer sein!

Blöderweise – als hätte er es geahnt – sagte Angus MacLeod nur einen Atemzug später: »Ich hätte noch eine Bitte an dich, junge Dame!«

»Ja?« Gespannt darauf, was denn jetzt kommen würde, hob ich den Kopf.

»Dieses Zimmer ist … äh … wie du bestimmt schon festgestellt hast, etwas ganz … Besonderes«, druckste er herum. »Es … es … also, es ist absolut notwendig, dass du nichts daran änderst. Also keine Möbel verschiebst und so. Aus … Denkmalschutzgründen.«

Meine Augenbrauen schossen wie von selbst nach oben. »Das Zimmer steht unter Denkmalschutz?«

»Nein, noch nicht, aber … bald. Wir vermieten es normalerweise gar nicht. Nur dieses Mal. Ausnahmsweise. Weil eure Großtante mich darum gebeten hat.« Er wich meinem Blick aus. Seine Bitte war ihm sichtlich unangenehm. Bestimmt hatte Großtante Mathilda einen stolzen Preis für das Zimmer bezahlt, und er tat nun etwas Verbotenes. »Lass einfach alles, wie es ist, ja?« Er sah mich flehend an.

War eine dunkle, angsteinflößende Ritterrüstung, in der sich böse Menschen verstecken könnten, um mich nachts zu köpfen, ein Möbelstück? Nein, oder? Gehorsam nickte ich.

Vielleicht reichte es ja auch schon, die Rüstung mit dem Überwurf des Himmelbetts zu verhängen. Nach dem Motto *Aus den Augen, aus dem Sinn* … Nein, das würde nicht funktionieren, schließlich wusste ich ganz genau, was sich unter dem dunkelblauen Stoff befand. Aber ich konnte meinen Cordrock ausziehen und ihn hineinstopfen. Sollte sich jemand oder etwas darin befinden, würde er oder es bei seinem Anblick bestimmt sofort die Flucht ergreifen. Außerdem könnte ich ihn bei unserer Abreise wunderbar darin vergessen.

Sobald ich mir sicher sein konnte, dass Angus und Jessy weg waren, zog ich den Rock aus, nahm all meinen Mut zusammen und schob das Visier nach oben.

Gelb glühende Augen schauten mich daraus an. Panisch schrie ich auf, und das Ding in der Rüstung tat es auch. Seine Schreie gellten in meinen Ohren. Ich sah etwas Schwarzes, einen weit geöffneten Mund, kleine spitze Eckzähne …

Mit voller Wucht ließ ich das Visier wieder herunterknallen. Die unheimlichen Schreie verstummten, ich hörte ein dumpfes *Klong*, danach herrschte Stille.

Jessy kam ins Zimmer gestürmt. »Wieso schreist du denn so? Ist etwas passiert?«

»In der Ritterrüstung ist etwas. Es hat spitze Zähne und glühende Augen. Wie ein … ein Vampir.«

»Ein Vampir?« Die Besorgnis aus ihrer Miene verschwand. »Wir sind hier in Schottland und nicht in Transsilvanien.«

»Ja und? Er ist trotzdem da. Geografie scheint ihm also vollkommen egal zu sein.«

Jessy verdrehte die Augen. »Du warst schon immer etwas seltsam, aber seit wir hier sind, bist du endgültig plemplem.«

»Wenn du mir nicht glaubst, dann schau doch nach! Er ist immer noch dort drin.«

»Nein.« Sie hob die Hände und wich zur Sicherheit noch einen Schritt zurück. Ganz so cool, wie sie immer tat, war sie nämlich nicht. Ich dagegen war durch ihre Anwesenheit deutlich mutiger geworden.

»Aber er kann nicht besonders groß sein, sonst würde er nicht in die Rüstung passen. Und er schien auch Angst zu haben. Auf jeden Fall hat er geschrien, als ich das Visier hochgeklappt habe. – Hier!« Ich nahm dem Ritter das Schwert aus den Eisenklauen und reichte es meiner Schwester. Ich selbst holte meine Kamera aus der Tasche. »Du nimmst das Schwert, damit wir uns im Notfall verteidigen können, ich filme alles.« Allmählich begann ich, mich von meinem Schreck zu erholen. »Stell dir doch mal vor, wenn wirklich ein Vampir dort drin wäre! Das wäre eine totale Sensation.« Das glaubte ich natürlich nicht wirklich, aber vielleicht würde ich etwas von dem, was ich aufnahm, für meinen Film gebrauchen können. »Wahrscheinlich würden wir sogar eine Menge Geld für das Material bekommen«, fügte ich hinzu, weil Jessy immer noch zögerte.

Ich kannte sie so gut. »Okay«, sagte sie, »aber wir machen es umgekehrt: Ich filme, du nimmst das Schwert. Ich kann damit nicht umgehen. Nicht, dass ich dich aus Versehen treffe.«

»Ach, aber ich habe die Prüfung zum Ritter erfolgreich abgelegt, oder was?«

Meine Schwester presste die Lippen zusammen. Ich wusste, dass sie nicht weiterdiskutieren würde, und mit einem Seufzen nahm ich das Schwert. »Pass bitte auf, dass du die Aufnahme nicht verwackelst. Bist du bereit?«

Jessy zückte die Kamera und schaltete sie ein. Es surrte leise (wie ich dieses Geräusch liebte), dann nickte sie.

»Drei, zwei, eins. Jetzt!«

Ich zog das Visier der Rüstung zum zweiten Mal an dem Tag auf. Das Schwert hatte ich hoch erhoben. Aber nichts geschah.

»Na toll!« Jessy ließ die Kamera sinken. »Du wolltest mich reinlegen?«

Ich schüttelte den Kopf. »Da war etwas in der Rüstung, und es hat geschrien.« Ich erinnerte mich außerdem an das seltsam dumpfe Geräusch, das ich gehört hatte, bevor die Stille eingetreten war. »Vielleicht ist das Ding darin vor Schreck gestorben.«

»Dann kann es aber kein Vampir gewesen sein. Denn die sind unsterblich.«

Da hatte sie leider recht. »Wir schauen am besten trotzdem nach.« Ich lehnte das Schwert gegen die Wand.

Jessy schnaubte. »Das kannst du gerne machen. Ich habe die Nase voll von deinen Spinnereien. Ich bin in meinem Zimmer und mache mich fürs Abendessen fertig. Wenn du den toten Vampir gefunden hast, kannst du ja rufen.«

»Warte! Nur eine Minute. Bitte! Du musst die Rüstung festhalten, sonst fällt sie um.«

»Na gut! Wenn du dann Ruhe gibst.« Jessy packte den Ritter am Arm, und ich kniete mich auf den Boden, um nachzuschauen, ob ich den linken Fuß der Rüstung lösen konnte. Zu meiner Überraschung war er nicht fest mit dem Rest verbunden, sondern ließ sich ganz leicht nach vorne schieben. Doch in dem silbernen Hohlraum war nichts.

»Siehst du! Ich habe dir doch gesagt, dass du dir diesen Vampir nur eingebildet hast.«

»Ich schaue auch noch in den anderen.«

Auch dieser Fuß ließ sich ganz leicht herausschieben. Ich schüttelte ihn aus, und etwas Schwarzes plumpste heraus. Es hatte Flügel, die sich schlaff rechts und links von seinem zierlichen Körper ausbreiteten, und eine winzige rosa Nase. Obwohl nicht nur seine Augen, sondern auch sein Mund geschlossen waren, sah ich die winzigen Eckzähne rechts und links aus seinen Lefzen herausblitzen.

»Iiiih!« Obwohl das kleine Wesen überhaupt keinen Mucks machte, wich Jessy zurück, und die Rüstung kam bedrohlich ins Schwanken. »Das ist eine Fledermaus.«

Das *war* eine … Oh nein! »Ich bin schuld, dass sie gestorben ist!«, sagte ich dumpf.

Jessy sah mich an, als ob ich nun endgültig vollkommen durchgedreht wäre. »Wieso das denn?«

»Weil sie total erschrocken ist, als ich das Visier geöffnet habe.« Ich steckte den Fuß wieder an die Rüstung. »Bestimmt hat sie einen Herzinfarkt erlitten.«

Jessy schnaubte erneut. »Ich bin jedenfalls froh, dass sie tot ist. Der Gedanke, dass hier eine Fledermaus herumfliegt und mir auf den Kopf scheißt …« Es schauderte sie sichtlich.

»Eine Fledermaus ist keine Taube oder Möwe. Scheißen die einem überhaupt auf den Kopf?«

Jessy zuckte mit den Schultern. »Du bleibst hier, und ich hole diesen Angus, damit er sie entsorgt.«

Während sie davoneilte, schaute ich auf das Wesen vor mir. Es war nicht besonders hübsch, genau genommen war es sogar ziemlich hässlich. Aber es sah nicht böse aus. Plötzlich war mir zum Weinen zumute. Es tat mir leid, dass sein kleines Herz wegen mir aufgehört hatte zu schlagen. Wieso hatte ich nur nicht die Finger von der Rüstung gelassen, so wie Angus es mir aufgetragen hatte? Bedrückt blieb ich einige Augenblicke neben dem Tier sitzen, als mir ein Gedanke kam: Vielleicht war die Fledermaus aber auch gar nicht tot, sondern nur vor Schreck in Ohnmacht gefallen. Langsam hob ich die Hand und näherte mich ihrer Brust. Ihr Fell war ganz weich, die Haut darunter noch warm, stellte ich fest, als sie die Augen öffnete und erneut anfing, in dieser seltsam hohen Tonlage zu kreischen. Hektisch mit den Flügeln schlagend erhob sie sich in die Luft.

»Stopp!« Ich sprang auf, doch da war sie auch schon durch das geöffnete Fenster nach draußen geflattert und verschwand zwischen den Baumwipfeln im Park.

Ich drehte mich um.

»Huah!« Ich zuckte zusammen, denn eine weiß vermummte Gestalt war ins Zimmer getreten.

5

Es war Angus MacLeod. Ich hatte ihn auf den ersten Blick nur nicht erkannt, weil er anstelle seines Kilts einen Plastikanzug trug, den ich bisher nur im Fernsehen gesehen hatte. An Gerichtsmedizinern, die einen Tatort untersuchten. Auf seinem Rücken hing etwas, das einem Staubsauger ähnelte, in seinen behandschuhten Händen hielt er einen Müllbeutel.

»Was schreist du denn so rum, junge Dame?«, fragte er. »Deine Schwester hat mich gebeten, zu dir zu gehen, um ein totes Insekt aus deinem Zimmer zu entfernen.«

Das war eine sehr verniedlichende Bezeichnung für eine Fledermaus. Außerdem war sie biologisch falsch, denn Fledermäuse waren Säugetiere. Und wieso hatte sich Angus kostümiert? Er sah aus wie einer von den Ghostbusters.

»Die ... die Fledermaus ... sie ist doch nicht tot. Sie ist gerade rausgeflogen.«

Dass die Fledermaus wie verrückt geschrien hatte, würde ich besser nicht erwähnen. Vermutlich hatte ich es mir sowieso nur eingebildet. Angus MacLeod hatte ja schon erwähnt, dass empfindsame Gemüter in dieser Burg etwas seltsam reagieren könnten. Ich empfand Solidarität mit Gracia Patricia, die ihrem Herrchen nachgetrippelt und inzwischen ebenfalls in meinem Zimmer angekommen war. Interessiert schnüffelte sie an der Stelle am Fußboden, auf der kurz zuvor noch die Fledermaus gelegen hatte.

»Na, dann ist es ja gut.« Angus MacLeod sah sehr erleichtert aus. »Ich hatte mich schon vorbereitet. Für den Fall, dass sie lebt.« Er zeigte auf die Apparatur auf seinem Rücken. »Fledermäuse im Hotel kann ich nämlich nicht dulden. Ich hoffe, du hast sie nicht angefasst. Diese Tiere können gefährliche Erreger in sich tragen. Leider sind sie in dieser Gegend keine Seltenheit. Allerdings habe ich es noch nie erlebt, dass sie sich im Wohntrakt aufhalten. Sie leben im Nordturm. Zumindest sehe ich sie dort in Vollmondnächten immer herumflattern. – Kann ich sonst noch etwas für dich tun?«

Ich schüttelte den Kopf.

»Dann gehen Gracia Patricia und ich mal wieder. In einer Viertelstunde treffen wir uns zum Welcome Drink im Bankettsaal. Bestimmt …«, er hüstelte, »möchtest du dich noch ein bisschen frisch machen.«

Ich biss mir auf die Unterlippe, denn erst jetzt wurde mir so richtig bewusst, dass ich nur in einer Strumpfhose vor ihm stand.

Angus MacLeod wandte sich zum Gehen. Dabei blieb sein Blick an der Ritterrüstung hängen. »Wieso lehnt das Schwert an der Wand?«

»Das … damit wollte ich die Fledermaus töten.«

»Ich dachte, du hättest gedacht, sie wäre schon tot gewesen!«

»Ja … aber zuerst nicht. Da war sie noch höchst lebendig. Und hinterher ja auch.« Was redete ich nur für einen Stuss!

Angus brachte erst Fuß und Schwert wieder an Ort und Stelle und sah mich dann ernst an. »Ich wäre dir wirklich sehr dankbar, wenn du in diesem Zimmer alles ganz genau so lässt, wie es ist. Du weißt schon. Wegen dem …«

»Denkmalschutz?«

»Genau.«

Anscheinend hatte ich mir durch das ganze Fledermaus-Desaster ein wenig zu viel Zeit gelassen, denn als ich in den Bankettsaal trat, räumte Angus' Haushälterin gerade leere Gläser von einem massiven Holztisch und stellte sie auf ein Tablett.

»Was hast du denn nur so lange gemacht?«, fragte Mama. »Selbst deine Schwester hat es geschafft, pünktlich zu sein.«

Sie hätte ruhig bei mir vorbeischauen können, bevor sie nach unten gegangen war. Ich warf Jessy einen giftigen Blick zu. Sie bemerkte ihn nicht, denn sie war zu beschäftigt, ein Selfie vor einem künstlichen Weihnachtsbaum mit grellbunten Kugeln und blinkender Lichterkette zu machen. In der Hand hielt sie ihr Buch.

Weitaus freundlicher als von Mama wurde ich von Großtante Mathilda empfangen. Inzwischen hatte sie ihre praktische Drachenkämpferkluft abgelegt und trug nun wieder eines der teuer aussehenden Kostüme, die ich von ihr gewohnt war.

»Ach, du bist da, Enya! Wie schön, dann kann ich ja endlich ein paar Worte sagen.« Sie winkte auch Jessy heran. »Meine liebe Familie, ihr wisst, ich bin kein Freund großer Reden, aber ein paar Worte möchte ich doch an euch richten: Ich freue mich wirklich außerordentlich, dass ihr alle meiner Einladung gefolgt seid. Inzwischen wisst ihr ja alle, dass ich vor einigen Jahren schon einmal hier war. Dieser Ort ... der Aufenthalt auf dieser Burg war etwas ganz Besonderes für mich gewesen.« Großtante Mathilda zupfte an einem Knopf ihres Blazers herum, und als sie fortfuhr, klang ihre Stimme belegt: »Seit Langem habe ich davon geträumt, noch einmal hierher zurückzukommen. Dass ich es mit euch zusammen tun darf, dafür danke ich euch sehr.«

Nicht nur Jessy und ich, sondern auch Mama und Papa wechselten einen überraschten Blick. Die sonst so toughe Großtante Mathilda so gefühlsbetont zu erleben, war äußerst ungewöhnlich.

Doch schon hatte sie sich wieder im Griff, und sie fuhr mit festerer Stimme fort: »Aber nun genug der emotionalen Worte, sondern nur noch zwei Dinge: Mir ist es wichtig, dass sich in diesem Urlaub niemand zu etwas verpflichtet fühlt. Ich freue mich, wenn wir hin und wieder etwas zusammen unternehmen, aber fühlt euch nicht gezwungen, die ganze Zeit an meinem Rockzipfel zu hängen und mich zu betüddeln.«

»Und was ist das Zweite?«, fragte Jessy.

»Ich mache mir nichts aus Status, und ich halte Stammbäume für überbewertet.« Großtante Mathilda grinste. »Nur bei schottischen Burgbesitzern können sie mich beeindrucken.«

Donna und Mama schauten betreten zu Boden, und ich musste mir auf die Lippen beißen, um nicht laut aufzulachen. Großtante Mathilda war echt zu cool!

»Na, komm, du Schottischer Schneehund!«, rief ich zu Theo, weil Angus MacLeod, der hundertneunundzwanzigste, zur Burgführung bat, und wir folgten ihm wie dem Rattenfänger von Hameln durch die düsteren Gänge der Burg.

»Wieso kommt eigentlich Thomas nicht mit?«, fragte Mama Donna, weil ihr Bruder sich entschuldigt hatte.

»Der Ärmste musste sich ein wenig hinlegen«, sagte Donna. »Er hat zurzeit so wahnsinnig viel in der Firma zu tun.« Onkel Thomas war in der Automobilbranche tätig.

»Alexander ist beruflich auch sehr eingespannt, wie du weißt. Aber er wollte sich die Führung natürlich nicht nehmen lassen, er interessiert sich wahnsinnig für solche alten Häuser. Nicht wahr?« Mama stupste Papa an, und der hätte vor Schreck fast das Handy fallen gelassen, in das er gerade fleißig etwas textete.

Während er, ohne einen Blick vom Display zu nehmen, einen Grunzlaut ausstieß, mit dem er wohl seine Zustimmung bekunden wollte.

Ich verdrehte die Augen. Nicht zu fassen! Obwohl Großtante Mathilda klargemacht hatte, dass sie uns durchschaut hatte, konnten die beiden ihre Sticheleien nicht lassen …

Außer meiner Familie waren noch drei weitere Hotelgäste bei der Führung dabei, eine Frau und zwei Männer.

»Wenn das alle Gäste sind, dann steht uns ja ein aufregender Urlaub bevor.« Jessy hatte sich zu mir gesellt und zog eine Grimasse. »Zumindest einer in unserem Alter hätte ja schon dabei sein können. Die sind ja alle schon fast scheintot.«

»Psssst!« Gut, dass Mama das nicht gehört hatte. Denn selbst wenn Jessy flüsterte, war sie immer noch ziemlich laut. Einer der Männer, ein hagerer Typ im langen schwarzen Mantel, hatte sie auf jeden Fall gehört. Sein stechender Blick versenkte sich in ihren, doch sie hielt ihm so selbstbewusst stand, dass letztendlich er es war, der seine Lider als Erstes senkte. Ich hätte das nicht gekonnt. Mit seinen schwarzen Haaren, der Hakennase und den wie aus Stein gemeißelten Zügen erinnerte er mich nämlich an Christopher Lee aus *Dracula*. Nur dass sein Teint viel brauner war. Wenn er seinen Mantel ausgebreitet hätte und durch eines der Butzenscheibenfenster geflogen wäre, hätte es mich trotzdem nicht gewundert.

Der andere Mann erinnerte mich an einen Maulwurf.

Er hatte schütteres Haar und eine riesige Brille mit dicken Gläsern, die seine Augen unnatürlich vergrößerte und ihm einen erstaunt-verängstigten Ausdruck verlieh. Alle paar Meter blieb er stehen, und seine kurzsichtigen Augen flackerten so nervös von rechts nach links, als würde er befürchten, dass hinter einem der Vorhänge gleich Frankensteins Monster hervorspringen würde. Doch das schien nicht das Einzige zu sein, was ihm Sorgen machte.

»Ich hoffe, sie werden nicht wirklich bei Dunkelheit entzündet?« Sein Blick klebte an den aus den Wänden ragenden Halterungen mit den Fackeln darin. »Dann würden Sie nämlich Probleme mit der Brandschutzbehörde bekommen.«

»Nein, natürlich nicht«, beruhigte ihn Angus. »Wir verwenden bereits seit 1920 elektrisches Licht auf Dunvegan. Die Fackeln sind nur noch aus Denkmalschutzgründen hier.«

Mit dem Denkmalschutz schien man es auf dieser Burg ja wirklich sehr genau zu nehmen. Ich nahm James ein ausgestopftes Eichhörnchen aus der Hand, es war schon das zweite Tier, das er unbedingt hatte mitnehmen wollen, und er reagierte mit einem empörten Kreischen. Ich war froh, als Angus ein paar Meter weiter an einer Holztür stehen blieb und das erste Zimmer öffnete.

Es war so klein, dass wir uns ganz schön zusammenquetschen mussten, um alle hineinzupassen.

»Oh! Ist das hier das Museum, über das ich schon so viel gelesen habe?«, rief die Frau, die ich auf den ersten Blick als Journalistin identifiziert hatte. Ihre grauen Haare waren auf ihrem Kopf zu einem unordentlichen Vogelnest aufgetürmt, in dem nicht nur eine Lesebrille saß, sondern gleich zwei Stifte steckten. Einen dritten Stift hielt sie in der Hand und kritzelte damit eifrig etwas in ein Notizbuch. Um ihren Hals baumelte eine Kamera.

»*Aye.*« Angus' Augen leuchteten, und er zeigte auf eine Vitrine, in der sich ein riesiges Ochsenhorn befand, das mindestens einen Liter fasste und mit einem fein ziselierten silbernen Deckel verschlossen war. »Das hier zum Beispiel ist Sir Rory Mors Horn. Rory Mor war der sechzehnte Clanchef. Einer Legende nach wurde er auf dem Rückweg von Verwandten von einem riesigen Stier bedroht, den er mit einem Dolch erlegte. 1,6 Liter Wein passen in das Horn hinein, und es ist eine Tradition in unserer Familie, dass der angehende Clanführer es in einem Zug austrinkt, um seine Männlichkeit zu beweisen.«

»Also auch Sie.« Diese Feststellung kam von Jessy. Alle Köpfe schwenkten in ihre Richtung.

»Jessica!«, entfuhr es Mama.

Doch Angus nickte nur. »*Aye,* auch ich. Eine Minute sechsundzwanzig habe ich dafür gebraucht, es zu leeren. Danach musste ich mich allerdings ein paar Stunden hinlegen.«

Tradition schien in diesem Clan ja wirklich wichtig zu sein. Kein Wunder, wenn man inmitten von unsterblichen Gründungsvätern lebte, die dafür sorgten, dass sie gewahrt wurden.

Stolz zeigte Angus uns nacheinander auch die anderen Relikte, die die MacLeods über die Jahrhunderte hinweg, zum Teil auch auf Umwegen, in den Besitz der Familie genommen hatten: ein Trinkglas mit einer Widmung des englischen Prinzen Bonnie Prince Charles, eine Locke von ihm und ein Mieder der Freiheitskämpferin und schottischen Nationalheldin Flora MacDonald, der eine romantische Liebesbeziehung zu besagtem Prinzen nachgesagt wurde. Und er erzählte so lebendig von der Geschichte dieser Besitztümer, dass selbst Papa sein Handy in der Hosentasche ließ und ihm zuhörte.

»Was ist das?«, fragte Mama, die vor einem hässlichen gelben Stofffetzen stand, der an der Wand hing.

»Das …«, Angus machte eine kleine Pause, bevor er mit ganz ehrfürchtiger Stimme fortfuhr, »… ist die berühmte Feenflagge.«

Darüber hatte ich gelesen. Ich hatte sie mir allerdings ein bisschen prunkvoller vorgestellt.

»Glauben Sie wirklich, dass sie Ihrer Familie von den Feen geschenkt wurde?«, fragte die Journalistin.

»Selbstverständlich«, antwortete Angus. »Ein Vorfahre von mir hat sich einst in eine Fee verliebt. Sie heirateten und bekamen mehrere Kinder. Doch als diese erwachsen waren, wurde ihr Heimweh nach ihrer Familie so groß, dass sie zu ihr zurückwollte. Zum Abschied hat sie ihm diese Flagge geschenkt.« Er gluckste. »Kleiner Scherz! Die Geschichte ist natürlich sehr beliebt, aber unter uns gesagt wurde diese Flagge wohl eher von den Kreuzzügen mitgebracht. Die Seide kommt nämlich eindeutig aus dem Mittleren Osten. Allerdings wurde der Stoff auf vierhundert bis siebenhundert nach Christus datiert, und das ist viel früher als die Kreuzzüge. Einer weiteren Legende nach könnte er also auch aus dem Hemd eines Heiligen stammen. Aber mir gefällt die Variante mit den Feen am besten.« Ein versonnenes Lächeln legte sich auf seine Lippen. »Wird die Flagge gehisst, hat sie die Macht, unsere Familie vor großem Unglück zu bewahren. Aber das darf nur dreimal geschehen. Zweimal ist es ihr schon gelungen, das dritte Mal … nun ja …« Das klang äußerst vielversprechend! Doch leider beendete Angus den Satz nach einer kurzen Pause lediglich ziemlich lahm mit: »… das haben wir wohl noch gut.«

Wir gingen weiter, und Angus zeigte uns den Ballsaal, die riesige Küche, die Bibliothek und die Gemäldegalerie. Auch den Spiegel passierten wir, und ich war fast enttäuscht, dass ich darin nur meine ganz normalen Kleider trug.

Auf dem Weg zum Kerker kamen wir an einer geschlossenen Holztür vorbei, vor die ein Baustellenband gespannt war.

»Ist dieser Teil der Burg nicht bewohnt?«, fragte Großtante Mathilda Angus. Ihr Gesicht war ganz blass geworden. Überhaupt schien sie mir auf einmal ziemlich durch den Wind. Nicht nur Gracia Patricia und ich, sondern auch sie schien auf dieser Burg ein äußerst empfindsames Gemüt zu entwickeln.

»Nein«, sagte Angus. »Er ist leider stark einsturzgefährdet. Deshalb musste ich ihn durch ein Baustellenband absperren.«

»Haben Sie vor, ihn renovieren zu lassen?« Graf Dracula sprach mit stark rollendem R. Woher er wohl kam? Bestimmt aus dem tiefsten Transsilvanien. Schnell schlug ich mir die Hand vor den Mund, um ein Kichern zu unterdrücken.

»Früher oder später, ja.«

Über eine unebene Steintreppe gingen wir in die Kerker hinunter, und mit einem altmodischen Schlüssel seines Schlüsselbunds schloss Angus die Tür auf. Ein kalter Lufthauch schlug mir entgegen, als wir eintraten.

»Huch, ist das kalt hier unten!«, sagte Donna, und ich sah, wie sie die Zwillinge fester an der Hand packte.

Auch mich fröstelte es, und das nicht nur wegen der Kälte, sondern auch, weil es im Verlies wirklich unheimlich war. Wie furchtbar musste es für Finola MacLeod damals gewesen sein, hier unten gefangen gehalten zu werden! Ich konnte ihr Stöhnen und Ächzen förmlich hören, und auch die entsprechende Szene sah ich schon vor mir.

Ich warf einen Blick in den ersten Kerker. Rostige Ketten hingen von den Wänden, und es gab kein Fenster. Ob es das Verlies war, in dem sie gefangen gehalten worden war? Wasser tropfte an einigen Stellen von den Wänden, und von draußen hörte ich den Wind um die Burg heulen. Oder war es ihr Wehklagen? Jetzt spinn nicht rum, Enya!, ermahnte ich mich, aber so ganz konnte ich mein Unbehagen nicht abschütteln. Es war so dunkel hier unten, und nur die Öllampe, die Angus in der Hand hielt, sorgte für etwas Licht.

»Natürlich haben wir inzwischen auch hier unten elektrische Lampen«, erklärte er, »aber etwas stimmt mit der Stromleitung nicht.«

»Vielleicht wollen Sie die Geister nicht erschrecken«, sagte die Journalistin – ziemlich provozierend, wie ich fand.

»Sprechen Sie von den Gründungsvätern des MacLeod-Clans?« Der Maulwurfmann hatte die Schultern so stark hochgezogen, dass es aussah, als würde sein Kopf direkt auf seinen Schultern sitzen. »Ich habe gehört, dass sie sich immer noch hier herumtreiben und nach dem Rechten sehen.«

»Ach, um jedes alte Haus ranken sich solche Geschichten«, winkte Angus ab.

»Und was ist mit dem Geist Ihrer Vorfahrin Finola MacLeod?«, wandte die Frau, die ich für eine Journalistin hielt, ein. »Ich habe mich in den letzten Tagen ausführlich mit ihr befasst.«

Oh! Wie spannend! Es gab noch jemand, der sich für sie interessierte. Gebannt hing ich an den Lippen der Frau, als sie von dem Ergebnis ihrer Recherchearbeit berichtete. Das meiste wusste ich allerdings längst selbst, und ich hatte nicht Tage gebraucht, um es herauszufinden: Ihr Ehemann hatte Finola MacLeod angeklagt, sie war in den

Kerker gekommen und dann spurlos daraus verschwunden, obwohl dieser gar kein Fenster hatte … Erst der letzte Teil ihrer Erzählung ließ mich wieder aufhorchen.

»Es heißt, in stürmischen Nächten wandert sie immer noch durch die Burg. Die einen behaupten, um sich an ihrem Mann und allen, die sie angeklagt hatten, zu rächen. Die anderen«, die Journalistin machte eine Pause, »dass sie auf der Suche nach den Diamanten sei, die sie aus den vielen Tränen gewonnen hat, die ihre Dienstbotinnen aufgrund ihrer Grausamkeit geweint haben.« Zufrieden darüber, dass sie die Aufmerksamkeit aller Anwesenden hatte, schaute sie sich um.

Diamanttränen … Das wurde ja immer besser!

Angus dagegen war spürbar verstimmt, und die Öllampe in seiner Hand schwankte hin und her. »Das ist alles Unsinn. Wegen dieser Gruselgeschichten habe ich mich dazu entschlossen, keine Führungen mehr auf der Burg anzubieten. Die ganzen Schatzsucher, die davon angelockt wurden, haben hier alles auf den Kopf gestellt. Einer hat sogar eine Tapete heruntergerissen, weil er dachte, dass sich dahinter ein geheimes Versteck befindet. Dabei war es nur ein alter Lüftungsschacht. Und was Finola MacLeods mysteriöses Verschwinden angeht: Jemand von der Burg wird ihr bei der Flucht geholfen haben.«

Die Journalistin blieb hartnäckig. »Das kann ich mir nicht vorstellen. Ich habe gelesen, dass sie nach dem Tod ihres Vaters keinen einzigen Verbündeten mehr auf der Burg gehabt hat – kein Wunder bei ihrem Verhalten –, und auch ihr Mann hatte allen Grund dafür, sie auf dem Scheiterhaufen zu sehen.«

Leider konnte sie darauf nicht näher eingehen, denn nun schaltete sich Papa in das Gespräch ein:»Ich habe auch von dieser Diamantdame gelesen. In einem Reiseportal. Anscheinend haben mehrere Gäste nachts eine Gestalt in den Gängen gesehen, die stark nach Rosen duftet.«

Die Journalistin nickte.»Das Rosenparfüm war ihr liebster Duft.«

Angus verzog das Gesicht.»Lauter Geschichten von Leuten, die sich wichtigmachen wollten. Und was den Rosenduft angeht: Ich versprühe ihn selbst. In alten Gemäuern riecht es manchmal muffig. Aber nun genug der Spukgeschichten: Ich kann Ihnen allen versichern, dass Dunvegan Castle komplett gespensterfrei ist.« Er schaute die Journalistin fest an. Fast ein bisschen drohend sah er aus, wie er sich vor ihr aufbaute.

Die ließ sich davon überhaupt nicht beeindrucken.»Das werden wir ja sehen. Ich habe bisher noch auf jeder schottischen Burg ein Gespenst gefunden.« Obwohl die Journalistin in dem funzligen Licht kaum das Papier sehen konnte, kritzelte sie etwas in ihr Buch, doch dann verharrte ihr Stift mitten in der Bewegung. Auch ich schaute auf. Denn das Quietschen einer Tür verkündete, dass außer uns noch jemand das Verlies betrat. Ich roch ein schweres, blumiges Parfüm. Dann fiel das Licht der Öllampe auf eine riesige Gestalt, die einen buschigen Pelz hatte – und zwei Hörner auf dem Kopf.

6

Neben mir schrie der Maulwurfmann auf, und mit seiner dicken Hand krallte er sich in das Nächstbeste, was ihm in den Weg kam – meinen Arm. Auch ich war kurz davor, mal wieder loszukreischen, doch dann rief eine Stimme: »Angus! Bist du hier unten? Deine neue Hausdame hat gesagt, dass ich dich hier finde. – Ah, gut, du bist es! Ich dachte schon, dass ich niemals hier ankomme. Dieses Wetter ist ja grauenhaft. Wieso steckt ihr denn alle im Dunkeln?«

Ein Deckenlicht flammte auf, das so hell war, dass ich erst einmal geblendet die Augen schließen musste. Als ich sie wieder öffnete, sah ich eine Frau, die einen voluminösen Pelzmantel trug. Das, was ich für Hörner gehalten hatte, waren die beiden Pelzpompons ihrer Strickmütze gewesen. Eine dunkle Lockenmähne quoll darunter hervor.

»Oh! Das Licht geht ja wieder«, sagte Angus. »Dann ist

es heute Morgen vielleicht nur ein Stromausfall gewesen. Wie schön, dass sich einige Dinge von selbst erledigen.« Er breitete so schwungvoll die Arme aus, dass Tante Mathilda gerade noch einen Schritt zurückweichen konnte, weil sie sonst einen Schlag in die Magengegend bekommen hätte, und eilte auf die fremde Frau zu. »Gloria, wie schön, dass du da bist! Du kannst dir gar nicht vorstellen, wie sehr ich mich darüber freue, dass du Dunvegan Castle auch dieses Jahr wieder mit einem Besuch beehrst!«

»Ach, du alter Schmeichler!« Sie gab ihm einen Klaps, und ich sah, dass sie tatsächlich an jedem Finger einen Ring trug. An ihrem rechten Zeigefinger sogar zwei. »Ich habe dir dafür zu danken, dass du ein Zimmer für mich frei hattest. So spontan, wie ich gebucht hatte. Und jetzt lass dich mal umarmen!«

»Wer um Himmels willen ist diese Person?«, flüsterte Großtante Mathilda.

Niemand von unserer Familie hatte eine Ahnung. Doch Angus war so freundlich, die Frage zu beantworten. Zumindest nachdem er aus der Masse von Pelz, in der er kurzzeitig verschwunden war, wieder aufgetaucht war. »Darf ich vorstellen, meine Damen und Herren! Gloria Montana!

Seit Jahren fliegt sie nun schon einmal im Jahr nach Schottland und feiert Hogmanay auf Dunvegan Castle.«

»Oh!«, quiekte Donna. »Ich dachte mir gleich, dass die Ähnlichkeit verblüffend ist, aber ich hätte nie gedacht, dass Sie es wirklich sind. – Ich liebe Ihre Filme.«

Wie cool! Die Frau war Schauspielerin.

»Das freut mich außerordentlich zu hören!« Gloria Montana warf Donna eine Kusshand zu, als das Lächeln auf ihrem Gesicht auf einmal starr wurde und ihre Augen sich weiteten. Einen Moment lang stand sie ganz still da. Doch bevor ich herausfinden konnte, wer oder was in unserer Ecke sie so irritierte, hatte sie sich schon wieder gefangen. Sie lächelte noch einen Tick strahlender. »Es ist wirklich schön, hier zu sein. Gibt es eigentlich bald was zu essen? Ich bin schon seit Stunden unterwegs, und ich sterbe vor Hunger!«

»Natürlich!«, beeilte sich der Burgherr zu versichern. »Teresa hat das Essen sicher schon angerichtet. Sie kocht und backt fantastisch. Noch viel besser als meine letzte Hausdame. Du wirst begeistert sein.«

»Hast du schon einmal einen Film mit Gloria Montana gesehen?«, fragte mich Jessy auf dem Weg zum Bankettsaal. »Du bist doch so ein Filmnerd.«

Filmnerd! Ich sah mich als Cineastin. Und dass Jessy diese Gloria nicht kannte, war klar. Sie schaute sich nämlich ausschließlich Serien an, in denen Vampire vorkamen. Oder stinkreiche Jungs der oberen Gesellschaft. Im Idealfall waren die Jungs beides. Vampire und stinkreich. Gloria Montana war aber tatsächlich auch mir kein Begriff, was mich selbst ein bisschen wunderte. Donna und Angus taten ja gerade so, als wäre sie Angelina Jolie.

»Früher war sie ein absoluter Superstar«, erklärte Donna, als ich sie darauf ansprach. »Aber in den letzten Jahren ist es ruhig um sie geworden. Ich muss sie unbedingt fragen, ob sie ein Comeback plant.«

Wow! Dann war auf der Burg ja wirklich eine echte Hollywoodberühmtheit zu Gast. Im Gehen gab ich ihren Namen in mein Handy ein und erhielt unzählige Suchergebnisse. Ich klickte den Wikipediaartikel über sie an, um mir ihre Filmografie anzusehen. Weil Donna so ein großer Fan von ihr war, hatte ich sie in platten Mainstream-Produktionen erwartet, doch zu meiner Überraschung hatte Gloria Montana überwiegend anspruchsvolle Charakterrollen gespielt. Die Hauptrolle in einer Literaturverfilmung hatte ihr sogar eine Oscar-Nominierung eingebracht. Viel mehr als ihre Filmografie gab der Artikel aber nicht her, denn auf Partys und anderen gesellschaftlichen Events war Gloria Montana kaum anzutreffen, und um ihr Privatleben hatte sie immer ein großes Geheimnis gemacht, hieß es. Auch das überraschte mich. Aufgrund ihres extravaganten Auftritts gerade hatte ich sie als richtige Skandalnudel eingeschätzt. Interessant fand ich, dass sie erst mit Ende dreißig so richtig berühmt geworden war, in einem Alter, in dem der Stern der meisten Schauspielerinnen schon wieder zu fallen begann. Bestimmt hatte sie viel zu erzählen! Vielleicht konnte sie mir sogar ein paar Tipps für meinen Film geben!

Wir verließen die Kerker wieder. »Wieso habe ich eigentlich nicht das gleiche Zimmer wie sonst bekommen?«, hörte ich Gloria Montana fragen.

»Das war bedauerlicherweise reserviert.«

Leider saß Gloria Montana beim Abendessen genau am anderen Ende der Tafel als ich und somit fast zehn Meter entfernt von mir.

Die Schauspielerin wollte sich gar nicht mehr einkriegen vor Lachen, als sie beim Abendessen erfuhr, dass sie durch ihr plötzliches Auftauchen in dem unheimlichen Kerker einigen einen gehörigen Schrecken eingejagt hatte.

»Sie haben gedacht, dass ich ein Geist sei? Herrlich!« Sie ließ ihre beringte Hand auf ihren Oberschenkel klatschen. Mit ihrem lilafarbenen Abendkleid, das sich eng an ihre üppigen Kurven schmiegte, und dem blinkenden Schmuck war sie mit Abstand die schillerndste Person in unserer Runde. Sie toppte sogar noch Donna, die neben ihr saß und in ihrem silberfarbenen Paillettenkleid aussah wie eine Diskokugel.

Um den Platz neben dem Hollywoodstar zu ergattern, hatte sie Graf Dracula, dessen Hand schon auf der Lehne des Stuhls lag, um ihn vorzuziehen, ziemlich rüde zur Seite geschubst und sich an seiner Stelle neben Gloria Montana gesetzt. Nun hing sie förmlich an den Lippen der Frau.

Großtante Mathilda dagegen schaute mit bebenden Nasenflügeln immer wieder zu der Schauspielerin hinüber, und ihr verkniffener Mund zeigte deutlich, dass sie nur wenig von ihrer Lautstärke und dem aufgetakelten Erscheinungsbild hielt.

Nach der Suppe gab zumindest Mama es auf, ihrer wortkargen Tante mehr als einzelne Sätze entlocken zu wollen, und sie erklärte mir leise, wer die ganzen Gäste waren.

Schließlich hatte ich die Vorstellungsrunde wegen meines verspäteten Eintreffens heute Nachmittag verpasst.

Bei dem hageren Mann handelte es sich um Rodrick Hughes, einen Pianisten aus London, der von Angus engagiert worden war, auf dem Silvesterball während des Essens für die musikalische Unterhaltung zu sorgen. Bei dem Maulwurf um einen Unternehmer aus Wien, der zu meiner großen Überraschung auch noch ein *von* war und Ferdinand von Stich hieß. Ich hatte in ihm eher einen Buchhalter oder einen Archivar vermutet, der sich lieber hinter Akten oder alten Dokumenten versteckte, statt sich dem Leben zu stellen. Bei der Frau mit dem Notizblock dagegen hatte ich einen Treffer gelandet. Sie war wirklich Journalistin und hieß Dorothea Schmidt. Mit ihrem Aufenthalt auf Dunvegan Castle verband sie Urlaub und Arbeit, denn sie wollte eine Reportage über schottische Gruselhäuser schreiben, und Dunvegan Castle war ihre letzte Station. Nun verstand ich auch ihre Bemerkung, dass sie bisher noch in jeder Burg einen Geist gefunden hatte. Während wir auf den Hauptgang warteten, führte sie ein regelrechtes Interview mit Angus.

»Ich habe gelesen, dass Dunvegan Castle eine der wenigen Burgen in Schottland ist, die nicht einem Trust unterstellt sind, sondern sich in Privatbesitz befinden. Die strengen Regeln Ihres Clans verbieten es nämlich, sie zu verkaufen. Es muss eine ziemliche Herausforderung sein, diesen alten Kasten zu unterhalten. Empfinden Sie das nicht als Last?«

»Nein. Ganz und gar nicht«, versicherte ihr Angus; ein bisschen zu schnell und eifrig, wie ich fand. »Für mich ist es eine große Ehre. Schon als ich ein kleiner Junge war, habe ich davon geträumt, einmal hier zu leben.«

»Ach!« Dorothea Schmidts Augenbrauen schnellten in die Höhe. »Dann sind Sie gar nicht hier aufgewachsen?«

»Nein, ich war sieben, als meine Eltern es übernommen haben.«

Teresa brachte uns den nächsten Gang, einen Auflauf mit einer Kruste aus Kartoffelbrei, den sie Shepherd's Pie nannte und der köstlich nach geschmortem Fleisch und Kräutern roch.

»Haben Sie schon einmal darüber nachgedacht, Dunvegan Castle in *Hotels mit Charme* aufnehmen zu lassen?«, fragte der Pianist, nachdem Teresa einige Teller wieder aufgefüllt hatte. »Auf diese Seite bin ich im Internet bei meiner Schottland-Recherche immer wieder gestoßen. Das würde Ihnen sicher eine Menge Gäste bringen.«

»Natürlich habe ich das.« Angus, der gerade eine volle Gabel zu seinem Mund führen wollte, ließ sie wieder auf den Teller sinken. Auch dieses Thema schien ihm nicht sonderlich zu schmecken. »Aber … über den Antrag wurde noch nicht beschieden.« Er griff nach seinem Weinglas und trank einen großzügigen Schluck Rotwein.

»Vermutlich liegt es an den Irish Travellern, die auf der Wiese zwischen der Burg und dem Dorf kampieren«, sagte Dorothea Schmidt mit vollem Mund. »Ich bin ja zum Glück nicht so vorurteilsbehaftet, aber ich kann mir vorstellen, dass andere Gäste das nicht ganz so entspannt sehen wie ich.«

»Nein, nein! Um die mache ich mir überhaupt keine Gedanken. In ein paar Tagen müssen sie das Gelände sowieso räumen. Ein Vorfahre von mir war vor Jahren so leichtsinnig, diesen *Tinkern* das Pachtrecht im Glücksspiel anzubieten, und der dumme Kerl hat verloren. Aber ihr Vertrag läuft im Januar aus.«

»Sprechen Sie von der Wohnwagensiedlung?«, fragte Papa. Da Mama uns allen verboten hatte, unsere Handys mit zum Essen zu nehmen, und er somit nicht irgendwelche E-Mails lesen oder schicken konnte, um über den Zustand seiner heiß geliebten Tauben auf dem Laufenden zu bleiben, musste er sich notgedrungen an dem Tischgespräch beteiligen. »Ich dachte schon, dass ein Zirkus vor dem Dorf gastiert. Meine Tochter war auf dem Weg hierher fest davon überzeugt, am Waldrand einen Bären gesehen zu haben.«

»Das kann nicht sein.« Angus' Teint wechselte von Weiß zu Rot. Der Arme war wirklich leicht aus der Fassung zu bringen. »Bären sind in dieser Gegend schon seit Jahrhunderten ausgestorben.«

»Natürlich nicht.« Donna legte ihm die manikürten Finger auf den Arm. »Unsere Enya hat nur eine äußerst lebhafte Fantasie. Mein Mann wäre mit unserem Wagen fast in den seines Schwagers gefahren, so abrupt musste er bremsen, weil sie so laut geschrien hat.« Obwohl Mama vorhin haargenau das Gleiche über mich gesagt hatte, fing

Donna sich von ihr einen wütenden Blick ein, den sie aber geflissentlich ignorierte.

Peinlich berührt von der ganzen Aufmerksamkeit (im Gegensatz zu Jessy war ich einfach niemand, der gerne im Mittelpunkt stand), wollte ich mich den Resten von meinem Pie widmen, als ich bemerkte, dass Gloria Montanas Blick auf mir ruhte. Doch er wirkte nicht belustigt, sondern nachdenklich. Sie wandte den Kopf ab.

Nach dem Essen löste sich die Tischgesellschaft schnell auf. Nur ich drückte mich noch im Bankettsaal herum. Zwar hatte ich Mama überreden können, ihren Theo-Liebling bei mir schlafen zu lassen, aber so ganz nahm der Hund mir die Angst vor der Ritterrüstung nicht. Ewig konnte ich allerdings auch nicht im Speisesaal bleiben, mir die Jagdgemälde anschauen und zählen, wie viele goldene Rauten auf der moosgrünen Brokattapete zu sehen waren (es waren zweihundertzweiundsiebzig). Inzwischen hatte Angus' Haushälterin Teresa nämlich sogar das Tischtuch gegen ein frisches ausgetauscht und schon mehrmals fragend in meine Richtung geschaut.

Irgendwann hatte ich wirklich keinen Grund mehr, noch länger im Bankettsaal herumzulungern, und musste notgedrungen auf mein Zimmer gehen.

Nur widerwillig machte ich mich im angrenzenden Badezimmer zum Schlafen fertig und legte mich ins Bett. Doch das Himmelbett stand genau gegenüber dem Kamin. Und daneben, dunkel und drohend, stand die Rüstung. Im fahlen Licht meiner Nachttischlampe sah sie noch unheimlicher aus als bei Tageslicht. Ich wollte mir gar nicht vorstellen, wie gruselig es sein würde, wenn ich das Licht löschte und das hereinfallende Mondlicht die einzige Beleuchtung im Zimmer war. Ich versuchte, mich abzulenken und in dem Fachbuch über Emotionen im Film weiterzulesen, aber ich konnte mich einfach nicht auf seinen Inhalt konzentrieren. Ich musste mich vergewissern, dass sich niemand in der Rüstung befand.

Ich legte das Buch auf das Nachtschränkchen und schwang meine Beine aus dem Bett. Auf bloßen Füßen tapste ich auf den Ritter zu, und die alten Dielenbretter knarzten unangenehm laut bei jedem Schritt. Als ich vor ihm angekommen war, schlug mein Herz so laut, dass ich es bis in meinen Kopf hören konnte. Am liebsten hätte ich gekniffen und wäre zu Jessy hinübergerannt, um sie zu bitten, mich bei sich aufzunehmen. Ihr Bett war schließlich genau wie meins groß genug für zwei. Aber diese Blöße würde ich mir nicht geben. Entschlossen holte ich Luft und öffnete das Visier. Keine roten Augen leuchteten in ihrem Inneren, und es fing auch niemand an zu schreien. Der Schlund der Rüstung war schwarz und leer. Doch auch nachdem ich mich davon überzeugt hatte, dass sich weder eine Fledermaus noch ein potenzieller Mörder darin befanden, und ich eine Decke über sie geworfen hatte, hatte sie nichts von ihrer Bedrohlichkeit verloren. Noch immer lag ich schlotternd im Bett und traute mich nicht, das Licht zu löschen.

Es hatte keinen Zweck. Die Rüstung musste weg. Erneut schwang ich mich aus dem Bett. Mit beiden Händen umfasste ich ihre Körpermitte. Puh, war die schwer! Und mit so etwas waren die Leute damals nicht nur herumgelaufen, sondern hatten auch noch darin gekämpft. Ich kam bis zur Balkontür, als der Fuß, in den die Fledermaus gefallen war, mit einem Scheppern abfiel. Mist! Ich hielt den Atem an, aber da ich die Tür noch nicht geöffnet hatte, hatte wohl niemand etwas gehört. Zum Glück schaffte ich es, die Rüstung auf den Balkon zu bugsieren, ohne dass sie auf ihrem Weg dorthin noch weitere Körperteile verlor. Wenn ich sie gleich morgen früh wieder zurück ins Zimmer trug, würde es kein Mensch merken.

Schade, dass es heute schon so früh dunkel geworden war! Draußen hatte ich mich noch gar nicht umschauen können. Ich blickte auf den Park hinaus, der sanft verschneit und glitzernd vor mir im Mondlicht lag. Aus einem der Fenster im Haupthaus klangen leise Klaviertöne. Ich kannte das Stück aus dem Musikunterricht. Es hieß *Mondscheinsonate*. Plötzlich sah ich etwas Schwarzes an mir vorbeifliegen. Auch Theo hatte es bemerkt, denn er stellte seine Pfoten auf die Brüstung und schaute ebenfalls in den Park. Ein dumpfes Grollen ertönte aus seiner Kehle. Genau so wie heute Mittag, als der Bär am Waldrand gestanden hatte. Beruhigend strich ich ihm über den Kopf. Es war eine Fledermaus. Vielleicht war es sogar *die* Fledermaus. Schön wäre es, denn schlecht schien es ihr nicht zu gehen. Wie eines dieser Kunstflugzeuge zog sie nun im nächtlichen Park Kreise, vollführte Drehungen, überschlug sich und sauste in Richtung Boden, um gleich darauf wieder in den Himmel zu schießen. Dabei stieß sie Laute aus, die ich nur als Juchzen bezeichnen konnte. Komisch, denn im Biologieunterricht hatte ich gelernt, dass das menschliche Ohr die Geräusche von Fledermäusen überhaupt nicht hören konnte, weil sie sich mit ihren Artgenossen über Ultraschallrufe verständigten. Oder befand sich noch jemand im Park, der diese Geräusche ausstieß? Ich beugte mich weit über die Brüstung. Wieso hatte ich denn nur mein Handy auf das Nachtschränkchen gelegt? Es hatte eine Taschenlampenfunktion. Als ich gerade beschlossen hatte, hineinzugehen und es zu holen, sauste die Fledermaus auf mich zu. Es gab keinen Zweifel. Sie erzeugte diese fröhlichen Laute. Denn als sie mich bemerkte, stoppte ihr Gesang genauso abrupt wie ihr Flügelschlag, und einen Moment starrten wir uns an. Hektisch drehte die Fledermaus um und flog in die entgegengesetzte Richtung. Dabei übersah sie leider den hohen Baum direkt vor meinem Balkon und prallte in vollem Flug gegen einen Ast. Wie eine überreife Kastanie fiel sie zu Boden. Ich hörte ein dumpfes *Plumps* vermischt mit dem Knistern von gefrorenem Schnee. Dann nichts mehr. O nein!

7

Ich stürzte in mein Zimmer, holte mein Handy und rannte hinaus, ohne mir die Zeit zu nehmen, die Tür abzuschließen. Dicht gefolgt von Theo, der blöderweise anfing, laut zu bellen.

»Sei still!«, ermahnte ich den Hund. Doch es war zu spät. Zumindest Jessy hatte ihn gehört. Sie kam aus ihrem Zimmer getapst und sah ganz verschlafen aus. Ihre langen Haare hatte sie zu einem dicken Zopf geflochten.

»Was ist denn nun schon wieder los?«

»Die Fledermaus … Sie ist durch den Park geflogen und hat Kunststücke gemacht. Aber dann hat sie mich bemerkt und ist vor Schreck gegen einen Ast geflogen«, keuchte ich. »Ich glaube, dieses Mal ist sie wirklich tot.«

Jessy schenkte mir einen langen, nachdenklichen Blick, bevor sie sagte: »Langsam mache ich mir wirklich ein bisschen Sorgen um dich, Schwesterherz!«

»Mach dir lieber Sorgen um die Fledermaus! Kommst du mit raus, um nach ihr zu sehen?«

»Auf gar keinen Fall. Und bitte tu mir den Gefallen und sei bei deinen Fledermaus-Reanimationsversuchen ein bisschen leise. Ich bin müde und will schlafen. Und ich nehme an, die anderen Hotelgäste auch.« Die Tür fiel hinter ihr ins Schloss.

»Meinst du auch, wir sollten das arme Ding seinem Schicksal überlassen?«, fragte ich Theo, der sich neben mich gesetzt hatte. Der Hund lief los. Das war Antwort genug, ich eilte ihm nach. Zum Glück waren die Gänge der Burg beleuchtet, sonst hätte ich vermutlich gekniffen. Vorhänge luden ein, sich dahinter zu verstecken. Und hatten sich Finolas Augen in der Ahnengalerie nicht gerade bewegt?

Was wäre, wenn die dort abgebildeten Männer, Frauen und Kinder wirklich aus ihren Rahmen steigen könnten? An die ausgestopften Tiere und die Handschuhe, die aus den Wänden ragten, wollte ich lieber gar nicht erst denken. Mich wunderte es, dass auf der Insel überhaupt noch welche herumliefen oder flogen, so viele präparierte Füchse, Marder, Rehe, Eichhörnchen, Hasen und Vögel aller Art waren hier versammelt. Sogar Theo schaute nervös von rechts nach links.

Endlich hatten wir die Eingangstür erreicht. Ich trat hinaus. Der Hund dagegen kniff den Schwanz ein und ging rückwärts, als uns der eisige Wind ins Gesicht blies. Ich konnte es ihm nicht verdenken. Hier unten kam es mir sogar noch kälter vor als oben auf dem Balkon. Trotzdem packte ich ihn fest am Halsband.

»Oh nein, du wirst schön mitkommen und mich beschützen.« Das glaubte ich zwar selbst nicht. Sollte sich ein Mörder auf mich stürzen, würde Theo ihn vermutlich schwanzwedelnd begrüßen. Trotzdem verlieh mir seine Gegenwart ein wenig Sicherheit. Allein hätte ich mich niemals herausgewagt. Leider trug ich unter meiner Jacke nur meinen Schlafanzug, und kurz spielte ich mit dem Gedanken, noch einmal zurückzugehen und mir etwas Wärmeres anzuziehen. Aber ich wusste genau, dass ich den unheimlichen Weg durch die Gänge kein zweites Mal mehr schaffen würde. Außerdem wollte ich draußen kein Picknick veranstalten, sondern lediglich nach der Fledermaus schauen. Auf einem engen Pfad, der von kugelförmigen Lampen erhellt war, eilte ich zügig um die Burg herum, bis ich unter meinem Balkon ankam. Erst hier schaltete ich die Taschenlampen-App meines Handys ein und ging ein paar Meter in den Park.

Die hohe Erle, das musste der Baum sein, gegen den die Fledermaus geflogen war. Ich leuchtete über den Boden, und tatsächlich fiel der Lichtkegel des Handys auf eine dunkle Stelle im Schnee, die zumindest ansatzweise die Form einer Fledermaus hatte. Interessiert schnüffelte Theo daran. Ich ließ den Schein der Taschenlampe weiterhuschen, aber abgesehen von meinen Fußabdrücken fand ich keine weiteren Spuren.

Bevor ich weitersuchen konnte, hörte ich das Knirschen

von Schritten im frischen Schnee, und im Licht der Mondsichel sah ich eine schlanke, dunkel gekleidete Gestalt hinter ein paar Bäumen hervorkommen. Ich kniff meine Augen zusammen. Ob das Angus war? Nein, wieso sollte er so verstohlen um die Burg schleichen! Alle paar Meter blieb die Gestalt stehen, wie ein Tier, das Witterung aufnehmen wollte. Wer zum Teufel konnte das sein? Das würde ich hoffentlich gleich herausfinden.

Schnell versteckte ich mich hinter dem Stamm der Erle und zog Theo hinter mir her. Der jedoch hatte überhaupt keine Lust mitzukommen. Viel lieber wollte er weiter an dem Fledermausfleck schnüffeln. Er wehrte sich gegen meinen Griff, und gerade als die Gestalt ungefähr auf meiner Höhe angekommen war, schaffte er es, sich aus seinem Halsband herauszuwinden. Mit einem großen Satz sprang er weg, und ich verlor das Gleichgewicht und plumpste mit den Knien in den Schnee. Direkt vor einen Jungen mit einer dunklen Wollmütze auf dem Kopf. Es war der Junge von heute Nachmittag, der, der angeblich keinen Bären gesehen hatte, obwohl einer bei ihm gewesen war. Nervös schaute ich mich nach dem riesigen Tier um, doch dieses Mal schien er wirklich allein zu sein.

»Verdammt! Was soll das?«

Auffällig helle Augen blitzten auf mich herunter. »Ach, du bist es schon wieder!«

Ich rappelte mich hoch. »Ja. Tut mir leid, dass ich dich erschreckt habe. Ich hatte dich für meine Schwester gehalten.« Etwas Besseres fiel mir in dem Moment nicht ein.

»Und sie sollte einen Herzinfarkt bekommen und tot umfallen?«

»Nein. Ich wollte sie nur … ein bisschen erschrecken.«

»Ein bisschen erschrecken …« Er schnaubte noch einmal. »Wieso treibst du dich überhaupt um diese Uhrzeit hier herum?«

Was bildete der Typ sich ein?

»Das Gleiche könnte ich dich fragen. Ich verbringe meine Ferien hier und bin vor dem Schlafengehen noch einmal mit dem Hund raus.« Ich nickte in Richtung von Theo. Leider tat mir der Hund nicht den Gefallen, mit gefletschten Zähnen neben mir zu stehen und zu knurren. Stattdessen schnüffelte er immer noch sehr interessiert an der Stelle herum, wo vermutlich die Fledermaus in den Schnee gefallen war. »Und was machst du hier? Wohnst du auch auf der Burg?«

»Nein, ich wohne im Dorf. Ich …« Er scharrte mit einer Schuhspitze im Schnee. »Ich bin ein bisschen durch die Gegend gefahren und …«

»Und da bist du zufällig hier im Park gelandet?« Wollte er mich für dumm verkaufen? Das Gelände war von einer hohen Mauer umschlossen, und es gab ein steinernes Eingangsportal mit einem äußerst stabil wirkenden Eisentor. Erst als Papa sich über eine moderne Sprechanlage angemeldet hatte, war es aufgegangen.

»Nein. Ich …« Sein Scharren wurde stärker – und mir ein wenig mulmig. War er etwa ein Einbrecher? Was für einen Grund sollte es geben, sich nachts vermummt und verstohlen in einem abgeschlossenen Park herumzutreiben? Ich sah mich nach etwas um, mit dem ich mich verteidigen konnte – Theo kam ja leider nicht dafür infrage –, doch alles, was ich in dieser Dunkelheit erkennen konnte, waren Bäume. Ich brach einen Ast ab.

»Hey! Was machst du?« Der Junge trat einen Schritt auf mich zu.

»Komm ja nicht näher!« Drohend fuchtelte ich damit vor ihm herum, wobei es wirklich sehr unwahrscheinlich war, ihm mit dem morschen Ding ernsthaften Schaden zufügen zu können.

Der Junge hielt trotzdem schützend die Hände vors Gesicht. »Bist du verrückt geworden?«

»Nein, ich habe nur keine Lust, mich von dir k. o. schlagen zu lassen, nur weil ich dich dabei überrascht habe, wie du in die Burg eingedrungen bist.«

»Du glaubst, ich bin ein Einbrecher?«

»Was sonst?«

»Ich bin kein Einbrecher.«

»Dann sag mir endlich, was du hier machst!«

»Okay. Aber nimm den Stock runter. Ich habe Angst, dass du mir damit ein Auge ausstichst.«

An diese Option hatte ich noch gar nicht gedacht. Ich ließ meinen Arm sinken, bereit, ihn jederzeit wieder nach oben zu reißen. »Ich höre. Wieso bist du hier?«

Sein Mund öffnete sich, nur um sich gleich wieder zu schließen. Es war ein hübscher Mund, stellte ich fest, mit weich geschwungenen Lippen, die voll, aber nicht zu voll waren. Und seine Unterlippe war etwas breiter als seine Oberlippe, was ihm ein leicht trotziges, irgendwie aber auch süßes Aussehen gab. Gerade kniff er seinen Mund aber schon wieder fest zusammen, und ich rechnete damit, dass er mir keine Antwort auf meine Frage geben würde, aber dann stieß er aus: »Es war eine Mutprobe. Total bescheuert, ich weiß, aber ich wollte vor meinen Freunden nicht als Feigling dastehen.« Der Junge zog sich die Mütze vom Kopf und fuhr sich mit den gespreizten Fingern durch das kurze blonde Haar. »Ich wäre dir echt dankbar, wenn du MacLeod nichts davon erzählst, dass wir uns hier draußen begegnet sind. Er ... ist nicht gut auf mich zu sprechen.«

Wieso das denn?, wollte ich schon fragen, als mir einfiel, worüber beim Abendessen gesprochen worden war. »Gehörst du zu den Irish Travellern, die auf der Wiese vor dem Dorf kampieren?«

»Wir kampieren nicht auf der Wiese, wir wohnen dort. Und das schon seit mehreren Jahrzehnten.« Angriffslustig schob er sein Kinn vor. »Ich muss jetzt los. Und denk dran: kein Wort zu MacLeod!« Die Warnung in seiner Stimme war unverkennbar, aber meine Angst vor ihm hatte sich verflüchtigt.

»Und wenn doch? Hetzt du dann deinen Bären auf mich?«

Die Augen des Jungen verengten sich noch mehr. »Fängst du schon wieder damit an! Auf der Insel gibt es schon seit Ewigkeiten keine Bären mehr.«

Das hatte Angus auch gesagt. Trotzdem hatte ich einen gesehen. »Bei dir war ein Bär.«

Der Junge zuckte mit den Achseln. »Gut, wenn du meinst. Ich geh dann mal wieder.« Er stapfte davon und verschwand zwischen den Bäumen. Dabei hätte ich versuchen können, ihn unbemerkt durch das Eingangstor hinauszulassen. Aber er schien sich ja ziemlich sicher zu sein, auf genau dem gleichen Weg aus der Burg herauszukommen, auf dem er hineingekommen war. Was für ein seltsamer Typ!

Nachdenklich ging ich zurück. Die ausgestopften Tiere bemerkte ich dieses Mal kaum. Aber es roch anders. Ein schwerer, blumiger Duft schlug mir entgegen, als ich in den Gang einbog, der zu meinem Zimmer führte. Und es war ganz schön kalt hier. Ich fing an zu frösteln. Irgendjemand musste ein Fenster geöffnet haben. Ich blickte mich um. Komischerweise waren alle geschlossen. Wieso war es denn dann so kalt? Die Kälte fuhr mir richtiggehend in die Glieder, kroch meinen Nacken hinauf, legte sich unangenehm auf meine Brust und erschwerte mir das Atmen. Meine Zähne begannen, unkontrolliert zu klappern. Instinktiv legte ich eine zitternde Hand in Theos Fell, doch auch die Wärme, die von dem Hund ausging, konnte das Gefühl dieser unerklärlichen Kälte in mir nicht vertreiben. Stand jemand hinter mir? Ich fuhr herum. Nein! Eine Uhr fing an zu schlagen. Zwölf Mal. Es war Mitternacht.

Geisterstunde, kam mir in den Sinn.

Und dann fing jemand an, gellend zu schreien.

8

Es war Ferdinand von Stich. Kopflos stürmte er den Gang entlang auf mich zu. Immer wieder drehte er sich dabei um, als würde ihn jemand verfolgen. Und so bemerkte er mich erst, als er in mich hineinlief. Er schrie lauter. Auch ich keuchte auf. Bei unserem Zusammenprall hatte er mir den Ellbogen in den Magen gerammt.

»Ach, du bist es! Gott sei Dank!« Er sah aus, als ob er mir gleich um den Hals fallen wollte.

»Was haben Sie denn gedacht?«, japste ich, während ich versuchte, Theo zu bändigen, der wie ein Wahnsinniger um uns herumhüpfte und das Ganze wohl für ein Spiel hielt.

»Finola MacLeod. Sie … sie war in meinem Schlafzimmer.«

Finola MacLeod! Mein Herzschlag kam ins Stocken, und ich schaute über seinen Kopf hinweg in sein geöffnetes

Zimmer. Fast rechnete ich damit, dass eine kariert gekleidete Gestalt auf uns zuschweben würde. Das schöne Gesicht vor Hass verzerrt, die Hände ausgestreckt, um nach uns zu greifen. Aber es kam niemand, und auch das furchtbare Gefühl der Kälte in mir löste sich langsam auf. Zum Glück! Sosehr mich diese Frau faszinierte und so gern ich ihr Leben in einem Kurzfilm verarbeiten würde: Dass sie wirklich hier auf der Burg herumspukte, das war dann doch etwas zu viel des Guten.

»Das war bestimmt nur ein Albtraum.«

Er schüttelte den Kopf. »Ich habe überhaupt nicht geschlafen. Ich konnte nicht. Und sie ist da! Riechst du denn den Rosenduft nicht?« Ohne seine dicke Brille wirkten seine hellen Augen mit den farblosen Wimpern wie die eines Ferkels.

Ich hob schnuppernd die Nase in die Luft. Mit der Kälte hatte sich zwar auch der schwere, blumige Geruch verzogen, aber ein Hauch davon hing immer noch in der Luft. »Bestimmt hat nur jemand Parfüm versprüht.« Hatte nicht Gloria Montana auch nach einem sehr schweren Parfüm geduftet? Gerade kam die Schauspielerin aus ihrem Zimmer. Über einem Satinnachthemd trug sie einen champagnerfarbenen Morgenmantel, den sie nur notdürftig vor ihren vollen Brüsten zusammengerafft hielt. Aufgeweckt haben konnten wir sie jedoch nicht, denn sie hatte sich noch nicht abgeschminkt. Lediglich eine ihrer langen, dichten Wimpern hatte sich am Rand gelöst und hing etwas nach unten. »Was ist denn das hier für ein Tumult?«

Angus kam im gestreiften Schlafanzug um die Ecke gestürmt. »Ist etwas passiert?«

»Das frage ich mich auch.« Gloria Montana stemmte die Hände in ihre ausladenden Hüften. »Herr von Stich hat herumgeschrien, als würde er gleich abgestochen werden. Ganz offensichtlich erfreut er sich aber bester Gesundheit. War eine Spinne in Ihrem Zimmer, oder was hat Sie so erschreckt?«

Auch Großtante Mathilda hatte den Schrei gehört und war erschienen. Im Gegensatz zu uns anderen trug sie aber noch ihr Kostüm vom Abendessen. »Meine Güte! Kriegen Sie sich mal wieder ein!«, fauchte sie, und die Schauspielerin, die sie nicht hatte kommen sehen, fuhr herum. »Sehen Sie denn nicht, dass der Arme völlig außer sich ist!« Großtante Mathilda schob von Stich zu einem mit Samt bezogenen Stuhl, der neben einem dreibeinigen Tischchen stand. »Jetzt setzen Sie sich erst einmal hin und atmen Sie tief durch! Ein – zwei, drei! Aus – zwei, drei! Und nun sagen Sie uns, was passiert ist.«

Da der Unternehmer keinen Ton herausbrachte, antwortete ich an seiner Stelle: »Er glaubt, dass Finola MacLeod in seinem Schlafzimmer gewesen ist.«

»Finola MacLeod!«, wiederholte Angus. Sein Blick schwenkte von mir zu von Stich und wieder zurück. Eine ungesund aussehende Röte kroch seinen Hals hinauf, und auf seiner rechten Schläfe war eine Ader angeschwollen. Er sah aus, als würde er jeden Moment in Ohnmacht fallen.

»Was für ein Unsinn! Sie haben heute Abend wohl ein bisschen zu tief in Angus' Whiskyflasche geschaut.« Gloria Montana tätschelte von Stich die Wange, als wäre er ein kleiner Junge von zehn Jahren und kein Mann über sechzig.

»Gloria hat recht«, sagte Angus. »Er ist sehr stark gewesen. Sie können sich gar nicht vorstellen, was ich manchmal träume, wenn ich ein Gläschen zu viel davon getrunken habe. Da ist Ihr Traum noch vergleichsweise harmlos, kann ich Ihnen versichern.« Er presste die Lippen so fest zusammen, dass sie ganz weiß wurden.

»Nein, sie war da. Ich habe sie mir nicht eingebildet. Sie kam durch die Wand in mein Zimmer geschwebt. Vielleicht hat sie mich für Ihren Ehemann gehalten, und sie wollte mich töten.« Beim letzten Satz wurde seine Stimme eine ganze Oktave höher.

Gloria Montana verdrehte die Augen. »Machen Sie sich nicht lächerlich! Colum MacLeods Bild hängt in der Ahnengalerie. Er war ein großer, stattlicher Kerl. Ich kann Ihnen versichern, dass Sie nicht die geringste Ähnlichkeit mit ihm haben.«

»Jetzt lassen Sie endlich den armen Mann in Ruhe, Sie machen ihm ja mehr Angst als jedes Gespenst.« Für ein paar Sekunden starrten Großtante Mathilda und Gloria Montana sich in die Augen. Es war die Schauspielerin, die zuerst die Augen senkte. »Ich bringe Sie jetzt in Ihr Zimmer zurück.« Die Genugtuung in Großtante Mathildas Stimme war nicht zu überhören.

»Das ist eine hervorragende Idee! Dann kann ich ja auch wieder schlafen gehen. Gute Nacht! Es wäre schön, wenn heute Nacht hier keine weiteren Geister mehr rumspuken würden.« Sie rauschte mit wehendem Morgenrock davon.

»Ich habe Finola MacLeod wirklich gesehen«, beharrte von Stich, nachdem die Tür hinter Gloria Montana ins Schloss gefallen war. »Sie hatte das gleiche Kleid an wie auf dem Gemälde in der Ahnengalerie. Und sie wollte mir etwas antun, ich bin mir ganz sicher. Auf gar keinen Fall kann ich wieder in mein Zimmer zurück. – Kann ich bei Ihnen schlafen?«, fragte er Angus.

»Bei mir?« Wäre ihm selbst Finola MacLeod erschienen, hätte der Burgherr kaum entgeisterter aussehen können.

»Lassen Sie uns doch in Ihr Zimmer gehen und nachschauen. Ich wette, wenn Sie sich davon überzeugt haben, dass dort niemand ist, ist die ganze Angelegenheit nur noch halb so dramatisch.« Großtante Mathilda hakte sich bei von Stich unter.

»Das ist eine hervorragende Idee. Im Winter sind hier auf Skye häufig Polarlichter zu sehen. Sicher war es nur ihr Schein, der durch das Fenster in Ihr Zimmer gedrungen ist und den Sie für Finola MacLeod gehalten haben.«

Von Stich wirkte nicht überzeugt, aber immerhin ließ er sich von Großtante Mathilda zu seinem Zimmer führen. Es lag genau neben meinem. Ich schluckte. Hatte von Stich nicht erwähnt, dass Finola MacLeod durch die Wand des Nachbarzimmers zu ihm hinübergeschwebt war?

Wie erwartet war von der Diamantdame keine Spur zu

sehen. Großtante Mathilda schaute sogar unter das Bett und in alle Schränke. Der Unternehmer schien ein wenig beruhigt. Zumindest war die Haut seines Gesichts wieder ein bisschen rosiger geworden. Trotzdem bestand Großtante Mathilda darauf, auch noch in meinem Zimmer nachzuschauen. Wofür ich ihr echt dankbar war …

Das Erste, was ich bemerkte, war der süßliche Geruch, der mir schon wieder entgegenschlug. Das Zweite war der Ritter! Er stand wieder in meinem Zimmer! Wie war er dorthin gekommen?

»Puh!« Großtante Mathilda wedelte mit der Hand vor ihrer Nase herum. »Meinst du nicht, dass du es mit dem Raumduft ein bisschen übertrieben hast, Herzchen? Man bekommt ja kaum Luft.« Sie ging zum Fenster und öffnete es.

»Ich habe gar nichts versprüht.« Meine Augen waren noch immer auf die Ritterrüstung gerichtet. O nein! Wieso hatte ich vorhin nur die Tür offen gelassen! Angus musste gesehen haben, wie ich sie raus auf den Balkon getragen hatte, und er hatte meine Abwesenheit dazu genutzt, sie wieder an ihren ursprünglichen Platz zu bringen. Bestimmt würde ich furchtbaren Ärger bekommen! Er hatte mich schließlich nachdrücklich darauf hingewiesen, dass ich nichts in dem Zimmer verändern durfte. Ich schielte zu ihm hinüber, doch in seinem Gesichtsausdruck konnte ich nichts lesen. Denn er starrte auf etwas, was vor der Ritterrüstung auf dem Boden lag. Es waren getrocknete Rosenblätter. Von ihnen ging der penetrante Geruch aus.

Auch von Stich hatte die Rosenblätter bemerkt. »Da sehen Sie! Ich hatte recht«, quiekte er. »Finola MacLeod war hier. Es ist bekannt, dass sie eine Schwäche für Rosenparfüms hatte. Wieso sonst sollte es hier so stark nach Rosen duften! Und die Rosenblätter am Boden sind der endgültige Beweis, dass sie hier war.«

»Nein, nein. Sie müssen mir heruntergefallen sein, als ich die Zimmer heute Mittag kontrolliert habe.« Angus bückte sich und hob die Blätter auf. »Ich habe ein paar Spritzer Raumduft verteilt, weil ich fand, dass es in diesem Zimmer etwas abgestanden gerochen hat. Schließlich hat schon länger niemand mehr darin gewohnt. Der Verpackung des Sprays lagen auch ein paar Rosenblätter bei.« Er umschloss sie so fest mit seinen Fingern, als wolle er sie zerquetschen.

Verwundert sah ich ihn an. Was redete er denn da? Es hatte heute Mittag gar nicht nach Rosen gerochen, und Rosenblätter hatten auch nicht auf dem Boden gelegen. Es wäre mir aufgefallen, als ich die Fledermaus reanimieren wollte, spätestens aber als ich die Ritterrüstung auf den Balkon geschoben hatte. Sie mussten Angus aus der Tasche gefallen sein, als er sie wieder zurückgestellt hatte. Wieso also log er? Wollte er mich vor Großtante Mathilda nicht blamieren und mit dem Donnerwetter warten, bis wir allein waren?

Großtante Mathilda zumindest glaubte ihm. »Sehen Sie!«, sagte sie zu von Stich. »Es gibt für alles eine ganz rationale Erklärung. Und auch in diesem Zimmer ist niemand.« Zu meiner Verwunderung meinte ich, einen

Hauch Wehmut in ihrer Stimme zu hören. Mit den Fingerspitzen fuhr sie über das glatte, dunkle Holz der Frisierkommode, als wolle sie es liebkosen. Einen Moment ließ sie sie dort liegen, bevor sie ihre Hand abrupt zurückzog. »Am besten gehen wir jetzt alle schlafen.«

»Ja. Vielleicht ... habe ich ja wirklich nur den Schein eines Polarlichts gesehen.« Inzwischen schien dem Unternehmer das Aufheben, das er verursacht hatte, ziemlich peinlich zu sein. Wortreich entschuldigte er sich bei Angus und Großtante Mathilda für die Umstände, die er gemacht hatte, und ging auf sein Zimmer. Auch Großtante Mathilda und Angus verabschiedeten sich.

»Angus!«, hielt ich den Burgherrn zurück.

»*Aye?*«

»Es tut mir wahnsinnnig leid.«

»Was denn?«

»Die Ritterrüstung ... Ich habe mich so vor ihr gefürchtet. Schließlich könnte ja jemand drin sein. Und da ...«

»Ich höre!« Angus zog die Augenbrauen zusammen. Entweder war er ein wirklich ausgezeichneter Schauspieler, oder er wusste wirklich nicht, wovon ich sprach.

»... habe ich meinen senfgelben Rock hineingestopft. Um ganz sicherzugehen, dass niemand ... nachts hineinschlüpft und mich mit dem Schwert köpft.« Ich hielt den Atem an, um seine Reaktion abzuwarten.

»O nein!« Angus griff sich mit der Hand an sein Herz, und ich dachte schon, dass ihn die Vorstellung entsetzte, dass morgen früh meine enthauptete Leiche aufgefunden werden würde, aber stattdessen stieß er aus: »Er muss sofort da raus.« Er stürzte sich auf die Rüstung und zog vorsichtig den Rock hinaus. »Diese Ritterrüstung ist ein ausgesprochen kostbares Familienerbstück. Ein Engländer hat sie getragen, den ein Vorfahre von mir in der Schlacht von Stirling ruhmreich besiegt hat. Sie gehört eigentlich in unser Museum, aber du weißt ja, der Denkmalschutz ... Die Denkmalschutzbehörde ist wahnsinnig streng in ihren Auflagen. Hast du sonst noch etwas herumgeschoben?«

»Nein.«

»Gut.« Er raufte sich die wenigen Haare. »Ich hätte das Zimmer nicht vermieten dürfen.«

»Es kommt nicht wieder vor! Bitte sagen Sie nur meinen Eltern und meiner Großtante nichts!« Mama würde ausflippen. Unzählige Male hatte sie mir eingetrichtert, dass wir vor Großtante Mathilda einen guten Eindruck machen mussten.

»Gut«, sagte Angus nach einem sehr langen Ausatemzug. »Aber versprich mir, dass es nicht wieder vorkommt!«

Ich nickte eingeschüchtert. »Versprochen!«

Die Rosenblätter, die heute Nachmittag definitiv noch nicht dagelegen hatten, und seine Lüge konnte ich nun auf jeden Fall nicht mehr ansprechen. Ein Rosenblatt hatte Angus übersehen, weil es hinter dem linken Fuß der Ritterrüstung lag. Ich wartete, bis er gegangen war, und hob es auf. Natürlich konnte ich mir einiges eingebildet haben, das Spiegelmädchen zum Beispiel, die merkwürdige Kälte; den penetranten Rosenduft auf dem Gang hatte auch von Stich gerochen. Und die getrockneten Rosenblätter waren hundertprozentig heute Mittag noch nicht da gewesen. Wie um alles in der Welt waren sie in mein Zimmer gekommen? Und wieso behauptete Angus, *er* hätte sie verloren?

Und die Ritterrüstung … sie konnte unmöglich von selbst wieder in mein Zimmer gewandert sein. Oder doch? Hatte von Stich sich die durchsichtige Gestalt vielleicht doch nicht nur eingebildet, und Finola MacLeod spukte wirklich auf der Burg herum? Ich spürte, wie sich auf meinen Armen eine Gänsehaut bildete.

9

Ich schlief kaum in dieser Nacht. Beim leisesten Geräusch schreckte ich hoch. Und das lag nicht nur an der Ritterrüstung, die wieder neben dem Kamin stand. Ich war froh, als es um kurz nach acht endlich zu dämmern begann und ich mit Theo vor dem Frühstück eine Runde durch den Park drehen konnte. Meine Kamera nahm ich mit, denn ich wollte die Burg und das Gelände filmen. Bei der Gelegenheit konnte ich gleich nachschauen, an welcher Stelle die Mauer so niedrig war, dass der Junge auf das Gelände gelangen und es wieder verlassen konnte. Angus würde mir dankbar sein und hoffentlich meinen Fauxpas mit der Ritterrüstung verzeihen. Ich konnte mir nämlich nicht vorstellen, dass er davon wusste, dass hier jeder x-Beliebige durch das Burggelände spazieren konnte, wenn ihm danach war.

Der Abdruck, den die Fledermaus hinterlassen hatte,

war fort, denn die zarte Schneedecke von gestern war größtenteils geschmolzen und hatte sich zusammen mit dem feuchten Boden zu einem wenig malerischen Matsch vermischt. Trotzdem war der Garten wirklich hübsch. Angus hatte uns beim Essen gestern Abend erzählt, dass er in drei Bereiche unterteilt war: den Rosengarten, den durch Mauern geschützten Gemüsegarten und den Wassergarten.

Auf meiner Erkundungstour spazierte ich als Erstes durch den Rosengarten, weil der am nächsten an der Burg lag. Im Frühjahr und im Sommer musste er wirklich zauberhaft aussehen. Nun, im Winter, waren die Pflanzen in beige und bordeauxfarbene Jutesäcke eingepackt, um sie vor der Kälte zu schützen. Am Pavillon rankten sich nur noch dürre, blattlose Triebe nach oben, die Angus oder ein Gärtner vergessen hatte abzuschneiden, und nur noch ein paar feuchte Blütenblätter am Boden ließen vermuten, dass die schwarzen Metallstreben in der hellen Jahreszeit in voller Farbenpracht standen. Einige herausschauende Spitzen in den Teichen zeigten, dass deren schlammige Oberfläche bis vor Kurzem noch mit üppigen Blättern und Seerosen bedeckt war. Als ich ein wenig tiefer in den Park hineinging, in die Richtung, in der der Junge gestern Abend verschwunden war, merkte ich schnell, dass ich ohne jemanden, der sich auf dem Gelände auskannte, nie bis zu dessen Ende durchdringen würde. Es war noch viel größer, als ich gedacht hatte. Ein riesiges Waldstück breitete sich vor mir aus, durch das eine Vielzahl von mehr oder weniger ausgebauten Pfaden führte. Die Äste der

Laubbäume wuchsen kreuz und quer, als ob sie sich nicht entscheiden könnten, welche Richtung sie einschlagen wollten. Dazwischen stachen hin und wieder spitze Nadelgehölze in den grauen Himmel. Ein Bachlauf teilte den moorigen Boden. Er stürzte als Wasserfall von den schroffen Felsen, und nur ein paar Meter weiter fand ich das Mausoleum tief im Wald und versteckt hinter den Flechten der Bäume.

Es war ein schmuckloser grauer Steinbau, den ich auf den ersten Blick für einen Geräteschuppen hätte halten können, wären die kleinen Kreuze auf seinen Dachspitzen nicht gewesen und der Totenkopf samt gekreuzten Knochen darüber über der Eingangstür. Obwohl sich mein Herzschlag merklich beschleunigte, legte ich meine Hand an die Messingklinke und drückte sie hinunter. Sie knirschte, so als ob sie schon lange nicht mehr berührt worden wäre, aber die Tür blieb verschlossen. Fenster, durch die ich hätte hineinspähen können, gab es nicht.

»Schade!«, sagte ich zu Theo. »Ich hätte echt gern einen Blick hineingeworfen.«

Obwohl ich wusste, dass er mich nicht verstand, hatte ich mir angewöhnt, mit ihm zu sprechen. Er war schließlich der Einzige in der Familie, der zumindest so tat, als würde er mir geduldig zuhören.

»Vielleicht ist Angus ja bereit, mir das Mausoleum mal zu zeigen. Er wird einen Schlüssel haben.« Außerdem würde er bestimmt wissen, wie man von hier zur Burgmauer gelangte.

Auf einmal hörte ich Schritte hinter mir. Eine dick eingemummelte Gestalt stapfte ebenfalls den Pfad entlang, der zum Mausoleum führte. Ihr Atem malte Rauchwölkchen in die kalte Luft. Es war Großtante Mathilda, wie ich an den roten Locken, die sich unter ihrer Mütze hervorschlängelten, erkannte. Da Theo und ich ein wenig verdeckt hinter einem stachligen Busch standen, bemerkte sie uns nicht. Mein erster Impuls war, sie zu begrüßen. Auch Theo fing an, mit dem Schwanz zu wedeln, als er sie erkannte. Doch ihr Blick, der nervös von rechts nach links flackerte, hielt mich davon ab, und mit erhobenem Zeigefinger wies ich den Hund stumm an, sich zu setzen. Ob auch Großtante Mathilda sich das Mausoleum anschauen wollte? Nein! Sie steuerte einen niedrigen Stein an, der etwas abseits des Steingebäudes neben einem kahlen Rosenbusch auf der Wiese stand und dem ich bisher keine Beachtung geschenkt hatte. Lange blieb sie davor stehen.

Da Großtante Mathilda auch nach mehreren Minuten keine Anstalten machte, sich wieder von dem Stein zu entfernen, trat ich schließlich doch hinter dem Busch hervor. Inzwischen war es Viertel vor neun, und ich wollte nicht schon wieder Mamas Unmut auf mich ziehen, indem ich nach dem Welcome Drink gestern auch noch zu spät zum Frühstück erschien.

»Guten Morgen!«, rief ich.

Großtante Mathilda zuckte zusammen und fuhr herum. »Enya! Musst du mich so erschrecken?« Ein Ausdruck lag auf ihrem Gesicht, den ich nicht zu deuten wusste.

»Das wollte ich nicht. Ich war mit Theo spazieren.« Ich machte eine vage Handbewegung, um die Richtung anzudeuten, aus der wir gekommen waren.

Großtante Mathilda hatte geweint, stellte ich beim Näherkommen fest. Ihre Wimperntusche war verschmiert und hatte sich in ihren Falten festgesetzt.

»Von der Kälte bekomme ich immer tränende Augen«, sagte sie, als sie meinen Blick bemerkte, und ihre Hand ging in ihre Jackentasche, um ein Stofftaschentuch hervorzuholen.

Während sie sich damit die Augenwinkel auswischte, schaute ich mir den Stein näher an. *Für Charlotte* stand darauf. *In unseren Herzen bist du immer noch bei uns.* Sonst nichts. Er war also ein Grabstein. Seltsam! Wieso war die Frau denn nicht zusammen mit den anderen in dem Mausoleum beigesetzt worden? Und warum waren weder Geburts- noch Todesdatum darauf eingraviert worden? Was mich aber noch mehr wunderte, war, dass dieser Stein Großtante Mathilda so aus der Fassung brachte. Hatte sie diese Charlotte gekannt?

»Hast du noch ein bisschen schlafen können nach dem ganzen Tumult?«, fragte sie mich.

»Nein, nicht so besonders«, gab ich zu.

»Mach dir nicht so viele Gedanken. Dieser von Stich war gestern bei der Führung durch die Burg ja schon das reinste Nervenbündel. Er hat sich das Ganze bestimmt nur eingebildet.«

»Ja, bestimmt.« Wie gerne hätte ich ihr davon erzählt,

dass die angebliche Geistererscheinung nicht die einzige mysteriöse Sache des gestrigen Abends gewesen war. Aber dazu hätte ich zugeben müssen, dass ich mich Angus' Anordnungen widersetzt hatte, in meinem Zimmer nichts zu verändern, indem ich die Ritterrüstung auf den Balkon getragen hatte.

Glücklicherweise wechselte Großtante Mathilda sowieso das Thema. »Deine Mutter hat mir erzählt, dass du Regisseurin werden willst. Hast du denn schon Filme gedreht?«

»Schon ein paar. Im nächsten Jahr möchte ich einen Film bei *Girls go Movie* einreichen. Das ist ein Kurzfilmfestival in Mannheim speziell für Mädchen. Ich habe auch schon eine Idee.«

»Magst du mir davon erzählen, oder ist sie noch streng geheim?«

»Nein.« Im Gegensatz zu Jessy war ich niemand, der sich über kommende Projekte in Schweigen hüllte, um die Spannung zu erhöhen. Das lag vermutlich aber vor allem daran, dass ich keine Projekte hatte, die von über hunderttausend Menschen mit Spannung erwartet wurden. Außerdem konnten nicht nur meine Eltern, sondern auch ich ihre Unterstützung gut gebrauchen: Denn ich wollte nach dem Abitur nicht an irgendeiner Filmhochschule studieren, sondern an der Hochschule für Fernsehen und Film in München. Sie stand auf der Liste des *Hollywood Reporters* unter den fünfzehn besten Filmhochschulen weltweit. Keine andere deutsche Hochschule hatte so viele international bekannte Regisseure hervorgebracht: Wim Wenders, Charlotte Link und Roland Emmerich hatten zum Beispiel dort ihren Abschluss gemacht. Aber selbst wenn ich die Eingangsprüfung bestehen würde, lag München zu weit weg, als dass ich jeden Tag dorthin pendeln konnte. Ich musste also dort wohnen. Und München war teuer.

Bereitwillig verriet ich also Großtante Mathilda meine Idee, Finola MacLeods Leben als Stoff für einen Kurzfilm zu verwenden. »Es ist doch wirklich äußerst merkwürdig, dass sie spurlos verschwand und seitdem nie wieder gesehen wurde, findest du nicht?«

Hatte mir Großtante Mathilda gerade noch lächelnd gelauscht, wurde ihre Miene bei dieser Frage schlagartig düster, und sie murmelte etwas vor sich hin, was mich aufhorchen ließ.

»Was hast du gesagt?«

Erschrocken blinzelte sie. »Nichts, nichts. Ich habe nur vor mich hingeredet. So wie alte Frauen das manchmal tun.«

Ich glaubte ihr kein Wort, denn ich hatte sie sehr wohl sehr gut verstanden. *Da ist sie nicht die Einzige*, hatte sie gesagt.

Ob ich sie einfach mal darauf ansprechen sollte? Ich schielte zu ihr hinüber, doch die Tränen, die sie sich gerade schon wieder aus den Augenwinkeln tupfte, hielten mich davon ab.

Das Frühstück hatte bereits begonnen, und Mama warf mir einen vorwurfsvollen Blick zu, als ich im Bankettsaal erschien. Erst als sie bemerkte, dass Großtante Mathilda gleich nach mir den Raum betrat, glätteten sich ihre Gesichtszüge.

»Wir waren zusammen mit Theo im Park spazieren«, erklärte ich, während ich den schweren Holzstuhl unter dem Tisch hervorzog und mich zwischen Jessy und sie setzte. Zumindest teilweise entsprach das schließlich auch der Wahrheit, denn den Rückweg hatten wir ja gemeinsam angetreten.

In Gedanken war ich noch immer bei Großtante Mathildas emotionaler Reaktion auf den Stein und ihrem mysteriösen Satz und hörte deshalb nur halbherzig dem lebhaften Gespräch zu, das auf der anderen Seite der Tafel entbrannt war. Gloria erzählte wort- und gestenreich den anderen Gästen, wie sie am Abend zuvor von dem lauten Geschrei Ferdinand von Stichs geweckt worden war, weil der dachte, der Geist von Finola MacLeod sei durch sein Zimmer geschwebt. »Nun, wenigstens war dieses Mal nicht ich das Gespenst«, sagte sie, was Donna so komisch fand, dass sie in ihr Gelächter einfiel.

Doch sie verstummte jäh, als Großtante Mathilda sich in das Gespräch einschaltete.

»Es muss wirklich schön sein, wenn man sich auf Kosten anderer so sehr amüsieren kann«, sagte sie mit scharfer Stimme.

Zunächst sah Gloria Montana ein wenig verdutzt aus,

aber dann verdrehte sie die Augen. »Das war doch nur ein Spaß. Dass Sie jedes Wort von mir auf die Goldwaage legen müssen.«

Mir tat von Stich ebenfalls leid. Seine Schultern hatte er so hochgezogen, dass sie seine Ohren berührten. Auch Angus sah alles andere als glücklich aus. Offensichtlich konnte er diese ganzen Spukgeschichten über sein Hotel überhaupt nicht gebrauchen. Geradezu begeistert wirkte jedoch Dorothea Schmidt. Sie bedauerte es sichtlich, dass ihr Zimmer so weit weg vom Ostflügel lag, dass sie von dem nächtlichen Tumult nichts mitbekommen hatte. Ihr Stift huschte über eine aufgeschlagene Seite ihres Notizblocks, sie quetschte von Stich darüber aus, was sich zugetragen hatte, und dieser gab ihr – sichtlich erleichtert, dass ihm jemand glaubte – sehr zu Angus' Leidwesen bereitwillig Antwort.

»Das Mädchen hat den Rosenduft übrigens auch gerochen.« Alle Köpfe gingen in meine Richtung.

»Ähm, also …«, stotterte ich, peinlich berührt von der ganzen Aufmerksamkeit, die auf einmal auf mir lag.

Jessy hätte überhaupt nichts dagegen gehabt, an meiner Stelle im Mittelpunkt zu stehen. »Na toll! Du weckst mich wegen dieser harmlosen Fledermaus, und dann verpasse ich solch aufregende Sachen.« Sie ließ das Handy, in das sie unter dem Tisch bis eben schon wieder mit seligem Gesichtsausdruck getippt hatte, in ihrer Handtasche verschwinden. »Wieso hast du mich denn nicht geweckt?«

Ich fragte mich, wie es sein konnte, dass sie nicht wach geworden war. Angus und Mathilda hatten von Stichs Schreie sogar im Haupthaus gehört.

»Weil überhaupt nichts passiert war. Von Stich hatte einen Albtraum gehabt, fertig.«

Der Ansicht war Angus auch. »Ich hatte es Ihnen doch schon mal gesagt: Ich versprühe gerne ein Raumspray in den Gängen und in den Zimmern. Oder stelle Potpourris auf. Rosenduft wirkt sich nämlich äußerst beruhigend und ausgleichend aufs Gemüt aus.«

Davon konnte ich leider nichts feststellen.

»Wieso macht er das, wenn er ganz offensichtlich keine Lust auf diese Gespenstergeschichten hat?«, flüsterte Papa Mama zu. »Damit schafft er doch erst recht einen Nährboden dafür.«

Das verstand ich auch nicht. Mama zuckte jedoch nur mit den Schultern. »Mir kommt er sowieso recht über-spannt vor. Genau wie einige Gäste.« Sie schaute vielsa-gend zu Donna hinüber, die gerade lautstark kundtat, wie froh sie war, dass Onkel Thomas, die Zwillinge und sie nicht im Ostflügel untergebracht waren. James und Emma wären äußerst sensibel, behauptete sie, und dass Ferdinand von Stichs Schreie sie sicher zutiefst erschüttert hätten, wenn sie sie gehört hätten. So sensibel kamen mir die bei-den gar nicht vor. Zumindest James nicht, der wie seine Schwester Kopfhörer auf den Ohren hatte und auf ein Ta-blet starrte, in dem eine Zeichentrickfigur gerade einer an-deren einen riesigen Hammer auf den Kopf haute. »Da wir im zweiten Stock des Haupthauses schlafen, haben wir zum Glück gar nichts von dem ganzen Tumult mitbekommen und herrlich geschlafen. Die Betten sind sehr bequem, nicht wahr?« Sie rammte Onkel Thomas, der heimlich sein Handy checkte, ihren Ellbogen in die Seite.

»Was? Ja … natürlich, Liebling.« Schuldbewusst ließ er das Gerät in seiner Hosentasche verschwinden. Das, was er gerade gelesen hatte, schien im Gegensatz zu den Nachrichten, die Jessy ständig bekam, nicht besonders positiv gewesen zu sein, denn die Farbe seines Gesichts war noch röter als sonst, und ich meinte, Schweißtropfen auf seiner hohen Stirn glänzen zu sehen.

Nach dem Frühstück brachen Donna und Onkel Thomas mit den Kindern auf, um zu einer Lagune zu fahren, wo im letzten Jahr riesige hundertsiebzig Millionen Jahre alte Dinosaurierspuren gefunden worden waren. Es war Donnas Vorschlag gewesen. Wenn sie nicht gerade damit beschäftigt war, vor Großtante Mathilda oder ihrer Landsmännin Gloria Montana einen möglichst guten Eindruck zu machen, schien sie wirklich bemüht darum zu sein, den Zwillingen schöne Ferien zu verschaffen. Vor dem Abendessen gestern hatte ich sie zumindest dabei beobachtet, wie sie mit den Zwillingen in den Gängen Verstecken gespielt hatte, und ihr lautes Lachen hatte sich dabei nicht so aufgesetzt wie sonst angehört, sondern echt. Trotzdem war sie sichtlich enttäuscht, dass sich Großtante Mathilda ihnen nicht anschließen, sondern lieber mit

Mama Schach spielen wollte. Papa hatte sich mal wieder zurückgezogen, um mit einem Kollegen zu telefonieren, und auch Jessy wollte arbeiten. Ihr Buch erschien schon in drei Wochen, und anscheinend gab es eine Menge vorzubereiten.

Inzwischen war ich übrigens davon überzeugt, dass ich die Rosenblätter in meinem Zimmer ihr zu verdanken hatte. Als ich gestern nach der Fledermaus geschaut hatte, hatte sie sicher die Gelegenheit genutzt, sich in meinem Zimmer zu fotografieren. Weil es instagramtauglicher war als ihres. Genauso instagramtauglich wie die Ritterrüstung, die sie wieder ins Zimmer zurückgetragen hatte. Und als von Stich angefangen hatte herumzukreischen, hatte sie keine Zeit mehr gehabt, ihre Spuren zu beseitigen. Ja! So musste es gewesen sein. Am Flughafen hatte Jessy ein Selfie von sich und Donnas Designerkoffer gemacht, bevor wir losgefahren waren, und eins, wie sie an Onkel Thomas' Protz-Mietwagen lehnte. Jemand, der das tat, hatte sicherlich auch keine Skrupel, ein fremdes Hotelzimmer als das eigene auszugeben.

»Kann es sein, dass du gestern Abend auf meinem Zimmer warst, als ich mit Theo nach draußen gelaufen bin?«, fragte ich sie unumwunden, als wir zurück auf unsere Zimmer gingen.

»Nein.« Zwischen Jessys Augenbrauen erschien eine steile Falte. »Wie kommst du denn darauf?«

»Als ich zurückkam, stand der Ritter wieder in meinem Zimmer.«

»Welcher Ritter?«

»Na, die Ritterrüstung neben dem Kamin. Ich hatte sie auf den Balkon gestellt. Und du hast sie wieder zurückgebracht!«

Jessys Lippen kräuselten sich. »Ach ja, klar. Wie konnte ich das nur vergessen! Ich wollte schon immer einen echten Ritter auf Händen tragen. Welches Mädchen träumt nicht davon!«

Ich wurde unsicher. »Dann hast du ihn nicht wieder zurückgestellt?«

»Nein! Wieso sollte ich das tun? Was stellst du denn für komische Fragen? Und warum hast du das Ding überhaupt auf den Balkon hinausgetragen?«

»Ich hatte Angst davor, mit ihm in einem Zimmer zu schlafen.«

»Du bist echt total neurotisch!« Sie schüttelte den Kopf.

»Und du total naiv, wenn du denkst, dass ich dir abkaufe, dass du von dem ganzen Tumult überhaupt nichts mitbekommen hast. So tief kann ein Mensch gar nicht schlafen.«

Jessy senkte den Kopf und ließ ihre langen Haare wie ein Vorhang vor ihr Gesicht fallen.

Ha! Jetzt hatte ich sie!

»Ich hatte eine Schlaftablette genommen. Sag Mama aber bloß nichts davon. Sie macht sich dann nur wieder unnötig Sorgen! Ich habe alles im Griff. Ich schlafe nur im Moment nicht besonders gut.«

Eine Schlaftablette! Zwar war ich nicht so wie Mama,

die nur Globuli nahm und für die selbst eine Kopfschmerztablette schon eine Droge war, aber Jessy hätte es doch zuerst einmal mit Schäfchenzählen oder heißer Milch mit Honig probieren können.

»Hast du Angst vor Gespenstern?«, konnte ich es mir nicht verkneifen zu sticheln, obwohl ich diese Nachricht erst einmal verdauen musste.

»Nein! Und auch nicht davor, dass Ritterrüstungen nachts zum Leben erwachen.«

»Und was raubt dir dann den Schlaf?«

Es dauerte einen Moment, bis Jessy mir antwortete. »Der Buchstart in drei Wochen setzt mich ein bisschen unter Druck. Die Erwartungen sind so hoch, und …«, erst jetzt hob sie ihren Kopf wieder, »vor ein paar Wochen habe ich Mama und Papa belauscht. Mama hat geweint. Weil sie keine Ahnung haben, von welchem Geld sie das kaputte Dach reparieren lassen sollen. Wenn der Ratgeber sich richtig oft verkauft, könnte ich es ihnen geben. Ich will nicht, dass das Haus verkauft wird!«

Jetzt war er raus! Der Satz, der wie ein Damoklesschwert über uns allen hing, seit es in Opa Harrys Zimmer geregnet hatte, und der bis jetzt nie laut ausgesprochen worden war.

In meinem Hals bildete sich ein Kloß, so groß, dass ich es kaum schaffte, ihn hinunterzuschlucken. »Das will ich auch nicht.«

Ich musste etwas tun, was ich schon seit meiner Ankunft vorhatte: nämlich in die Bibliothek zu gehen, um dort in alten Familienchroniken oder anderen Büchern nach Informationen über Finola MacLeod zu stöbern. Denn auch ich konnte etwas dazu beitragen, dass wir unser wunderschönes, verwunschenes Haus im Dornröschenweg behalten konnten. Schließlich war der erste Platz des Girls-go-Movie-Wettbewerbs mit fünfzehntausend Euro dotiert.

10

Rodrick Hughes saß an einem Flügel im hinteren Bereich der Bibliothek und spielte, als Theo und ich eintraten. Ich zögerte, weil ich ihn nicht stören wollte, doch der Pianist hob die Hand von der Tastatur, um mich hereinzuwinken. Dabei lächelte er mir zu. Es war ein freundliches Lächeln ohne spitze Eckzähne, die Fledermaus gestern hatte viel spitzere gehabt. Unheimlich fand ich ihn trotzdem. Der Kragen seines blütenweißen Hemdes war so gestärkt, dass man sich an ihm hätte schneiden können, und seine schwarzen Augen blickten so stechend, als sähe er durch mich hindurch.

Bei der Führung hatte ich nur einen kurzen Blick in das Zimmer werfen können, nun schaute ich mich in aller Ruhe darin um. Schwere, abgewetzte Ledermöbel standen darin. Und abgesehen von der Fensterfront und dem Kamin waren die Wände von oben bis unten mit dunkelbraunen Regalen bedeckt. Die Bücher darin sahen uralt aus. Ihre Einbände waren zum Teil so zerfressen, als ob hier eine Mäusefamilie seit Jahren regelmäßig frühstückte. Ich ließ meinen Blick über die staubigen Rücken mit der geprägten Schrift schweifen. *Clanregeln* stand darauf, *Die mutigen Söhne von Skye, Das Leben des Samuel Johnson, Bekannte Märchen aus den West Highlands* ... Daneben sah ich ein paar Klassiker, die wir zum Teil in der Schule durchgenommen hatten und in die ich freiwillig nie wieder einen Blick hineinwerfen würde. Ein Buch über Finola MacLeod fand ich nicht. Und auch keine Familienchronik. Dafür stieß ich aber auf eine Reihe in Leder eingebundene Fotoalben. Obwohl mir klar war, dass ich darin sicher nichts über Finola MacLeod finden würde, zog ich eins mit einem moosgrünen Einband heraus. Ein pummeliges Baby war auf den ersten Fotos zu sehen, das von seinen stolzen Eltern in die Kamera gehalten und bei seinen ersten Krabbel- und Laufversuchen fotografiert worden war. Zunächst hielt ich es für Miniangus, sein Vater hatte die gleiche Hakennase wie er, doch an seinem ersten Geburtstag hatte es ein Kleidchen und Lackschuhe an. Auf den nächsten Seiten konnte ich die Kleine bei diversen weiteren Festen bewundern, bei ihrer Einschulung, auf einem Pony, mit einem Jagdhund an der Leine, im Urlaub am Strand ...

Irgendwann war aus dem Mädchen eine junge Frau geworden, die zusammen mit ihren Eltern vor einem Mercedes stand. Ihre großen braunen Augen hatte sie mit einem breiten Lidstrich betont, ihre dunklen Haare waren zu einer riesigen Außenrolle geföhnt worden, und sie trug einen wild gemusterten Einteiler mit Schlaghose und breitem Stoffgürtel. Zwischen ihrer zierlichen Mutter mit den Perlohrringen und dem Tweedkostüm und ihrem Vater im förmlichen Anzug wirkte sie darin wie ein Pfau unter Rebhühnern. Ich blätterte weiter. Die nächsten Fotos mussten an Weihnachten aufgenommen worden sein. Denn die junge Frau, dieses Mal trug sie ein Kleid mit Trompetenärmeln und Konfettimuster, und ihre Eltern saßen darauf neben einem festlich geschmückten Baum im Bankettsaal. Das letzte Drittel des Albums war leer.

Die Tür zur Bibliothek ging auf. Angus' schmales Gesicht erschien im Türspalt und viel weiter unten das weiße, plüschige von Gracia Patricia. Sofort trippelte das Hündchen auf Theo zu, der sich schwanzwedelnd erhob. Rodrick Hughes spielte unbeeindruckt weiter.

»Bleibt ihr beiden noch länger hier?«, fragte Angus.

Der Pianist nickte.

»Dann lege ich schnell noch ein Scheit Holz nach, damit ihr es schön warm habt.« Er ging in die Knie und machte sich am Kamin zu schaffen.

»Angus! Ich habe ein Album mit alten Fotos gefunden. Wissen Sie, wer das ist?« Ich tippte auf das Familienfoto.

Angus richtete sich auf. »Natürlich. Das sind meine Großtante Donella, mein Großonkel Ennis und meine Großcousine Charlotte. Sie haben vor meinen Eltern auf der Burg gelebt.«

Charlotte! Den Namen hatte ich doch heute Morgen

erst gelesen. Auf dem Grabstein neben dem Mausoleum. Ein mulmiges Gefühl stieg in mir auf.

»Und wieso gibt es nach dem Weihnachtsfest keine weiteren Fotos mehr?«

»Ach, das ist eine wirklich sehr, sehr traurige Geschichte.« Auf Angus' Gesicht bildeten sich Kummerfalten. »Kurz nach diesem Weihnachtsfest ist meine Großcousine verschwunden.«

Langsam blies ich die angehaltene Luft aus. Nun wusste ich auch, was es mit dem Stein beim Mausoleum auf sich hatte, vor dem Großtante Mathilda tränenüberströmt gestanden hatte. Es war kein Grab-, sondern ein Gedenkstein. Deshalb waren kein Geburts- und kein Todesdatum hineingraviert worden. Und sie hatte sie gemeint, als sie vor sich hingemurmelt hatte, dass Finola MacLeod nicht als einziges Mitglied des Clans spurlos verschwunden war.

Bevor ich diesen Gedanken weiterverfolgen konnte, fuhr Angus fort: »Die ganze Sache war äußerst mysteriös. Denn es gab überhaupt keinen Grund für ihr Verschwinden. Charlotte hatte gerade ihren Schulabschluss gemacht. Sie war hübsch, immer fröhlich, beliebt. Die ganze Welt stand ihr offen. Außerdem war sie verlobt, und sie wollte im Sommer darauf heiraten. Mein Großonkel und meine Großtante haben ihr Verschwinden nie überwunden und die Burg meinen Eltern übergeben. Kurz darauf sind sie verstorben. Aus Kummer, vermuten wir, denn sie waren noch nicht einmal fünfzig. Es ist wirklich tragisch gewesen.« Er seufzte schwer.

»Hatte man denn gar keine Vermutung, was damals passiert ist?«

»Nicht wirklich. Einige munkelten, sie sei von Feen entführt worden ...«

»Von Feen? Von *den* Feen, die Ihrer Familie die Flagge geschenkt haben, um sie vor Unglück zu bewahren?«

»Das entbehrt nicht einer gewissen Ironie, nicht wahr?« Angus' Lippen verzogen sich zu einem kleinen Lächeln. »Aber nicht alle Feen sind den Menschen so freundlich gesinnt wie die Frau meines Vorfahren. Niemand weiß, woher sie kommen. Manche sagen, sie seien die Geister von Toten. Anderen vermuten, sie seien Engel, die nicht gut genug für den Himmel, aber auch nicht böse genug für die Hölle sind.«

»Sie glauben also an Feen.«

»Gott bewahre! Genauso wenig wie an Geister.« Angus zog eine Grimasse. »Das sind einfach nur Geschichten, mit denen sich die Leute früher lange Winterabende verkürzt haben. Aber wenn es das kleine Volk wirklich gäbe, dann hätte es einen ausgeprägten Sinn für Schönheit. Du musst dir unbedingt Glen Fairy anschauen, das Tal der Feen. Oder die berühmten Fairy Pools, das sind Wasserbecken in den Bergen, von denen es heißt, dass Feen darin baden. Mit dem Auto liegen beide Plätze nicht weit von hier. Ich würde allerdings nicht bei Nebel hinfahren. Man sagt, sie haben schon so manchen in die Irre geführt.« Er schaute sich nach seinem Hündchen um und entdeckte es zeitgleich mit mir. Unter Theo.

»Theo!«, rief ich erschrocken, und er schaute mich schuldbewusst an.

»Ach, du meine Güte!« Angus griff sich an die Brust. »Ksch, ksch! Weg da!« Er zerrte Gracia Patricia unter Theo hervor und nahm sie auf den Arm, wo er sie so fest an sich presste, dass sie zu zappeln begann. »Ich hoffe, der Hund ist kastriert!«

»Natürlich«, log ich. Leider setzte sich Theo in diesem Moment hin, und zwischen seinen Beinen wurde etwas sichtbar, was das Gegenteil vermuten ließ. »Er vergisst es nur manchmal«, schob ich nach. »Ich bringe ihn aufs Zimmer.« Mit heißem Kopf verließ ich die Bibliothek.

»Du Lustmolch!«, schimpfte ich mit Theo, als ich mir sicher sein konnte, dass Angus mich nicht mehr hörte. »Du bist ja schlimmer als Opa Harry.« Worüber ich mich jedoch noch weitaus mehr ärgerte als darüber, dass Theo vorgehabt hatte, eine Hundedame zu beglücken, deren Stammbaum sich bis in die Zeit der Schlacht von Dingsda zurückverfolgen ließ, war, dass ich wegen ihm nicht mehr über die arme Charlotte erfahren hatte. Angus war gerade so richtig schön in Plauderstimmung geraten. Vielleicht hätte ich dann auch herausgefunden, wieso Großtante Mathilda offensichtlich von ihrem Verschwinden wusste und wieso es sie so sehr belastete, dass sie angesichts von Charlottes Gedenkstein in Tränen ausgebrochen war. Hatte sie Charlotte gekannt? Sie mussten im selben Alter gewesen sein.

Nachdem ich Theo auf mein Zimmer gebracht hatte, kam Jessy gerade aus ihrem.

»Gut, dass ich dich treffe, Schwesterchen! Hast du Lust, mit mir ins Dorf zu gehen?«

Okay, offensichtlich brauchte sie nur jemanden, der sie beim Spaziergang durch ein malerisches schottisches Dorf im Winter fotografierte. Trotzdem sagte ich zu. In der Bibliothek hatte ich ja leider nichts gefunden, was mir bei meinem Filmprojekt weiterhelfen konnte, und nach der gestrigen Nacht wirkte die Burg selbst bei Tag unheimlich und bedrückend auf mich. Ich musste mal raus aus dem alten Kasten! Außerdem konnte ich mir bei der Gelegenheit den Wohnwagenpark ein bisschen näher ansehen, in dem der seltsame Junge lebte. Vielleicht war er sogar zu Hause. Und vielleicht sah ich sogar den Bären noch einmal. Nein! Wohl eher nicht. Mittlerweile glaubte ich sogar selbst, dass ich ihn mir nur eingebildet hatte.

Mit dem Auto hatte die Strecke zwischen Burg und Dorf gestern keine fünf Minuten gedauert, zu Fuß war es ein Marsch von zwanzig Minuten. Wobei ich es allein schneller geschafft hätte, denn ich trug bequeme Schnürstiefel zu meinen Jeans und nicht wie Jessy Overknees mit hohem Absatz. Der Leopardenmantel, den sie sich dazu übergeworfen hatte, war leider auch nicht dazu geeignet, dass wir uns unauffällig im Dorf fortbewegen konnten. Viele Menschen waren nicht unterwegs, aber die wenigen, die sich draußen aufhielten, waren ausnahmslos funktional und praktisch gekleidet und verfolgten uns mit ihren Blicken. Zwei Frauen, die gerade aus der laut Türschild »ältesten Bäckerei der Insel« traten, fingen sogar ungeniert an zu tuscheln.

Auf der Hinfahrt hatte ich es bereits geahnt, aber jetzt bewies sich endgültig, dass das Dorf Dunvegan ausgesprochen überschaubar war. Neben der Bäckerei gab es lediglich einen Dorfladen, eine triste Tankstelle und ein paar Restaurants, von denen die meisten jedoch um diese Jahreszeit geschlossen hatten. Dunvegan entpuppte sich also als völlig instagramuntauglich, und Jessy war mehr als enttäuscht.

»Was für ein hässliches Kaff!«

Ich musste ihr leider recht geben. Vielleicht sah Dunvegan im Sommer hübsch aus, wenn die Sonne schien und überall bunte Blumen blühten, im feuchten Dezemberwetter war das Dorf grau und trostlos. Atmosphärisch war nur ein alter Friedhof, auf dem neben hohen, verwitterten Steinkreuzen auch die Ruine einer Kirche stand. Das fand auch Jessy. Ich musste mehrere Fotos machen, auf denen sie gedankenverloren zwischen den Grabsteinen herumspazierte, bevor ich unauffällig auf die Wohnwagensiedlung zu sprechen kam.

»Bestimmt gibt es dort auch tolle Fotomotive.« Ich bemühte mich um einen enthusiastischen Tonfall.

»Das kann ich mir nicht vorstellen«, sagte Jessy mit gerümpfter Nase, aber sie kam mit.

Die einzelnen Wohnwagen sahen aus der Nähe tatsächlich noch schäbiger aus als beim Vorbeifahren. Vor einem abgeblätterten kackbraunen Exemplar standen ein Mann und eine Frau in billigen Polyesterjogginganzügen und rauchten. Obwohl es noch nicht einmal Mittag war, hatte der Mann eine Bierflasche in der Hand. Vor dem rostigen roten Wohnwagen daneben war ein riesiger Rottweiler angeleint, der bei unserem Anblick sofort aufsprang und knurrte. Dabei zeigte er beunruhigend viele Zähne. Gut, dass wir Theo bei Mama und Papa gelassen hatten. Dieses Exemplar hier hätte ihn sonst noch zum Frühstück verspeist.

Am gepflegtesten war der Wagen mit den Sternen. Auf seiner polierten mitternachtsblauen Lackfassade klebte ein Schild.

Miss Adeline, Wahrsagerin.
Tarot: 10 Pfund.
Kugel und Hand: 20 Pfund.
Komplett: 40 Pfund.

»Ich frage mich ja, wer für so einen Fake so viel Geld bezahlt.«

»Das frage ich mich bei einigen deiner Klamotten auch.« Ich grinste, doch meine Schwester ließ sich davon nicht provozieren.

»Zumindest ist der Wagen einigermaßen hübsch. Vor dem darfst du mich fotografieren«, sagte sie großzügig, und

sie warf sich in Pose. Ich hatte den Fotoapparat schon ge-
zückt, als sich im Fenster eine Gardine bewegte, weil eine
Hand sie ein Stück zur Seite schob. Dahinter sah ich mit
schwarzem Kajal umrahmte Augen und einen grellrot ge-
schminkten Mund.

11

Ich glaube, das ist keine gute Idee«, sagte ich. »Wir werden beobachtet.«

»Von wem?«

»Von der Wahrsagerin, der der Wohnwagen gehört, nehme ich an.«

Da öffnete sich auch schon die Tür, und eine alte Frau schaute heraus, deren Haare unter einem bunten Turban verborgen waren. Nur ein paar nachtschwarze Haarspitzen lugten hervor. Sie stützte sich auf einen schwarzen Stock, dessen silberner Knauf die Form eines Schlangenkopfes hatte. Böse stierte die Schlange zwischen den Fingern der alten Frau hervor.

»Möchtet ihr zu mir?« Miss Adelines Stimme war tief und rauchig, ihr Gesichtsausdruck freundlich. Doch dann blieb ihr Blick an mir hängen, und er versteinerte. Sie griff zu einem silbernen Medaillon mit einem roten Stein darin.

Ich runzelte die Stirn. Eine solche Reaktion hatte ich bisher noch nie bei jemand hervorgerufen.

»Alles in Ordnung?«, fragte Jessy.

»Jaja.« Nur zögernd löste die Wahrsagerin ihre Finger von dem Medaillon. Sie wandte sich an mich. »Ich habe dich nur schon einmal gesehen.«

Äh … Was sollte ich auf eine solch kryptische Äußerung erwidern?

Ich schaute zu meiner Schwester hinüber. Sie verdrehte die Augen. *Die Alte ist total plemplem*, sagte ihr Blick.

»Und wo?« Ich konnte mir nicht vorstellen, dass Miss Adeline ihr Wahrsagegehalt aufbesserte, indem sie auf der Burg arbeitete. Angus hatte schließlich gestern unmissverständlich klargemacht, was er von den Irish Travellern hielt.

Die Wahrsagerin kniff die Augen zusammen, und ein Spinnennetz von Falten umsäumte sie. Einen Moment zögerte sie, und ich war mir nicht sicher, ob sie mir antworten würde, bevor sie sagte: »In meiner Kristallkugel.«

Aha! Wo auch sonst? Ich biss mir auf die Unterlippe, um nicht zu lachen.

»Möchtet ihr hereinkommen?« Die Wahrsagerin trat einen Schritt zurück.

»Nein, wollen wir nicht. Und wir werden auch keine vierzig Pfund für einen Blick in eine glückliche Zukunft mit einem geheimnisvollen Fremden ausgeben. Komm!« Jessy griff nach meiner Hand und versuchte, mich wegzuziehen. Doch meine Neugier war geweckt. Woher wollte die merkwürdige Alte mich kennen?

»Ich würde gerne hereinkommen.«

Jessy stöhnte auf. »Gut, lass dir das Geld aus der Tasche ziehen! Aber ich werde nicht dabei zusehen. Ruf mich an, wenn du weißt, welch verheißungsvolle Zukunft dir bevorsteht. Ich schaue mich in der Zwischenzeit noch ein bisschen um.« Sie ließ meine Hand los und ging davon. Dabei versank sie mit den Absätzen ihrer Overknees alle paar Meter in dem feuchten Wiesenboden, was ihren dramatischen Abgang ziemlich versaute.

Über eine wacklige Metalltreppe betrat ich den Wohnwagen. Sofort umhüllte mich der Geruch von Sandelholz und Patschuli.

Von außen hatte der Wohnwagen nicht besonders groß ausgesehen, von innen jedoch war er überraschend geräumig. Es gab eine kleine Küche mit einer Essecke und zwei Schiebetüren, hinter denen ich das Schlafzimmer der Frau und das Bad vermutete. Schwere dunkelgrüne Samtvorhänge hingen vor den kleinen Fenstern, und überall standen Kerzen und Räucherstäbchen herum. Eine schwarze Katze oder ein Rabe hätten sich in dieser Umgebung gut gemacht, doch wenn sie hier zusammen mit der Wahrsagerin wohnten, dann waren sie gerade nicht zu Hause. Auf dem Tisch sah ich aber eine große gläserne Kugel, deren Kristall überall von kleinen Einschüssen durchzogen war. Sie stand neben einem Stapel prächtig verzierter Tarotkarten.

»Ist das die Kugel, in der Sie mich gesehen haben?«

»Ja.« Die Wahrsagerin zeigte auf einen Stuhl. »Setz dich!

Ich gehorchte. »Was genau haben Sie gesehen?«

Miss Adeline sah mich mit einem unergründlichen Blick an. »Du warst auf Dunvegan Castle.«

Ein mulmiges Gefühl stieg in mir auf. Woher wusste sie, dass wir dort wohnten? Es war zwar Winter, aber im Dorf musste es doch noch mehr Unterkünfte geben, die geöffnet waren. Hatte sie mich bei unserer Ankunft vielleicht dabei beobachtet, wie ich aus dem Auto ausgestiegen war? Aber das konnte nicht sein. Das Gelände um die Burg war ja abgesperrt.

Wobei das den Jungen von gestern Nacht auch nicht davon abgehalten hatte, im Park herumzuschleichen. Anders als bei ihm konnte ich mir aber nicht vorstellen, dass die Wahrsagerin dazu in der Lage war, sich an der Mauer hochzuziehen und darüberzuklettern. Da sie leicht hinkte, war ihr Stock offensichtlich nicht nur ein modisches Accessoire. Trotzdem …

»Woher wissen Sie so genau, dass die Burg, in der Sie mich gesehen haben, Dunvegan Castle war?«

»Ich kenne die Burg, denn ich bin schon einmal dort gewesen. An Hogmanay. Aber das ist lange her.« Die Wahrsagerin nahm gedankenverloren die Karten vom Tisch und begann, sie zu mischen.

»Hogmanay?«

»So nennt man bei uns in Schottland die Silvesternacht. »Damals gab es ein großes Fest, und ich wurde von den MacLeods eingeladen, den Gästen die Zukunft vorauszusagen.« Mit ihren Gedanken schien sie auf einmal ganz weit weg, und es dauerte eine gefühlte Ewigkeit, bis sie sich meiner Anwesenheit in ihrem Wohnwagen wieder bewusst wurde und den Kartenstapel zur Seite legte. »Wie heißt du? Ich habe dich noch gar nicht nach deinem Namen gefragt.«

»Enya.«

»Enya … Das ist ungewöhnlich! Wusstest du, dass das aus dem Gälischen kommt und *Feuer des Lebens* bedeutet?«

Nein, das wusste ich nicht. Über die Bedeutung meines Namens hatte ich mir nie Gedanken gemacht. Ich wusste nur, dass ich ihn immer buchstabieren musste, wenn ich nicht wollte, dass er *Enja* oder *Enia* geschrieben wurde. Und dass Mama mich so genannt hatte, weil sie so begeistert von einer irischen Sängerin war, die so hieß und immer todtraurige Lieder sang. *Feuer des Lebens.* Das klang schön.

Aber nun wollte ich wieder auf den eigentlichen Grund meines Besuchs zurückkommen, und was mich vor allem interessierte, war: »Können Sie Ihre Karten oder Ihre Kristallkugel befragen, ob auf Dunvegan Castle Geister herumspuken? Finola MacLeod zum Beispiel.« Als Wahrsagerin stand sie solchen zugegebenermaßen merkwürdigen Fragen doch hoffentlich aufgeschlossen gegenüber.

»Dann hast du also von den Geschichten gehört, die sich um die Burg ranken?«

»Ja.«

»Wieso interessierst du dich gerade für sie?«

Ich zögerte. Miss Adeline die ganzen Geschehnisse der letzten beiden Tage zu erzählen, würde viel zu lange dauern, und Geduld gehörte nicht zu meinen herausragenden Charaktereigenschaften. Deshalb beschloss ich, mich auf das Wesentliche zu beschränken. »Ich möchte einen Kurzfilm über sie drehen.«

Miss Adeline sah mich aus ihren kohlschwarz umrandeten Augen nachdenklich an. »Du bist wirklich ein ganz besonderes Mädchen.«

Ich senkte die Wimpern. Sagte sie das wegen meines Namens oder weil ich einen Film über Finola MacLeod drehen wollte?

»Leider kann ich dir nicht helfen.«

»Wieso nicht?«

»Weil ich nur Dinge voraussagen kann, die dich betreffen.«

»Aber es betrifft mich: Ich möchte den Kurzfilm über sie bei einem Wettbewerb einreichen. Wenn ich einen Preis gewinne, würde das meine Chancen erhöhen, nach dem Abitur auf einer Filmhochschule in München angenommen zu werden. Außerdem gewinnt der Sieger fünfzehntausend Euro, und meine Eltern … sie würden das Geld gut brauchen können«, setzte ich leiser nach.

Miss Adelines strenge Gesichtszüge wurden weicher. »Gut«, sagte sie. »Ich werde sehen, was sich machen lässt.« Sie zog die Kristallkugel heran und stellte sie direkt vor sich. Dann legte sie die Hände darauf und schloss die Augen. Ihre langen, getuschten Wimpern legten sich wie ein Fächer über ihre ausgeprägten Jochbeine. Früher musste sie eine schöne Frau gewesen sein.

Eine gefühlte Ewigkeit saß Miss Adeline bewegungslos da. Hätte sich das Medaillon auf ihrer Brust nicht gleichmäßig gehoben und gesenkt, hätte man sie für eine Schaufensterpuppe halten können. Als sie die Augen wieder öffnete, zuckte ich richtiggehend zusammen. Fasziniert beobachtete ich, wie sich ihr Blick im durchsichtigen Innern der Kugel versenkte und ihre knochigen Finger in kreisenden Bewegungen darüberglitten. Es hatte etwas Meditatives an sich, sie dabei zu beobachten. Der schwülstige Duft und die Wärme im Wohnwagen taten ihr Übriges, dass meine Lider schwer wurden. Schließlich hatte ich in der letzten Nacht nicht besonders gut geschlafen. Doch auf einmal wurden die gerade noch so ruhigen und gleichmäßigen Bewegungen von Miss Adelines Händen schneller. Ihre Fingerspitzen glitten nicht mehr nur über die Oberfläche der Kugel, sondern rieben sie richtig, und ihre Augen verengten sich. Mit dem Gesicht ging sie näher an die Kugel heran, und zwischen ihren Brauen bildeten sich zwei Falten. Eine gerade, eine leicht gebogen. Ihre Lippen waren zusammengepresst, und das Medaillon auf ihrer Brust bewegte sich hektischer auf und ab. Schlagartig war ich wieder hellwach, und meine gefalteten Hände verkrampften sich. Was um Himmels willen sah sie denn in der Kugel, das sie so aufwühlte? Angestrengt schaute auch ich hinein, doch außer dem schwarzen Stoff ihres Kleides und dem Anhänger, die sich darin spiegelten, konnte ich nichts erkennen. Meine Nase war nicht mehr allzu weit weg von der Kristallkugel, als die Bewegungen ihrer Finger stoppten und sie sie so jäh nach oben riss, als hätte sie sich daran verbrannt. Ich fuhr zurück.

»Was haben Sie gesehen?«

Miss Adeline blinzelte, und es dauerte einen Augenblick, bis sie wieder ganz bei mir war. »Die Burg … Sie war ganz in Nebel gehüllt, und der Nebel breitete sich aus. Er ist durch die Ritzen im Mauerwerk gekrochen, hat seine langen Finger nach dir ausgestreckt …«

Nach mir? Trotz der Wärme im Wohnwagen war mir auf einmal kalt. »Heißt das, dass ich in Gefahr bin?«

Einen Moment befürchtete ich, sie würde mir nicht antworten, doch dann sagte sie: »Das weiß ich nicht. Nebel steht zwar für Gefahr und Einsamkeit, aber auch für Aufbruch. Und Nebel kann ein Schutz sein, der dich vor bösen Einflüssen abschirmt.«

Dann konnte er ja quasi alles bedeuten … »Etwas genauer geht es nicht?«

Miss Adeline schüttelte den Kopf und brachte damit ihre langen goldenen Ohrringe zum Klirren.

»Ist Ihnen in der Kugel zufällig auch Finola MacLeod erschienen? Oder zumindest eine Information darüber, ob es eine gute Idee ist, einen Film über sie zu drehen?«

»Nein. All das hat der Nebel bedeckt gehalten.«

Na toll!

»Enya! Wann bist du denn endlich fertig?«, hörte ich meine Schwester rufen. »Hier draußen ist es saukalt.«

Durch einen Spalt in dem Vorhang sah ich Jessy fröstelnd von einem Fuß auf den anderen treten.

»Ich muss jetzt gehen.« Ich stand auf. »Wie viel bekommen Sie?«

Miss Adeline schob die Kugel von sich und erhob sich ebenfalls. »Nichts. Denn leider konnte ich dir nicht weiterhelfen. Ich wünschte, es wäre anders gewesen.«

Das überraschte mich. Ich hatte damit gerechnet, dass sie mindestens zwanzig Pfund haben wollte, so wie es an der Fassade des Wohnwagens gestanden hatte.

Die Wahrsagerin brachte mich zur Tür, doch bevor sie sie öffnete, nahm sie meine Hand. »Versprich mir, dass du auf dich aufpasst!«

»Warum?« Mein Herz fing an, schneller zu schlagen. Sie hatte doch gerade gesagt, dass die kalten Nebelfinger, die sich nach mir ausstreckten, nicht unweigerlich bedeuteten, dass ich mich in Gefahr befand. Aufbruch zu etwas Neuem konnte doch durchaus etwas Erfreuliches sein. Genau wie Schutz vor bösen Einflüssen.

»Versprich es mir einfach!« Miss Adeline verstärkte den Druck ihrer Finger, und ihre Ringe bohrten sich in meine Haut.

»Enya! Wo bleibst du denn?«, nörgelte Jessy. »Wenn du in einer Minute nicht hier bist, muss ich dich leider holen.«

»Ich verspreche es«, sagte ich mit trockenem Mund.

Die Wahrsagerin löste ihre Hand von meiner und öffnete die Tür. Mit zitternden Knien ging ich die wackligen Treppenstufen des Wohnwagens hinunter und auf Jessy zu.

»Und? Weißt du jetzt, wen du mal heiratest und wie viele Kinder du bekommst?« Ihre Lippen waren gekräuselt, als sie sich ihren langen Pony aus dem Gesicht strich und Miss Adeline einen provozierenden Blick zuwarf.

Ich hörte laute Punkmusik. *Creep* von Radiohead. Gleich darauf sah ich den Verursacher. Die Musik schallte aus einem alten Auto, das über die Wiese direkt auf uns zuholperte. Es sah aus, als wäre es aus den Teilen anderer Autos zusammengesetzt worden. Jede Tür hatte eine andere Farbe. Genau wie die Motorhaube. Ein viel zu großer Seitenspiegel war mit Klebebändern befestigt worden. Hinter dem Steuer saß der Junge aus dem Park.

»Jona! Du bist ja schon zurück!«, rief Miss Adeline, nachdem er ausgestiegen war. Ihre vorher so düstere Stimme klang erfreut. War ich gerade noch ganz benommen von dem gewesen, was sie in ihrer Kugel gesehen hatte, landete ich jetzt wieder auf dem harten Boden der Realität. Von ihm wusste sie also, dass wir auf der Burg wohnten. Sie konnte gar nicht hellsehen. Das Ganze war nur Show gewesen.

Ach Mann! Ich hätte auf Jessy hören sollen. Nebulöse Andeutungen machen – im wahrsten Sinne des Wortes –, das konnte ich auch. Und zwar ohne mich Wahrsagerin zu nennen und anderen Leuten das Geld aus der Tasche zu ziehen. Wobei ich Miss Adeline zugestehen musste, dass sie von mir nichts verlangt hatte. Und ich den nagenden Verdacht einfach nicht abschütteln konnte, dass sie mehr wusste, als sie mir gegenüber zugegeben hatte.

Der Junge schlenderte auf den Wohnwagen zu. Seine Hände steckten in den Taschen seiner tief sitzenden Jeans, und er trug die gleiche Jacke wie gestern Abend. Aber dieses Mal hatte er keine Mütze auf, sondern hatte sich die Kapuze seines Hoodies tief in die Stirn gezogen, sodass nur noch ein paar blonde Haarsträhnen zu sehen waren. Sein Blick blieb für einen Augenblick an Jessy hängen, bevor er zu mir schwenkte. Ich rechnete damit, dass er etwas sagen würde. *Was machst denn du hier?* Oder irgendetwas anderes, das darauf hindeutete, dass wir uns schon zweimal begegnet waren. Aber das tat er nicht, und auch seine Miene blieb unbewegt.

»Wow! Wer war das denn?«, sagte Jessy, als er im Wohnwagen verschwunden war. »Seine Klamotten wären zwar noch zu optimieren, aber der Rest … Hast du gesehen, wie blau seine Augen waren? Ich sollte doch zu der Wahrsagerin hinein und mir die Zukunft voraussagen lassen.« Sie grinste. »Oder zumindest, wie dieser Urlaub abläuft. Mich würde interessieren, ob dieser geheimnisvolle Fremde darin eine Rolle spielen wird. Dagegen hätte ich nichts.«

»Mach doch«, murmelte ich.

Auch wenn ich wirklich nicht sagen konnte, wieso: Es störte mich, dass ihr dieser Jona gefiel, denn wenn ich eins von meiner Schwester wusste, dann war es, dass sie meistens bekam, was sie wollte.

12

Ihr Armen seid ja vollkommen durchgefroren«, begrüßte uns Teresa. Auf dem Rückweg zur Burg war nicht nur
ein unangenehm kalter Wind aufgezogen, es hatte auch
noch angefangen zu nieseln.

Die Haushälterin wuselte gerade mit einem gelben
Staubwedel durch die Eingangshalle, als Jessy und ich
bibbernd eintraten.

»Möchtet ihr eine Tasse Tee?«

Jessy wollte direkt auf ihr Zimmer, um heiß zu duschen
und die Blasen zu verarzten, die der lange Marsch in den
unbequemen Schuhen an ihren Füßen verursacht hatte,
aber ich nickte.

Der Tee, den Teresa mir reichte, war ein bisschen zu süß,
ich hätte mir weniger Honig darin gewünscht, aber immerhin wärmte er mich etwas auf.

Ich holte Theo bei Mama und Großtante Mathilda ab,

die beiden spielten immer noch Schach, und machte mich mit ihm auf den Weg zum Ostflügel. Die Wahrsagerin ging mir nicht aus dem Kopf. Wenn das alles wirklich eine Show gewesen war, dann war sie verdammt gut inszeniert gewesen. Nebelfinger, die nach mir griffen ... Sie hatte mir einen ganz schönen Schrecken damit eingejagt. Aber auch dieser Jona drängte sich immer wieder in meine Gedanken. Ob er ihr Enkel war?

Irgendwann merkte ich, dass ich auf dem Weg in mein Zimmer wohl einmal falsch abgebogen war und mich verlaufen hatte, denn ich befand mich in einem Trakt der Burg, in dem ich nicht einmal bei der Führung gewesen war. Es musste der renovierungsbedürftige Nordteil sein, von dem Angus gesprochen hatte. War der bewohnte Trakt der Burg zwar alt, aber sauber und gepflegt, hingen hier Spinnweben in langen Zöpfen von den Wänden, den Spiegeln und Bilderrahmen, und als ich eine Zimmertür öffnete, sah ich, dass die Möbel darin mit Tüchern zugehängt waren. Die Staubschicht am Boden war so dick, dass sich meine Fußspuren deutlich vom dunklen Boden abhoben. Das musste tatsächlich der Nordteil sein, erkannte ich beim Blick aus dem Fenster. Ich schaute nämlich weder auf den See noch auf den Burghof hinaus, sondern auf eine hügelige, ziemlich karge Landschaft.

Uah! Eine Ratte trippelte, aufgescheut durch mein Eintreten, aus einer Ecke heraus und verschwand hinter dem mottenzerfressenen Stoff eines dunkelroten Samtvorhangs. Ich musste mich zwingen, nicht auf einen abgehängten Sessel zu springen. Dieses Exemplar war echt riesig. Selbst Theo zeigte keinerlei Interesse daran, ihr hinterherzurennen, so wie er es bei Hasen und Vögeln so gern machte. Am besten schaute ich zu, dass ich so schnell wie möglich wieder in den bewohnten Teil der Burg kam. Ich verließ das Zimmer wieder. War ich von rechts oder links gekommen? Ich hatte keine Ahnung. Theo war auch keine große Hilfe.

»Such Mama, Papa und Jessy!«, forderte ich ihn auf, aber der Hund schaute nur verständnislos zu mir auf und klopfte mit dem Schwanz auf den Boden. Selbst wenn er kapiert hätte, was ich von ihm wollte, hätte er mich wahrscheinlich nicht zu ihnen geführt. Futter fand er schließlich auch nur, wenn man es ihm direkt vor den Pfoten platzierte. Blöderweise gab es in diesem Teil der Burg auch keinen Handyempfang, weswegen ich Angus nicht anrufen und nach dem Weg fragen konnte. Ich musste mich also selbst auf die Suche nach dem Rückweg machen. Aber das bereitete mir keine Sorgen. So riesig war die Burg schließlich nicht. Irgendwann würde ich schon wieder auf eine Stelle stoßen, die mir bekannt vorkam und an der ich mich orientieren konnte.

Aus den Augenwinkeln nahm ich hinter mir eine Bewegung wahr, und ich wirbelte herum. Ich blickte in einen runden Spiegel, dessen Glas so blind und fleckig war, dass ich mich kaum erkennen konnte. Was ich aber erkannte, war, dass ich schon wieder das bunte Kleid mit dem psychedelischen Muster trug … Ich schnappte nach Luft, die

Miene meines Spiegelbilds blieb jedoch vollkommen gelassen. Es war so gruselig. Ich verbarg mein Gesicht in meinen Händen. Konnte ich mir das wirklich alles nur einbilden? Langsam hob ich den Kopf wieder. Nein! Mein Spiegelbild trug immer noch das seltsame Kleid. Meine Hände wurden schweißnass, und auch auf meine Stirn legte sich ein feiner, feuchter Film.

Es hatte keinen Zweck, ich musste Mama bitten, mich zu einem Arzt zu bringen. Nicht nur, dass mein Spiegelbild nicht mehr so aussah wie ich, die Fledermaus gestern hatte geschrien, obwohl Fledermäuse gar nicht schreien können. Vielleicht hatte ich mir auch nur eingebildet, die Ritterrüstung auf den Balkon hinausgetragen zu haben. Meine Kehle verengte sich, und ich bekam kaum noch Luft. Dass von Stich anscheinend ebenso unter Wahrnehmungsstörungen litt wie ich, war nur ein schwacher Trost.

Ich rannte davon, doch nun sah ich meine Spiegelbilddoppelgängerin in einem anderen Spiegel, einem rechteckigen, dessen Rahmen reich mit bronzefarbenen Ornamenten verziert war. Im nächsten Gang tauchte sie wieder so unvermittelt in einem fast zwei Meter hohen Spiegel auf, dass ich einen Satz zur Seite machte. Ich musste weg hier! Schweißgebadet hetzte ich durch die Gänge der Burg, bis ich an die Tür kam, vor der gestern ein Baustellenband gespannt worden war. Ich stoppte, als ich sah, dass Großtante Mathilda davorstand. Sie hatte das Baustellenband abgenommen, die Tür geöffnet, und sie schaute auf die schmale Wendeltreppe, die in den Turm führte. Was machte sie denn hier? Angus hatte ihr doch gesagt, dass der Turm einsturzgefährdet war. Ich presste mich an die Wand und hoffte, dass sie nicht in meine Richtung schauen würde. Es war mir unangenehm, sie bei etwas Verbotenem zu ertappen, und genau genommen hätte auch ich nicht in diesem renovierungsbedürftigen Teil der Burg sein dürfen. Großtante Mathilda machte einen Schritt über die Schwelle, doch wie von einer unsichtbaren Barriere aufgehalten, blieb sie dort stehen. Mit der Hand hielt sie sich am Türgriff fest, mit der anderen am Rahmen. Ihre Körperhaltung war angespannt. Dann trat sie jäh zurück. Die Tür fiel ins Schloss, und sie eilte davon. Das Baustellenband lag noch immer am Boden. Nachdenklich hob ich es auf und betrachtete es einige Minuten. Dann ließ ich es wieder nach unten schweben und öffnete ebenfalls die Tür. Ich musste herausfinden, was Mathilda an diesem Turm so faszinierte. Er würde schon nicht gleich über meinem Kopf zusammenbrechen.

Ich ging die Treppe hinauf. Sie führte mich zu einer weiteren Tür. Dahinter lag ein rundes Zimmer mit einem Himmelbett ähnlich dem meinen, Schränken, einer gemütlich aussehenden Sitzgruppe, bestehend aus zwei Sesseln und einem niedrigen Tisch. Und daran saß jemand. Es war ein junger Mann, kaum älter als Jessy. Hatte Großtante Mathilda ihn besuchen wollen? Seine hellgrauen Augen waren von ganz langen Wimpern umgeben, und sie standen in einem auffälligen Gegensatz zu seinen fast schwarzen, lockigen Haaren und den ebenso dunklen Augenbrauen. Seine Gesichtszüge waren so ebenmäßig, dass man sie schon fast als mädchenhaft hätte beschreiben können, wäre nicht sein breites, energisches Kinn gewesen und die gezackte Narbe darauf. Er sah unglaublich gut aus. Geradezu unnatürlich gut. So wie dieser Schauspieler aus den *Vampire Diaries*, auf den Jessy so stand und an dessen Namen ich mich gerade nicht erinnern konnte. Wenn ich überhaupt einen Makel ausmachen konnte, dann, dass er auffällig blass war. So als würde er nicht besonders oft an die frische Luft kommen. Und seine komische Kleidung. Wer trug denn heutzutage noch einen Pullunder über einem Rollkragenpullover und Schlaghosen?

»Entschuldigung, ich wusste nicht, dass hier jemand wohnt«, sagte ich peinlich berührt und zog mich wieder zurück.

Doch der junge Mann rief nach einem Moment der Überraschung: »Hey, hey! Wir haben Besuch! Das ist ja toll!«

Wir? Befand sich außer uns sonst noch jemand in dem Turmzimmer? Ich schaute mich um, konnte jedoch niemanden außer ihm sehen.

»Sei nicht so schüchtern und komm rein!« Der Mann stand auf und breitete einladend die Arme aus.

Zögernd und mit gesenktem Kopf trat ich aus dem düsteren Gang heraus und in das helle Zimmer. »Es tut mir leid, dass ich einfach so reingeplatzt bin. Ich wusste nicht, dass hier oben auch ein Hotelzimmer ist.«

»Ein Hotelzimmer!«, hörte ich ihn sagen. »Ach so, du

denkst, dass ich Gast bin. Nein, nein, mach dir keine Sorgen. Ich wohne hier.«

Oh! »Angus hat gar nicht gesagt, dass außer ihm noch jemand auf der Burg lebt.« Ich hob meinen Kopf wieder und blinzelte, weil ich jetzt im hellen Licht des Fensters stand. Der Mann keuchte hörbar auf.

Seine Lippen verformten sich zu einem Wort, das ich nicht verstand, und seine Augenwinkel füllten sich mit Tränen. »Du bist zu mir zurückgekommen!« Er streckte einen Arm aus und machte einen Schritt auf mich zu.

Was? »Nein! Ich kenne dich doch gar nicht.« Gab es denn nur Verrückte auf der Insel?

Auch dem Mann war wohl aufgefallen, dass sein Verhalten extrem seltsam auf mich wirkte, und er zog seine ausgestreckte Hand wieder zurück. Vielleicht war es aber auch Theos lautes Knurren, das ihn dazu veranlasste. Ich hatte unserem Hund unrecht getan. Wenn es drauf ankam, steckte doch ein Wachhund in ihm.

»Es tut mir leid. Ich … ich wollte dich nicht erschrecken. Du … du erinnerst mich nur an jemanden, und für einen Moment …« An der Bewegung seines Kehlkopfs erkannte ich, dass der Mann schluckte. »Weißt du, es ist nur so … wir bekommen nicht besonders oft Besuch.«

Schon wieder dieses *Wir*. Aber dieses Mal erkannte ich, wer damit gemeint war, denn der Blick des Mannes ging zu der Holzdecke – von der eine Fledermaus herunterbaumelte, die einen winzigen Verband um den Kopf trug. Mit großen Augen starrte sie mich an und begann, mit den Flügeln zu flattern. *Um zu fliehen,* dachte ich. Tatsächlich flog sie aber zu dem Mann rüber und klammerte sich kopfüber mit ihren winzigen Krallen an seinen ausgestreckten Zeigefinger, als wolle sie bei ihm Schutz suchen.

»Du musst keine Angst haben, Herman.« Der Mann kraulte der Fledermaus den Kopf. »Das Mädchen tut dir nichts.«

Herman? »Die Fledermaus hat einen Namen?«

»Natürlich. Herman ist schließlich meine Hausfledermaus.«

Aha! Ich sollte wirklich schauen, dass ich so schnell wie möglich hier wegkam.

Eine Sache interessierte mich allerdings noch. »Wieso trägt die … äh … Herman einen Verband am Kopf? Hat er sich wehgetan?«

»Ja. Er muss sich gestern beim Herumfliegen im Park verletzt haben. Als er zu mir zurückkam, hatte er am Kopf eine blutige Schramme. – Wie oft habe ich dir schon gesagt, dass du bei deinen Kunststücken vorsichtig sein musst!« Er hielt sich die Fledermaus direkt vor sein Gesicht.

Gut, nachdem auch das geklärt war – die Fledermaus lebte, und sie war sogar nach dem von mir verursachten Zusammenprall mit dem Ast fachmännisch verarztet worden –, sollte ich wirklich gehen.

»Aber du kommst wieder, ja?«, bat mich der Mann. »Es war so nett, mal wieder mit jemandem zu plaudern.«

»Leider bin ich nicht mehr lange da. Aber … mal sehen«, verabschiedete ich mich von ihm und eilte mit Theo die Wendeltreppe wieder nach unten.

Jetzt konnte ich mir nämlich denken, wieso Angus den Mann vor uns versteckte. Er war ein geistesgestörter Verwandter, den er vor der Öffentlichkeit verbarg. So wie in *Jane Eyre* von Cary Fukunaga. Besonders einsturzgefährdet sah es in dem Turm schließlich wirklich nicht aus. Und Großtante Mathilda musste irgendwie davon erfahren haben.

13

Eine Zeit lang irrte ich noch ein wenig durch verschiedene Gänge, ohne dass Theo mir irgendeine Hilfe war, bis er mich irgendwann sehr energisch eine Treppe hinunterzog. Unten angekommen wusste ich, warum. Er hatte mich in die Küche geführt. Teresa stand an einem altmodischen Herd und nahm mit einer spitzen Gabel einen Braten aus einem Topf. Ihre weißen Haare wurden mit einem Kopftuch zurückgehalten.

»Hast du dich verlaufen?«, fragte sie. »Oder treibt dich der Hunger hierher?«

»Beides.« Hatte ich in der letzten Stunde keine große Gelegenheit gehabt, über Essen nachzudenken, fing mein Magen nun durch den köstlichen Bratenduft an zu knurren.

»Gleich gibt es Mittagessen. Du kannst schon in den Bankettsaal gehen. Ich hoffe, du bist keine Vegetarierin.«

Ich schüttelte den Kopf. »Wie komme ich denn dorthin? Ich befürchte, ich habe die Orientierung verloren.«

»Ich habe auch etwas gebraucht, bis ich mich hier ausgekannt habe. Die Burg ist riesengroß. Der Bankettsaal liegt genau über der Küche.«

Das würde das rechteckige Loch rechts hinter dem Herd erklären, an dessen Seite eine Schnur baumelte. Es war ein Essensaufzug.

Die Frau begleitete mich bis zu einer Treppe. »Halte dich, wenn du oben bist, gleich links, dann kommst du zum Bankettsaal!«

Bei unseren letzten Begegnungen hatte ich gedacht, dass sie aus Unsicherheit ihren Blick gesenkt und den Rücken gerundet hielt, nun sah ich, dass sie wohl etwas mit der Wirbelsäule hatte, denn sie stützte sich mit einer Hand das Kreuz, und ihr Gang war leicht schleppend. Die Arme. Sollte sie nicht längst in Rente sein? In ihrem Alter hätte sie sicherlich lieber in einem gemütlichen Häuschen am warmen Kamin gesessen und die Katze auf ihrem Schoß gestreichelt, anstatt für Angus den Housekeeper zu spielen.

Schon bald kannte ich mich wieder aus. Doch anstatt direkt in den Bankettsaal zu gehen, brachte ich zuerst Theo auf mein Zimmer. Die Ritterrüstung stand glücklicherweise immer noch dort, wo ich sie zuletzt gesehen hatte: neben dem Kamin. Dass sie sich während meiner Abwesenheit schon wieder wie von Geisterhand vorwärtsbewegt hätte, hätten meine Nerven nicht verkraftet.

Auch sonst befand sich alles an seinem Platz. Und nirgendwo war ein einziges Rosenblatt zu sehen. Es roch auch nicht nach Rosen. Vielleicht würde ich Mama doch nicht darum bitten müssen, mit mir zum Arzt zu gehen, und meine Wahrnehmungsstörungen waren nur eine kurze Episode gewesen.

Der Tisch im Bankettsaal war bereits gedeckt, aber außer Dorothea Schmidt war noch niemand da. Gut! Mama hätte herumgemotzt, wenn ich zum dritten Mal zu spät zu einer Mahlzeit erschienen wäre.

»Du siehst erhitzt aus«, sagte die Journalistin. Bis zu meinem Eintreten hatte sie mal wieder fleißig ihr Notizbuch gefüllt. »Hast du Sport gemacht?«

»Nein, aber ich habe mich verlaufen. Die Burg ist ganz schön groß und verwinkelt.« Nur, weil es unhöflich gewesen wäre, einen Platz ganz am anderen Ende des Tisches zu wählen, setzte ich mich neben sie. Ich mochte diese Frau einfach nicht.

»Sind Sie mit Ihrer Gespenstersuche schon ein wenig weitergekommen?«, fragte ich, denn meine Neugier war größer als meine Abneigung gegen sie.

»Leider nicht. Aber glaube mir, auf Dunvegan Castle spukt es. So wahr ich hier neben dir sitze.« Dorothea Schmidt senkte ihre Stimme. »Ich kann die paranormale Energie auf dieser Burg deutlich spüren. Finola MacLeods dunkle Aura und die Kälte, die von ihr ausgeht ... Leider war sie noch nicht dazu bereit, sich auch mir zu zeigen.

Ich frage mich, wieso sie es gerade von Stich gegenüber getan hat.« Sie rümpfte die Nase. »Nun ja, vermutlich wollte sie sich einen Spaß mit ihm machen, schließlich kann es auch ihr nicht entgangen sein, was für ein furchtbarer Angsthase dieser Mann ist. – Immerhin konnte ich heute Morgen im Dorf einiges über unsere Diamantdame in Erfahrung bringen.«

»Das ist ja toll.« Ich selbst war ja bedauerlicherweise mit meinen Recherchen keinen Schritt weitergekommen.

Dorothea Schmidt freute sich sichtlich über mein Interesse und rutschte noch ein Stück näher an mich heran. »Sie hieß früher MacKay und stammte aus einem kleinen Dorf namens Balnaknock. Dort lebte sie mit ihrem Vater, einem einfachen Schuster, bevor Colum MacLeod auf sie aufmerksam wurde und sie zu seiner Frau nahm. Ihre Schönheit muss legendär gewesen sein, und er war ihr regelrecht verfallen. Doch allzu lange war die Ehe der beiden nicht glücklich.« Die Journalistin beugte sich so weit zu mir rüber, dass ich ihren leicht säuerlichen Atem riechen konnte, und es kostete mich meine ganze Selbstbeherrschung, nicht zurückzuweichen. »Nicht nur, weil Finola es nicht schaffte, ihrem Mann den ersehnten Nachfolger zu schenken, sondern auch, weil – wie du weißt – schon bald nach ihrem Einzug Gerüchte laut wurden, dass ihre unnatürliche Schönheit kein Geschenk Gottes war, sondern Hexenwerk. Die Legende, dass sie aus den Tränen ihrer Dienstbotinnen Diamanten machen konnte, hatte ich ja schon erzählt. Finola wurde aber auch dabei gesehen, wie sie seltsame Rituale mit den Innereien von Tieren vollführte und wie sie bei Vollmond im Fluss Sligachan badete. Und was das Seltsamste war«, sie senkte ihre Stimme, »das, was sie tat, zeigte Wirkung, denn Finola MacLeod schien nicht zu altern.«

Das war in der Tat mal etwas, was ich noch nicht wusste. »Wieso flüstern Sie eigentlich?«, fragte ich, und nun rutschte ich doch ein Stück mit meinem Stuhl zurück, weil Dorothea Schmidt mit ihrem Ellbogen allmählich fast auf der Lehne meines Stuhls hing. Diese Frau hatte so gar kein Gespür für eine angemessene Individualdistanz.

»Weil ich nicht möchte, dass uns jemand belauscht.« Sie ließ ihren Blick bedeutungsvoll durch den Bankettsaal wandern. »Die Wände hier haben Augen und Ohren. Siehst du den Spalt da?« Sie zeigte auf das Mauerwerk, das sich oberhalb des mannshohen Ölschinkens mit dem Reiter befand.

Ich nickte.

»Dort habe ich einen kleinen Raum gefunden, in dem sich ein Spion verstecken kann. Der Eingang dazu befindet sich im ersten Stock, und er ist durch einen Vorhang verborgen. Auch an anderen Stellen haben die Wände der Burg Augen und Ohren.« Dorothea Schmidt nickte in Richtung des Hirschgeweihs über dem Kamin. »Die länglichen Löcher im Mauerwerk sind absichtlich eingefügt worden. Auch dahinter befindet sich eine Kammer. Es würde mich nicht wundern, wenn nicht einmal der liebe Angus davon weiß. Ich war allerdings inzwischen schon in so vielen schottischen Burgen, dass ich weiß, wonach ich zu suchen habe.« Sie lächelte selbstgefällig. »Aber um noch einmal auf Finola MacLeod zurückzukommen … Du warst doch gestern Nacht dabei, als von Stich dieses Theater veranstaltet hat. Ist dir irgendetwas Ungewöhnliches aufgefallen?« Ihre knochigen Finger umklammerten mein Handgelenk.

»Sie meinen, abgesehen davon, dass Herr von Stich behauptet hat, einen Geist gesehen zu haben?«, erkundigte ich mich ironisch, während ich mich gleichzeitig fragte, wie ich sie höflich darum bitten konnte, meinen Arm loszulassen.

Sie tat es von selbst, denn Donna und Onkel Thomas betraten mit den Kindern an der Hand den Bankettsaal, und als sie die Zwillinge in ihre Hochstühle gesetzt hatten, tröpfelten nach und nach auch alle anderen Gäste ein. Als Erstes Gloria Montana und Großtante Mathilda. Betont weit setzten sie sich voneinander weg.

Jessy tauchte als Letztes auf und setzte sich neben mich. Ich hatte ihr extra einen Platz frei gehalten.

»Gut, dass du kommst. Ich muss dir unbedingt etwas erzählen«, wisperte ich. »Ich war vorhin im Nordturm. In dem Turm, von dem Angus bei der Führung erzählt hat, dass er einsturzgefährdet ist. Du wirst es nicht glauben, aber dort lebt jemand. Ein echt gut aussehender Typ. – Er sieht aus wie Ian Somerhalder.« Endlich war mir eingefallen, an wen er mich erinnert hatte.

»Nein!« Die sowieso schon großen Augen meiner

Schwester wurden noch größer, bevor sie sich in der nächsten Sekunde zu Schlitzen verengten. »Das hast du dir nur ausgedacht. Ach Mann! Einen Moment lang hatte ich echt gehofft, dass mal ein bisschen Schwung in diesen lahmen Urlaub kommt. Erst der blonde Hottie, jetzt ein Ian-Somerhalder-Lookalike.«

Ich schüttelte den Kopf und bildete mit Zeige- und Mittelfinger meiner rechten Hand ein V. »Nein. Ich schwöre es. Du kannst ihn dir ja selbst anschauen. Er hat mich eingeladen wiederzukommen. Aber alleine gehe ich bestimmt nicht noch einmal zu ihm. Er ist nämlich echt seltsam.«

»Oh! Wenn du das schon sagst.«

Teresa brachte die Suppe, und wir mussten unser Gespräch kurz unterbrechen.

»Inwiefern seltsam?«, erkundigte sich Jessy, nachdem sie verschwunden war.

»Na, sein ganzes Verhalten war seltsam.« Dass er mich mit den Worten *Du bist zu mir zurückgekommen* begrüßt hatte, würde Jessy mir eh nicht glauben. »Und seine Kleider waren es auch. Er hat einen engen Pullunder und Schlaghosen getragen.«

»Was findest du daran seltsam? Dieser Siebzigerjahre-Look ist gerade total angesagt.«

Oh! Das war tragisch! »Kannst du dir vorstellen, dass es ein irrer Verwandter ist, den Angus im Nordturm versteckt hält?«

Jessy lachte so laut auf, dass sie von Mama einen tadelnden Blick zugeworfen bekam. »O Mann, Schwesterchen, du schaust dir echt zu viele Filme an!«

»Wieso sonst sollte er ihn uns nicht vorstellen und die Tür zum Turm außerdem noch mit einem Baustellenband absperren?«, flüsterte ich.

»Vielleicht ist Angus schwul und der Schönling sein Freund. Was er nicht zugeben möchte.«

»Das ist doch heutzutage total normal. So jemanden muss man nicht verstecken. Es gibt kaum eine Serie, in der nicht irgendjemand schwul oder lesbisch ist.«

»Ich kann mir nicht vorstellen, dass Angus ein Netflix-Abo hat.«

Ich rollte mit den Augen. »Du weißt genau, was ich meine. Papas Chef ist auch schwul. Und Chiara und Emily aus meiner Klasse sind seit ein paar Monaten zusammen. Du kannst mir nicht erzählen, dass Homosexualität in Schottland immer noch ein Skandal ist.«

»Wer weiß, was die Clanregeln besagen. Angus hat uns doch erzählt, dass die Burg auf gar keinen Fall verkauft werden darf. Vielleicht gibt es eine andere Regel, die bestimmt, dass man auch nicht schwul oder lesbisch sein darf. Um den Fortbestand der Sippe nicht zu gefährden.«

»Angus wird sicher nicht der einzige noch lebende Mac-Leod sein.«

Jessy zuckte mit den Achseln. »Am besten frage ich ihn einfach.«

»Nein! Tu das bloß nicht!« Dann wusste Angus doch, dass ich verbotenerweise im Nordturm gewesen war.

Natürlich hörte Jessy nicht auf mich. »Ich halte dich raus«, sagte sie nur.

Das Essen war kaum zu Ende, da steuerte sie schon auf ihn zu. Angus stand an dem künstlichen Weihnachtsbaum und richtete ein paar Kerzen an der Lichterkette gerade.

»Angus! Wieso haben Sie uns eigentlich den attraktiven Mann vorenthalten, der hier auf der Burg wohnt?«

»Attraktiver Mann? Ich weiß nicht, von wem du sprichst. Es sei denn, du meinst mich damit.« Er entblößte seine großen weißen Zähne. Der Mann hatte wirklich schauspielerisches Talent.

»Na der, der im Nordturm wohnt!«

»Im Nordturm! Dort wohnt niemand. Ich habe euch doch gesagt, dass der Turm stark einsturzgefährdet ist. Du hast dich doch hoffentlich nicht trotzdem dort herumgetrieben?« Er zog seine Augenbrauen so dicht zusammen, dass sie zu einer Monobraue verschmolzen.

»Nein. Ich habe nur gesehen, wie er dort hineingegangen ist.«

»Er ist dort hineingegangen? Bist du dir sicher?« Angus' Teint nahm eine beunruhigend kräftige Farbe an.

Jessy hielt seinem bohrenden Blick tapfer stand und nickte unschuldig.

Angus stieß etwas auf Gälisch aus, das ein Fluch sein musste. »Vielleicht hat sich einer dieser verdammten Pavees unbefugt Zutritt verschafft, um sich hier ein warmes Plätzchen zu suchen, weil es ihm in seinem löchrigen

Wohnwagen zu kalt war. Das ist letzten Winter auch schon einmal vorgekommen.«

Mit einem äußerst mulmigen Gefühl im Bauch registrierte ich, dass er wirklich keine Ahnung hatte, von welchem Mann Jessy gesprochen hatte.

»Ist die Tür zur Burg denn nicht immer abgeschlossen?«, fragte sie.

»Natürlich ist sie das. Genau wie das Eingangstor.« Angus wirkte fuchsteufelswild. »Ich vermute, dass dieses Gesindel sich auf einem anderen Weg Zugang verschafft. Es soll einen Geheimgang geben, der vom Dorf in die Burg führt. Leider habe ich immer noch nicht herausgefunden, wo er ist. Aber dem Ganzen werde ich ein Ende bereiten.«

Ein Geheimgang! Zumindest ein Geheimnis hatte ich wohl gelöst. Denn wenn es diesen Gang wirklich gab, dann war Jona dadurch in den Park gelangt und nicht über die Mauer, wie er es behauptet hatte. Es hätte mich auch gewundert, sie war sicher drei Meter hoch.

»Bin ich froh, wenn dieses Pack im nächsten Jahr endlich von meiner Wiese verschwunden ist.« Angus stapfte davon.

»Ich habe dir doch gesagt, dass du den Mund halten sollst«, zischte ich Jessy zu.

»Ich hatte doch nicht ahnen können, dass er so ausflippt. Komm, wir gehen mit! Wir müssen verhindern, dass Angus den armen Kerl lyncht.«

Das Baustellenband lag immer noch am Boden. Ich hatte ganz vergessen, es wieder zu befestigen. Aber ich hatte die Tür hinter mir geschlossen. Angus öffnete sie wieder und betrat den Turm. Jessy und ich folgten ihm in einigem Abstand unauffällig.

»Hoffentlich ist er noch da. Jemandem, der aussieht wie Ian Somerhalder, wollte ich schon immer begegnen. Ob ich Angst haben muss, dass er mich beißt?« Sie kicherte.

Mir jedoch war nicht nach Lachen zumute. Der Mann war schon irgendwie nett gewesen, trotz seines seltsamen Verhaltens. Ich hatte keine Lust, dass er wegen mir festgenommen wurde. Nur weil er auf der Burg Zuflucht gesucht hatte. Ich konnte es ihm nicht verdenken. Bei dem nasskalten Wetter wollte ich auch nicht in einem zugigen Wohnwagen leben.

Inzwischen war Angus am Ende der Treppe angekommen und hatte die Tür zum Turmzimmer auch schon geöffnet. Ich erwartete, laute Schreie zu hören oder zumindest einen wütenden Wortwechsel, und ich drückte mich schon einmal vorsichtshalber in eine Wandnische des Turms, falls es zu einer Verfolgungsjagd kommen würde. Doch nichts geschah.

Als ich vorbei an Jessy in das Zimmer hineinlinste, wusste ich auch, wieso. Es war leer. Nicht einmal Herman, die Fledermaus, hing noch von der Decke herunter.

»Ach, schade!«, entfuhr es Jessy. »Er ist weg. Ich hätte Ian Somerhalder zu gern gesehen.«

»Was macht ihr denn hier?« In seinem aufgebrachten Zustand hatte Angus uns gar nicht bemerkt. »Geht sofort wieder runter! Ich habe euch doch gesagt, dass der Turm einsturzgefährdet ist.« Auf seiner Stirn trat eine dicke, geschwollene Ader hervor, die von seiner Schläfe bis zum Rand seiner Schottenmütze reichte.

»So sieht es hier aber gar nicht aus«, sagte Jessy, die sich von Angus' offensichtlichem Zorn nicht so leicht einschüchtern ließ wie ich. »Ist doch alles tipptopp hier.«

»Dann schau doch bitte mal nach oben, junge Dame! Siehst du denn nicht, wie morsch die Deckenbalken sind? Es ist nur eine Frage der Zeit, bis hier alles zusammenkracht.«

Jetzt bemerkte ich es auch. Die Stelle an der Holzdecke, auf die Angus zeigte, bog sich besorgniserregend nach unten.

Aber ich bemerkte auch noch etwas anderes, was mir vorher gar nicht aufgefallen war. Das konnte doch nicht sein! Alles um mich herum begann sich zu drehen, und ich musste wohl ins Taumeln gekommen sein, denn Jessy packte mich mit beiden Händen am Arm. »Keine Angst, wir kommen hier schon heil wieder runter«, sagte sie. Doch das war es nicht, was mich so sehr entsetzte, sondern ein kleines Foto, das unter einem schlichten Holzkreuz hing. Der gut aussehende Mann war darauf abgebildet, und darunter stand:

Lucian MacDuff

12.3.1944 – 5.1.1971
Der Herr möge seiner Seele Frieden schenken.

»Wer ist das?«, fragte ich, und meine Stimme war genauso zittrig wie die Hand, mit der ich auf das Foto zeigte.

»Das ist Lucian MacDuff«, sagte Angus, »der Verlobte meiner Großcousine Charlotte. Ich habe dir doch von ihr erzählt. Es war zu tragisch. Nur eine Woche nachdem sie verschwunden ist, hat Lucian sich vom Turm gestürzt.«

14

W as ist denn auf einmal mit dir los?«, fragte Jessy. Angus hatte uns aus dem Turm gescheucht und nicht nur das Baustellenband wieder gespannt, sondern auch eine äußerst massiv aussehende Kommode vor die Tür geschoben. »Du siehst aus, als hättest du ein Gespenst gesehen.«

»Später!«, flüsterte ich, obwohl ich am liebsten Ja geschrien hätte. Denn ich *hatte* ein Gespenst gesehen, und es war eine ganz andere Sache, eins zu suchen, als wirklich einem gegenüberzustehen. Meine Knie schlotterten auf einmal so sehr, dass ich kurz stehen bleiben und mich an dem Eisengeländer der Wendeltreppe festhalten musste.

Ich war unglaublich froh, als Angus sich vor der Bibliothek endlich von Jessy und mir verabschiedete, um in die Küche hinunterzugehen, wo er mit Teresa das Abendessen besprechen wollte.

»Er ist weg. Kannst du mir jetzt sagen, was mit dir los ist?«, fragte Jessy.

»Nicht hier.« Ich sah mich um. »Die Wände haben Augen und Ohren«, zitierte ich Dorothea Schmidt, »und ich will nicht, dass uns jemand belauscht.«

»Augen und Ohren …« Jessica runzelte die Stirn. »Seit wir hier sind, bist du echt noch viel seltsamer als sonst.«

Ich ignorierte ihre Spitze. »Im Bankettsaal befinden sich überall Schlitze im Mauerwerk, durch die einen jemand beobachten und belauschen kann. Dorothea Schmidt hat sie mir gezeigt. Und wenn es sie im Bankettsaal gibt, dann gibt es sie woanders auf der Burg sicher auch.«

»Und wo sollen wir hin? In den Park?«

»Das wollte ich gerade vorschlagen.«

»Du hast einen Knall! Draußen ist es saukalt, und ich gehe doch jetzt nicht diese halbe Weltreise auf mein Zimmer, um mir meine Jacke zu holen, nur weil du überall Gespenster siehst – oder Ian Somerhalder.«

»Na gut! Aber du musst mir versprechen, dass du nicht anfängst, hysterisch zu schreien!«

»Ich werde mir Mühe geben.«

Ich schob ihre Haare zur Seite und näherte mich mit den Lippen ihrem Ohr. »Lucian MacDuff … der junge Mann auf dem Foto, der sich den Turm hinuntergestürzt hat, das ist der Mann, der mir im Turmzimmer begegnet ist.« Erwartungsvoll trat ich einen Schritt zurück, um ihre Reaktion abzuwarten, doch meine Schwester starrte mich nur ausdruckslos an.

»Ist das nicht gruselig?«, schob ich nach.

»Das ist es«, sagte Jessy nach einem weiteren Moment des Schweigens. »Es ist äußerst gruselig, dass ich so blöd war, dir zu glauben. Spätestens als du gemeint hast, der Typ aus dem Turm sähe aus wie Ian Somerhalder, hätte ich misstrauisch werden müssen. Aber nein ...« Sie stieß einen verächtlichen Ton aus. »Ich bin auch noch so doof und erzähle Angus davon.«

»Ich habe dir gesagt, dass du es nicht tun sollst«, protestierte ich.

»Ja, und jetzt weiß ich auch, wieso. Ich hoffe, es hat dir Spaß gemacht, mir dabei zuzuschauen, wie ich mich total lächerlich gemacht habe.«

»Ich habe dich nicht reingelegt. Der Geist war da. Er hat mit mir gesprochen. Ihm gehört übrigens auch die Fledermaus. Sie heißt Herman.«

»Natürlich. Wie sonst.« Jessy wirbelte herum.

Verletzt schaute ich ihr einen Moment lang nach. Dann straffte ich meine Schultern und machte mich auf den Weg zu meinem Zimmer. Sie glaubte mir nicht, dass es auf der Burg nicht mit rechten Dingen zuging. Gut! Dann würde ich ihr eben das Gegenteil beweisen! Ihr und mir ...

Das war aber leichter gesagt als getan. Sich am Tag und in der Gesellschaft von Menschen als Mitglied der Ghostbusters zu sehen, war eine Sache, es bei Nacht allein in einem Zimmer zu tun, in dem eine Ritterrüstung stand, war eine andere. Noch dazu bestand Jessy darauf, dass Theo bei ihr schlief. Ganz wohl schien ihr angesichts der ganzen Ereignisse also auch nicht zumute zu sein. Aber natürlich würde sie das nie zugeben!

Angespannt lag ich im Bett und wartete mit dem eingeschalteten Handy ab. Zur Sicherheit hatte ich der Rüstung auch noch das Schwert abgenommen. Zwar konnte ich weder damit umgehen, noch glaubte ich, dass sich ein Geist davon beeindrucken lassen würde, aber es verschaffte mir zumindest ein Gefühl von Sicherheit. Trotzdem klopfte mein Herz so fest gegen meine Rippenbögen, dass man meinen könnte, es wollte sie zertrümmern. Damit, dass Lucian MacDuff in meinem Zimmer erscheinen würde, käme ich klar, er hatte wirklich nicht besonders furchteinflößend gewirkt. Finola MacLeod machte mir schon mehr Angst. Am allerschlimmsten war für mich aber nach wie vor die Vorstellung, dass sich die Ritterrüstung plötzlich in Bewegung setzen und auf mich zukommen könnte. Bei der Vorstellung fingen meine Zähne an zu klappern. Hatte neben dem Kamin nicht etwas verdächtig metallisch geknackt? Und befand sich die Hand der Rüstung, in der sie das Schwert gehalten hatte, wirklich noch an genau der gleichen Stelle wie vorher, oder hing sie etwas tiefer? Ihr Visier hatte ich geöffnet und meinen Cordrock hineingestopft. Ich hatte gehofft, dass ihr das etwas von ihrer Bedrohlichkeit nehmen würde, aber das war nicht der Fall. Nun wusste ich, woher der Ausdruck *sich vor Angst in die Hose machen* kam. Bestimmt fünfmal musste ich aus dem

Bett springen und ins angrenzende Badezimmer flitzen, weil meine Blase genauso nervös war wie ich. Als der dunkle Schlag der Turmuhr endlich den Beginn der Geisterstunde ankündigte, tat mir vor Anspannung jeder Muskel weh, und meine Augen brannten. Es war so weit! Meine linke Hand schloss sich fest um mein Handy, die andere um den Knauf des Schwertes, und ich hielt den Atem an. Doch nichts geschah. Niemand schwebte in mein Zimmer, kein Gegenstand bewegte sich wie von Geisterhand (zum Glück auch nicht die Ritterrüstung), und auch auf den Gängen blieb es ruhig. Enttäuschend! Als das Display meines Handys ein Uhr anzeigte, gab ich es auf. Heute Nacht würde hier kein Geist mehr erscheinen. Ob ich deswegen erleichtert oder enttäuscht war, konnte ich nicht sagen.

Meine Augen wurden schwer und immer schwerer. Schließlich schlief ich ein.

Dabei träumte ich wirres Zeug. Angus' Vorfahren waren aus den Bilderrahmen gestiegen und tanzten zu der Musik eines Streichorchesters durch den Bankettsaal. Ich wollte mittanzen. Doch Finola MacLeod verbot es mir. Weil ich keinen Kilt trug, sondern den senfgelben Cordrock. Sie selbst forderte Jona zum Tanz auf, und obwohl sie viel zu alt für ihn war, wirbelten die beiden lachend an mir vorbei. Zu ihr war er viel netter als zu mir, dachte ich verstimmt. Die Musik des Orchesters wurde schneller, die Bewegungen der Tanzenden auch. Sie verschmolzen zu einem Wirbel an Farben. Mir wurde schwindelig, und ich versuchte, meine Augen zu schließen, aber es gelang mir nicht. Nicht einmal den Kopf abwenden konnte ich. Ich war gelähmt. Und obwohl sich die anderen Tanzenden aufgelöst hatten, ich ganz allein im Bankettsaal war, mischten sich in die Musik des Orchesters Schritte. Schritte, die auf mich zukamen. Ich riss die Augen auf. Mein Herz raste. Es dauerte einen Moment, bis ich begriff, dass ich wach war und nicht mehr träumte. Der Bankettsaal war nicht mehr zu sehen. Dafür starrte ich direkt auf das geöffnete Visier des Ritters. Doch dieses Mal war es nicht die Rüstung, die mich in Angst versetzte, es waren die Schritte. Sie hatte ich nämlich nicht geträumt. Dort draußen vor meiner Tür stand jemand.

Mit dem Schwert in der Hand sprang ich aus dem Bett und rannte zur Tür. Nun bedauerte ich es, sie gleich zweimal abgeschlossen zu haben, denn es dauerte viel zu lange, bis meine zitternden Finger den Schlüssel im Schloss herumgedreht hatten und sie aufsprang. Meine Hand ging zum Lichtschalter und drückte ihn herunter, doch natürlich war niemand mehr zu sehen. Ich nagte an meiner Unterlippe. Wer konnte das denn gewesen sein? Bestimmt Jessy. Doch in ihrem Zimmer war es vollkommen still. Genau wie in dem des Unternehmers. Lediglich bei Gloria Montana hörte ich ein unregelmäßiges Schnarchen.

Ein Poltern ließ mich aufhorchen. Das Geräusch kam aus dem nächsten Gang. Auf Zehenspitzen bewegte ich mich vorwärts und lugte um die Ecke. Da war niemand. Aber ich hatte etwas gehört. Wo war denn nur der Lichtschalter? Ich tastete die Wand ab, konnte ihn aber nicht finden. Zögernd ging ich weiter. Diese dunklen Gänge waren zu unheimlich. Allein die ganzen ausgestopften Tiere ... Von einem in der Wand befestigten Ast starrte mich ein Marder aus toten Augen an, nur ein paar Meter weiter hing der Kopf eines Rehs, und direkt neben einem alten Schrank ... stand jemand.

Ich setzte zum Schrei an. Doch ich war zu langsam. Denn da hatte sich dieser Jemand schon auf mich gestürzt und legte eine Hand auf meinen Mund, mit der anderen umfasste er wie ein Schraubstock meinen Oberkörper. Panisch schlug ich um mich. Das Schwert fiel mir aus der Hand.

»Psssst!«, hörte ich eine Stimme gegen meine Schläfe flüstern. »Ich tu dir nichts!«

Das fühlte sich aber nicht so an. Ich hob mein Bein an und trat nach hinten wie ein ausschlagendes Pferd.

»Au!« Der Angreifer lockerte seinen Griff, und ich fuhr herum. Im fahlen Licht des hereinscheinenden Mondes sah ich den blonden Jungen vor mir stehen. Jona. Er rieb sich das Schienbein.

»Du!«, keuchte ich.

»Ja. Fang bitte nicht wieder an zu schreien und um dich zu schlagen!«

»Was machst du hier?« Wo war denn nur dieses verdammte Schwert? Da! Ich hob es auf und hielt es vor mich.

Jona wich zurück. »Mach jetzt bloß keinen Blödsinn! Ich kann dir alles erklären.«

»Na, da bin ich aber gespannt!«

Er öffnete den Mund, und ich wartete, mit welcher Entschuldigung er ankommen würde, doch plötzlich wurde sein Blick starr, und er stieß einen Fluch aus. Im nächsten Moment schlossen sich seine Finger um mein Handgelenk, und er zerrte mich hinter einen Vorhang.

»Hey! Was soll das?«, protestierte ich.

»Da kommt jemand.« Ich spürte Jonas Kinn in meinem Haaransatz.

Ich hatte nichts gehört. Und im Gegensatz zu ihm musste ich mich auch nicht vor jemand verstecken. *Ich* war schließlich nicht widerrechtlich hier eingedrungen, sondern wohnte hier. Außerdem war der Vorhang nicht gerade ein besonders raffiniertes Versteck. Zwar war er aus dickem, schwerem Samt, aber ich ging trotzdem davon aus, dass man unter einer ausgeprägten Kurzsichtigkeit leiden musste, um die Auswölbung darin zu übersehen.

Der Gedanke, dass zwei Menschen mit mehr Körperumfang als ein Spaghetti sich kaum hinter einem Vorhang verbergen konnten, kam wohl auch Jona. Denn er drängelte mich eng gegen die Wand. Die Ecke des Fensterbretts bohrte sich schmerzhaft in mein Kreuz.

»Au!«

»Psssst!«

»Jetzt lass mich hier raus, du tust mir weh!« Ich presste die linke Hand auf seine Brust – in der rechten hielt ich immer noch das Schwert – und versuchte, ihn von mir wegzudrücken.

»Sorry, das wollte ich nicht.« Er rückte ein winziges Stück von mir ab, doch seine Hände lagen immer noch rechts und links von meinem Kopf auf der Wand, und sein Körper war so nah an meinem, dass kaum ein Schokoriegel zwischen uns gepasst hätte. Sein Duft, eine Mischung aus dem Sandelholz-Patschuli-Gemisch im Wohnwagen seiner Oma und einem herben, zitronigen Aftershave, stieg mir in die Nase und vernebelte mir die Sinne. Genau wie seine Nähe. Es war reiner Selbstschutz, dass ich den Druck gegen seine Brust verstärkte. Aber das machte es nicht besser. Denn nun konnte ich seinen schnellen Herzschlag unter dem Stoff seines Sweatshirts spüren – und jede Menge fester Muskeln.

»Du tust mir immer noch weh!« Ich sollte ihm mit dem Schwert in den Fuß stechen. Leider hatte ich zu viel Angst, dass ich dabei meinen Fuß und nicht seinen traf, und ich war barfuß …

»Ich kann aber nicht weiter zurück, ohne dass wir entdeckt werden. Da draußen ist jemand.« Nicht nur sein Körper war mir viel zu nah, sondern auch seine Lippen. Sein warmer Atem streifte meine Haut. Und ich konnte leider nicht behaupten, dass mich das völlig kaltließ.

»Ich höre nichts.«

»Dann habe ich wohl bessere Ohren als du. Und jetzt sei endlich still!« Er klang verzweifelt, aber das war ich auch.

»Und was, wenn ich es nicht bin? Was willst du dann machen?« *Vergiss nicht, dass ich bewaffnet bin*, wollte ich noch drohend hinzufügen, doch da neigte Jona sein Gesicht noch ein Stück weiter runter. Unsere Nasenspitzen berührten sich fast. Er würde doch nicht …? Mein Atem kam ins Stocken, und unter meiner Handfläche spürte ich, dass auch sein Brustkorb sich auf einmal stärker hob und senkte.

»Bitte! Sei einfach still!« Jonas Stimme war nur ein Raunen, doch sie drang in alle meine Nervenfasern. Seine Lippen waren meinen so unglaublich nah. In meinem Kopf fing es an zu rauschen, und mein Herz pochte so laut gegen meine Rippenbögen, dass ich mir nicht vorstellen konnte, dass Jona es nicht auch hörte. Ich spürte, wie der Druck meiner Hand gegen seine Brust sich wie von selbst lockerte und weich und nachgiebig wurde. Ich müsste mich nur ein wenig auf die Zehenspitzen stellen, dann …

»Er ist weg.« Jona rückte von mir ab.

Hätte er mir einen Eimer Eiswürfel über den Kopf gekippt, wäre ich nicht ernüchterter gewesen. Anders als ich schien er in der letzten Minute nicht in eine Art Trancezustand gefallen zu sein, bei dem Zeit und Raum und irgendwelche Schritte völlig an Bedeutung verloren hatten. Mit zitternder Hand schob ich den Vorhang ein Stück zur Seite. Tatsächlich! Jona hatte das weitaus bessere Gehör von uns beiden. Ich sah Rodrick Hughes' schlanke, hochgewachsene Gestalt um die Ecke biegen. Was machte der denn um diese Zeit in dem Teil der Burg? Soviel ich wusste, lag sein Zimmer im Haupthaus.

»Das war knapp«, sagte Jona.

Ich drehte mich zu ihm um und funkelte ihn an. War das alles, was er zu der ganzen Aktion zu sagen hatte? Anscheinend. Ein paar Augenblicke standen wir voreinander, wir sahen uns an, und keiner von uns sagte etwas, bis Jona den Blick abwandte. »Ich hau ab!«

»Das ist eine hervorragende Idee«, sagte ich immer noch leicht benommen. »Magst du mir vorher aber vielleicht noch erzählen, was du hier auf der Burg gemacht hast? Oder war das auch wieder so eine bekloppte Mutprobe?« Meine Stimme war nicht so fest, wie ich es mir gewünscht hätte. Und leider war mir gerade bewusst geworden, wie ich vor ihm stand: im Schlafanzug, barfuß, mit zerzausten Haaren, ohne BH … und in Gedanken noch immer bei dem Kuss, zu dem es nicht gekommen war.

»Das erklär ich dir morgen. Komm um zehn Uhr früh zum Duirinish Stone!« Jona zog eine Tür des großen Schranks auf. »Kannst du hinter mir zumachen?«

»Ja«, antwortete ich, zu verdutzt für eine schlagfertige Antwort, und schaute in das große schwarze Loch, das sich vor mir auftat.

Jona verschwand darin, und mit einem schleifenden Geräusch glitt die Rückwand des Schranks wieder in ihre ursprüngliche Position zurück.

Das war also der Eingang zum Geheimgang, von dem Angus erzählt hatte. Ich machte die Tür zu und wollte mich gerade gegen ihr kühles Holz sinken lassen, um durchzuschnaufen und wieder einigermaßen zur Besinnung zu kommen, als sich schon wieder Schritte näherten.

Wer war das denn jetzt schon wieder? Auf der Burg herrschte nachts ja ein ganz schöner Betrieb. Dieses Mal war es Angus. »Kannst du nicht schlafen?«, fragte er in freundlichem Ton, aus dem ich seine Ungeduld aber deutlich heraushörte.

»Ja, Sie auch nicht?«

»Doch. Aber heute Nacht wird noch ein Sturm aufziehen, und ich wollte überprüfen, ob alle Fenster geschlossen sind.« Er rüttelte am Griff des Fensters, hinter dessen Vorhang Jona und ich gerade noch gestanden hatten.

»Soll ich Ihnen helfen?«

»Nein, nein, ich bin sowieso gleich fertig. Geh du wieder ins Bett und versuch, noch ein paar Stunden zu schlafen.«

Ich wartete darauf, dass Angus weitergehen würde, doch er blieb stehen. Na gut, dann würde ich das Schwert eben morgen früh hinter dem Vorhang hervorholen.

Ob es Jona gewesen war, dessen Schritte ich vorhin vor meiner Tür gehört hatte? Und wenn ja, was hatte er da gesucht? Schließlich gab es in diesem Gang nur die Zimmer von Jessy, von Stich, Gloria und mir. Nun, morgen würde ich es hoffentlich erfahren! Von Jona. Bei dem Gedanken hoben sich meine Mundwinkel wie von selbst ein bisschen an. Und auch als ich kurz darauf in meinem Himmelbett lag, konnte ich an nichts anderes denken als an das Gewicht seines Körpers auf meinem, seinen Atem in meinem Gesicht, die Bewegung seines Brustkorbs unter meinen Fingerspitzen und seine Lippen, die meinen so verführerisch nah gewesen waren.

15

Am nächsten Morgen konnte ich es kaum erwarten, dass das Frühstück endlich vorbei war und ich zu meinem Treffen mit Jona aufbrechen konnte. Da ich im Internet nicht herausfinden konnte, wo dieser Stein lag, von dem er gesprochen hatte, machte ich mich auf die Suche nach Angus.

Er stand mit Großtante Mathilda in der Bibliothek, wie ich durch die nur halb offene Tür sehen konnte.

»Wann genau werden Sie denn den Nordtrakt renovieren lassen?«, fragte sie Angus gerade.

»Sind Sie mit der Lage Ihres Zimmer nicht zufrieden?«

»Doch, doch«, beruhigte Großtante Mathilda ihn. »Ich würde mir nur sehr gerne mal den Nordturm anschauen. Ich … habe eine Schwäche für Türme, und ich könnte mir vorstellen, dass man ihn zu einer zauberhaften Suite umbauen lassen könnte.«

»Das könnte man sicherlich, das Turmzimmer ist überaus hübsch. Aber ich kann es Ihnen im Moment leider wirklich nicht zeigen. Es ist viel zu gefährlich. Wie ich bei der Führung schon gesagt habe: Der Turm ist stark einsturzgefährdet. Und was Ihre Frage nach der Renovierung angeht: Ein Investor ist an mich herangetreten, der in der Burg eine hervorragende Anlagemöglichkeit sieht. Schon Anfang des neuen Jahres wird sie aufwendig renoviert. Ich wollte das bei unserer Führung nur nicht an die große Glocke hängen. Meine Familie ist nämlich der Ansicht, dass ich als Clanführer finanzielle Probleme stets ohne fremde Unterstützung lösen müsse.« Er lehnte sich gegen den großen Holztisch und verschränkte die Arme vor seinem Weihnachtspullover; dieses Mal waren Zuckerstangen darauf abgebildet. »Das mag früher möglich gewesen sein, als das Volk noch Abgaben gezahlt hat, aber doch nicht mehr heute … Sie waren ja schon ganz schockiert, als ich aus Dunvegan Castle ein Hotel gemacht habe. Eine Aufnahme in *Hotels mit Charme* hätte mir vielleicht mehr Gäste und somit das erforderliche Geld für die Renovierung gebracht. Aber unter uns gesagt: Dunvegan Castle wurde abgelehnt. Wegen dieser lästigen Geistergeschichten, die sich seit Jahrhunderten darum ranken, hieß es. Ich solle es bei den *Haunted Houses of Scotland* versuchen, wurde mir gesagt.« Er stieß ein verächtliches Zischen aus. »Dabei weiß jeder, dass in diesem Hotelführer nur Bruchbuden stehen … Außerdem würde die Burg nicht den gestellten Standards entsprechen. – Sie sehen, es ist ein Teufelskreis, und mir bleibt keine andere Wahl, als mich abhängig zu machen. Und ich kann Ihnen versichern: Das ist kein Spaß, den Investor … ihn als exzentrisch zu bezeichnen, wäre untertrieben.« Er löste seine Arme und fuhr sich durch das schüttere Haar.

Oh je! Wenn er das schon sagte!

Auch Großtante Mathilda hatte Mitleid mit ihm. »Sie Ärmster! Dass Sie die Burg wegen Ihres Familienkodexes nicht verkaufen dürfen, muss eine ziemliche Bürde sein.«

»Ja, manchmal ist es das in der Tat.« Angus strich sich über das Kinn. »Und sosehr ich Dunvegan Castle liebe und so stolz ich auf unsere Traditionen bin, muss ich gestehen, es gibt Tage, an denen ich froh wäre, mit dem alten Kasten nichts mehr am Hut zu haben. Ich würde gerne Hunde züchten. Mit Gracia Patricia als Hundemutter. Außerdem habe ich früher sehr erfolgreich in der örtlichen Laienschauspielgruppe gespielt. Von meiner Interpretation des Hamlets hat man noch Jahre gesprochen. Aber aktuell bin ich durch das Hotel so eingespannt, dass ich dafür gar keine Zeit mehr habe. Vielleicht wenn die Renovierung erst einmal abgeschlossen ist.«

Ich hatte genug gehört und trat ein.

»Enya, Herzchen!«, sagte Großtante Mathilda. »Möchtest du zu mir?«

»Nein, zu Mr MacLeod. Störe ich euch?«

Sie schüttelte den Kopf. »Ich wollte mir sowieso ein bisschen die Füße im Park vertreten.«

Und dabei sicherlich wieder den Gedenkstein besuchen, ergänzte ich stumm.

Großtante Mathilda verabschiedete sich, und ich fragte Angus nach dem Stein. Erfreulicherweise wusste Angus sofort, wo Jona sich mit mir treffen wollte.

»Ach, du meinst den Duirinish Stone! Den kannst du nicht verfehlen. Er ist fünf Meter hoch und überragt außer den Bergen alles in der Gegend.« Er wandte sich an seine Hausdame, die die Bibliothek nun ebenfalls betreten hatte und Anstalten machte, die schmutzigen Tischdecken herunterzunehmen und durch saubere zu ersetzen: »Teresa, wo Sie schon dabei sind, hier alles frisch zu machen, wischen Sie doch bitte auch die Stuhllehnen mit einem feuchten Tuch ab!«

»Und wie gelange ich zu diesem Duirinish Stone?«, erkundigte ich mich.

»Wenn du in Richtung Dorf gehst, kommt nach einem Drittel des Weges ein schmaler Pfad, dem du folgen musst. Den Stein siehst du schon von Weitem. Was möchtest du denn dort?«

»Er soll ein hübsches Fotomotiv sein.«

»Nun, es gibt deutlich schönere Motive bei uns auf der Insel.« Angus schob seine Mütze ein Stück nach oben. »Den Old Man of Storr zum Beispiel. Oder das Tal der Feen. Die Sligachan Bridge ist bei Touristen auch sehr beliebt.«

Den Namen der Brücke hatte ich schon einmal gehört. Dorothea Schmidt hatte gestern erwähnt, dass Finola

MacLeod angeblich bei Vollmond im Sligachan gebadet hatte, um für immer jung und schön zu sein. Weil ich noch etwas Zeit hatte, fragte ich Angus, ob er wusste, wieso seine Vorfahrin genau in diesem Fluss ein Bad genommen hatte.

»Natürlich. Die Legende ist nicht so bekannt wie die, die sich um unsere Feenflagge rankt, aber eine hübsche Geschichte ist es allemal.« Er zeigte seine großen Zähne. »Einst verliebten sich ein Bauer und eine Gleishnig ineinander, das ist eine Feengattung, die zur Hälfte Frau und von der Körpermitte abwärts eine Ziege ist. Aber neidische Nachbarn gönnten den beiden ihr Glück nicht und verjagten die Fee, die daraufhin so viele Tränen weinte, dass der Sligachan entstand. – Wenn du mutig bist, kannst du ein bisschen Feen-Wellness machen, indem du dein Gesicht für fünf Sekunden ins Wasser hältst.«

»Wo kann man hier auf Skye Feen-Wellness machen?« Ich hatte gar nicht gehört, dass Jessy sich zu uns gesellt hatte. Sie trug Gracia Patricia auf dem Arm.

»Im Fluss, der unter der Sligachan Bridge hindurchfließt. Jetzt um die Jahreszeit ist es natürlich eiskalt. Aber es lohnt sich: Der Sligachan schenkt immerwährende Schönheit und Jugend, und ich kann euch verraten: Die Magie der Feen wirkt. Ich selbst bade seit 1635 regelmäßig im Sligachan.« Angus zwinkerte uns zu. »Das ist natürlich nur ein Scherz! Habt ihr gewusst, dass sogar J. K. Rowling bei uns zu Gast war, um sich inspirieren zu lassen? Sie hat damals für ein paar Tage bei einem Onkel von mir gewohnt, der in Portree ein Hotel führt.« Sein Handy klingelte, und er nahm es aus seinem Felltäschchen.

»William, was gibt es? Was? Schon wieder! Das Wievielte ist es denn jetzt? *Daingead!* Nein, ich glaube immer noch nicht daran, dass es ein Wolf war. Hier gibt es keine Wölfe, wie Sie sicher wissen. Und auch keine Bären. Auch wenn ständig irgendwelche Dummköpfe behaupten, welchen zu begegnen. Es werden streunende Hunde gewesen sein. *Aye,* ich komme vorbei.« Mit einem äußerst finsteren Gesicht stopfte er das Handy in sein Täschchen zurück. »Ich muss zu meinem Schäfer. Es ist schon wieder eines meiner Walliser Schwarznasenschafe gerissen worden. Das ist das dritte Tier in diesem Monat. Es ist zu ärgerlich! Ich habe die Schafe extra aus der Schweiz einfliegen lassen.« Er nahm Jessy das Hündchen ab und eilte mit ihm aus dem Bankettsaal.

»Was hast du doch vorgestern gleich im Wald gesehen, Schwesterchen?«, frotzelte Jessy, ließ das Thema jedoch gleich wieder fallen. »Kommst du mit zu dieser Brücke? Ich will mich ein bisschen umschauen und habe Papa nach dem Schlüssel des Mietwagens gefragt.« Wie eine Trophäe ließ sie ihn von ihrem Zeigefinger baumeln.

»Können wir machen.« Nach Angus' Erzählung war auch ich neugierig geworden. »Aber erst nach dem Mittagessen.«

»Wieso das denn? Ich wollte eigentlich jetzt gleich los.« Jessy zog einen Flunsch.

»Ich muss noch etwas erledigen.«

174

»Was denn? Ein paar Geister jagen?«

»Genau. Bei Tag sind sie besonders leicht zu schnappen. Das Sonnenlicht macht sie träge.«

Ich ging in mein Zimmer, um meine Jacke zu holen.

Angus hatte recht gehabt: Den Duirinish Stone konnte man gar nicht übersehen. Es war ein riesiger, leicht halbmondförmiger Stein.

Heute machte die Insel des Nebels ihrem Namen wirklich keine Ehre. Einziger Makel am ansonsten tiefblauen Himmel war der diesige Kondensstreifen eines Flugzeuges, das über zwei Berge flog, deren Kuppen so flach waren, dass sie wie geköpft wirkten. Und der Rabe. Er kreiste dicht über einem Wäldchen, das ich auf dem Weg hierher durchquert hatte.

Jona war schon da. Er saß an den Stein gelehnt und las in einem abgegriffenen Taschenbuch. Wie gestern Morgen hatte er sich statt einer Mütze die Kapuze seines Hoodies über den Kopf gezogen.

Ich holte tief Luft. Tausend Mal hatte ich meine Begrüßung gedanklich geübt, denn ich wollte ihm beweisen, dass ich nicht hier war, weil seine Nähe mir gestern den Atem geraubt hatte, sondern weil ich von ihm wissen wollte, was er in der Burg gemacht hatte. Leider waren alle sorgfältig einstudierten Worte ausgelöscht, und ich brachte nur ein piepsiges »Hey« heraus.

»Hey!« Jona erhob sich lässig.

»Gehst du heute gar nicht mit deinem Bären spazieren?«

Das war der unglaublich eloquente Satz, den ich eigentlich zur Begrüßung hatte sagen wollen.

»Fängst du schon wieder damit an?« Er stopfte das Taschenbuch in seinen Rucksack.

»Ja, es ist nämlich schon komisch, dass nicht nur ich einen gesehen habe, sondern auch andere Leute.«

Jonas Körper spannte sich an. »Wer?«

»Das weiß ich nicht. Aber Angus hat mir gerade davon erzählt, dass sich ein Bär hier herumtreibt, der seine Schafe reißt.«

»Das war nicht Pablo«, kam es wie aus der Pistole geschossen.

»Ach! Pablo heißt der Bär also.«

Jona senkte den Blick und nickte.

»Und wo ist er jetzt? Doch nicht bei dir im Wohnwagen!«

»Haha, nein! In einer Hütte im Wald. Du bist daran vorbeigekommen.«

»Ich habe keine gesehen.«

»Sie liegt ein Stück abseits des Wegs.«

»Ist so eine Hütte nicht viel zu klein für ein solch großes Tier?«

»Klar. Aber immer noch größer als der Käfig, in dem er vorher gefangen gehalten wurde.« Auf meinen fragenden Gesichtsausdruck schob Jona nach: »Ich habe Pablo aus einem Zirkus befreit, der im Oktober auf dem Festland gastierte. Er wurde dort in einem Käfig gehalten, der so klein war, dass er sich darin noch nicht einmal lang hinlegen konnte, und er hatte am ganzen Körper Wunden, weil er mit einem Speer traktiert wurde, damit er in der Manege böse und gefährlich wirkte. Dabei ist Pablo das liebste und gutmütigste Tier, das man sich vorstellen kann. Und die Schafe kann er gar nicht gerissen haben, weil ich ihn nie ohne Aufsicht rauslasse.« An der Bewegung seines Kehlkopfs sah ich, dass er schluckte. Man merkte, dass der Bär ihm viel bedeutete, und das berührte mich sehr. Ob er auch noch manchmal daran dachte, wie wir hinter dem Vorhang gestanden hatten?

O nein! Wieso dachte *ich* denn jetzt schon wieder daran? Ich musste den Gedanken daran endgültig verscheuchen. Das tat ich. Leider unterstrich ich es jedoch mit einer entsprechenden Handbewegung, was mir jedoch nur an Jonas irritiertem Blick auffiel. Schnell steckte ich beide Hände in meine Jackentaschen.

»Wieso hast du bei unserem ersten Treffen so getan, als wäre er gar nicht da gewesen?«

»Kannst du dir das nicht denken? Niemand in der Gegend wäre begeistert darüber, dass ich einen Bären in einer Hütte im Wald so nah beim Dorf halte. Jetzt, wo sich irgendso ein Vieh herumtreibt, das Schafe reißt, schon gar nicht.«

»Du könntest ihn in einen Zoo geben.«

»Auf keinen Fall.« Jona blitzte mich an. »Dort hat er kaum mehr Platz. Pablo wird in ein Naturreservat in den Highlands ziehen. Ich habe schon alles in die Wege geleitet. Aber das geht erst in zehn Tagen. Vorher ist das

Gehege nicht fertig. Die Zeit bis dahin muss ich irgendwie überbrücken. Ich wäre dir also echt dankbar, wenn du niemandem von ihm erzählen würdest.«

»Ich verspreche es dir«, sagte ich, etwas beschämt, ihm den Vorschlag mit dem Zoo überhaupt unterbreitet zu haben.

Der Rabe zog noch immer am Himmel seine Kreise. Doch jetzt, wo er tiefer flog, erkannte ich, dass das Tier gar nicht aussah wie ein Vogel. Eher wie eine Fledermaus. Ich kniff die Augen zusammen. Aber das konnte nicht sein! Fledermäuse waren nachtaktiv und flatterten niemals am Tag herum. Doch was auch immer das für ein Tier war, es machte mich nervös, dass es so dicht über unseren Köpfen kreiste. Beobachtete es uns etwa? Nein! Natürlich nicht. Was hatte ich denn nur für absurde Gedanken! Es würde gerade noch fehlen, dass zu meinen vermeintlichen Wahrnehmungsstörungen noch ein Verfolgungswahn kam. Ganz ausschließen, dass ich halluzinierte, konnte ich ja leider aus Mangel an Beweisen immer noch nicht. Zumindest Pablo hatte ich mir nicht eingebildet.

Und etwas anderes auch nicht. »Kurz bevor wir uns begegnet sind, habe ich auf dem Gang Schritte gehört, und es hat jemand versucht, in mein Zimmer zu gelangen. Warst du das vielleicht?«

Jona sah mich einen Moment ausdruckslos an, und es war unmöglich zu raten, welche Gedanken ihm durch den Kopf gingen. Dann sagte er: »Nein, wieso sollte ich das? Ich weiß ja gar nicht, wo dein Zimmer ist. Außerdem bin ich gerade erst angekommen, als du mir über den Weg gelaufen bist.«

»Ist dir vielleicht jemand auf den Gängen begegnet?«

»Außer dir und diesem schwarz gekleideten Typen?« Jona schüttelte den Kopf.

Gut, er war es also auch nicht gewesen. Ich ärgerte mich richtig, ihm diese Frage gestellt zu haben. Denn was für einen Grund konnte er auch haben, in mein Zimmer eindringen zu wollen? Andererseits … was für einen Grund hatte er überhaupt, sich in den Gängen von Dunvegan Castle herumzutreiben? »Du wolltest mir noch erklären, was du in der Burg gemacht hast.«

Jona schwieg kurz, dann sah er mir direkt in die Augen. Sie waren wirklich unglaublich blau und seine Wimpern ganz lang und dicht. »Meine Großmutter hat mich geschickt.«

»Du meinst Miss Adeline?« Ich räusperte mich, weil meine Stimme mal wieder ganz belegt klang. Für den Fall, dass wir uns erneut begegneten, würde ich von nun an vorsorglich Hustenbonbons einstecken.

»Ja. Sie bat mich, mich dort einmal umzuschauen. Weil sie sich sicher ist, dass etwas Seltsames auf der Burg vor sich geht.«

Diese Erklärung kaufte ich ihm zwar genauso wenig ab wie die, dass er wegen einer Mutprobe in den Park der Burg eingedrungen war. Aber wo er mir dieses Stichwort schon einmal lieferte, nahm ich meinen ganzen Mut zusammen und erzählte ihm von der jungen Frau im Spiegel, von der Ritterrüstung, den Rosenblättern, von Finola MacLeod, die angeblich durch mein Zimmer geschwebt war, um dann von Stich zu erschrecken, und meiner Begegnung mit Lucian MacDuff. Nur dass der aussah wie Ian Somerhalder, erwähnte ich nicht. Genauso wenig wie Herman, die Fledermaus. Das schwarze Ding über unseren Köpfen hatte sich immer noch nicht verzogen.

»Ich kann mir wirklich nicht vorstellen, dass ich mir das alles nur eingebildet habe. Schon gar nicht die Begegnung mit dem Mann im Turm. Ich konnte ja vorher schließlich nicht wissen, wie er aussieht. Deinen Bären habe ich mir schließlich auch nicht eingebildet.« Plötzlich wurde ich von Selbstmitleid überschwemmt. Meine Unterlippe fing an zu zittern, und bevor ich sie wegwischen konnte, hatte sich auch schon eine Träne aus meinem Augenwinkel gelöst. Sie kullerte über meine Wange und versickerte im Stoff meines Wollschals. Eine zweite folgte und eine dritte. Es wurden immer mehr, doch in keiner meiner Taschen konnte ich ein Papiertaschentuch finden.

Ich befürchtete, dass mein Ausbruch Jona überforderte – und dass auch er mir nicht glaubte, doch stattdessen sagte er sanft: »Nicht weinen!« Er streckte die Hand aus und fuhr mit dem Daumen über meine Wange, um die Tränen wegzuwischen. Seine zarte Berührung jagte kribbelnde Schauer über meine Haut, und anstelle von Hoffnungslosigkeit und Verzweiflung traten Herzklopfen und Schmetterlinge im Bauch. Aus meinen verheulten Augen schaute ich ihn an, sein Daumen blieb an einer Stelle liegen, und ein paar magische Sekunden versanken unsere Blicke ineinander. Erst dann nahm er seine Hand wieder herunter.

»Ich könnte heute Nacht kurz vor Mitternacht wieder vorbeikommen. Vielleicht würdest du dich wohler fühlen, wenn du nicht allein wärst.«

Das würde er tun? Mein sowieso schon vollkommen überfordertes Herz machte einen überraschten Hopser. »Durch den Geheimgang?« Was für eine blöde Frage! Natürlich. Wie denn sonst?

Jona grinste schief. »Den offiziellen Eingang kann ich ja schlecht nehmen. Außerdem ist der Weg durch den Geheimgang viel kürzer als über die Straße. Es dauert nicht einmal zehn Minuten, bis ich in der Burg bin. – Du kannst es dir ja überlegen …«

Das musste ich nicht. Meine Entscheidung war längst gefallen. Aber das konnte ich jetzt natürlich noch nicht zugeben. Jessy sagte immer, dass man es den Jungs nicht zu leicht machen durfte.

»Mal schauen … Du kannst mir ja deine Nummer geben, dann rufe ich dich an, wenn ich es mir überlegt habe.«

Jona gab sie mir, und stolz auf meine Souveränität verabschiedete ich mich von ihm. Jessys Tipps waren wirklich nicht schlecht. Vielleicht sollte ich mir ihre Youtube-Videos doch mal anschauen.

»Warte!«, rief Jona, und ich wurde so überrumpelt von diesem Ausruf, dass sich meine Füße beim Umdrehen unglücklich ineinander verhakten und ich ins Straucheln kam. Gerade noch so schaffte ich es, nicht in einen blattlosen, vom Wind gebeugten Busch zu kippen. Super! So viel zum Thema *souveräner Auftritt!*

»Was ist?«

»Mir ist eingefallen, dass ich gar nicht weiß, wie du heißt.«

Das fiel ihm aber früh auf! »Ich heiße Enya.«

»Enya«, wiederholte er, und ein Kribbeln lief über meine Haut. »Das ist keltisch. Kommt einer deiner Eltern aus der Gegend?«

»Nein.« Ich musste lachen. »Meine Mama ist in der Lüneburger Heide geboren worden, mein Papa im Allgäu. Deutscher geht es gar nicht mehr. Ich bin nach einer irischen Sängerin benannt worden, deren Lieder meine Mutter total mag.«

»Der Name passt auf jeden Fall zu dir. Wegen deiner roten Haare, der Sommersprossen und der hellen Haut. Du siehst schottischer als die meisten Schotten aus.« Jonas Augen funkelten übermütig.

Er war echt süß! In diesem Moment war ich so hingerissen von ihm, dass ich überhaupt keinen Gedanken mehr daran verschwendete, dass er mir die Frage, was er auf der Burg gemacht hatte, noch immer nicht zu meiner Zufriedenheit beantwortet hatte.

16

Papa hätte Jessy niemals den Schlüssel für den Mietwagen geben dürfen, dachte ich, als ich wenig später
neben ihr saß und über die mit Schlaglöchern übersäte
Straße holperte. Ich schaffte es kaum, Jona zu schreiben,
dass ich nichts dagegen hätte, wenn er mir heute Abend
Gesellschaft leisten würde, so rasant fuhr sie. Hoffentlich
hatten unsere Eltern eine Vollkasko-Versicherung ohne
jede Selbstbeteiligung abgeschlossen! Mehrere Male musste ich meine Schwester daran erinnern, dass hier das
Linksfahrgebot herrschte, und erst als ich ihr androhte,
auszusteigen und mich von Onkel Thomas abholen zu
lassen, war sie dazu bereit, ihr Fahrtempo den größtenteils
einspurigen, engen Straßen anzupassen. Auf einer vereis-
ten Pfütze kamen wir sogar leicht ins Schlingern.

»Ich weiß gar nicht, wieso du dich so anstellst. Es ist
doch überhaupt nichts los auf den Straßen.«

»Ich würde trotzdem nur sehr, sehr ungern im Graben landen oder dazu beitragen, dass sich der Schafbestand auf der Insel verringert.«

Gerade noch so und mit quietschenden Reifen waren wir vor der Herde zum Stehen gekommen. Dabei hatte ein Schild mit der Aufschrift *Sheep crossing* sogar darauf hingewiesen, dass man an dieser uneinsehbaren Stelle damit rechnen musste. Der Schäfer, ein alter Mann mit zerknittertem Gesicht, drohte uns mit dem Stock, und seine beiden Schäferhunde hatten ganz schön viel Arbeit damit, die aufgeregten Tiere wieder zusammenzutreiben. Schafe begegneten uns auf unserem Weg zur Brücke immer wieder, weiße Farbkleckse in der ansonsten monochrom grünbraunen Landschaft. Auch an zwei dieser süßen Highlandrinder mit den gebogenen Hörnern und den Stirnlocken fuhren wir vorbei. Menschen dagegen schienen außer uns und dem Schäfer überhaupt keine unterwegs zu sein.

Erst als wir an der Sligachan Bridge ankamen, trafen wir wieder auf sie. Am grasbewachsenen Ufer des Flusses stand eine Frau und blickte auf den Fluss.

Es war Donna. Sie musste den SUV auf dem Parkplatz des Sligachan Hotels geparkt haben und zu Fuß hergelaufen sein, denn am Straßenrand stand kein Auto. Unter einer grob gestrickten Jacke trug sie einen beigefarbenen Rock, der ihr um ihre Stiefel flatterte. Ihre schulterlangen Haare wehten im Wind. Mit der Brücke im Hintergrund, die sich dunkel von den verschneiten Cuillin Hills und dem von Wolken zerfetzten Himmel abhob, sah sie aus wie Caitriona Balfe in *Outlander*. Ich hatte schon die Kamera eingeschaltet, doch da rief Jessy: »Na, hast du auch ein bisschen Feen-Wellness gemacht?«

Donna zuckte zusammen und drehte sich zu uns um. Ihre hellen Augen waren vor Schreck geweitet. Das Motiv war zerstört. Beim Näherkommen sah ich, dass die Strähnen, die ihr hübsches Gesicht umspielten, ganz feucht waren, genau wie ihre Haut. Und der Saum ihrer Ärmel.

»Feen-Wellness? Ich habe keine Ahnung, wovon du sprichst«, sagte sie schnippisch. Schließlich war Tante Mathilda nicht hier. Sie musste sich also nicht verstellen.

»Kennst du die Legende denn gar nicht, die man sich über die Brücke erzählt? Wenn du dein Gesicht fünf Sekunden in das Wasser hältst, das unter ihr hindurchfließt, wirst du für immer jung und schön sein. Angus hat es ausprobiert. Er ist immerhin schon fast vierhundert Jahre alt.« Jessy kicherte.

Donna rümpfte ihre Nase. »Schade, dass es nur mit der ewigen Jugend und nicht mit der ewigen Schönheit geklappt hat!«

Touché!, dachte ich. Obwohl sie sich uns gegenüber mal wieder so zickig verhielt, tat sie mir ein bisschen leid. Sie sah müde und abgekämpft aus und so, als ob sie etwas bedrückte.

»Sind Thomas und die Zwillinge auch hier?«

»Nein, sie sitzen im Hotel und stopfen sich mit Kuchen voll.« Donna hörte sich nicht so an, als wäre sie damit einverstanden. Sie selbst aß nichts außer Suppe und Salat, zumindest hatte ich sie während unseres Urlaubs noch nie etwas anderes essen gesehen. »Ich gehe mal wieder zu ihnen.«

»Ich weiß echt nicht, was Onkel Thomas an ihr findet«, sagte Jessy, nachdem sie weg war.

»Sie ist total hübsch.« Einen anderen Grund konnte ich mir ehrlich gesagt leider auch nicht vorstellen.

»Als ob es nur darauf ankäme.«

Ich hob die Augenbrauen. Das war ein äußerst überraschender Ausspruch von meiner Schwester, die morgens eine geschlagene Stunde im Bad verbrachte, bevor sie das Haus verließ, und die jedes Bild, das sie auf Instagram veröffentlichte, aufwendig bearbeitete.

»Auf der anderen Seite …«, Jessy zuckte mit den Schultern, »schadet Schönheit ja auch nicht. Worauf warten wir also?«

»Du willst dein Gesicht auch hineintauchen?«

»Klar.« Sie zog mich zum Wasser. »Wir machen ein Vorher-nachher-Bild. Ich glaube übrigens, dass Donna es falsch gemacht hat. Sie hat sich das Wasser einfach ins Gesicht geschöpft. Ich habe aber gelesen, dass es essenziell ist, dass man das Gesicht hineintaucht.«

Ich prustete los. »Du hast eine Anleitung dazu gelesen.«

»Du weißt doch: Wenn ich etwas tue, dann tue ich es richtig«, sagte sie hoheitsvoll, aber auch sie konnte sich ein Grinsen nicht verkneifen. »Damit man sich auch wirklich total einsaut, wurde übrigens empfohlen, in den Liegestütz zu gehen, sich etwas heruntersinken zu lassen und dann das Gesicht einzutauchen. Versuch es doch mal! Du bist doch die Sportskanone von uns.«

»Wie weit muss ich denn untertauchen?«, ächzte ich, nachdem ich mich in diese Position begeben hatte. »Reicht die Nase?«

»Wenn es für dich in Ordnung ist, dass nur deine Nase für immer jung und schön ist, der Rest deines Gesichts nicht«, feixte Jessy. »Ich würde zur Sicherheit bis zu den Ohren reingehen. Die Ohren kann man mit seinen Haaren verdecken, da ist es nicht schlimm, wenn sie aussehen wie achtzig, der Rest deines Gesichts wie zwanzig.« Bei der Vorstellung musste ich so lachen, dass meine Arme zitterten und ich fast mit dem Bauch im Matsch gelandet wäre. Gerade so schaffte ich es, mich wieder hochzudrücken. »Wir müssen mit mehr Ernst an die Sache rangehen. Eins, zwei, drei …« Ich holte tief Luft und knickte mit den Armen ein. Huah! War das kalt! Und anstrengend. Aber ich hielt die fünf Sekunden durch und war danach so motiviert, dass ich sogar noch zwei weitere Sekunden dranhängte. Jessy dagegen schaffte es nicht einmal, sich in der Liegestützposition zu halten.

»Ich könnte mich über dich stellen und dich am Bauch festhalten«, bot ich an.

»Aber dann kannst du nicht filmen.«

»Du musst wissen, was dir wichtiger ist, ewige Schönheit und Jugend oder ein Video für Instagram.«

Jessy entschied sich für Ersteres.

Leider schien auch meine Armmuskulatur durch die

ungewohnte Betätigung geschwächt, und das Ergebnis war, dass ich Jessy nicht halten konnte, sie mit dem gesamten Kopf untertauchte, ich dabei ebenfalls zu Fall kam und schließlich doch noch im Matsch landete.

»Na ja, jetzt muss ich mir wenigstens keine Sorgen mehr über alte Ohren machen.« Jessy strich sich die klatschnassen Haare aus dem Gesicht.

In diesem Moment liebte ich meine Schwester, und ich fühlte mich in Zeiten zurückversetzt, in denen Jessy noch kein Instagram- und Youtube-Star gewesen war und in denen Clicks, Likes und Views noch überhaupt keine Rolle in ihrem Leben gespielt hatten. Ein Leben, in dem wir beide noch nicht einmal ein Handy besaßen und von früh bis spät in unserem großen Garten waren, auf Bäume kletterten, Hütten bauten, uns mit Dreck bewarfen und abends gemeinsam in der Badewanne saßen und von Mama abgeschrubbt wurden.

Kichernd, prustend, nass, schmutzig und eventuell auch für immer jung und schön standen wir auf, und erst beim Anblick der Fledermaus fiel mir auf, dass ich die letzte Viertelstunde weder an Spiegel noch an Ritterrüstungen und Geister gedacht hatte. Komisch, dass sich schon wieder so ein Vieh herumtrieb! Hier auf Skye mussten diese Tiere ja einen äußerst gestörten Biorhythmus haben.

Nachdem wir uns auf der Toilette des Sligachan Hotels notdürftig gesäubert hatten, fuhren Jessy und ich zur Burg zurück. Blöderweise hatte ich Mama und Papa meinen

Schlüssel gegeben, bevor ich mit Jessy aufgebrochen war. Meine Suche nach ihnen führte mich schließlich in die Bibliothek. Auch dort waren meine Eltern nicht. Dafür aber Großtante Mathilda.

Sie stand vor dem Bücherregal, und genau wie ich gestern blätterte sie in einem Fotoalbum. Als sie mich bemerkte, klappte sie es hastig zu, worüber ich mich wunderte. Die Bibliothek und ihr gesamter Inhalt waren schließlich jedem frei zugänglich.

»Suchst du auch nach Lesestoff?« Sie schaute mich über den Rand ihrer Lesebrille hinweg an.

»Nein, ich suche Mama und Papa. Weißt du, wo sie sind? Sie haben meinen Zimmerschlüssel.«

»Als ich sie das letzte Mal gesehen habe, sind sie gerade mit eurem Schottischen Schneehund zu einem Spaziergang auf den Tafelbergen aufgebrochen.« Großtante Mathilda schmunzelte und stellte das Album wieder ins Regal zurück. »Aber das ist sicher schon anderthalb Stunden her. Wenn du sie nicht findest, geh zu Angus. Er kann dir sicher einen Ersatzschlüssel geben.«

»Danke! Das ist eine gute Idee! Vorher werde ich mir aber doch noch etwas zum Lesen aussuchen.« Ich wartete, bis Großtante Mathilda weg war, und zog das Album wieder heraus. Hatte ich es doch geahnt! Es war das Album, das auch ich mir gestern angeschaut hatte, das von Angus' Großcousine Charlotte, die in einer Silvesternacht spurlos verschwunden war. Im nächsten Moment verging mir allerdings mein Grinsen, denn ein Foto fiel aus dem

Album, das zwischen zwei Seiten festgesteckt haben musste und das ich zuvor noch nicht gesehen hatte. Charlotte war darauf abgebildet, und neben ihr – stand ich. Beziehungsweise die junge Frau aus dem Spiegel. Sie hatte sogar das gleiche bunt gemusterte Kleid an, in dem sie mir immer entgegenblickte. Reglos stand ich einige Zeit lang da. Bei meiner Spiegelbilddoppelgängerin handelte es sich also nicht um ein älteres Abbild von mir. Es hatte sie wirklich gegeben. Und Angus' Großcousine Charlotte und sein Großonkel und seine Großtante hatten sie gekannt. Aber wieso erschien sie mir dann im Spiegel? Sie musste inzwischen längst eine alte Frau sein. Wieso sah sie so aus wie ich? Und wer war sie überhaupt?

Es gab nur eine Person auf der Burg, die mir diese Fragen vielleicht beantworten konnte. Angus!

Ich ließ das Fotoalbum auf dem Beistelltisch neben der Ledergarnitur liegen und nahm nur das Foto mit, als ich aus der Bibliothek stürmte. Dabei rannte ich fast Teresa um, die gerade welk gewordene Blumen aus einer Bodenvase gegen frische austauschte.

»Haben Sie Mr MacLeod gesehen?«

»Er ist in seinem Büro.«

»Was kann ich für dich tun?«, fragte Angus, nachdem ich ihn in seinem Büro neben der Rezeption aufgestöbert hatte.

Ich streckte ihm das Foto entgegen. »Wissen Sie, wer die junge Frau ist, die neben Ihrer Großcousine steht?«

Er betrachtete es einige Augenblicke. »Nein. Ich war damals ja noch nicht geboren. Ich nehme aber stark an, dass es eine gute Freundin von ihr gewesen sein wird. Sie sieht dir übrigens verblüffend ähnlich, findest du nicht?«

»Ja, deshalb möchte ich ja so gerne wissen, wer sie ist. Wann genau ist Charlotte eigentlich verschwunden?« Vielleicht würde mir das Jahr dabei helfen, mehr über meine Doppelgängerin zu erfahren.

»Hm, lass mich überlegen! Es war in dem Jahr, in dem sich Lucian MacDuff vom Turm geworfen hat, aber wann genau war das?«

Angus legte seine Stirn in Falten. »Vielleicht gibt uns die Rückseite des Fotos darüber Auskunft. Auf älteren Fotos ist dort oft das Datum vermerkt.«

Das war es auch hier. In leicht verblassten Bleistiftbuchstaben stand es da.

27.12.1970

Das Foto war vor ziemlich genau fünfzig Jahren aufgenommen worden. Vor Aufregung hielt ich die Luft an. Hatte Miss Adeline nicht gesagt, dass sie schon einmal an Hogmanay auf Dunvegan Castle gewesen war? War sie in der Nacht von Charlottes Verschwinden dort gewesen, um den Gästen die Zukunft vorauszusagen, und hatte sie meine Doppelgängerin gekannt? Ich musste unbedingt zu Miss Adeline, um das herauszufinden. Wenn ich mich beeilte, würde ich bis zum Abendessen wieder zurück sein. Ich müsste mich nur trauen, den Geheimgang zu nehmen …

Bevor mich der Mut verlassen konnte, lief ich zu dem Schrank und öffnete ihn. Das Schwert lag noch immer darin. Ich hatte ganz vergessen, es zurückzubringen. Aber Finola MacLeod, oder wer auch immer etwas dagegen gehabt hatte, dass ich die Ritterrüstung auf den Balkon geschoben hatte, schien kein Problem damit zu haben, dass sie nun unbewaffnet neben dem Kamin stand. Ich schaltete die Taschenlampen-App meines Handys ein und leuchtete damit den Schrank ab. Irgendwo an der Rückwand musste es laut Jona eine Hebelvorrichtung geben. Es dauerte ein wenig, bis ich sie fand. Mit angehaltenem Atem zog ich das fingerdicke Metallstück nach unten, und die Schrankwand glitt mit dem schleifenden Geräusch, das ich gestern Nacht schon gehört hatte, zur Seite. Mit pochendem Herzen stand ich auf. Der Gang, der nun vor mir lag, war dunkel. Sehr, sehr dunkel. Aber um den offiziellen Weg ins Dorf zu nehmen, fehlte mir die Zeit, und bis morgen wollte ich nicht warten. Ich ließ den Schein meiner Handy-Taschenlampe über das grobe Mauerwerk huschen und trat hinein. Hohl hallten meine Schritte von den unverputzten Wänden wider, als ich mich in Bewegung setzte, und immer wieder musste ich stehen bleiben, um mir Mut zuzusprechen weiterzugehen. Nicht nur, dass mir die gespenstische Stille zu schaffen machte, die nur vom Hall meiner Schritte durchbrochen wurde. Vor Angst, dass irgendwo jemand auf mich lauern würde, war meine Kehle auch noch wie zugeschnürt, und ich konnte kaum atmen. Gegen echte Gespenster würde das Schwert mir kaum helfen. Erschwerend kam hinzu, dass sich der Weg nach wenigen Metern gabelte. O nein! Sollte ich mich rechts halten oder links? Ich wählte links. Schon bald stieß der Schein meines Handys an eine Tür. Ich atmete auf, als ich auch hier auf einen Hebel fand, den ich zur Seite schob. Ich drückte die Tür auf und betrat eine winzige Kammer. Zuerst hatte ich keine Ahnung, wo ich mich befand. Erst als ich sie verließ, sah ich, dass sie ein Beichtstuhl war. Ich stand in einer Kirche. Mir wurde ganz anders, und ich versuchte, nicht auf die vielen im Schein des Handys ziemlich gruselig aussehenden Heiligenfiguren zu achten, als ich zwischen den Holzbänken hindurch zur Pforte lief.

Draußen traf mich der gleißende Schein des vollen Mondes. Ich lehnte mich gegen die kühle Kirchenmauer und atmete erst einmal tief durch. Unglaublich, wie viele Geräusche hier draußen zu hören waren! Das Brummen der Autos, das Rascheln der Baumwipfel im Wind und das Rauschen des Meeres kamen mir nach der unangenehmen Stille im Geheimgang schon fast ohrenbetäubend laut vor. Genau wie das Keifen einer Frau, das vom Wohnwagenpark zu kommen schien. Von der Kirche war er kaum einen Steinwurf entfernt. Zumindest nicht, wenn man weiter werfen konnte als ich. Was nicht allzu schwer war!

Im Wohnwagen von Miss Adeline brannte Licht. Ich hob die Hand und klopfte an. Es dauerte nicht lange, und ich hörte Schritte. An ihrem Schlurfen und dem Klacken eines Stocks, der sie begleitete, erkannte ich, dass es die von Miss Adeline waren.

»Möchtest du zu Jona?«

Sie wusste also, dass wir uns begegnet waren! Was genau er ihr wohl erzählt hatte? »Nein, ich will zu Ihnen.«

»Komm rein!« Sie zerrte mich in den Wohnwagen und schloss die Tür schnell wieder hinter mir. »Du solltest dich um diese Zeit nicht allein draußen aufhalten. Die Raunächte sind gefährlich. Allerlei böse Einflüsse treiben sich zwischen Weihnachten und dem dritten Januar herum.«

Oh! Gut, dass ich diese Informationen vor einer halben Stunde noch nicht hatte. Niemals hätte ich sonst den dunklen Geheimgang betreten.

»Was möchtest du von mir?« Sie drückte die Zigarette aus, die auf dem Rand eines Aschenbechers lag. »Soll ich dir die Karten legen oder einen Blick in die Kristallkugel werfen?«

»Weder noch.« Ich rutschte hin und her. »Ich möchte mit Ihnen über die Nacht sprechen, in der Sie das letzte Mal auf der Burg waren. In der Nacht vor fünfzig Jahren, als die junge Frau verschwunden ist.«

»Du hast davon gehört?«

»Ja, von Angus MacLeod. Ich möchte Ihnen etwas zeigen.« Ich öffnete den inneren Reißverschluss meiner Jacke und zog das Foto hervor. »Dieses Bild habe ich in einem Fotoalbum in der Bibliothek der Burg gefunden. Ich weiß, dass das die verschwundene Frau ist.« Ich tippte auf Charlotte MacLeod. »Haben Sie die andere gekannt?«

194

»Nein«, sagte Miss Adeline, und anders als Angus schien sie meine Ähnlichkeit mit ihr nicht erwähnenswert zu finden, denn sie fuhr fort: »Aber ich weiß ihren Vornamen.«

»Und wie hieß sie?« Ich hielt die Luft an.

»Mathilda.«

17

Ich hatte es geahnt!
»Der Name sagt dir etwas?«
Ich nickte. Großtante Mathilda hatte die verschwundene Charlotte also gekannt. Das konnte doch unmöglich ein Zufall sein, dass sie ausgerechnet jetzt nach Skye zurückgekommen war. Fast auf den Tag genau nach fünfzig Jahren. Wusste sie, was in jener von Nebeln verhangenen Silvesternacht mit ihrer Freundin Charlotte geschehen war? Hatte sie vielleicht sogar etwas damit zu tun? »Es muss meine Großtante gewesen sein.« Nur langsam nahm ich meine Umgebung wieder wahr. Den Tisch, an dem ich saß, die Tarotkarten und die Kristallkugel darauf. Und Miss Adeline.
»Ich habe mir gedacht, dass ihr miteinander verwandt seid. Sie sah genauso aus wie du, als sie jung war.«
Das hatte Großtante Mathilda auch schon angedeutet.

Bei unserer Ankunft am Flughafen. Wieso hatte ich nicht mehr daran gedacht? »Waren Sie deshalb so erschrocken, als ich das erste Mal bei Ihnen war? Dachten Sie, dass ich ein Geist wäre?«

»Nein.« Sie lachte auf. »Du hast höchst lebendig gewirkt. Aber ich fand es seltsam. Es ist genau fünfzig Jahre her, dass ich deiner Großtante das letzte Mal begegnet bin, dann sehe ich sie in der Kugel, und plötzlich steht jemand vor mir, der ihr wie aus dem Gesicht geschnitten ist. Ich dachte mir, dass das kein Zufall sein kann.«

Der Ansicht war ich auch.

»Bei meinem letzten Besuch … als Sie für mich in die Kristallkugel geblickt haben … da haben Sie Nebel gesehen, der durch die Ritzen der Burgmauer quoll und seine Finger nach mir ausstreckte. Aber das war nicht alles, oder?«

Die Wahrsagerin wich meinem Blick aus, und nur zögernd hob sie die Lider wieder. »Doch«, sagte sie mit ihrer rauchigen Stimme. »Aber ich habe diesen Nebel schon einmal gesehen.« Ihre Finger schlossen sich um das Medaillon um ihren Hals, und ich musste nicht nachfragen, wann das gewesen war. »Ich befürchte, dass sich die Ereignisse von damals wiederholen werden.«

»Sie glauben, dass wieder jemand verschwindet? Wer?«

»Das konnte ich nicht sehen.« Nur langsam lösten sich ihre Finger wieder.

Was für ein unzuverlässiges Ding diese Kugel doch war! »Und Ihre Tarotkarten? Können die Ihnen nicht weiterhelfen?«

Miss Adeline schüttelte den Kopf. »Man kann das Schicksal nicht zwingen, sich einem zu offenbaren. Wenn die Zeit reif ist, wird es das von selbst tun.«

»Dann ist es aber vielleicht zu spät.« Ich sprang auf. Auch Miss Adeline erhob sich. »Deshalb ist es umso wichtiger, dass du gut auf dich aufpasst.«

Schon wieder gab sie mir diesen Rat. Von wegen Aufbruch und Schutz vor bösen Einflüssen. Der Nebel in der Kristallkugel hatte bedeutet, dass ich mich in Gefahr befand. Wieso musste sie so drum herumreden und gab es nicht einfach zu?

Ich sah die Wahrsagerin fest an. »Nach wem hat der Nebel vor fünfzig Jahren seine Finger ausgestreckt?« Obwohl ich die Antwort wusste, wollte ich sie von ihr selbst hören.

Aber es war nicht Charlottes Namen, der über die rot bemalten Lippen von Miss Adeline kam, sondern …

»Mathilda.«

Ich musste mich verhört haben. »Der Nebel hat seine Finger nach meiner Großtante ausgestreckt! Wie kann es dann sein, dass Charlotte und nicht sie verschwunden ist?«

»Das habe ich mich all die Jahre auch gefragt. Vielleicht bedeutete der Nebel wirklich Schutz, und wenn nicht … vielleicht hat deine Großtante andere Maßnahmen ergriffen. Und das solltest du auch.« Sie zog die Kette mit dem Medaillon über ihren Turban und öffnete das Schmuckstück. Ein getrocknetes Sträußchen lag darin. »Nimm es! Das ist Eisenkraut, ein mächtiges Zaubermittel. Es wird böse Einflüsse von dir fernhalten.«

Dieses winzige, verdorrte Ding! Ich wusste nicht, ob ich lachen oder weinen sollte.

»Nimm das Medaillon! Bitte!« Miss Adeline drückte es mir in die Hand und schloss meine Finger fest darum. »Es sind nur noch zwei Tage bis Hogmanay!«

Nur noch zwei Tage. »Glauben Sie wirklich, dass es ein Geist ist, vor dem ich mich in Acht nehmen muss?«

Miss Adelines Brust hob und senkte sich, und ohne das Medaillon wirkte sie tatsächlich eigenartig schutzlos. »Ich wünschte, ich wüsste es.«

Das wünschte ich mir auch. Bevor ich ging, musste ich sie unbedingt noch auf etwas anderes ansprechen. »Ich bin gestern Nachmittag einem Geist begegnet. Dem Geist von Lucian MacDuff, dem Verlobten von Charlotte Mac-Leod. Er wohnt im Nordturm.«

Gespannt wartete ich auf ihre Reaktion. »Ich habe mir gedacht, dass seine Seele keine Ruhe findet«, sagte Miss Adeline nach einem Moment des Schweigens.

»Warum? Hat er etwas mit Charlottes Verschwinden zu tun?«

»Nein. Aber er hat Schuld auf sich geladen.«

Aha! Und was genau bedeutete das? Wieso musste sie immer so geheimnisvolle Andeutungen machen? Konnte sie nicht einmal Klartext sprechen?

»Und meine Großtante? Ich habe sie an Charlottes Gedenkstein stehen sehen. Sie wirkte irgendwie«, jetzt fiel mir ein, wie ich den Ausdruck in ihren Augen zu deuten hatte, »verstohlen.«

Miss Adeline verneinte erneut. »Schließlich war ich fest davon überzeugt, dass sich die Gefahr gegen sie richtete. Aber ebenso wie Lucian MacDuff war sie niemand, der sich allzu viele Gedanken über die Folgen ihrer Taten gemacht hat.« Auf mein Stirnrunzeln fügte sie hinzu: »Sprich sie doch einmal selbst auf die Ereignisse von damals an!«

Das würde ich tun. Sobald ich wieder auf Dunvegan Castle war. Aber vorher musste ich noch etwas anderes erfahren.

»Was wissen Sie über Finola MacLeod? Es heißt, dass auch sie auf der Burg herumspukt.« Ich konnte mir einfach nicht vorstellen, dass die böse Macht, von der Miss Adeline gesprochen hatte, einer der Gäste war, und Lucian MacDuff hatte auf mich allenfalls ein bisschen seltsam gewirkt. »Eine Journalistin, die auch auf Dunvegan Castle wohnt, hat mir erzählt, dass sie als Hexe angeklagt wurde, weil sie Rituale mit den Innereien von Tieren praktizierte und bei Vollmond im Sligachan badete. Und dass sie deswegen nicht alterte.«

Miss Adeline zuckte mit den Schultern. »Es kursieren eine Menge Legenden über Finola MacLeod, und das ist eine davon. Einer anderen Legende nach soll sie ihre Dienstbotinnen so lange gequält haben, bis sie anfingen zu weinen, weil sie die Macht besaß, aus deren Tränen Diamanten zu machen.«

Das hatte Dorothea Schmidt auch erwähnt. Solche Legenden blieben wohl nicht aus, wenn jemand spurlos aus einem Kerker verschwand.

»Angus hat mir erzählt, es wurde gemunkelt, Charlotte sei von Feen entführt worden.«

Einen Moment lang sah die Wahrsagerin verdutzt aus. Dann lachte sie schallend auf. »Wohl kaum. Wir haben der Familie geschworen, sie zu beschützen.«

Wir? »Wollen Sie damit sagen, dass auch Sie eine Fee sind?«

Miss Adeline rückte ihren Turban zurecht. »Zumindest eine halbe. Eine Vorfahrin von mir hat einen MacLeod geheiratet, und die beiden haben Kinder bekommen. Doch irgendwann, als sie größer waren, war das Heimweh meiner Ahnin so groß, dass sie ihn verlassen hat. Zum Abschied schenkte sie ihm eine Flagge mit der Bitte, sie zu hissen, wenn die Familie in Not war.«

Diese Geschichte war ungefähr die gleiche wie die, die Angus mir erzählt hatte.

»Wenn das wirklich stimmt, dann sind Sie und die Mac-Leods ja miteinander verwandt.«

»Ganz richtig. Aber das will dieser verdammte MacLeod nicht wahrhaben. Wo er doch so stolz auf seinen lupenreinen Stammbaum ist …« Am Spiel ihrer Wangenmuskeln erkannte ich, dass Miss Adeline die Zähne zusammenbiss. »Ich verachte diesen Mann, und ich würde ihn, ohne mit der Wimper zu zucken, ins Verderben laufen lassen. Aber ich fühle mich dem Schwur, den meine Familie geleistet hat, immer noch verpflichtet. Charlotte MacLeod konnte ich nicht retten. Das soll mir nicht noch einmal passieren. Leider kann ich nicht selbst auf die Burg gehen, um dafür zu sorgen. Ich bin dort nicht willkommen.«

Sie nahm mir die Kette aus der Hand und hängte sie mir um den Hals. »Deshalb ist es umso wichtiger, dass du Augen und Ohren für mich aufhältst.«

Ich? Einen Moment lang fühlte ich mich richtig geschmeichelt, dass sie mich mit dieser wichtigen Aufgabe betraute. Aber dann fiel mir ein, dass Miss Adeline keine wirkliche Alternative zu mir hatte ... und dass ich mit Abstand die gefährdetste Person auf der Burg war. Ich war schließlich in Miss Adelines Kristallkugel zu sehen gewesen. Dass der Nebel vor fünfzig Jahren seine kalten Finger nach Großtante Mathilda ausgestreckt und es trotzdem Charlotte getroffen hatte, konnte mich nicht wirklich beruhigen.

Miss Adeline legte beide Hände auf meine Wangen und kam mit ihrem Gesicht so nah an meins heran, dass ihr Zigarettenatem meine Haut streifte. »Vertrau mir! Solange du das Medaillon trägst, kann dir nichts geschehen.« Ihr Blick bohrte sich für mehrere Sekunden in meinen, bevor sie ihre Hände wieder zurückzog. »Trotzdem möchte ich nicht, dass du allein zurückgehst. Ich werde Jona bitten, dich zu begleiten.«

»Das ist nicht nötig.«

Doch davon wollte Miss Adeline nichts hören. »Er ist sowieso gleich fertig mit seiner Arbeit und wird nach Hause kommen.«

Aus einer Küchenschublade holte sie ein Handy von der

Größe und Dicke einer Brotdose hervor und schrieb eine Nachricht – was ausgesprochen seltsam bei ihr aussah. Nicht nur, weil sie nur mit einem Finger tippte, sondern auch, weil es viel besser zu ihrer Kleidung und ihrem Auftreten gepasst hätte, wenn sie die Botschaft mit einem Raben geschickt hätte. Ob sie wusste, dass ihr Enkel einen zahmen Zirkusbären in einer Hütte im Wald hielt? Und wusste sie von unserer nächtlichen Begegnung auf der Burg?

18

»Steig ein!« Jona beugte sich über den Beifahrersitz, um mir die Tür zu öffnen.

»Vielen Dank, dass du mich nach Hause fährst. Deine Oma hat erzählt, dass du gerade von der Arbeit gekommen bist. Wo arbeitest du denn?«, fragte ich etwas nervös.

»Tagsüber an einer Tankstelle und abends im Pub. Aber nur am Wochenende und in den Ferien. Ich bin erst im Sommer fertig mit der Schule.«

»Weißt du schon, was du nach der Schule machen wirst?«

»Nein.« Jona startete den Motor und fuhr los. »Im Gegensatz zu dir steht mir die Welt nämlich leider nicht offen.« Seine Stimme klang überraschend bitter.

Na, das ging ja gut los! Kaum eingestiegen war ich schon in ein Fettnäpfchen getreten. Über unsere sozialen Unterschiede hatte ich mir bisher überhaupt keine Gedanken gemacht: Er schon!

Natürlich war mir aufgefallen, wie alt und klapprig sein Auto war, und anders als viele meiner Klassenkameraden trug er keine Klamotten, auf denen unübersehbar der Schriftzug einer teuren Marke stand. Doch so etwas trug ich auch nicht.

»Du glaubst, dass meine Familie Geld hat, weil ich auf Dunvegan Castle wohne, oder?«, fragte ich verletzt. »Das stimmt aber nicht. Den Urlaub auf Skye haben wir von meiner Großtante geschenkt bekommen, meine Eltern könnten sich so einen nie leisten. Und wir haben ein Haus, aber es ist uralt, und wenn nicht bald ein unerwarteter Geldregen eintrifft, müssen wir vielleicht ausziehen, weil das Dach undicht ist und wir es nicht reparieren lassen können.«

Nun war es Jona, der verblüfft aussah. Ein paar Sekunden lang musterte er mich schweigend, bevor er sich seine Schulterpartie lockerte, und er sagte: »Es tut mir leid, ich wollte dich nicht anfahren. Ich … bin im Moment nur nicht so gut drauf!«

Das war nicht zu übersehen. »Kannst du kurz an der Kirche anhalten? Ich muss etwas holen. – Ich bin durch den Geheimgang gekommen.«

»Das hast du dich getraut? Respekt!« Seine gerade noch so ausdruckslosen Züge entspannten sich, und ein kleines Lächeln erschien auf seinem Mund.

Das vertiefte sich, als er sah, *was* ich dort stehen gelassen hatte.

»Läufst du eigentlich nie unbewaffnet herum?« Jona

startete den Motor und fuhr los, nachdem ich das Schwert auf der Rückbank verstaut hatte.

»Hier zumindest nicht.« Ich zog eine Grimasse. »Auf der Insel sind mir nachts zu viele dunkle Gestalten begegnet, der Ast war mir auf Dauer einfach zu unsicher als Waffe.«

»Ich fand, dass es sehr furchteinflößend ausgesehen hat, wie du damit vor mir herumgefuchtelt hast. Wobei mich das Schwert gestern Nacht natürlich noch viel mehr beeindruckt hat. Und das, obwohl du einen Schlafanzug anhattest.« Er zwinkerte mir zu.

O nein! Es war ihm aufgefallen. Ich wollte mir gar nicht ausmalen, was für ein Bild ich bei unserer letzten nächtlichen Begegnung vor ihm abgegeben haben musste.

»Du solltest das Schwert übrigens bei mir lassen.«

»Damit du etwas hast, mit dem du dich verteidigen kannst, wenn das nächste Mal ein wild gewordenes Wesen vor dir steht und dich mit einem morschen Ast bedroht?«

»Das brauche ich nicht. Ich habe fünf Jahre lang Karate gemacht.« Er grinste schief. »Ich dachte eher, dass es vielleicht für einige Irritation sorgt, wenn du damit in der Burg auftauchst. – Ich bringe es dir nachher mit!«

»Du hast immer noch vor, heute Nacht zu kommen?« Ein warmes Gefühl breitete sich in meinem Magen aus.

»Klar, wieso nicht?« Wir waren an der Burg angekommen, und er lenkte den Wagen auf den Besucherparkplatz gegenüber. »Musst du eigentlich sofort nach Hause, oder hast du noch etwas Zeit?«

»Wieso?« Das warme Gefühl wurde noch wärmer.

»Ich muss Pablo sein Essen bringen, vielleicht hast du ja Lust mitzukommen. Es sind nur fünf Minuten von hier.«

Die Hütte, in der Jona den Bären versteckt hielt, stand nicht nur an einer besonders zugewachsenen Stelle im Wald, jemand hatte sie in einen Erdhügel hineingebaut, und ihr Dach war fast vollkommen mit Moos bewachsen. Selbst bei Tag hätte ich sie niemals bemerkt, wenn ich daran vorbeigelaufen wäre.

Jona nahm einen rostigen Schlüssel aus seiner Jacke und schloss auf.

»Gehört die Hütte euch?«

»Nein. Meine Oma hat den Schlüssel zufällig gefunden, als sie nach Kräutern gesucht hat. Ich glaube also nicht, dass ihn jemand vermisst hat.«

Ich schaute mich um. Früher mochte die Hütte mit ihrer Holzverkleidung recht hübsch gewesen sein, nun erinnerte nur noch ein schmales Bett mit einer zerknüllten Wolldecke darauf, ein Tisch und zwei wacklig aussehende Stühle daran, dass sie einmal bewohnt gewesen war. Selbst im Licht der Taschenlampe konnte ich erkennen, wie schmutzig es darin war. Auf dem Boden hatte Jona Stroh verteilt, und es roch penetrant nach Urin, Exkrementen und wildem Tier.

Pablo blinzelte verschlafen, als der Lichtkegel ihn traf. Als ihm klar wurde, wer ihn besuchen kam, war seine Müdigkeit allerdings schnell verflogen, und er rappelte sich hoch. Hätte ich nicht vor ein paar Tagen mit eigenen Augen gesehen, in welchem rasanten Tempo der Bär sich fortbewegen konnte, hätte ich das niemals geglaubt, so langsam und unbeholfen kam er nun aus der Hütte getapst. Seine scharfen Krallen klackten auf den hölzernen Dielen.

»Na, mein Großer, haben wir dich geweckt?« Jona vergrub seine Hände im dichten Bärenpelz und legte seine Stirn an die des Tieres.

Ich dagegen hielt Abstand. Aus der Nähe war der Bär noch viel größer, und vor allem seine Tatzen waren riesig. Genau wie sein Maul. Als er den Kopf hob, um an mir zu schnüffeln, wich ich instinktiv zurück.

»Du musst keine Angst haben«, beruhigte mich Jona. »Pablo ist ganz brav.«

Brav? Das konnte man über ein Zwerghäschen sagen oder über einen Hund wie Theo, aber doch nicht über einen Bären, der aufrecht stehend so groß war, dass ich ihm kaum an den Ellbogen reichte. Nur zögernd ließ ich mich von Jona dazu überreden, ihn anzufassen. Und das auch nur, um vor ihm nicht als Angsthase dazustehen.

Trotz der schlechten Erfahrungen, die Pablo in der Vergangenheit mit Menschen gemacht hatte, hatte er nichts dagegen. Zwar wirkte er im ersten Moment ein wenig misstrauisch, als ich ihm auf Jonas Anweisung hin hinter dem Ohr das zottige Fell kraulte, aber schon nach wenigen Augenblicken stieß er einen zufriedenen Grunzlaut aus und schloss die Augen.

»Wie kommt es, dass du so gar keine Angst vor ihm hast?«, fragte ich Jona.

»Ich stamme aus einer Zirkusfamilie und bin mit Löwen, Tigern, Elefanten und Bären aufgewachsen.«

»Oh! Das muss schön gewesen sein!« Ich war erst einmal in einem Zirkus gewesen, mit sieben oder so. Danach musste Papa mir ein Trapez an den Ast eines Baumes hängen, und ich hatte jeden Tag mehrere Stunden daran geübt, weil ich unbedingt Artistin werden wollte.

Jona zuckte mit den Schultern. »Für mich schon. Für die Tiere weniger. Aber als ich klein war, habe ich mir keine Gedanken darüber gemacht, was es für sie bedeutet, in Käfigen gehalten zu werden. Meine Eltern meinten immer, sie wären es ja nicht anders gewohnt. Jetzt sehe ich das anders: Auch wenn die meisten in Gefangenschaft aufwachsen, gehören Wildtiere nicht in einen Käfig, sondern sie sollen sich frei bewegen können. Selbst in dem Reservat, in das ich Pablo bringe, ist es grenzwertig. Aber in freier Wildbahn könnte er natürlich nicht überleben.«

Es war schön zu hören, mit welcher Leidenschaft Jona sprach. Hatte ich überhaupt schon mal einen Jungen so sprechen gehört? Zumindest bei meinen Klassenkameraden hatte ich nie das Gefühl gehabt, dass sich irgendeiner von ihnen besonders für eine Sache einsetzte. Sie verbrachten ihre Freizeit damit zu chillen, Playstation zu spielen und coole Fotos von sich auf Instagram hochzuladen. Sorgen wie die von Jona waren den meisten von ihnen fremd. Ich betrachtete sein hübsches Profil, seine blauen Augen, die auf einen unbestimmten Punkt im Wald gerichtet waren, die gerade Nase, den sanften Schwung seiner Lippen. Wie gerne würde ich ihn küssen!

Jona warf Pablo einen Salatkopf, Äpfel und etwas Pelziges hin, von dem ich mich lieber nicht fragte, was es in lebendigem Zustand gewesen war. Während der Bär sich über sein Abendessen hermachte, setzten er und ich uns auf einen Baumstamm.

»Was hast du eigentlich bei Oma gemacht?«, fragte Jona. »Wolltest du dir von ihr schon wieder die Zukunft voraussagen lassen?«

»Nein.« Ich zeigte ihm das Foto. »Ich wollte von deiner Oma wissen, ob sie weiß, wer die Frau ist.« Ich tippte auf Großtante Mathilda.

»Und?« Jona hatte sich nach vorne gelehnt. Seine Unterarme lagen auf seinen Oberschenkeln.

»Ja. Es ist meine Großtante. Es ist total merkwürdig: Als sie uns eingeladen hat, mit ihr in Urlaub zu fahren, hat sie mit keinem Wort erwähnt, dass sie schon einmal hier war.« Im Schein des Handylichts betrachtete ich das Foto. Großtante Mathilda und Charlotte waren wirklich ein ungleiches Paar gewesen: Großtante Mathilda war groß und schlank, Charlotte stämmiger und so klein, dass sie ihrer Freundin kaum bis ans Kinn reichte. Großtante Mathildas Locken leuchteten rot, Charlottes glatte Strähnen platinblond. So wie sie die Arme umeinandergeschlungen hatten, schienen sie sehr vertraut miteinander gewesen zu sein, aber mir fiel auch auf, dass diese Haltung irgendwie angespannt wirkte, als sei sie nur für das Foto eingenommen worden. Und dass ihr Lächeln ihre Augen nicht erreichte. Das Foto war nur wenige Tage vor Charlottes Verschwinden aufgenommen worden. Ob Großtante Mathilda etwas darüber wusste? Ich öffnete meine Jacke wieder und steckte es in die Innentasche zurück.

»Du trägst ja Omas Medaillon«, sagte Jona verdutzt.

»Sie hat es mir gegeben, weil sie glaubt, dass ich in Gefahr bin. Aber sie hat keine Ahnung, von wem diese Gefahr ausgeht. Sehr beruhigend!« Ich zog eine Grimasse.

»Sind noch andere Gäste auf der Burg?«

»Ja. Zwar nur vier, aber die sind alle ziemlich schräg. Eine Journalistin, die eine Geschichte über schottische Spukschlösser schreibt und deswegen unbedingt einem Geist begegnen möchte. Ein Unternehmer aus Wien, der gesehen haben will, wie Finola MacLeod durch die Wand meines Zimmers in seins geschwebt kam. Ein Pianist, der mich an Graf Dracula erinnert. Eine frühere Hollywoodschauspielerin … Aber wieso sollte mir einer von denen etwas Böses antun wollen? Ich habe bisher ja noch nicht einmal viel mit ihnen geredet.«

Plötzlich riss Pablo, der sich gerade noch so gierig über das pelzige Ding hergemacht hatte, den Kopf hoch. Auch Jona richtete sich auf. Im nächsten Moment hörte auch ich die Stimmen.

»Schnell!«, zischte Jona. »Wir müssen in die Hütte!« Er nahm Pablo das tote Tier weg und lockte ihn damit in die Hütte zurück.

Gerade noch rechtzeitig gelang es ihm, die Eingangstür hinter uns und dem Bären zuzusperren.

Die Stimmen gehörten zu zwei Männern. »Hast du gewusst, dass hier eine Hütte im Wald steht?«, hörte ich den einen fragen.

»Natürlich«, sagte der andere. Seine Stimme war viel dunkler. »Es heißt, dass sich die MacLeods früher darin mit ihren kleinen Freundinnen vergnügt haben. Aber Angus ist ja nicht so ein Draufgänger wie seine Vorfahren.« Er lachte verschleimt. »Inzwischen steht die Hütte schon Jahre leer.«

Die Klinke wurde heruntergedrückt, und ich hielt die Luft an.

»Sie ist abgeschlossen«, sagte sein Begleiter enttäuscht.

»Ja und? Darin wird sich das Vieh ja wohl kaum aufhalten. Lass uns in den Pub gehen. Ich brauche jetzt ein paar Pints.« Ich hörte das Klicken eines Feuerzeugs. »Es war eine Schnapsidee von MacLeod, uns noch einmal bei Dunkelheit auf den Jägerstand zu schicken. Als ob es uns da vor die Flinte laufen würde.«

Der andere Mann war nicht so durstig. »Glaubst du auch, dass sich hier ein Bär herumtreibt?«

»Die Spuren deuten darauf hin.«

»Ist bei Dornie nicht einer aus dem Zirkus abgehauen?«

»*Aye*, aber der wird wohl kaum zu uns auf die Insel rübergeschwommen sein.« Wieder ließ der Mann sein asthmatisches Lachen hören. »Auf der anderen Seite habe ich auch noch nie gehört, dass ein Bär einem Schaf den Bauch aufreißt, seine Innereien frisst und das restliche Fleisch liegen lässt. Muss ein komisches Vieh sein! Jetzt komm! Ich will in den Pub.«

Sein Begleiter hatte immer noch keine Lust zu gehen. »Findest du nicht, dass es hier komisch riecht? Wie in einem Affengehege. Und wieso liegen hier ein Salatkopf und Äpfel auf dem Boden?«

Jona sog neben mir die Luft ein.

»Woher soll ich das wissen, Sherlock Holmes? Vielleicht haben hier ein paar Wanderer ein Picknick gemacht. Ich gehe jetzt. Wir können ja morgen bei Tageslicht wieder herkommen.«

Nachdem die Männer sich entfernt hatten, stand Jona noch eine ganze Weile reglos da. Durch den Mondschein, der durch das schmale Fenster in die Hütte fiel, sah ich, dass seine Gesichtszüge zur Maske eingefroren waren. Erst als Pablo an der Schlafzimmertür kratzte, löste er sich aus seiner Erstarrung.

»Er ist das nicht gewesen, das musst du mir glauben. Ich habe ihn kein einziges Mal unbeaufsichtigt herumlaufen lassen.«

Ich glaubte ihm. »Wenn es Pablo nicht gewesen ist, welches Tier könnte die Schafe denn dann gerissen haben?«

Jona zuckte mit den Schultern. »Ich habe nicht die leiseste Ahnung. Auf der Insel haben Schafe keine natürlichen Feinde. Außer Seeottern, Robben, Rotwild und Mardern gibt es nur Vögel. Hier kann Pablo auf jeden Fall nicht bleiben.«

Jona und ich rannten den abschüssigen Waldweg hinunter zu seinem Auto zurück. Er wollte Pablo zu Freunden seiner Eltern fahren, die im Norden von Skye einen alten Schuppen hatten, und ich lief zur Burg zurück. Ich klingelte an der Pforte, sie schwang auf, und ich war erleichtert, als sie sich hinter mir wieder schloss. Denn welche Bestie auch immer die Schafe gerissen und nur ihre Innereien verspeist hatte: Sie konnte immer noch hier sein!

19

Der Sturm, den Angus schon für die letzte Nacht angekündigt hatte, schien endgültig aufzuziehen. Bäume wedelten mit ihren Ästen, und der Wind trieb zerrissene Wolken an einem kreisrunden Mond vorbei, in dessen fahlem Schein zu allem Überfluss auch noch vollkommen unbeeindruckt vom Wetter Herman oder eine andere Fledermaus flatterte. Dunkel und drohend, wie die Burg sich in diesem Augenblick vor mir auftürmte, hätte sie die perfekte Kulisse für einen Gruselfilm abgegeben.

Ich schaute auf die Uhr. Es war erst sechs. Bis zum Abendessen hatte ich also noch genug Zeit, um mich in Ruhe zu duschen. Ich stemmte mich gegen den Wind und marschierte über den Burghof. Leider blieb mein Eintreten nicht so unbemerkt, wie ich es mir erhofft hatte. Teresa fuhr mit dem Wischmopp durch den Eingangsbereich.

»Du warst bei dem Wetter draußen?«

»Ich wollte ein bisschen Luft schnappen.« Ich strich mir die vom Sturm zerzausten Haare zurück und eilte weiter.

Auf Höhe des Bankettsaals kamen mir Donna und Mama entgegen. Da ich noch weniger Lust hatte, ihnen zu erklären, was ich draußen gemacht hatte, als Teresa, schlüpfte ich hinter einen Vorhang. Dahinter verbarg sich zu meiner Überraschung ein schmaler Treppenaufgang.

»Sie muss doch irgendwo sein«, sagte Mama.

Ich hielt den Atem an. So ein Mist! Meine Abwesenheit war bemerkt worden. Doch Donnas nächster Satz zeigte mir, dass die beiden nicht nach mir suchten.

»Ich weiß«, jammerte sie. »Wie konnte das nur passieren? Ich habe sie doch nur ganz kurz aus den Augen gelassen, um auf die Toilette zu gehen, und auf einmal war sie weg.«

Sie sprachen von Emma. Oh Gott! Mir wurde übel. Miss Adeline hatte prophezeit, dass wieder jemand verschwinden würde …

Ich wartete, bis Mama und Donna um die Ecke gebogen waren, dann rannte ich auf mein Zimmer, um meine Jacke wegzubringen, und half, Emma zu suchen. Doch nirgendwo war eine Spur von meiner süßen, kleinen, immer rosa gekleideten Cousine, mit der ich mich in den letzten Tagen überhaupt nicht beschäftigt hatte, weil ich andere Dinge im Kopf gehabt hatte. Inzwischen war Donna total hysterisch. Nicht nur meine Familie, sondern auch die anderen Gäste und Angus hatten sich im Bankettsaal versammelt, um das weitere Vorgehen zu besprechen.

»Bewahren Sie Ruhe!« Mit einem blütenweißen Stofftaschentuch tupfte sich der Burgherr Schweißtropfen von der hohen Stirn. »Die kleine Emma muss irgendwo in der Burg sein. Außer der Eingangstür sind alle Türen, die nach draußen führen, im Winter abgeschlossen. Und die Eingangstür ist so schwer, dass ein kleines Kind sie wohl kaum aufmachen könnte.«

»Aber wie sollen wir sie denn jemals finden? Die Burg ist riesig«, schluchzte Donna.

James schloss sich ihrem Weinen an, und Onkel Thomas ging um sie herum wie ein eingesperrter Tiger, unfähig, auch nur einen Moment still zu stehen.

»So riesig nun auch wieder nicht«, widersprach Angus. »Wir werden uns aufteilen und Teams bilden.«

»Ich möchte allein suchen«, warf Dorothea Schmidt ein. »Allein kann ich die Energie des Mädchens viel besser aufnehmen.«

Angus' Brustkorb hob und senkte sich. »Gut! Sie gehen allein. Der Rest bildet Teams. Sie beide«, er zeigte auf Großtante Mathilda und Gloria, »werden sich mal in den leer stehenden Zimmern im Nordteil der Burg umsehen, und …«

»Was? Wieso muss ich gerade mit ihr einen Suchtrupp bilden?«, unterbrach Gloria ihn. »Könnte ich nicht …«, sie sah sich um …, »mit ihm ein Team bilden?« Sie hakte sich bei Hughes unter, der apathisch herumstand.

»Ich bitte Sie«, dröhnte Großtante Mathilda. »Stellen Sie sich nicht so an. Haben Sie etwa Angst vor mir?«

Die Schauspielerin verzog ihr volles Gesicht. »Wundert Sie das, so schroff, wie Sie sich mir gegenüber immer verhalten?« Irrte ich mich, oder schien ihr Großtante Mathildas Verhalten wirklich etwas auszumachen?

Die setzte zu einer Erwiderung an, doch Donna unterbrach sie: »Ich wäre euch wirklich dankbar, wenn ihr eure Befindlichkeiten hintenanstellen würdet, um dabei zu helfen, mein Kind so schnell wie möglich wiederzufinden.« Mit ihrer geröteten Nase und der verschmierten Wimperntusche wirkte sie viel menschlicher als sonst.

»Ja, natürlich. Entschuldige, bitte!«, sagte Großtante Mathilda zerknirscht, bevor sie Gloria herrisch anwies, ihr zu folgen.

Angus teilte auch noch die restlichen Paare ein.

Donna bestand darauf, sich mit Onkel Thomas im Park umzusehen. »Vielleicht ist sie unbemerkt mitgehuscht, als jemand nach draußen gegangen ist.« Sie putzte sich die Nase.

»Ist jemand von euch draußen gewesen?«, fragte Onkel Thomas.

»Bei dem Sauwetter?« Jessy ließ ihren Blick bedeutungsvoll zu einem der Fenster schweifen, gegen dessen Glas der Sturm die Zweige einer Tanne so heftig peitschte, als wolle er es zertrümmern.

Zum Glück war von Teresa weit und breit nichts zu sehen. Sicher hatte sie schon frei.

Jessy und ich hatten von Angus die Anweisung bekommen, noch einmal gründlich in der Bibliothek nachzuschauen, was ich total unsinnig fand. Schließlich hatte Onkel Thomas darin gesessen und gearbeitet, bis Donna völlig aufgelöst bei ihm aufgetaucht war und ihn über Emmas Verschwinden informiert hatte.

Hoffentlich war ihr nichts passiert! Miss Adelines Prophezeiung ging mir nicht aus dem Kopf.

Natürlich war Emma nicht in der Bibliothek. Dabei hatten wir sie gewissenhaft durchsucht. Sogar in den Schubladen und unter der Abdeckung des Flügels hatten wir nachgeschaut.

»Und jetzt?« Jessy kratzte an ihrem Daumennagel herum. Inzwischen war der rote Nagellack darauf schon ganz abgeblättert.

»Einer der Vorhänge verbirgt einen Treppenaufgang. Lass uns dort nachschauen!«

Die Treppe führte in eine Art Speicherabteil hinauf, dessen Decke so niedrig war, dass wir den Kopf einziehen mussten. Mit dem Lichtschalter knipste ich die einzige Beleuchtung hier oben an: eine Glühbirne mit fleckigem Glas, die an einem langen Kabel von der Decke hing und deren Licht nur äußerst schöngeredet noch als funzelig bezeichnet werden konnte. Außerdem erhellte sie nur die Mitte des Raumes, seine Ecken lagen mehr oder weniger im Dunkeln. Die Dielenbretter knarzten wenig vertrauenerweckend unter meinen Füßen, als ich herumwanderte und Ausschau nach Emma hielt. Doch auch hier war sie nicht. Stattdessen fand ich eine Ritterrüstung ohne Kopf und ein ausgestopftes Eichhörnchen, dem beide Augen fehlten. An den beiden konnte es nicht liegen, dass ich mich schon wieder beobachtet fühlte. Woher kam denn nur dieser plötzliche Verfolgungswahn? Ich schob ein Spinnrad zur Seite, um in den hinteren Bereich zu gelangen. Der Staub, der dabei aufgewirbelt wurde, brachte mich zum Husten, und nicht nur einmal musste ich eine Spinnwebe aus meinem Gesicht entfernen.

»Ich kann mir nicht vorstellen, dass sich hier oben freiwillig jemand aufhält. Und schon gar kein dreijähriges Kind.« Mit angeekeltem Gesicht schob Jessy das mottenzerfressene Eichhörnchen mit der Spitze ihrer Stiefelette beiseite, um sich ein paar Kisten anzusehen. »Uah!«, schrie sie im nächsten Moment auf.

Ich zuckte zusammen und stieß mir dabei den Kopf an einem Deckenbalken an. »Was ist los?«

»Da ist so ein widerliches Ding.« Jessy fuchtelte mit beiden Händen herum. Im ersten Moment hielt ich es für eine Fledermaus, so groß und schwarz, wie es war, doch dann sah ich, dass es sich dabei um einen überdimensional großen Falter handelte. Die Spannweite seiner Flügel musste locker zwanzig Zentimeter umfassen.

Resolut riss Jessy ein schmales Fenster auf und scheuchte den Falter nach draußen. Ich fröstelte, aber nicht nur, weil ein kalter, klammer Lufthauch meine Haut streifte, sondern auch, weil zum ersten Mal in diesem Urlaub dichter Nebel in der Luft hing. Wie ein Leichentuch legte er sich über die Nacht, verschluckte den dunklen Park, den

Mond, die Sterne und schnell auch den Falter. Ich musste an die Nebelfinger denken, die in Miss Adelines Kristallkugel nach mir gegriffen hatten, und schlug das Fenster zu.

»Hast du so etwas Riesiges schon mal gesehen?«, fragte Jessy.

»Die Ratte, die mir gestern im Nordteil der Burg begegnet ist, als ich mich verlaufen habe.« Ich presste die Zähne aufeinander, damit sie nicht anfingen zu klappern.

»Igittigittigitt! Lass uns wieder nach unten gehen. Hier oben ist Emma ganz sicher nicht.«

»Warte!« Ich hielt sie zurück.

»Das ist alles nur deine Schuld«, zeterte Donna.

»Bist du jetzt vollkommen übergeschnappt!«, fauchte Onkel Thomas. »Du warst es doch, die die Kinder ins Bett gebracht hat und heute Nachmittag für sie zuständig gewesen ist.«

Es hörte sich an, als ob die beiden direkt neben uns stehen würden. Auf Zehenspitzen schlich ich zu der Stelle im Mauerwerk, von der die Stimmen zu kommen schienen, und ich hoffte, dass die beiden das Ächzen der Bodenbretter nicht hörten. Aber dazu hatten sie sich viel zu sehr in Rage geredet.

»Heute Nachmittag!« Donnas Stimme war sogar noch ein ganzes Stück schriller als sonst. »Ich bin immer für sie zuständig. Weil du die ganze Zeit arbeitest und nicht einmal jetzt für uns Zeit hast. Kein Wunder, dass ich kurz eingenickt bin und nicht bemerkt habe, wie sich Emma aus ihrem Zimmer geschlichen hat.«

Oh! Mama hatte sie erzählt, sie wäre auf der Toilette gewesen.

»Wenn ihr etwas passiert ist, werde ich dir das nie verzeihen.« Donna schluchzte. »Und mir auch nicht«, fügte sie leiser hinzu.

Auch Onkel Thomas schien sich wieder etwas abgeregt zu haben. »Ich werde dir die beiden wieder mehr abnehmen, wenn ich alles geregelt habe. Aber solange der Konkurs der Firma noch irgendwie abzuwenden ist, muss ich darum kämpfen. Ich habe schließlich nicht nur uns gegenüber eine Verantwortung zu tragen, sondern auch meinen Mitarbeitern.« Er klang mutlos.

Inzwischen hatte ich einen Schlitz in der Mauer entdeckt, durch den ich in den Bankettsaal hinunterschauen konnte. Die Treppe hatte uns gar nicht einen Stock höher geführt, sondern nur einen halben. Das, was ich für einen Speicher gehalten hatte, musste der Raum sein, von dem Dorothea Schmidt gesprochen hatte. Der Spionausguck, von dem aus man alles beobachten und hören konnte, was im Bankettsaal gesprochen wurde. Durch den Schlitz sah ich, dass Onkel Thomas und Tante Donna in ihren teuer aussehenden Winterjacken neben der langen Tafel standen. Ein schwarzer, flacher Koffer lag darauf. Darin musste sich die Taschenlampe befinden, die Angus den beiden herauslegen wollte, damit sie den Park durchsuchen konnten.

»Hat Mathilda noch einmal über das Geld gesprochen?«, fragte Donna. »Am Telefon hat sie doch erwähnt, dass sie einen Teil ihres Vermögens verschenken will.«

»Nein, hat sie nicht.« Onkel Thomas öffnete den Koffer und nahm ein riesiges schwarzes Gerät mit einem langen Rohr heraus. »Aber ich hatte bei dem Telefonat sowieso das Gefühl, dass sie ein paar Gläser Wein zu viel intus hatte. So sentimental ist sie normalerweise nicht. Meinte, sie hätte so viel falsch gemacht in ihrem Leben und es wäre Zeit, Buße zu tun. Wer weiß schon, ob sie die zwei Millionen, von denen sie geredet hat, wirklich rausrückt! Und ob wir überhaupt etwas davon abkriegen würden. Vielleicht will sie ja alles dem Tierschutzverein oder dem Deutschen Kinderhilfswerk spenden. Und selbst wenn, müssten wir es mit meiner Schwester und deren Sippe teilen. Und dann reicht das Geld hinten und vorne nicht. – Wie geht dieses Monstrum denn an?« Er schüttelte die Taschenlampe. Eine derart große hatte ich bisher nur im Kino oder Fernsehen gesehen, in den Händen von Einbrechern oder Leuten, die lange, dunkle Gänge erforschten.

»Du musst daran drehen.« Donna nahm sie ihm ab, sie musste sie in zwei Händen halten, so schwer war sie, und tatsächlich … Ihr Schein erhellte den Bankettsaal. Donna war praktischer veranlagt, als ich gedacht hatte.

Jessy trat neben mich und brachte damit ein Bodenbrett zum Knarzen.

»Hast du das gehört?« Donnas Blick huschte durch den Saal.

Onkel Thomas nickte.

»Vielleicht hat sich Emma hier irgendwo versteckt.«

»Das ist Unsinn. Wo soll sie denn hier sein? Wir haben

doch alles durchsucht.« Er nahm seiner Frau die Taschenlampe ab. »Auch wenn ich mir nicht vorstellen kann, dass
sie ohne uns in den dunklen Park hinausgegangen ist, du
wolltest dich dort doch unbedingt umschauen.«

»Mein armes Mädchen!«, hörte ich Donna noch schluchzen, bevor die beiden aus meinem Sichtfeld verschwanden.

»Zwei Millionen!«, stieß Jessy aus. »Hast du gewusst,
dass Großtante Mathilda so viel Geld verschenken will?«

Ich schüttelte den Kopf.

»Da wünschte ich mir doch glatt, dass Mama Einzelkind
wäre.« Sie zupfte mir eine Spinnwebe vom Pulli.

»Onkel Thomas offenbar auch … Hast du gewusst, dass
es seiner Firma so schlecht geht?«

»Nein, wie denn? Bei dem teuren Kram, mit dem sie
sich umgeben, und Donna brüstet sich doch immer damit, dass sie es gar nicht nötig hat, arbeiten zu gehen.
Hätten sie besser mal an den Tablets und den Kopfhörern
ihrer Kinder gespart …«

»Ist doch jetzt egal. Lass uns lieber weiter nach Emma
suchen!«, entgegnete ich, aber auch mir wollte es nicht
aus dem Kopf gehen, dass Onkel Thomas und Donna
ohne unsere Familie deutlich größere Chancen hatten,
den Konkurs der Firma doch noch abzuwenden.

20

D as ist eine totale Schnapsidee!«, sagte meine Schwester, als wir uns wenige Minuten später mit unserem gesamten Körpergewicht gegen die Kommode stemmten, die Angus vor die Tür des Nordturms geschoben hatte. »Wie bitte soll ein kleines Mädchen es schaffen, dieses Ding zur Seite zu schieben?«

Ich blieb hartnäckig, und schließlich rutschte die Kommode zumindest so weit von der Tür weg, dass wir uns durch einen Schlitz hindurchzwängen konnten. Etwas, was mir deutlich leichter fiel als meiner schimpfenden Schwester. Manchmal hatte es tatsächlich Vorteile, nicht so kurvig zu sein wie Jessy.

Wir liefen die Treppe hinauf. Das Zimmer, in dem ich Lucian MacDuff begegnet war, war leer.

»Was für eine Überraschung!« Jessy rollte mit den Augen.

»Vielleicht ist sie auf den Turm hinausgegangen!«

Ein eisiger Wind blies mir entgegen, und für einen Moment kam ich ins Wanken. Auch weil dort oben zwischen zwei Zinnen jemand saß. Lucian MacDuff. Seine Beine hatte er lässig gekreuzt, und der Vollmond beschien sein hübsches Gesicht. Es war unglaublich, wie menschlich er aussah. Ohne die Gedenktafel wäre ich niemals darauf gekommen, dass er ein Geist war. Wieso er wohl nur eine Woche, nachdem Charlotte verschwunden war, schon die Hoffnung aufgegeben hatte, dass sie jemals zu ihm zurückkehrte?

»Was machst du denn hier draußen?«, rief ich Lucian MacDuff zu.

»Was wohl? Kann es sein, dass mir vielleicht auch etwas daran liegt, unser Cousinchen wiederzufinden?« Die Antwort kam von Jessy.

»Dich habe ich nicht gemeint.«

»Sondern?«

»Na, ihn.« Lucian war von den Zinnen hinuntergesprungen und kam auf uns zu. Mit ausgebreiteten Armen und einem breiten Lächeln im Gesicht drehte er sich um die eigene Achse. Ob er etwas zu uns sagte, konnte ich nicht verstehen, der Wind heulte zu laut.

»Wen meinst du? Den Mond?« Jessy hob die Augenbrauen. »Du verhältst dich schon wieder ausgesprochen komisch, Schwesterchen! Die schottische Luft bekommt dir nicht.«

Hatte sie wirklich keine Ahnung, von wem ich sprach?

»Ich meine den Mann, der, der aussieht wie Ian Somer-halder. Du musst ihn doch auch sehen! Er tanzt. Oder soll das eine Verbeugung sein?«, fragte ich Lucian.

»Jetzt hör auf!«, fauchte Jessy. »Solche dämlichen Scherze sind in dieser Situation ja wohl total daneben.« Mit hocherhobenem Kopf drehte sie sich um und ging die Treppe hinunter.

Ich lief ihr nach. »Siehst du ihn denn wirklich nicht?«

Sie gab mir keine Antwort. Deprimiert schaute ich ihr nach.

»Ist das deine Schwester?« Lucian MacDuff war mir gefolgt.

Ich nickte stumm.

»Sie ist sehr hübsch.«

War ja klar, dass er das sagte. Selbst Geistern gefiel Jessy.

»Genau wie du. Ihr seid beide sehr hübsche junge *Lassies*. – Habt ihr Streit?«

»Ja.«

»Weswegen?«

»Wegen dir.«

»Wegen mir?«

»Ich weiß, dass du ein Geist bist.«

Lucian MacDuff stutzte. »O ja, richtig. Ich wurde 1536 im Kampf gegen den Clan der Fraser tödlich verwundet, und seitdem kann ich nicht sterben. Du hast sicher schon von mir gehört! Dass ich darauf achte, dass die Traditionen des Clans MacLeod gewahrt werden und so weiter.«

»Du musst mich nicht für dumm verkaufen! Ich weiß,

dass du keiner der Gründungsväter bist.« Ich zeigte auf das Foto mit den Trauerzeilen darunter. »Du bist Lucian MacDuff.«

»Stimmt«, gab er zerknirscht zu. »An das Foto habe ich gar nicht mehr gedacht. Ich bin nun schon so lange hier oben, dass ich solche Details gar nicht mehr sehe.« Er seufzte. »Schade, die Geschichte mit der Schlacht hätte ich ruhmreicher gefunden. Was erzählt man sich eigentlich über meinen Tod?«

»Du hast dich umgebracht, weil du das Verschwinden deiner Verlobten nicht verkraften konntest.«

Er schnaubte. »Dass ich diese Geschichte nicht loswerde! Die Wahrheit ist allerdings genauso unglamourös.«

»Und wie lautet sie?«

»Ich bin sternhagelvoll über die Zinnen gekippt. Als ich unten aufkam, dachte ich, ich hätte auf wundersame Weise überlebt, aber dann sah ich mich dort liegen. Kein schöner Anblick, kann ich dir sagen. – Ich sehe doch hoffentlich nicht immer noch so aus!« Mit der Hand fasste er sich ins Gesicht. »Blöderweise ist mir nach meinem Tod mein Spiegelbild abhandengekommen. Aber das, was ich sehe«, er schaute an sich herunter, »ist eigentlich ganz okay.« Er drehte eine Hand hin und her.

»Es ist alles in Ordnung«, bestätigte ich ihm. »Du bist also unsichtbar.« Anhand von Jessys Reaktion hatte ich es natürlich geahnt. »Aber wieso kann ich dich sehen?«

»Nun, um Magie zu entdecken, muss man sie sehen wollen.« Lucian MacDuff hob den rechten Mundwinkel an, und dieses schiefe Grinsen machte ihn noch attraktiver. »Die meisten Menschen wollen das aber nicht, habe ich im Laufe der Jahre festgestellt. Genau genommen bist du erst die Zweite, die mich sieht. Der Erste, ein Gast mit einem Bauch, so dick, als hätte er ein Spanferkel verdrückt, hat mich nachts auf den Zinnen entdeckt. Das gab ein Geschrei, kann ich dir sagen. Ist aber schon ein paar Jahre her. Tagelang hatte ich keine Ruhe auf dem Turm, weil es von Menschen nur so gewimmelt hat. Danach wurde er abgesperrt und für baufällig erklärt. Geister machen Menschen Angst. Dabei bin ich vollkommen harmlos, wie du sicher schon festgestellt hast. Ich kann ja nicht einmal aus diesem Turm heraus.«

»Wieso? Kannst du nicht überall auf der Burg …?« Ich stoppte. Wie sagte man denn in dem Fall? Herumspuken?

Lucian MacDuff wusste auch so, was ich meinte. »Leider nein.«

»Dann warst du es also nicht, der den Ritter wieder in mein Zimmer gestellt hat.« Gerade hatte ich diese Möglichkeit ernsthaft in Erwägung gezogen.

»Welchen Ritter?« Er runzelte die Stirn, bevor sich seine Miene wieder erhellte. »Ach, du meinst die Rüstung in Charlottes Zimmer? Ich konnte nicht verstehen, wieso sie das unheimliche Ding unbedingt dort drinhaben wollte, aber aus irgendeinem Grund schien es ihr zu gefallen.«

»Ich schlafe im Zimmer deiner ehemaligen Verlobten?«

»Das vermute ich zumindest, denn zu meinen Lebzeiten

war die Rüstung die einzige hier auf der Burg. Liegt das Zimmer im Osttrakt und schaut auf den See hinaus?«

Ich nickte.

»Dann ist es ihres. Ich wünschte, ich könnte mich auch mal ein bisschen hier umsehen. Auf Dauer ist es hier oben so ganz allein furchtbar fad. Aber selbst wenn die Tür zum Turm mal offen ist, komme ich nicht raus.«

»Kennst du eine Wahrsagerin, die Miss Adeline heißt?«

»Natürlich. Das war früher ein ganz heißer Feger. Lebt sie noch?«

Ich nickte. »Ich habe ihr von der Begegnung mit dir erzählt, und sie meinte, sie könne sich denken, dass deine Seele keine Ruhe findet.«

»Das hat sie behauptet!« Lucian MacDuff wirkte betroffen.

»Wieso denkt sie das? Hast du etwas mit dem Verschwinden von Charlotte zu tun?«

»Nein. Natürlich nicht. Aber …« Sein Blick ging über meinen Kopf, und seine Züge wurden weich. »Du!«, rief er. »Wie schön! Du weißt doch, wie sehr ich mich immer darauf freue, dich zu sehen. Und es ist schon eine Weile her, dass du das letzte Mal hier warst!«

Mit wem sprach er? Ich drehte mich um. Lucian MacDuff hatte die Worte an den ovalen Spiegel hinter mir gerichtet. Aber in dessen gläserner Oberfläche sah ich nicht sein Spiegelbild, sondern meins. Halt! Nein! Es war nicht meins, denn ich hatte ja kein buntes Kleid an. Es war das von der jungen Großtante Mathilda.

»Meine Schöne …« Lucian hob die Hand, und ich fragte mich schon, ob er vielleicht durch das Glas des Spiegels hindurchgreifen und sie berühren konnte, doch sie blieb darauf liegen. Auch sie streckte die Hand aus. Sie legte sie gegen seine, und eine Träne rollte über ihre Wange.

Ich schluckte, weil sich in meinem Hals ein richtiger Kloß gebildet hatte. Weil die Szene vor mir so unfassbar rührend war, aber auch wegen etwas anderem. Lucian MacDuff und Großtante Mathilda. Konnte das sein? Sie war doch die beste Freundin seiner Verlobten gewesen.

Tausend Fragen schossen mir durch den Kopf, doch wie hätte ich sie in diesem intimen Moment stellen können? Lucian MacDuff hatte mich ja vollkommen ausgeblendet, und noch immer waren er und Großtante Mathilda vollkommen ineinander versunken.

Ich wusste nicht, ob ich stehen bleiben oder gehen sollte. Doch dann wurde mir die Entscheidung abgenommen. Denn Donnas markerschütternder Schrei zerriss die Stille, und erst jetzt erinnerte ich mich wieder an den eigentlichen Grund, wieso Jessy und ich zum Nordturm hinaufgegangen waren. Emma! Sie mussten sie gefunden haben. Und dieser Schrei konnte nichts Gutes verheißen.

Ich rannte los, die Wendeltreppe hinunter und in Richtung des Hauptgebäudes. Schon ein paar Meter bevor ich Donna sah, hörte ich ihr lautes Weinen. Es klang so hoch, so schrill, so verzweifelt … Noch nie hatte ich jemand so weinen gehört!

Donna stand in der Eingangshalle, umringt von dem Rest meiner Familie, den anderen Gästen und Angus. Inmitten all dieser Menschen konnte ich nur ihren Kopf und einen Teil ihres Oberkörpers sehen. Aber ich erkannte, dass sie Emma auf dem Arm hatte. Der Kopf der Kleinen lag auf ihrer Schulter. Donna hatte eine Hand schützend daraufgelegt, mit der anderen streichelte sie ihrer Tochter über den Rücken, ihr schönes Gesicht war verzerrt. Emma lebte nicht mehr. Ich presste eine Hand vor den Mund, denn nicht einmal vorgestern, als mich die seltsame Kälte eingehüllt hatte, oder gestern, in dem dunklen Geheimgang, hatte mich ein solches Grauen erfasst. Dann sah ich durch einen Spalt zwischen Mama und Dorothea Schmidt die wild strampelnden nackten Beine der Kleinen, und ihr Kopf ruckte nach oben. Ihr sonst so sorgfältig zusammengebundener Pferdeschwanz sah ganz zerzaust aus. Ihr kleines Gesicht war gerötet, die blauen Augen empört aufgerissen.

»Nicht so fest, Mami! Du tust mir weh!«

»Entschuldigung, mein Schatz!«, schluchzte Donna. »Ich bin nur so wahnsinnig froh, dass ich dich wiederhabe.«

»Wir alle sind froh, dass wir dich wiederhaben«, sagte Onkel Thomas, der James auf dem Arm hielt. »Mach das nie wieder, ja?« Er strich seiner Tochter über den blonden Schopf.

»Wo ist sie denn gewesen?«, fragte ich, und erst jetzt wurde meine Anwesenheit bemerkt.

»In Angus' Büro.« Auch Mama war die Erleichterung

deutlich anzusehen. »Sie lag neben dem Hund im Körbchen und schlief tief und fest. Niemand von uns hatte dort nachgeschaut.«

»Wahrscheinlich hätten wir sie immer noch nicht gefunden, wenn Gracia Patricia mich nicht geholt hätte.« Stolz hielt Angus seine Hündin vor sich. »Du hättest aber ruhig ein wenig früher kommen können, kleine Dame! – Bestimmt hat sie die Gesellschaft genossen.« Er machte Anstalten, Gracia Patricia auf den Boden zu setzen, überlegte es sich dann aber doch anders. Denn Theo stand bereits neben ihm und schaute mit schmachtendem Ausdruck im Gesicht zu seiner Angebeteten hinauf. Auch deren Puderquaste von Schwänzchen bewegte sich heftig hin und her.

Gott sei Dank war Emma wieder da! Ihr war nicht das Gleiche geschehen wie Charlotte MacLeod vor fünfzig Jahren. Ich machte einen Schritt auf die Kleine zu, um sie zu streicheln, und sie streckte ihre Ärmchen nach mir aus. Gerührt nahm ich sie auf den Arm und vergrub meine Nase in ihrer Halsbeuge, damit niemand die Tränen in meinen Augen sah.

21

Nachdem Emma wohlbehalten wieder aufgetaucht war, spendierte Angus vor dem Abendessen eine Runde Champagner. Auch ich nahm ein Glas gemischt mit Orangensaft von dem Tablett, mit dem Teresa herumging, und ließ mich von der ausgelassenen Stimmung anstecken. Anscheinend hatte nicht nur ich das Schlimmste befürchtet. Und von irgendwelchen Spannungen war an diesem Abend überhaupt nichts zu spüren. Sogar Großtante Mathilda und Gloria stießen miteinander an. Auch Jessy zeigte sich mir gegenüber versöhnlich. Man konnte meiner Schwester vieles vorwerfen, aber nachtragend war sie nicht. Sie erwähnte lediglich noch einmal, dass sie es wirklich geschmacklos gefunden hatte, dass ich mit ihr Scherze über vermeintliche Geister gemacht hatte, wo wir uns doch gerade auf der Suche nach unserem verschwundenen Cousinchen befunden hatten. Würde es

Lucian MacDuff nicht geben, hätte ich das ganz genauso gesehen. Trotzdem versuchte ich gar nicht mehr, Jessy davon zu überzeugen, dass der gut aussehende Geist wirklich existierte. Lucian hatte sicher recht: Magie musste man sehen wollen. Blöderweise ergab sich vor dem Abendessen nicht mehr die Möglichkeit, erneut mit ihm zu reden und ihn auf Großtante Mathilda anzusprechen. Denn gerade als ich mich unauffällig verdrücken wollte, gesellte sich Donna zu mir. Es war nicht das erste Glas Sekt, das sie in der Hand hielt, erkannte ich an ihrem glasigen Blick, aber wer konnte ihr das verdenken, nach dem, was sie mitgemacht hatte.

»Das ist ein wirklich hübsches Schmuckstück, das du heute Abend trägst. Ich habe es noch gar nicht an dir gesehen.«

Was meinte sie? Mein Blick glitt an mir herunter. Oh nein! Das Medaillon. Ich hatte es unter meinem Pullover verstecken wollen, aber in der ganzen Aufregung um Emma gar nicht mehr daran gedacht.

»Ich hebe es mir für ganz besondere Anlässe auf.« Ich überlegte, wie ich geschickt zu einem anderen Thema überleiten konnte.

Doch Donna schien das Medaillon wirklich zu interessieren. »Haben deine Eltern es dir geschenkt?«

»Nein. Ich habe es … vom Flohmarkt.« Am liebsten hätte ich es abgenommen und in der Tasche meiner Jeans verschwinden lassen, aber da hatte Donna es sich schon mit ihren manikürten Fingern gegriffen.

»Das war ein echter Glücksgriff. Oh! Man kann es ja öffnen. Hast du ein Bild von deinem Freund darin? In deinem Alter war ich ständig verliebt. Wie alt bist du noch einmal?« Ihre Aussprache war schon ziemlich undeutlich, und ihr amerikanischer Akzent kam stärker durch als sonst. Komisch eigentlich, dass Gloria Montana so gar keinen hatte, fiel mir in diesem Zusammenhang auf einmal auf. War sie gar keine gebürtige Amerikanerin?

»Ich bin sechzehn.«

»Sweet sixteen.« Sie lächelte wehmütig. »Ein herrliches Alter. Die ganze Welt steht einem offen.« Allmählich fragte ich mich, ob Donna nicht doch mehr eingenommen hatte als nur ein paar Gläser Sekt. Ich konnte mich nicht daran erinnern, dass sie jemals freiwillig mehr als das Nötigste gesprochen hatte. Und noch immer hielt sie das Medaillon fest. »Da war ich übrigens schon Miss Teenage American Dream. Meine Mutter hat mich schon früh für Schönheitswettbewerbe angemeldet.« Sie betrachtete mich einen Moment prüfend. »Du könntest übrigens auch ausgesprochen hübsch sein, wenn du deine Haare glätten und mehr auf deine Kleidung achten würdest. Zu so einem Schmuckstück trägt man doch kein Sweatshirt.« Ihr Tonfall war regelrecht vorwurfsvoll geworden.

Jetzt hatte ich aber wirklich genug von ihr. Nicht nur, weil sie mich davon abhielt, mit Lucian zu sprechen. Was ging es sie an, welche Kleider ich trug? Ich nahm ihr das Medaillon ab und trat einen Schritt zurück. »Zum Glück kommt es im Leben nicht nur aufs Aussehen an.«

»Natürlich kommt es darauf an. Die Welt gehört den Jungen und Schönen. Wenn du klug bist, machst du es also am besten so wie deine Schwester, und nutz deine Chancen, solange du noch kannst.« Sie hörte sich resigniert an. »Aber nun zeig mir deinen Freund.«

»Es ist kein Foto von einem Jungen darin.« Damit sie endlich Ruhe gab, öffnete ich das Medaillon.

»Eisenkraut! Du trägst Eisenkraut darin.« Es wunderte mich, dass sie das vertrocknete Sträußchen gleich richtig identifizierte. Ich hatte sie nicht für jemand gehalten, der sich für Kräuter interessierte.

Zum Glück rief Angus in diesem Moment zum Abendessen, sodass ich ihr keine weitere Erklärung schuldete.

Allerdings war die Gesellschaft, in der ich mich nun befand, kaum besser als die von Donna. Da sich alle anderen bereits gesetzt hatten, war nur noch ein Stuhl frei. Er stand zwischen Jessy – und Dorothea Schmidt. Ich verzog das Gesicht. Natürlich war meine Schwester nicht zu ihr aufgerückt, sondern hatte mir diesen Platz überlassen. Blieb mir denn an diesem Abend gar nichts erspart?

Nein! Denn Teresa hatte den Lachs, den es als Vorspeise gab, noch nicht aus dem Servieraufzug genommen, als die Journalistin sich vertraulich zu mir hinüberbeugte und flüsterte: »Ich war heute wieder im Dorf, um mit meiner Quelle über Finola MacLeod zu sprechen, und du glaubst nicht, was ich erfahren habe.« Sie machte eine Pause, um sich meiner Aufmerksamkeit ganz sicher zu sein. »Das Zimmer, in dem du schläfst, war früher ihres.«

Ihres? Vor Schreck verschluckte ich mich an dem Stück Toastbrot, das ich gerade so großzügig abgebissen hatte. Es war schon beängstigend genug gewesen, von Lucian erfahren zu müssen, dass ich in Charlottes ehemaligem Zimmer schlief, aber dass auch Finola MacLeod darin gewohnt hatte … Ich hustete so heftig, dass Jessy mir nicht nur ein Glas Wasser reichte, sondern auch beherzt zwischen meine Schulterblätter schlug. Endlich bekam ich wieder Luft! Mein Entsetzen hatte sich jedoch nicht gelegt. Dass gleich zwei Frauen aus der gleichen Familie spurlos verschwunden waren, hatte ich ja schon für einen höchst seltsamen Zufall gehalten. Dass ich nun aber auch noch erfahren musste, dass beide in dem gleichen Zimmer geschlafen hatten, setzte dem Ganzen die Krone auf. Vielleicht war es verflucht, und Finola und Charlotte waren gar nicht die einzigen MacLeods gewesen, die dieses Schicksal erleiden mussten, sondern es hatte über die Jahrhunderte noch viel mehr gegeben. Bei dem Gedanken wurde mir ganz flau im Magen. Wenn Jona mich heute Nacht nicht besuchen würde, hätte ich niemals eine weitere Nacht darin verbracht. Er hatte mir eine Nachricht geschrieben, dass Pablo inzwischen gut bei den Freunden seiner Eltern angekommen war und er sich nun auf dem Rückweg befand.

Ich vertrieb mir die Zeit, auf ihn zu warten, damit, in Charlottes Büchern zu schmökern. Sie schien eine ausgesprochene Schwäche für Liebesromane gehabt zu haben …

Wohin der Wind die Blüten trägt, Erbe des Schattens, Der Teufel zu Pferde, Bücher von Jane Austen … Ich ließ meine Fingerspitzen über die Bücher gleiten, deren rissiger, zum Teil sogar gebrochener Rücken zeigte, dass sie unzählige Male gelesen worden waren, bis ich auf ein Buch stieß, dessen Titel mir bekannt vorkam. *Lady Chatterley* … War das nicht ein Buch, in dem es um Ehebruch ging und das zu seiner Zeit ein unglaublicher Skandal war? Ich zog es heraus und sah, dass sich dahinter ein weiteres Buch verbarg. *Quell der Einsamkeit* hieß es. Im Gegensatz zu den anderen Büchern sah sein Cover eher literarisch aus und zeigte keine hingebungsvolle Frau in einem voluminösen Kleid, die sich an einen dunklen, dominanten Mann lehnte, sondern zwei Frauen. Ich drehte es um, um einen Blick auf den Klappentext zu werfen, als ein Bogen Papier herausfiel.

Ich öffnete ihn. Darauf stand in einer zierlichen, verspielten Schrift:

Liebste Mathilda,

schon so lange möchte ich dir etwas sagen, was mir auf der Seele brennt, was mich nachts nicht schlafen lässt, was mich innerlich auffrisst. Aber ich wage es nicht. Ich wage es nicht, weil ich Angst habe, dass du mich verachtest und nie wieder mit mir zu tun haben willst. Und das würde ich nicht ertragen. Schließlich bist du der Mensch auf dieser Welt, der mir am allernächsten steht, ohne den ich niemals sein will …

Danach endete der Brief. Ich schüttelte das Buch, um zu schauen, ob sich noch ein weiterer Bogen Papier darin befand, aber das war nicht der Fall. Auch in den anderen Büchern fand ich nichts.

Hoffentlich hatte Charlotte nie von Lucian und ihrer besten Freundin erfahren. Es hätte ihr sicher das Herz gebrochen. *Meine Schöne* hatte Lucian Mathilda genannt, und dabei hatte seine Stimme so zärtlich geklungen. Und sein Gesichtsausdruck erst … Wie er mit dem Daumen ihre Wangenknochen gestreichelt hatte. Getrennt durch Glas und sicher noch durch einiges mehr. Wie er seine Hand auf den Spiegel gelegt hatte. Ich spürte, wie sich ein Kloß in meinem Hals bildete, doch auch Wut mischte sich in dieses Gefühl der Sehnsucht. Natürlich war man gegen Liebe machtlos. Aber die beste Freundin zu hintergehen. Das würde ich nie tun.

Ein Quietschen ließ mich aufhorchen, und als ich mich in die Richtung drehte, aus der das Geräusch kam, sah ich, dass jemand die Klinke meiner Zimmertür herunterdrückte. Langsam und Millimeter für Millimeter.

Auch Theo, der gerade noch lang ausgestreckt neben mir gelegen und tief und fest geschlafen hatte, hatte es gehört. Er hob den Kopf und stieß ein Grollen aus.

Jona!, dachte ich nach der ersten Schrecksekunde.

»Einen Moment!«, rief ich, und die Klinke federte sofort wieder nach oben. Schnell drehte ich meine Haare zu einem Dutt am Oberkopf zusammen, weil sie gar zu wild aussahen, und schloss die Tür auf.

Niemand stand davor. Hatte Jona mich etwa nicht gehört und war wieder gegangen? Ich drängte Theo ins Zimmer zurück und lief hinaus auf den Gang.

Wieso roch es denn schon wieder so stark nach Rosen? Dass Angus mit seinem Raumparfüm und den Potpourris nicht etwas sparsamer umgehen konnte! Auf mich zumindest wirkte der Geruch nicht beruhigend, sondern penetrant. Und wieso war es hier neblig? In langen, transparenten Bindfäden schlängelte der Nebel auf mich zu. Erschrocken wich ich zurück. Wo kam der denn her? Von draußen? Das konnte sein. Es war unangenehm kalt im Gang, so als ob mindestens ein Fenster geöffnet wäre. Doch sie waren alle geschlossen.

Schockiert schaute ich zu, wie der Nebel schnell immer dichter wurde. Er waberte nun nicht nur über den Boden, sondern reichte mir bis fast zur Hüfte. Mit ihm nahm die Kälte zu, und ich fing an zu schlottern. Und das nicht wegen der abgesunkenen Temperaturen. Obwohl alles in mir befahl, so schnell wie möglich zurück in mein Zimmer zu laufen, konnte ich mich nicht rühren. War das die Szene, die Miss Adeline in ihrer Kristallkugel gesehen hatte? Konnten die nebligen Finger nicht bis Hogmanay warten und wollten mich jetzt schon holen? So wie sie Charlotte MacLeod vor fünfzig Jahren auch schon geholt hatten. Ich setzte zum Schrei an, doch aus meiner Kehle drang kein Laut. Denn nun sah ich die Gestalt, die nur wenige Meter entfernt von mir stand. Ich konnte nicht sagen, ob es Finola MacLeod war, denn im Gegensatz zu

Lucian MacDuff hatte sie überhaupt nichts Menschliches an sich. Sie war kaum mehr als ein Schemen. Doch was ich sagen konnte, war, dass sie näher kam. Noch immer war meine Kehle wie zugeschnürt, und mein Herz trommelte so laut und fest, dass ich es überall in meinem Körper hören und spüren konnte.

»Enya!«, rief hinter mir jemand halblaut.

Ich wirbelte herum. Da stand Jona! Auch er war bis zu den Knien von Nebel umgeben. In der Hand hielt er das Schwert. Schluchzend rannte ich auf ihn zu und warf mich in seine Arme.

»Wieso ist es hier so neblig?« Warm und tröstend spürte ich seine Hände auf meinem Rücken.

»Keine Ahnung. Als ich aus meinem Zimmer kam, war er auf einmal da …«

Ein schrilles Piepen ertönte, und das nicht nur einmal, sondern mehrmals und schnell hintereinander. Es hörte gar nicht mehr auf.

Jona löste sich von mir und sah sich um. »Das ist der Rauchmelder! Er reagiert auf den Nebel.«

Wir rannten in mein Zimmer. Mit angehaltenem Atem stand ich an der Tür und lauschte, ob sich draußen etwas tat. Nur langsam beruhigte sich mein Herzschlag.

»Was ist denn nun schon wieder da draußen los?« Das war Gloria Montana.

»Das sehen Sie doch, es brennt«, jammerte von Stich. »Wir müssen weg, schnell.«

»Wenn es brennen würde, gäbe es auch Feuer«, sagte

Gloria pragmatisch. »Ich sehe nur ein paar Nebelschwaden. Wie kommen die denn hier rein? Und es riecht auch nicht nach Qualm, sondern nach … Was ist denn das?«

»Du musst auch rausgehen«, raunte mir Jona zu. »Bei dem Krach würde es auffallen, wenn du in deinem Zimmer bleibst.«

Er hatte recht. Ich konnte nicht riskieren, dass jemand nach mir schaute und Jona entdeckt wurde. Trotzdem verließ ich nur widerwillig mit Theo am Halsband das Zimmer. Der Nebel hatte sich zwar genauso schnell verflüchtigt, wie er gekommen war, nicht aber meine Panik.

Jessy war ebenfalls verschlafen in den Gang hinausgetreten, und auch Angus flitzte heran.

»Bleiben Sie ruhig!«, sagte er mit einer Stimme, die alles andere als gelassen war. »Das ist nur ein Fehlalarm. Einen Moment! Ich stelle gleich den Rauchmelder aus.« Er verschwand.

Der Lärm hatte nicht nur Jessy, von Stich, Gloria und Angus aufgeschreckt, nach und nach versammelten sich auch alle Gäste aus dem Haupthaus in unserem Gang. Inklusive James und Emma, die furchtbar schlecht gelaunt wirkten. Selbst Teresa war da. Ich hatte gar nicht gewusst, dass auch sie auf der Burg wohnte.

Es dauerte nicht lange, und Angus kam mit einer niedrigen Trittleiter wieder zurück.

Er bat Hughes, sie festzuhalten, stieg darauf und machte sich an dem Brandmelder zu schaffen. Das nervtötende Piepen verstummte.

»So, das war's schon. Ich habe ihn deaktiviert.« Angus stieg von der Leiter. »Ich kann es mir wirklich nicht erklären, wieso er auf einmal anging. Das ist noch nie passiert.«

»Ich schon«, sagte Gloria. »Als ich aus meinem Zimmer herausgekommen bin, war hier alles voller Nebel.«

»Nebel! Das kann nicht sein«, sagte Angus. »Das musst du dir eingebildet haben. Wie soll der denn hier reingekommen?«

»Wie wohl! Der Nebel ging von Finola MacLeod aus. Sie hat hier herumgespukt.« Von Stichs blasses Gesicht war ganz rot geworden.

»Haben Sie sie etwa wieder gesehen?«, fragte Angus nach einem sehr, sehr langen Atemzug.

»Nein, aber es roch schon wieder nach Rosen. Der Geruch liegt immer noch in der Luft. Sie müssen ihn doch auch riechen.« Wie zum Beweis hob von Stich seine Nase in die Luft.

»Ja«, bestätigte Großtante Mathilda. »Ich rieche etwas. Aber mich erinnert es weniger an Rosen, sondern an einen geplatzten Airbag.«

»Ha!«, rief Gloria Montana. »Genau. Nach diesem Vergleich habe ich gesucht, aber er ist mir nicht eingefallen. Genau so hat es in meinem Auto gerochen, als ich vor Jahren in einen schweren Unfall verwickelt war.« In ungewohntem Einvernehmen sahen sie und Großtante Mathilda sich an.

»Für mich riecht es nach Rosen.« Dorothea Schmidt schlug sich nun auch auf die Seite des Unternehmers.

»Und auch wenn ich nicht sicher weiß, ob es Finola Mac-Leod war, die hier herumgespukt hat, ein Geist war definitiv hier. Seine Präsenz ist zwar verblasst, aber ich kann sie immer noch deutlich spüren.«

»Jetzt hören Sie doch bitte mit diesem Geistergerede auf«, fauchte Angus sie an. »Ich versichere Ihnen noch einmal, dass das alles nur Schauergeschichten sind. Ich werde gleich morgen jemanden holen, der überprüft, wieso der Brandmelder losgegangen ist, und bis dahin bleibt dieser hier ausgeschaltet, sodass niemand mehr um seinen Schlaf fürchten muss.«

»Als ob ich jetzt noch schlafen könnte«, ereiferte sich von Stich, und Angus sah aus, als ob er ihm gleich an die Gurgel gehen wollte. »Ich bin hierhergekommen, um mich zu erholen. Und was erwartet mich hier? Ein Geist spukt durch mein Zimmer, ein Kind verschwindet, ein unerklärlicher Nebel sorgt dafür, dass der Feuermelder angeht, und dann auch noch ständig dieser Rosenduft. Sie glauben doch nicht wirklich, dass all das reiner Zufall ist?«

»Das Kind ist ja wieder aufgetaucht.« Onkel Thomas drückte Emma an sich, und auch Donna streichelte die Kleine am Bein.

»Ich werde trotzdem morgen abreisen. – Sagen Sie doch auch mal etwas! Das alles ist doch kein Zustand.« Von Stich stupste Hughes an, der in einem nachtschwarzen Morgenmantel mehr denn je wie Graf Dracula aussah. Seine Haut wirkte fahl, und seine Augen waren blutunterlaufen.

»Wie bitte?« Der Pianist war mit seinen Gedanken anscheinend ganz woanders gewesen. »Ja. Natürlich. Also … Auf Dauer und so gehäuft sind solche Vorkommnisse tatsächlich ein wenig anstrengend. Wobei mir natürlich klar ist, dass Sie nichts dafürkönnen.« Er warf Angus einen entschuldigenden Blick zu, und ich sah, wie der einen Moment die Augen schloss.

»Möchte jemand von Ihnen vielleicht noch einen Drink, bevor Sie wieder ins Bett zurückgehen? Oder kann ich sonst noch etwas für Sie tun?«

Außer Dorothea Schmidt wollte niemand etwas. »Auf Ihrer Burg spukt es. Wieso verschließen Sie sich denn nur so vor diesen armen Seelen? Sie wollen uns doch nur etwas mitteilen.«

»Halten Sie endlich den Mund!«, knurrte Angus, bevor er und die Journalistin um die Ecke verschwanden.

Jessy und ich wechselten einen erstaunten Blick. Natürlich verstand ich, dass ihm die ganzen Vorkommnisse langsam über den Kopf wuchsen. Dass Angus es sich traute, in einem solchen Ton mit einem seiner Gäste zu sprechen, wunderte mich aber doch. Er musste unglaublich unter Stress stehen! Und auch wenn ich Dorothea Schmidt sogar noch nervtötender fand als das Piepen des Feuermelders vorhin, in einer Sache musste ich ihr recht geben: Zumindest zwei Geister gab es auf Dunvegan Castle ganz sicher. Auch wenn sie komplett unterschiedlich aussahen.

22

K ommt ihr allein zurecht?«, fragte Papa Jessy und mich.

»Klar. Oder glaubst du, wir brauchen euch als Babysitter?« Jessy gähnte. »Ich gehe wieder ins Bett.«

»Wo ist eigentlich Theo?«, fragte Mama, nachdem sie sich von uns verabschiedet hatte.

Stimmt! Erst jetzt fiel mir auf, dass er gar nicht mehr bei uns war.

»Hast du ihn vielleicht wieder zurück auf dein Zimmer gebracht?«, erkundigte sich Papa.

»Nein, er … hat wohl die ganze Aufregung genutzt, um sich ohne uns auf der Burg umzusehen.« Das würde mir gerade noch fehlen, dass Mama und Papa in mein Zimmer gingen und dort auf Jona stießen.

»Theo!«, rief Mama. »Hierher.« Doch kein drahthaariger Hund von undefinierbarer Farbe erschien.

»Ich gehe ein Stück mit euch mit«, sagte ich. »Weit kann er ja nicht sein.«

Da kam Theo uns auch schon entgegen. Anders als sonst wedelte er bei unserem Anblick jedoch nicht wild mit dem ganzen Schwanz, sondern nur sehr, sehr zaghaft mit der Spitze. Den Kopf hielt er gesenkt.

»Ich kann mir denken, wo du warst, du Schlingel.« Mama zog ihn am Ohr. »In der Küche. Und bestimmt hast du dort etwas zu fressen gefunden.«

Mit Sicherheit hatte er das. So schuldbewusst hatte Theo das letzte Mal ausgesehen, als er in einem unbeobachteten Moment unseren kompletten Sonntagsbraten verspeist hatte.

»Könnt ihr ihn heute Nacht mit zu euch nehmen?«, fragte ich meine Eltern. »Ich würde nach all der Aufregung morgen früh gerne etwas länger schlafen.«

Beide hatten nichts dagegen, Mama wirkte sogar ziemlich froh, ihn bei sich zu haben, und ich konnte allein zu Jona zurückgehen.

Jona kniete vor der Ritterrüstung und machte sich an deren Fuß zu schaffen. So wie ich ein paar Tage zuvor. Als ich eintrat, zuckte er zusammen und sprang auf.

»Total cool, diese Rüstung!«, sagte er.

»Na ja, geht so. Ich finde sie ziemlich unheimlich!«

»Hat sich die ganze Aufregung gelegt?« Ich nickte. »Auch wenn dieser Unternehmer und die Journalistin fest davon überzeugt sind, dass der Nebel von Geistern verursacht wurde. Angus will davon natürlich nichts hören. Dabei habe ich ganz deutlich eine Gestalt im Nebel stehen sehen.« Ich schluckte. »Und sie kam auf mich zu.« Noch nie in meinem Leben hatte ich solche Angst gehabt. »Du hast sie doch gesehen, oder?«

Jona schüttelte den Kopf. »Nur dich. Und den Nebel. Bist du dir sicher, dass du sie dir nicht nur eingebildet hast?«

»Ganz sicher.« Es konnte doch nicht sein, dass nur dieser bescheuerte von Stich und diese doofe Dorothea mir glauben würden!

Jona war meine Gereiztheit nicht entgangen, denn er sagte beschwichtigend: »Ich will die Existenz von Geistern ja gar nicht abstreiten. Mir ist zwar noch nie einer begegnet, aber hey … ich bin der Enkel einer Wahrsagerin. Und auch wenn viele Leute im Dorf behaupten, dass sie eine Betrügerin ist, es sind schon einige Dinge, die sie mir vorhergesagt hat, wirklich eingetroffen.«

»Ach ja, was denn?«, fragte ich, immer noch verstimmt.

Jona betrachtete äußerst interessiert eines der farbenfrohen Gemälde an der Wand von Charlottes ehemaligem Zimmer. »Das weiß ich gar nicht mehr«, behauptete er, aber ich merkte, dass er nicht die Wahrheit sagte.

Wie auch immer … Im Moment hatte ich andere Probleme. »Den Geist im Turm habe ich mir auf jeden Fall nicht eingebildet. Mit ihm habe ich mich sogar unterhalten. Komischerweise ist er ganz anders als die Gestalt im Gang vorhin. Es geht keine Kälte von ihm aus, er ist nicht in Nebelschwaden gehüllt, und er ist auch nicht durchsichtig. Er sieht aus wie ein ganz normaler, ein bisschen zu blasser Mensch. Hätte ich sein Foto mit der Inschrift nicht gesehen, wäre ich niemals davon ausgegangen, dass er ein Geist ist.« Ich strich eine vorwitzige Haarsträhne hinter mein Ohr, doch sie weigerte sich, dort zu bleiben. »Denkst du, dass es verschiedene Arten von Geistern gibt?«

»Wie wäre es, wenn wir Lucian MacDuff besuchen und ihn nach Finola MacLeod fragen? Vielleicht kennt er sie.« Ich war überrascht, wie aufgeschlossen er diesem ganzen Geist-Thema gegenüberstand.

»Du meinst so von Geist zu Geist?«

»Genau.« Er grinste.

»Und wann? Jetzt?«

»Nein, besser morgen. – Wenn es okay wäre, würde ich auch gerne noch einen Moment bleiben, bis ich sicher sein kann, dass wieder alle schlafen.«

»Klar ist das okay!« Jonas unerwartete Frage hatte meinen Pulsschlag beschleunigt, und er wurde noch schneller, als er seine Schuhe auszog und sich wie selbstverständlich in mein Bett legte. Wo sollte ich denn hin? In den Sessel? Oder auf den Stuhl vor der Schminkkommode? Nein! Schließlich war ich keine zwölf mehr und das Bett echt groß genug für uns beide. Ich setzte mich neben ihn und winkelte die Beine zum Schneidersitz an.

»Was willst du eigentlich nach der Schule mal machen?«

Ich war Jona wirklich dankbar dafür, dass er sich um Small Talk bemühte. Die ganze Situation überforderte mich gerade ein wenig. Er, ich, das Bett … »Ich möchte Regisseurin werden.«

»Cool! Wie kamst du darauf?«

»Die Märchenadaption *Snow White and the Huntsman* hat mich darauf gebracht. Kennst du den Film?«

»Nein.«

»Du musst ihn dir unbedingt anschauen. Er ist echt gut. Ich war damals mit meiner Mutter und meiner Schwester in der Nachmittagsvorstellung. Meine Mutter hat es allerdings schnell bedauert, mich mitgenommen zu haben. Im Film gibt es nämlich ziemlich viele recht grausame Szenen. Aber ich war trotzdem total begeistert. Die Geschichte, die Schauspieler, die Bilder, die Effekte …« Ich spürte richtig, wie meine Augen anfingen zu leuchten, wie immer, wenn ich von meinem Lieblingsthema sprach. »So etwas hatte ich bisher noch nie gesehen, und ich war mir hundertprozentig sicher, dass ich so etwas später einmal machen will.« Ich entknotete meine Beine, weil es auf Dauer doch zu unbequem war, im Schneidersitz zu sitzen, und legte mich ebenfalls bäuchlings aufs Bett. »Am liebsten würde ich nach dem Abitur an der Hochschule für Fernsehen und Film in München studieren. Ganz viele berühmte Regisseure haben dort studiert. Aber selbst wenn ich es schaffe, dort aufgenommen zu werden: München ist verdammt teuer.«

»Was ist das nicht?« Jona klang resigniert.

»Ich habe gehört, dass ihr von eurer Wiese runtermüsst, das tut mir total leid. Wisst ihr schon, wo ihr hinzieht?«

»Nein.« Ein Schatten legte sich über sein Gesicht. »*Tinker* wie wir sind nirgendwo gern gesehen.«

»Tinker?« Auch Angus hatte diesen Ausdruck schon benutzt.

»Kesselflicker. Meine Vorfahren waren Wanderhandwerker, die früher von Ort zu Ort gefahren sind und ihr Geld damit verdient haben, billiges Küchengeschirr zu reparieren. Und wie du wahrscheinlich weißt, hatte das fahrende Volk noch nie einen besonders guten Ruf.«

Ja. Ich konnte mich an eine Quelle aus dem Geschichtsunterricht erinnern. *Nehmt die Wäsche vom Hof, die Komödianten kommen* hatte es darin geheißen.

»Und es ändert auch nichts, dass die meisten von uns schon seit Jahrzehnten in der Gegend leben und arbeiten«, fuhr Jona fort. »Für die meisten Leute sind wir trotzdem der letzte Dreck.«

Wie gerne hätte ich seine Hand genommen, und wie gerne hätte ich ihm gesagt, wie mutig, klug und wundervoll ich ihn fand. Dass es mich berührt hatte, wie zärtlich er mit Pablo umging, und dass ich mich in seinen Armen vorhin sicher und beschützt gefühlt hatte. Doch das traute ich mich nicht.

»Was ist mit deinen Eltern? Sind sie …?« Ich zögerte.

»Tot? Nein. Sie fahren immer noch mit einem Zirkus herum. Aber sie leben selbst von der Hand in den Mund, und ich sehe sie kaum.«

»Vermisst du sie?«

»Klar. Es sind schließlich meine Eltern. Und es war eine

schöne Zeit, als ich mit ihnen herumgefahren bin.« Ich meinte, so etwas wie Wehmut herauszuhören.

»Erzähl mir davon!« Ich kuschelte mich tiefer in das Kissen, und auch Jona entspannte sich und legte seine Wange auf seinen angewinkelten Arm.

Er erzählte mir von dem Moment kurz vor der Abendvorstellung, wenn die Dämmerung hereinbrach und die Tausende von Glühbirnen am Zelt angingen. Von dem ganz besonderen Zirkusgeruch, von dem ich immer noch nicht sagen konnte, aus was genau er sich zusammensetzte. Von den anderen Zirkuskindern, mit denen er über den Festplatz und durch die Stadt gezogen war. Von den Hunden, Ziegen und Ponys, die er im Laufe der Zeit besessen hatte ... Aber auch davon, dass er irgendwann keine Lust mehr gehabt hatte, von Stadt zu Stadt zu ziehen, ständig die Klasse und die Freunde wechseln zu müssen, und dass er es immer weniger akzeptieren konnte, wie die Tiere gehalten wurden. Dass er sich mit seinen Eltern deswegen immer öfter gestritten hatte und deshalb zu seiner Oma gezogen war, die dem Zirkus schon seit einigen Jahren den Rücken gekehrt hatte. Dass er sich aber trotzdem wünschte, seine Eltern würden ihn öfter besuchen kommen ...

Irgendwann wurde Jonas Stimme schleppender, und seine Augen fielen immer wieder zu, bis er sie schließlich gar nicht mehr aufmachte und seine Atemzüge lang und ganz regelmäßig wurden.

Ich wusste, dass ich ihn wecken sollte, um ihn daran zu erinnern, dass er nach Hause gehen musste, aber ich sagte mir, dass ich nur noch einen kleinen Moment bei ihm sein wollte. So schaute ich ihm im gedämpften Schein der Nachttischlampe bei seinem ruhigen und friedlichen Schlaf zu, meine Hand nur wenige Zentimeter von seiner entfernt. Und obwohl ich ihn kaum kannte, war mein Herz so erfüllt von Zuneigung zu diesem Jungen, dass ich dachte, es würde gleich zerspringen.

23

Es kam mir nur wie wenige Minuten vor, in denen ich geschlafen hatte, aber als ich hochschreckte, zeigte das Display meines Handys schon kurz nach acht an.

Jona! Mein Blick ging zu meiner linken Seite, und ich war mir nicht sicher, ob ich erfreut oder entsetzt sein sollte, dass er immer noch neben mir lag und tief und fest schlief.

Sanft berührte ich ihn am Arm. »Du musst aufwachen. Wir sind eingeschlafen. Es ist schon acht Uhr morgens. Du musst weg.«

Jona öffnete die Augen und blinzelte mich verständnislos an, bevor es zu ihm durchdrang, was ich gerade gesagt hatte. Er fuhr nach oben. »Was? So spät schon!« Er sprang aus dem Bett und lief zur Tür. »Ich melde mich später bei dir«, sagte er über seine Schulter hinweg, und überfordert von seinem Tempo nickte ich nur.

Doch anstatt gleich die Tür aufzumachen und hinauszuhuschen, blieb er stehen. »Zu spät! Draußen geht gerade jemand vorbei. Ich hätte gestern doch gleich gehen sollen. Jetzt ist die Gefahr, erwischt zu werden, noch viel größer.« Er war sichtlich erleichtert, als ich ihm anbot, eine Nachricht zu schreiben, wenn alle beim Frühstück saßen, sodass er unbemerkt verschwinden konnte.

Ich wartete noch bis kurz vor neun mit ihm auf dem Zimmer und ging dann ins Haupthaus. Ein altmodisch karierter Stoffkoffer stand neben einer großen Bodenvase vor dem Bankettsaal. Von Stich machte also tatsächlich Ernst. Doch nicht der Unternehmer kam mir in einem langen schwarzen Mantel und einem Handgepäckkoffer entgegen, sondern Rodrick Hughes.

»Sie wollen abreisen?«

Er nickte. »Ich … mir geht es nicht gut.«

Das war nicht zu übersehen. Seine Augenringe waren richtiggehende Krater, und seine Haut war noch blasser als sonst. Er sah furchtbar aus.

»Das tut mir leid.«

»Mir auch.« Hughes stellte den Handgepäckkoffer ab und massierte sich mit Daumen und Zeigefinger die Nasenwurzel. »Ich hatte mir so viel von diesem Engagement versprochen. Endlich mal rauskommen, mal was anderes sehen … Aber hier schlafe ich noch schlechter als zu Hause.« Er versuchte sich an einem Lächeln. »Und diese dichte Suppe draußen macht mir auch zu schaffen.« Sein Blick wanderte zum Fenster.

Der Nebel hatte sich immer noch nicht verzogen und lag schwer auf dem Burghof. Das schwarze Taxi, das gerade vorfuhr, wurde von seinen feuchten Schwaden förmlich verschluckt. »Ich wünsche dir und deiner Familie trotzdem noch einen schönen Aufenthalt.« Er streckte mir die Hand hin, und ich drückte sie.

Inzwischen waren auch Angus und Gracia Patricia erschienen. Während das Hündchen auf mich zugetrippelt kam, stürzte sich der Burgherr auf Hughes. »Ich finde es so schade, dass Sie uns jetzt schon verlassen wollen. Können Sie es sich nicht noch einmal überlegen? Bereits für den späten Vormittag ist strahlendes Wetter vorausgesagt.«

Doch den Pianisten konnte auch die Aussicht auf Sonnenschein nicht halten. Mit wehendem Mantel floh er quasi aus der Burg. Angus folgte ihm, doch ich war mir sicher, dass er ihn nicht umstimmen konnte.

Wie erwartet kam er ohne ihn zurück in den Bankettsaal. Dort saßen bereits alle an der langen Tafel, und Teresa verteilte Toastscheiben, Porridge und Plumpudding. Der Zeitpunkt, um Jona Bescheid zu sagen, konnte günstiger nicht sein. Ich zückte mein Handy, wurde aber beim Schreiben der Nachricht von Dorotheas nervtötender Stimme unterbrochen.

»Der Arme hat es mit den Nerven, nicht wahr? Kein Wunder, nach allem, was hier in den letzten Tagen los war.«

Die Ader auf Angus' Stirn schwoll mal wieder merklich an. »Mr Hughes leidet unter Depressionen und einem

Burn-out, und das nicht erst, seitdem er nach Schottland gekommen ist. Er hat entschieden, dass es für seinen Genesungsverlauf günstiger ist, sich in einer vertrauten Umgebung aufzuhalten. Was ich sehr bedauerlich finde. Er hätte wenigstens noch bis nach Hogmanay warten sollen. Schließlich ist er extra von mir dafür engagiert worden, dort aufzutreten, und es haben sich viele Gäste auf ihn gefreut.« Angus nahm sich ein Ei aus dem mit einem gepunkteten Tuch abgedeckten Bastkorb vor sich und köpfte es mit einem Messer. »Meine gesamte Verwandtschaft wird auf dem Ball sein, die Presse und natürlich Lokalprominenz. Nun ist es aber nicht mehr zu ändern, und ich hoffe, Sie lassen sich den Aufenthalt von seiner Abreise nicht verderben.«

Auf gar keinen Fall! Mir gefiel unser Urlaub trotz aller seltsamen Vorkommnisse super. Ich zog mein Handy aus der Tasche, um Jona unter dem Tisch eine Nachricht zu schreiben, dass die Luft jetzt rein sei, aber Mama hatte ihre Augen natürlich mal wieder überall.

»Kein Handy beim Essen!«, formten ihre Lippen lautlos, bevor sie ihre Aufmerksamkeit wieder Angus zuwandte, der gerade erzählte, dass er zwei Kleinbusse organisiert hatte, die um halb elf losfahren würden.

»Um diese Zeit soll sich laut Wetterbericht der Nebel verzogen haben, und jeder, der möchte, ist herzlich eingeladen, mit mir nach Portree zu fahren.« Allmählich schien er sich wieder zu entspannen. »Mein Onkel besitzt dort das Cuillin Hills Hotel mit einem preisgekrönten Restaurant. Unser Hauptstädtchen ist wirklich ganz bezaubernd. Wenn sich das Wetter danach immer noch hält, könnten wir noch einen Ausflug zum Leuchtturm am Neist Point machen. Von dort aus hat man eine fantastische Sicht. Und eine hübsche Schauergeschichte gibt es von diesem Ort obendrein.« Angus machte eine dramatische Pause. »In dem Leuchtturm haben früher zwei Wärter gelebt. Einer dieser Wärter drehte eines Abends durch und brachte zuerst seinen Mitbewohner und dann sich selbst um. Seitdem gibt es bei uns in Schottland die Regelung, dass Leuchttürme nur von mindestens drei Personen bewohnt werden dürfen.«

»Wow! Wenn das kein Grund ist, diesem Leuchtturm mal einen Besuch abzustatten«, sagte Jessy sarkastisch.

Auf den Ausflug schien sie sich aber zu freuen. Eine kurze Googlesuche hatte nämlich ergeben, dass in dem Hotel von Angus' Onkel häufig Stars abstiegen. Auch Michael Fassbender und Marion Cotillard hatten während der Dreharbeiten zu *Macbeth* dort gewohnt. Außerdem liebte sie teures Essen, und ich war mir sicher, dass sie in ihrem Kopf bereits eine komplette Instastory abgedreht hatte. Auch die anderen wollten sich den Ausflug nicht entgehen lassen.

Cool! Vielleicht konnte ich Jona dazu überreden, in dem Fall noch ein bisschen zu bleiben. Gut, dass ich ihm die Nachricht noch nicht geschrieben hatte!

»Wie sieht es mit dir aus, Schätzchen?«, fragte Mama.

Ich schüttelte den Kopf. »Ich würde wirklich supergern

mitkommen, aber …«, ich verzog schmerzerfüllt das Gesicht, »ich habe heute Nacht meine Tage bekommen.«

»Soll ich bei dir bleiben?«

Oh nein! Wieso musste sie nur so eine Glucke sein!

»Das musst du nicht. Ich nehme eine Schmerztablette und lege mich ins Bett, und dann geht es bestimmt bald wieder.«

Zu meiner Erleichterung gab sie sich damit zufrieden, und ich ging zurück aufs Zimmer.

Dieses Mal saß Jona nicht auf meinem Bett, sondern er stöberte in Charlottes Bücherregal.

Bei meinem Anblick hob er die Augenbrauen. »Du bist schon wieder zurück? Wieso hast du mir keine Nachricht geschrieben?«

»In einer Stunde will Angus zum Essen nach Portree fahren. Alle kommen mit, und ich dachte, es wäre sicherer, wenn du so lange noch hierbleibst.« Ich senkte den Blick. Beim Frühstück hatte ich mich noch selbstbewusst gefühlt, aber jetzt, wo Jona vor mir stand, traute ich mich nicht, ihn zu fragen, ob er noch etwas bleiben wollte.

»Fährst du auch mit?«, fragte Jona.

Ich schüttelte den Kopf.

»Cool! Dann können wir ja vielleicht heute Morgen schon zu dem Geist!«

»Klar«, sagte ich verdutzt. »Allerdings kann es sein, dass wir dabei Angus' Haushälterin über den Weg laufen.« Ich konnte mir nicht vorstellen, dass Angus sie auch zu dem Ausflug eingeladen hatte.

»Wir passen einfach auf. – Also?« Er sah mich abwartend an.

»Okay!«, sagte ich bemüht lässig, obwohl ich am liebsten vor Freude debil gegrinst hätte.

»Liest du das eigentlich gerade?« Jona zeigte auf das Buch, das Charlotte hinter den anderen versteckt hatte.

»Nein. Ich habe es nur nicht wieder ins Regal zurückgestellt.«

»Hätte mich auch gewundert!« Seine Mundwinkel bogen sich nach oben.

»Wieso?«

Er streckte mir das Buch entgegen, und ich überflog den Klappentext. In der Geschichte ging es um eine Frau aus der englischen Oberschicht im Ersten Weltkrieg, die sich in eine Krankenwagenfahrerin verliebte …

Deshalb hatte Charlotte das Buch hinter den anderen Liebesromanen versteckt. In den Siebzigerjahren war man mit dem Thema queere Paarbeziehungen meines Wissens nach nämlich nicht so offen umgegangen wie heute, und ihre Eltern wären sicher nicht begeistert von ihrer Buchwahl gewesen. Ich grinste. Bestimmt war sie sich beim Lesen ganz rebellisch vorgekommen.

Mama kam, um mir die Schmerztablette und eine Wärmflasche zu bringen. Danach warteten wir noch eine halbe Stunde und machten uns auf den Weg zum Nordturm. Ich ging zügig voran, weil ich keine Lust hatte, Teresa zu begegnen, doch Jona schien es überhaupt nicht eilig zu haben. Ständig blieb er stehen, um sich irgendetwas anzuschauen.

»Möchtest du unbedingt erwischt werden?«, fragte ich ironisch, als Jona vor einem der aus der Wand ragenden Rüstungshandschuhe stehen blieb und seine Fingerspitzen über das Metall gleiten ließ.

»Nee, aber es ist schon faszinierend. Ich war ja noch nie bei Tag hier. – Warst du schon mal in dem Museum, in dem die Feenflagge hängt?«

Ich nickte. »Nach unserer Ankunft hat Angus uns durch die ganze Burg geführt.«

»Ist es abgesperrt?«

»Bei der Führung zumindest nicht.«

»Ich würde sie mir total gerne mal anschauen.«

Und ich würde gerne so schnell wie möglich den Besuch bei Lucian hinter mich bringen, um noch ein bisschen allein mit Jona zu sein, bevor er nach Hause musste ... Warum interessierte ihn denn nur dieser ganze alte Kram?

»Die legendäre Fairy Flag ist nur so ein schmutziger gelber Stofffetzen. Total unspektakulär.«

Jona blieb hartnäckig. »Ich würde sie trotzdem gerne mal sehen!«

»Hier ist ja alles hinter Glas!«, sagte er wenige Minuten später enttäuscht.

»Was hast du erwartet? Dass der ganze Kram offen rumliegt? Er wird einiges wert sein. Das Mieder zum Beispiel hat eurer Freiheitskämpferin gehört, dieser Flora Mac-

Donald. Und mit dem Glas hier hatte es auch irgendetwas Bedeutsames auf sich.«

Jona wanderte herum und schaute sich alles ganz genau an. »Diese Vitrine hier ist gar nicht abgeschlossen.« Er nahm das Trinkhorn heraus.

Ich zuckte mit den Achseln. »Vielleicht hat Angus es vergessen. Wenn du glaubst, dass sich darin noch Wein befindet, muss ich dich aber enttäuschen«, sagte ich ironisch, weil er auf dem Horn herumklopfte und es sogar noch unten hielt und schüttelte.

Eine Erwiderung blieb Jona mir schuldig, denn plötzlich ging die Tür auf.

Teresa!, dachte ich.

Doch es war nicht Angus' Haushälterin.

Leider!

24

Na, das ist ja eine Überraschung!«, rief Jessy. »Als ich Stimmen gehört habe, hatte ich mich schon gewundert.«

»Was machst du denn hier?«, fragte ich erschrocken.

»Du wolltest doch mit auf den Ausflug. Zum Essen in das schicke Hotel in Portree inklusive Schauergeschichten.«

»Ja, wollte ich.« Ihr Blick ging von mir zu Jona und wieder zurück. »Aber dann hatte ich doch keine Lust, stundenlang zu so einem alten Leuchtturm zu wandern. Zum Glück! Sonst hätte ich gar nicht erfahren, dass du Besuch hast. – Ich bin übrigens Jessica, aber sag Jessy zu mir!« Sie nickte Jona zu.

»Jona.« Er schenkte ihr ein halbes Lächeln.

»Was macht ihr hier?«

»Ich zeige Jona das Museum, aber wir sind fertig und wollten gerade gehen.«

»Und wohin?« Jessy wickelte sich eine blonde Locke um ihren Zeigefinger.

»Das wissen wir noch nicht.« Sie sollte endlich wieder verschwinden!

Natürlich tat sie das nicht. »Dann kommt doch mit! Ich wollte gerade ein bisschen herumfahren und fotografieren. Aber allein ist das langweilig. Und du als *Local* weißt doch bestimmt ganz genau, wo es auf der Insel am schönsten ist.« Der letzte Satz war an Jona gerichtet. »Enya und ich waren bisher nur an dieser alten Brücke.«

Jona antwortete nicht gleich, und ich schöpfte schon Hoffnung, diesen Ausflug zu dritt abwenden zu können.

Doch dann sagte Jessy: »Oder willst du lieber weiter Archäologe spielen?« Sie schaute mit einem bedeutungsvollen Blick auf das Trinkhorn, das Jona immer noch in der Hand hielt.

Schnell legte er es in die Vitrine zurück und klappte deren Deckel zu. »Ich kann euch schon was zeigen.« Irrte ich mich, oder war er rot geworden? »Ich bin allerdings«, er zögerte kurz, »zu Fuß da.«

»Kein Problem.« Jessy zog einen Autoschlüssel aus der Tasche ihrer engen Jeans. »Du sagst, wo es hingeht, ich fahre.«

»Du musst wirklich nicht mitkommen«, sagte ich zu Jona, als Jessy in ihrem Zimmer verschwunden war, um sich Mantel und Mütze zu holen. »Vielleicht würdest du ja lieber Pablo besuchen.«

Er schüttelte den Kopf. »Zu dem fahre ich erst, wenn es

dunkel geworden ist. – Denkst du, dass sie es irgendjemand sagt, dass ich auf der Burg gewesen bin?«

»Nein!« Man konnte über Jessy viel sagen, aber eine Petze war sie nicht.

Die Fairy Pools waren kleine Wasserbecken, eingebettet in eine zerklüftete Landschaft, die ich mit ihren malerischen Wasserfällen und bewacht von schneebedeckten Bergen mit scharfkantigen Kuppeln nur als magisch bezeichnen konnte. Wie musste es erst im Sommer sein, wenn die Wiesen leuchtend grün und nicht gelbbraun und mit kleinen Blümchen geschmückt waren? Die Luft war erfüllt von Rauschen, Raunen und Brausen. Was für Geschichten mir diese Wasserfälle wohl erzählen konnten?

Obwohl die Sonne inzwischen den Nebel und die Wolken vertrieben hatte, war es ganz schön frostig. Mein Atem malte weiße Wölkchen in die Luft. Aber dick eingepackt und mit Jona neben mir machte mir die Kälte wenig aus.

»Es ist wirklich wunderschön hier!« Ich balancierte über ziemlich glitschige Felsbrocken zu einem der Becken und hielt meine Hand in das klare Wasser. Es war eisig, und meine Hand nahm unter der Oberfläche seine leuchtende Farbe an. Fast schon schlumpfeisblau war sie, und die Sonne malte Tausende funkelnder Diamantsplitter hinein. Ich nahm einen flachen Stein vom Boden auf und ließ ihn auf dem Wasser springen. »Ist das dein Lieblingsplatz auf der Insel?«

Jona schüttelte lächelnd den Kopf.

»Und was *ist* dein Lieblingsplatz?« Ich konnte mir nicht vorstellen, dass es irgendwo anders auf Skye noch schöner war als hier.

Sein Lächeln vertiefte sich. »Den werde ich dir ein anderes Mal zeigen.«

Ein anderes Mal … Wir schauten uns an, und da war es wieder, dieses Kribbeln, das ein einziger Blick von ihm in mir auslösen konnte.

»Enya! Kannst du mal kommen und mich fotografieren?«, rief Jessy.

Ich seufzte. Nichts lieber als das!

»Kennst du eigentlich noch mehr solcher Plätze?«, fragte sie Jona, nachdem sie – eine halbe Stunde später – zufrieden mit ihrer Foto-Ausbeute war.

»Das Tal der Feen ist noch ganz nett.«

»Ist es weit von hier?«

Jona schob sich einen Kaugummi in den Mund. »Auf einer Insel, die so klein ist wie Skye, ist nichts wirklich weit weg voneinander.«

»Na dann! Zeig es uns!«

»Ich weiß nicht …« Jona warf einen Blick auf sein Handy. »Ich muss eigentlich …«

»Ach bitte!« Jessy legte den Kopf schief. »Im Gegenzug würde ich auch ganz vergessen, dass ich dich nicht im Dorf, sondern bei uns auf der Burg getroffen habe …« Sie zwinkerte Jona zu.

Dieses Biest!

Das Glen Fairy war sogar noch zauberhafter als die Fairy Pools. Trotz meiner Aversion gegen Jessys Erpressung konnte ich mich gar nicht sattsehen an den vom Wind bizarr geformten Bäumen, den mit Seegras umsäumten Tümpeln und den weich geschwungenen grünen Hügeln, aus deren Mitte imposant wie eine Festung Castle Ewen ragte, ein hoher Felsen mitten im Tal der Feen. Dass die Natur dazu in der Lage war, solch bezaubernde Dinge zu erschaffen! Den Steinkreis am Fuß des Castle Ewen mussten Menschen gelegt haben, so auffallend regelmäßig, wie die Steine platziert worden waren. Aber das tat der Magie dieses Platzes überhaupt keinen Abbruch. Das war dann doch eher Jessy. Meine Schwester hatte überhaupt keine Skrupel, für ein Foto mitten durch den Kreis zu latschen und darin zu posieren. Dieses Mal hatte sie Jona gebeten, die Fotos von ihr zu machen. Angeblich, weil sie mich bei den Fairy Pools schon genug strapaziert hatte. Jessy war ja sooo selbstlos.

»Was meinst du, sehe ich mit oder ohne Mütze besser aus?«, fragte sie ihn gerade und ließ ihre Haare im Wind flattern.

Ich verdrehte die Augen und kickte mit der Spitze meines Stiefels gegen einen Stein.

»Hey!«, rief eine ältere Frau, die auf einmal mit einem Border Collie zwischen den Hügeln aufgetaucht war. »Kannst du nicht lesen?« Sie zeigte mit der Spitze ihres Stocks auf ein Holzschild. Darauf stand:

Bitte beweg und stapel keine Steine.
Es ist schlecht für die zerbrechliche Umgebung,
für grasende Tiere und kleine Kinder.
Auch die Feen mögen es nicht!

Na toll! Nun hatte ich nicht nur den Unmut der Frau, sondern auch den der magischen Welt auf mich gezogen, und das nur, weil ich gegen einen Stein getreten hatte. Hastig griff ich nach dem Stein und versuchte, ihn zumindest ungefähr wieder an der Stelle zu platzieren, wo er ursprünglich gelegen hatte.

Ich beschloss, zum Auto zurückzugehen, um im Warmen auf meine Schwester und Jona zu warten. Vielleicht trieb mich aber auch Jessys unbeschwertes Lachen dorthin, das der Wind zu mir rüberwehte. Es vermisste mich sowieso keiner!

Jessy hatte das Auto auf einem kleinen Parkplatz abgestellt, der am Rand eines Dorfs lag. *Balnaknock* stand auf dem Ortsschild. Der Name kam mir bekannt vor. Hieß nicht so das Dorf, in dem Finola MacLeod gewohnt hatte, bevor sie zu ihrem Colum auf Dunvegan Castle gezogen war? Ich meinte, Dorothea Schmidt hatte ihn erwähnt.

Ich ließ meinen Blick über die kleine Ansammlung von Steinhäusern schweifen. Ob Finola MacLeod in einem von ihnen gewohnt hatte? Spontan beschloss ich, den Bauern danach zu fragen, der gerade mit einem Schubkarren voll Mist aus dem Stall kam. Eine Schar Hühner gackerte empört, als ich den Hof betrat, und die Tiere stoben in alle Richtungen davon. Der Bauer jedoch schien sich über meinen Besuch zu freuen. Sein Lächeln zeigte fleckige Zähne, die genauso weit auseinanderstanden wie die Zinken seiner Mistgabel. Leider verstand ich kein Wort von dem, was er zu mir sagte. Es musste Gälisch sein, was er sprach, anders konnte ich diese Ansammlung seltsamer Laute, die aus seinem Mund herausströmten, nicht erklären. Ich gab es auf und verabschiedete mich von ihm.

Inzwischen war auch die Frau mit dem Border Collie im Dorf erschienen. Obwohl ich ein wenig Angst davor hatte, mir erneut einen Rüffel wegen meines Fehlverhaltens einzuhandeln, entschloss ich mich, zu ihr zu gehen und auch sie nach Finola MacLeod zu fragen. Sie hatte ich zumindest verstanden.

»Wohnen Sie hier?«, erkundigte ich mich.

»Ja.« Die Frau verscheuchte ihren Border Collie, der gerade genüsslich ein paar Schafköttel verspeisen wollte. »Wieso fragst du?«

»Weil ich eine Arbeit schreibe. Über Finola MacLeod. Sie soll in diesem Dorf aufgewachsen sein. Wissen Sie, wo sie gewohnt hat?«

»Natürlich. Sie ist schließlich die mit Abstand prominenteste Bewohnerin, die wir in Balnaknock je hatten.« Sie zeigte auf ein baufälliges Haus, das ein Stück entfernt vom Bauernhof stand. »Früher haben hier viel mehr Menschen gelebt, aber inzwischen sind sie fast alle in die größeren Orte oder ganz von Skye weg aufs Festland gezogen, und die Häuser verfallen nach und nach alle. – Wieso interessierst du dich für sie?«

»Ich mache Urlaub auf Dunvegan Castle. Es heißt, dass sie noch immer auf der Burg herumspukt.«

Die Frau lachte auf. »Es ranken sich eine ganze Menge Legenden um Finola MacLeod. Das bleibt bei einer Frau wie ihr nicht aus.« Der Wind wehte ihr ein paar graue Strähnen ins Gesicht, und sie stopfte sie wieder unter ihre Wollmütze. »Möchtest du dir ihr Haus anschauen?«

»Ja, total gern.«

Wir gingen über eine morastige Wiese, und ein Schwarm Raben stob von den Ästen eines verkrüppelten Baumes auf. Unter ihnen war auch schon wieder einer dieser hässlichen schwarzen Riesenfalter. Die Viecher schien es auf der Insel ja wirklich überall zu geben!

Auch wenn Finola MacLeod und ihr Vater nicht die letzten Bewohner des kleinen Steinhauses gewesen waren, musste es schon eine ganze Zeit lang leer stehen. Seine Fensterscheiben waren zersprungen, und der rostige Türriegel hing nur noch an einem Nagel. Durch ein Loch im Dach konnte ich in den schiefergrauen Himmel blicken, denn die Sonne hatte sich in den letzten Minuten verzogen, und der Wind blies durch die Fensterhöhlen und brachte ein Windspiel zum Klingen, das seine früheren Besitzer darin vergessen hatten. Es hing von einem Balken voller Holzwurmlöcher. Ansonsten war die Hütte leer.

Während die Frau unaufhörlich plapperte und mir von jedem einzelnen Bewohner des Dorfs die Lebensgeschichte erzählte (in diesem Haus hatten zum Beispiel die Mac-Gonagalls gewohnt, aber sie waren schon vor fünf Jahren zu ihren Kindern nach Fort William gezogen, der Sohn war Anwalt und seine Frau eine faule Trine), schaute ich aus dem Fenster auf die Cuillin Hills. Ich versuchte, die Stimme der Frau auszublenden und mich auf den Klang des Windspiels zu konzentrieren. Es hatte etwas Friedliches, Meditatives, seinen weichen Tönen zu lauschen. Ich spürte die rauen, unebenen Steine unter meinen Fingerspitzen, fragte mich, was diese Mauern schon alles gesehen hatten, und auf einmal konnte ich Finola MacLeod sehen. Über die schmutzig grüne Wiese kam sie auf mich zu. Der Wind blähte ihren Rock auf und zerrte an ihrem langen blonden Haar. Einige Frauen aus dem Dorf hatten sich zusammengeschart und tuschelten hinter ihrem Rücken über sie. Finola hatte einen hochmütigen Gesichtsausdruck aufgesetzt und tat so, als ob sie sie nicht hörte. Doch ich wusste, dass es in ihr brodelte. Nie hatte sie sich in diesem Dorf heimisch gefühlt. Immer war sie aufgrund ihrer auffälligen Schönheit eine Außenseiterin gewesen. Seit Colum um ihre Hand angehalten hatte, war der Neid, der sie traf, besonders schlimm. Erst als sie ihren Vater erblickte, wurden ihre Züge sanfter. Der alte Mann trug Kleider, die genauso ärmlich waren wie ihre, und er saß vor dem einfachen Steinhaus auf einer Bank und reparierte Schuhe. Seine Augen waren schlecht geworden, und er konnte kaum einen Faden durch das Öhr einer großen Nadel ziehen.

Halte noch ein wenig durch!, bat sie ihn stumm. *Bald sind wir von hier weg, du und ich. In wenigen Tagen schon werden wir auf einer Burg leben, uns wird es an nichts mehr mangeln, und wir werden ein schönes Leben haben!*

Eine Hand legte sich auf meine Schulter, und ich zuckte zusammen.

»Ich muss mich dann mal wieder an meine Arbeit machen«, sagte die Frau.

Sie verließ die Hütte. Ich dagegen stand noch eine ganze Zeit lang am Fenster, um das, was gerade passiert war, zu verdauen. Die Szene war so realistisch gewesen. Und was das Gruselige war: Ich hatte sie nicht nur vor mir gesehen, ich war regelrecht in Finolas Kopf gewesen.

Ich hatte gespürt, wie sehr das Getuschel der Dorfbewohner sie verletzte. Ich hatte Liebe zu ihrem alten Vater empfunden und ihre Freude und Aufregung, als sie an das Leben dachte, das vor ihr lag. Es tat mir fast körperlich weh, dass ihre Hoffnungen sich nicht erfüllt hatten. Denn auch auf der Burg war sie eine Außenseiterin geblieben. Selbst ihr Mann hatte sich von ihr abgewandt, als sie ihm den ersehnten Nachfolger nicht schenken konnte. Wie einsam musste sie sich nach dem Tod ihres Vaters gefühlt haben!

Zum ersten Mal wurde mir bewusst, dass Finola MacLeod wirklich gelebt hatte. Dass sie eine Frau gewesen war mit Träumen, Sehnsüchten, Schmerzen … Ein Gedanke stieg in mir auf, der so unglaublich war, dass er mir einen Schauer über den Rücken jagte: Denn wenn sie wirklich eine Möglichkeit gefunden hatte, für immer jung und schön zu sein und niemals zu sterben, auf welche Weise auch immer, dann konnte sie sich immer noch auf Dunvegan Castle herumtreiben. Aber nicht als Geist, sondern als Mensch.

25

Plötzlich spürte ich den kalten Wind nicht mehr, auch die Stimme der Frau, die nach dem Border Collie rief, nahm ich kaum noch wahr. Finola MacLeod konnte noch leben! Doch wenn sie ein Mensch aus Fleisch und Blut war, wieso erschien sie nicht nur mir, sondern auch von Stich als durchsichtiger, nach Rosen riechender Geist? Ich spürte, wie sich ein pochender Schmerz hinter meinen Schläfen breitmachte. Wie passte Charlotte MacLeods Verschwinden dazu? Passte es überhaupt dazu? Hatte sie Finola MacLeod vielleicht bei etwas beobachtet und war deswegen von ihr beseitigt worden? Hatte ich vielleicht ebenfalls unbewusst etwas beobachtet und sollte deshalb die Nächste sein? Das Atmen fiel mir auf einmal schwer, und ich bekam kaum noch Luft.

Wie in Trance verließ auch ich die Hütte und ging zum Auto. Ich sperrte es auf und ließ mich auf den Beifahrersitz sinken. Auch Jessy und Jona, die nur wenig später zurückkamen, schafften es nicht, mich aus meiner Schockstarre zu reißen. Geistesabwesend scrollte ich mich durch die Fotos von Jessy, ohne wirklich etwas zu sehen. Hätte sie auf einem von ihnen Elfenflügel und spitze Ohren gehabt, es wäre mir nicht aufgefallen.

Ich war froh, als sie den Zündschlüssel herumdrehte und wir zurückfuhren. Doch sollte ich das überhaupt? Wenn meine Vermutung stimmte, konnte es schließlich sein, dass Finola MacLeod höchstpersönlich auf Dunvegan Castle auf mich lauerte. Obwohl meine Schwester die Heizung auf die höchste Stufe gestellt hatte, kauerte ich fröstelnd in meinem Sitz. Die vorbeiziehende Landschaft nahm ich kaum wahr. Und auch nicht Jessys Geplapper. Meine Gedanken kreisten um Finola MacLeod.

Wenn sie wirklich als Mensch auf der Burg lebte, wer könnte sie dann sein? Ich nagte an meiner Unterlippe. Eigentlich kam nur Donna infrage. Wenn Finola wirklich die Formel für ewige Jugend gefunden hätte, war schließlich nicht davon auszugehen, dass sie als alte Schachtel auf der Burg herumlief. Ich rieb meine schmerzenden Schläfen. Was wusste ich eigentlich über das Leben, das meine Tante geführt hatte, bevor sie Onkel Thomas geheiratet hatte? Viel war das nicht. Sie war ein erfolgreiches Model gewesen. Onkel Thomas wurde nicht müde, das immer mal wieder einfließen zu lassen. Er war unglaublich stolz auf seine junge, hübsche Frau, war er doch selbst einige Jahre älter als sie und mit seinem Bauchansatz und der Halbglatze nicht gerade ein Mister Universe. Donna selbst hatte mir gestern erzählt, dass sie in meinem Alter schon Miss American Dingsbums gewesen war und dass ihre Mutter sie früh zu Schönheitswettbewerben geschleift hatte. Hatte sie sich bei diesem Gespräch nicht auffällig für Miss Adelines Medaillon interessiert? Ja! Und nicht nur das. Sie war regelrecht schockiert gewesen, als ich es geöffnet und sie das Eisenkraut darin gesehen hatte. Ach ja, und ihr Mädchenname lautete Miller. Gut, dass mir das eingefallen war! Es wäre nämlich äußerst beruhigend, wenn ich im Internet einen Beweis dafür fand, dass sie nicht schon seit ein paar Hundert Jahren Mitte dreißig war.

Da Miller leider so ziemlich der gewöhnlichste Name überhaupt war, spuckte meine Googlesuche hundertsechsundfünfzigtausend Ergebnisse aus. Eine berühmte Hollywood-Produzentin war darunter gewesen, eine Designerin, eine erfolgreiche Paraolympicteilnehmerin, eine Politikerin und sogar eine Astronautin. Auch zwei Models wurden mir angezeigt. Doch die eine war schon 1960 geboren und ein Playboy-Playmate. Die andere war zwar wie Donna eine Miss, aber keine Miss Teenage Irgendwas, sondern eine Miss South Dakota. Blöderweise konnte ich mich überhaupt nicht mehr daran erinnern, wie der Titel hieß, den sie bereits in meinem Alter getragen hatte. Miss All American Dream, Miss Teenage Dream … Ich wusste es wirklich nicht mehr.

Auf einmal wurde mir die Absurdität meiner Gedanken

in vollem Maße bewusst. Ich hatte wohl zu oft *Highlander* über den unsterblichen Connor MacLeod geschaut. Dachte ich wirklich gerade ernsthaft darüber nach, dass meine Tante Donna eine jahrhundertealte Clanchefin war?

Mittlerweile waren wir wieder in Dunvegan angekommen, und Jessy bog in den matschigen Weg ein, der zur Wohnwagensiedlung führte.

»Du warst ein fantastischer Fremdenführer und Fotograf. Vielen Dank dafür.« Sie lächelte Jona an. »Wir sind übrigens noch ein paar Tage hier, bevor wir wieder nach Deutschland zurückfliegen. Komm doch noch mal vorbei!«

»Ich schau mal! Kann ich kurz mit dir sprechen?«

Es dauerte einen Moment, bis ich begriff, dass diese Frage an mich gerichtet war. Auch Jessy wirkte perplex.

Jona entfernte sich ein Stück, und ich folgte ihm.

»Was gibt es denn?« Meine Frage klang schnippischer als beabsichtigt.

»Sag mal, ist etwas mit dir?«

»Was soll denn sein?« Ich bewunderte mich selbst dafür, dass ich seinem Blick standhielt.

»Du bist schon seit dem Glen Fairy so komisch. Hat es dir dort gefallen?«

»Doch, klar. Genau wie die Fairy Pools.«

»Ich wäre heute auch lieber mit dir allein gewesen«, sagte Jona, und mein Herz setzte für einen Taktschlag aus.

»Ja?« Der Ärger, den ich gerade noch verspürt hatte, weil er sich von Jessy so um den Finger wickeln ließ, schmolz wie Butter in der Sonne.

»Ich wollte es gerade vor deiner Schwester nicht sagen, aber …«, er bohrte mit der Spitze seines ausgelatschten Turnschuhs eine kleine Kuhle in den matschigen Boden, »ich würde dich heute Nacht wirklich gerne noch einmal besuchen.«

»Wegen Lucian MacDuff?« Wegen Jessy waren wir gar nicht dazu gekommen, bei ihm vorbeizuschauen.

»Nein.« Er schüttelte lächelnd den Kopf. »Wegen dir.«

Oh! Die Kälte in meinem Innern wich wohliger Wärme.

Dieses Mal hatte ich überhaupt keine Lust, ihn zappeln zu lassen, die Ratschläge meiner berühmten Schwester hin oder her, und deshalb sagte ich nur: »Okay.«

Das Lächeln auf Jonas Gesicht vertiefte sich. »Okay.« Er beugte sich vor, drückte mir einen Kuss auf die Wange und schlenderte, die Hände in den Taschen seiner Jacke, zu dem Wagen von Miss Adeline.

Einen Moment lang presste ich noch die Fingerspitzen auf die Stelle, auf der Jonas Lippen meine Haut berührt hatten, erst dann ging auch ich zum Auto zurück und setzte mich neben Jessy. Sie legte das Handy weg, in das sie gerade noch getippt hatte.

»Sag mal, läuft da was zwischen euch?«, fragte sie.

Ich schüttelte den Kopf.

»Schön blöd! Der Typ ist total süß. Ich würde mir den nicht entgehen lassen. Jungs, die gut aussehen und nett sind, sind selten.« Ich wusste nicht, worüber ich mich mehr wunderte: über ihre ungewohnte Großzügigkeit oder über das verklärte Lächeln, das sich bei ihrem letzten Satz über ihr Gesicht gelegt hatte. War das der Grund dafür, dass sie in diesem Urlaub ständig selig grinsend auf ihrem Handy herumtippte? Hatte auch sie sich verliebt? Zeit wäre es dafür. Es war schließlich schon fast ein Jahr her, dass sie sich von Marvin getrennt hatte, dem größten Deppen, den die Welt je gesehen hatte. Ich hoffte nur, dass es dieses Mal jemand war, der mehr Hirn als Muskeln hatte, und dass dieser Jemand ihr nicht das Herz brach, weil herauskam, dass er sich über Tinder auch mit anderen Mädchen verabredete.

Als wir auf dem Burghof ankamen, wartete dort ein Taxi. Doch nicht von Stich stand mit seinem Gepäck daneben, es waren Großtante Mathilda und Mama und Papa. Ich ging davon aus, dass es dieses Mal wirklich von Stich bestellt hatte, doch auch heute Nachmittag war es nicht der Unternehmer, der Dunvegan Castle vorzeitig verlassen wollte.

»Wo wart ihr denn?«, herrschte Mama uns an. »Ich dachte, dass du mit Bauchschmerzen im Bett liegst, Enya. Und wieso ist niemand von euch an sein Handy gegangen? – Nicht einmal du.« Dieser Nachsatz galt Jessy.

»Wieso, wollt ihr abreisen?« Panik stieg in mir auf. »Ist etwas passiert?«

Papa nickte. »Nicht nur hier gab es einen Feueralarm. Bei uns zu Hause auch. Es hat gebrannt.«

Gebrannt! Ich schnappte nach Luft.

Auch Jessy riss die Augen auf. »Steht unser Haus noch?«

»Ja.«

»Und mein Zimmer?«

»Auch das. Es hat nur in Opas Zimmer gebrannt. Er gibt es zwar nicht zu, aber wir vermuten, dass er eine glühende Zigarette in den Papierkorb geworfen hat.« Papa machte ein zerknirschtes Gesicht. »Bis er in den Keller gehumpelt war und den Feuerlöscher geholt hat, hatten die Flammen schon auf den Vorhang übergegriffen.«

»Wir hätten ihn nicht allein zu Hause lassen dürfen«, jammerte Mama. »Ich mache mir solche Vorwürfe.«

»Das musst du nicht. Ihm ist ja nichts passiert«, tröstete Großtante Mathilda sie.

»Wegen meines Schwiegervaters mache ich mir keine Vorwürfe. Als ich mit ihm telefoniert habe, hat er bei Frau Helmbrecht in der Küche gesessen und Kuchen gefuttert. Der Schock kann also nicht allzu groß gewesen sein. Ich mache mir Vorwürfe wegen unseres Hauses.« Mama zog ein finsteres Gesicht. »Wenn ich diesen Stinkstiefel noch einmal mit einer Zigarre erwische. Hundert Mal habe ich ihm gesagt …«

»Wir fliegen jetzt erst einmal nach Hause und schauen uns den Schaden an«, sagte Papa beschwichtigend. »Vielleicht ist er ja gar nicht so groß.«

»Nicht so groß. Du hast doch die Fotos gesehen, die Frau Helmbrecht uns geschickt hat. Überall ist Ruß. Das ganze Zimmer muss renoviert werden. Und woher sollen wir das Geld nehmen?«

»Wir haben eine Versicherung.«

»Bezahlen die auch, wenn der Schaden fahrlässig entstanden ist?« Mama kämpfte mit den Tränen.

Auch mein Herz wurde schwer. Wenn die Versicherung nicht zahlte, dann war es das. Wir würden das Haus verkaufen müssen. Ach, Opa! Wieso konntest du dich nicht einmal zusammenreißen und deine Zigarren auf dem Balkon paffen!

»Sie wird schon bezahlen.« Papa nahm Mama in den Arm.

»Brauchen Sie mich noch?«, fragte der Taxifahrer.

»Nein.« Mama drückte ihm einen Schein in die Hand. »Unser Mietwagen ist rechtzeitig aufgetaucht.«

»Jetzt müssen wir aber wirklich los!« Papa nahm die Koffer. »Bis Inverness sind es drei Stunden von hier, und unser Flugzeug geht schon in fünf.«

»Und was ist mit uns?«, fragte Jessy. »Wie sollen wir nach Hause zurückkommen?« Die Frage war berechtigt, denn Mama und Papa sahen nicht so aus, als hätten sie vor, uns mitzunehmen.

»»Ihr könnt hierbleiben und in vier Tagen mit Thomas und Donna zurückfliegen, genau so wie es ursprünglich geplant war.«

Ich war erleichtert. Jessy nicht. »Aber ich will mit! Dann kann ich morgen doch auf Claudines Party gehen.«

»Das geht nicht«, sagte Mama erschöpft. »Wir müssen jetzt sofort los, sonst verpassen wir den Flug.«

Sie und Papa drückten uns noch einmal, und dann fuhren sie auch schon davon.

Ich sah, wie die Rücklichter ihres Autos im fahlen Licht der einbrechenden Dämmerung immer kleiner wurden und schließlich ganz verschwanden, und meine Augenwinkel füllten sich mit Tränen. Ich fühlte mich unglaublich einsam und verloren. Zwar nervten die beiden mich manchmal, aber ich wusste, dass sie für mich da waren – ganz egal was passierte. Jetzt musste ich ohne sie klarkommen. Dabei war morgen schon Hogmanay, und Miss Adeline war fest davon überzeugt, dass sich die Ereignisse von vor fünfzig Jahren wiederholen würden …

Ein Arm legte sich um meine Schulter. Es war der von Großtante Mathilda. »Kopf hoch, Enya!«, sagte sie. »Wir werden uns auch ohne deine Eltern ein paar schöne Tage machen!«

Einen Moment lang ließ ich mich gegen sie sinken, und ich atmete ihren Geruch – eine tröstliche Mischung aus teurem Parfüm und Minzpastillen – tief ein. Wenigstens sie war noch hier!

Als ich mein Gesicht von der weichen Wolle ihres Angorapullovers löste, sah ich, dass sie zum Nordturm hinüberschaute, schmerzerfüllt und voller Sehnsucht.

Ich musste ihr von meinen Besuchen bei Lucian erzählen. Aber dazu brauchte ich das Foto. Wenn sie wusste, dass ich wusste, dass sie schon einmal auf der Isle of Skye gewesen und sogar mit Charlotte MacLeod befreundet gewesen war, würde sie mir nicht ausweichen können und zuhören müssen.

Ich lief in die Bibliothek, um es zu holen. Dort traf ich auf Donna und Onkel Thomas, die mit den Zwillingen ein Brettspiel spielten.

»Hast du deine Eltern noch gesehen?«, fragte Onkel Thomas.

»Ja, sie haben mir erzählt, was passiert ist.« Ich spürte, wie erneut Tränen in mir aufstiegen.

»Mach dir keine Sorgen! Es ist selten etwas so schlimm, wie es auf den ersten Blick aussieht. Und deinem Opa ist ja zum Glück nichts passiert.« Donna entnahm ihrer Handtasche die Packung Feuchttücher, die bei den Zwillingen ständig zum Einsatz kam, und reichte mir eins.

»Danke.« Ich schnäuzte mich. Es wunderte mich, dass Donna so mitfühlend war. Sollte sie nicht froh sein, dass Mama weg war? Nun musste sie nicht mehr mit ihr um Großtante Mathildas Aufmerksamkeit kämpfen.

»Willst du mitspielen?«, fragte James.

»Ein anderes Mal«, vertröstete ich den Kleinen.

Ich ging zu dem Regal, in dem die Fotoalben standen. Zwischen zwei der in Leder eingebundenen Bände klaffte eine Lücke. Eine Lücke, die heute Morgen, als ich das Foto von Großtante Mathilda wieder zurückgebracht hatte, definitiv nicht dort gewesen war. Mir schwante Schlimmes. Fieberhaft riss ich ein Album nach dem anderen heraus und blätterte sie durch. Tatsächlich ... Genau das Album, in dem sich Fotos von Charlotte befunden hatten, fehlte. Ich schaute auch in den anderen Regalen nach. Vergebens! Es war nicht mehr da. Wieso hatte ich das Foto, auf dem sie und Charlotte abgebildet waren, nur wieder zurückgesteckt? Es wäre doch niemandem aufgefallen, wenn ich es noch etwas länger behalten hätte! Nun hatte ich nichts, mit dem ich Großtante Mathilda konfrontieren konnte. So ein Mist! Ob sie es war, die es herausgenommen und nicht zurückgestellt hatte?

26

Beim Abendessen war ich schweigsam und hatte nur wenig Appetit. Nicht einmal auf die köstlichen Pineapple Cream Tarts, die Teresa uns zum Dessert reichte.

Meine Schwester dagegen schien die Ereignisse längst verdaut zu haben. Denn sie schlug beim Essen kräftig zu und lauschte gespannt Gloria, die von ihrer Zeit in Hollywood erzählte.

»Ich hatte das große Glück, dass ich durch meine Figur sowieso nie auf die Rolle der jugendlichen Liebhaberin abonniert war, so wie viele meiner Kolleginnen.« Mit ihren kurzen, beringten Fingern zeichnete Gloria ihre üppigen Rundungen in die Luft. »Dazu habe ich auch zu spät mit der Schauspielerei begonnen. Meine Karriere ist ja erst mit Mitte dreißig so richtig losgegangen.«

»Oh! Das war mit *Die Liebenden von Tel Aviv*. Das ist einer meiner Lieblingsfilme!«, rief Donna.

»Ja, genau.« Gloria sah ausgesprochen erfreut aus. »Ich hatte das große Glück, gleich Charakterrollen angeboten zu bekommen. Doch irgendwann war ich selbst für die Rolle der Mutter zu alt, und da wurden die Angebote wirklich weniger.« Sie seufzte.

»Ich habe gehört, dass Sie bald ein Comeback planen.« Meine Tante wischte Emma das verschmierte Mündchen ab.

Gloria winkte ab. »Immer diese Gerüchte. Sie können sich gar nicht vorstellen, wie viele Comebacks ich im Laufe meines Lebens schon angedichtet bekommen habe. Und ich kann nicht behaupten, dass ich nie darüber nachgedacht habe. Aber man soll aufhören, wenn es am schönsten ist. Und das war nach meiner Oscar-Nominierung! Viel mehr konnte ich nicht erreichen. Ich hatte den Jugendwahn in diesem Geschäft so satt.« Sie nahm einen großzügigen Schluck von ihrem Rotwein. »Heutzutage machen sich ja schon Kolleginnen mit Ende zwanzig über ihr Alter Gedanken und haben mehrere Schönheitsoperationen hinter sich, um zehn Jahre jünger auszusehen. Wo soll das alles noch hinführen, frage ich mich. Dass Frauenrollen mit Zwölfjährigen besetzt werden? Nein!« Sie schüttelte ihre dunkle Mähne. »Ich hatte genug Abenteuer in meinem Leben und bin ganz glücklich, dass es nun etwas geruhsamer zugeht.«

»Das kann ich verstehen.« Dieser Satz kam von Jessy. Als sie meinen überraschten Blick bemerkte, fügte sie hinzu: »Also, dass man genug von dem ganzen Hype um einen hat, wenn man alt ist, und man dann seine Ruhe haben will, meine ich.«

Wenn man alt ist ... Das war nicht besonders nett. Zum Glück schien Gloria Jessy diese Taktlosigkeit nicht übel zu nehmen.

»Ich kann mir nicht vorstellen, irgendwann mit der Arbeit aufzuhören«, schaltete sich Großtante Mathilda in das Gespräch ein. »Was würde ich denn ohne meine Firma den ganzen Tag machen? Vor dem Kamin sitzen und Socken stricken oder gärtnern? Also, für mich wäre das nichts!«

»Was für eine Firma leiten Sie eigentlich?«, fragte Gloria.

»Wir produzieren Knöpfe«, antwortete Großtante Mathilda, und ich musste sie für die Art, mit der sie das aussprach, bewundern. Wenn sie gesagt hätte »Wir produzieren Kronjuwelen«, hätte es sich nicht bedeutungsvoller anhören können.

»Wie wundervoll! Damit kann man nichts verkehrt machen, nicht wahr! Knöpfe werden schließlich immer gebraucht!« Gloria lächelte verschmitzt. »Auch wenn ich bei meiner Figur gerne darauf verzichte.« Sie tätschelte sich mit den Fingern über ihre runde Körpermitte, die unter mehreren luftigen Stoffschichten verborgen war. Zwischen den beiden schien das Kriegsbeil begraben zu sein, denn ich sah, wie Großtante Mathilda schmunzelte.

»Von welchem Mann hast du die Knopf-Firma eigentlich?«, erkundigte sich Jessy.

»Von meinem vierten«, antwortete Großtante Mathilda

genauso ungerührt wie auf die Frage, was in ihrer Firma produziert wurde.

Glorias Augenbrauen wölbten sich halbmondförmig nach oben. »Sie waren viermal verheiratet?«

»Fünfmal. Was die Wahl meiner Exmänner anging, habe ich mich wohl ein bisschen zu sehr von pragmatischen Entscheidungen leiten lassen.«

»Hat es denn niemals jemanden gegeben, der … etwas *Besonderes* gewesen ist?« Gloria, die gerade den letzten Pineapple Cream Tart verspeist hatte, legte ihren Löffel auf den Dessertteller.

»Doch. Das hat es in der Tat. Aber das ist lange her. Eine Jugendschwärmerei, wie sie wohl jeder einmal hatte«, fügte sie mit etwas festerer Stimme hinzu.

»Aber die erste Liebe bleibt immer am nachhaltigsten in Erinnerung, nicht wahr?« Auch Glorias Stimme war leiser geworden, und einen Moment hing sie ihren Gedanken nach, bevor sie die Schultern straffte und sich an mich wandte: »Auf der Fahrt nach Portree heute Morgen hat mir deine Großtante erzählt, dass du Regisseurin werden möchtest! Wie spannend, das wusste ich gar nicht.«

Ich nickte, doch bevor ich etwas darauf erwidern konnte, lenkte Donna die Aufmerksamkeit wieder auf sich.

»Ich habe gelesen, dass Filmemacher die höchste Selbstmordrate von allen Berufen haben. Stimmt das?«

»Ja, so eine Liste gibt es tatsächlich. Allerdings stehen Schauspieler auf Platz zwei dieser Liste, und ich habe es ja auch geschafft zu überleben.« Gloria schmunzelte, bevor sie sich vertraulich zu mir hinüberbeugte. »Vielleicht bleibst du aber trotzdem besser in Europa. Ich habe manchmal Heimweh danach.«

»Ach! Sie sind keine gebürtige Amerikanerin? Ich hatte mich schon gewundert, dass Sie so überhaupt keinen Akzent haben.«

»Nein, nein, ich komme aus einem kleinen Dorf bei Edinburgh. Kennt kein Mensch.« Plötzlich schien Gloria es eilig zu haben zu gehen. Sie nahm die Stoffserviette von ihrem Schoß, legte sie auf den Dessertteller und stand auf. »Nun muss ich mich aber verabschieden. Ich habe ganz vergessen, meine Tabletten zu nehmen! Bis morgen früh!«

Über ihre Vergangenheit schien sie wirklich überhaupt nicht gerne zu reden. Warum sie wohl so ein Geheimnis darum machte?

Ich schaute auf das Display meines Handys. Kurz nach neun. Gerade waren Mama und Papa losgeflogen. Deswegen hatte ich es aber nicht hervorgeholt, sondern wegen Jona. Heute musste ich nicht bis Mitternacht auf ihn warten. Schon in einer Stunde würde er am Eingang des Geheimgangs auf mich warten. Er wollte mir nämlich vor unserem Besuch bei Lucian noch etwas zeigen, und ich war gespannt, was das war!

»Wohin gehen wir eigentlich?«, fragte ich Jona. Es fiel mir schwer, mir meine Aufregung nicht zu deutlich anmerken zu lassen.

»Das ist eine Überraschung!« Wie selbstverständlich ergriff er meine Hand, und mein sowieso schon hoher Puls erhöhte sich noch um mindestens fünfzig weitere Schläge. Den unheimlichen Geheimgang nahm ich kaum noch wahr, und im Gegensatz zum letzten Mal, wo er sich kilometerweit auszustrecken schien, kam er mir heute nur ganz kurz vor. Viel zu schnell erreichten wir den Altarraum und verließen die Kirche.

»Ab hier müssen wir mit dem Motorrad weiterfahren.«

»Mit dem Motorrad? Wieso nicht mit dem Auto?«

»Mit dem Auto kommt man dort nicht hin.« Das wurde ja immer mysteriöser! Ich war wirklich gespannt, wohin Jona mich führen würde. Er hatte mir nicht einmal verraten wollen, ob dieser Platz drinnen oder draußen war. Zur Sicherheit hatte ich meinen dicksten Pullover unter meine Winterjacke gezogen und eine Mütze mitgenommen, die ich aber nur im absoluten Kältenotfall aufsetzen würde. Locken und Mützen – diese Kombination vertrug sich einfach nicht. Genauso wenig wie Locken und der Helm, den Jona mir reichte. Ich malte mir besser nicht aus, wie ich aussah, wenn ich ihn wieder abnahm. Unentschlossen drehte ich ihn in meinen Händen hin und her. Jona deutete diese Geste wohl als Unfähigkeit, ihn sich überzustülpen, denn er nahm ihn mir wieder ab.

»Was machst du?«

»Ich helfe dir.« Er strich mir eine Strähne aus dem Gesicht, und da waren sie wieder, die Stromstöße, die selbst beiläufige Berührungen von ihm in mir auslösten.

»Habe ich eigentlich schon mal erwähnt, wie schön ich deine Haare finde?«, fragte er lächelnd.

Ich schüttelte den Kopf. Hatte *ich* schon erwähnt, wie verrückt mich jede Berührung von ihm machte? Ich konnte förmlich spüren, wie sich alle Härchen an meinen Armen aufrichteten.

Jona setzte mir den Helm auf und zurrte den Kinnriemen fest. Fasziniert beobachtete ich sein konzentriertes Gesicht, es war meinem so nah, dass ich mich nur ein wenig vorbeugen müsste ... Er klappte mein Visier zu. Okay, das war nicht ganz die Reaktion, die ich mir erhofft hatte, aber was hatte ich mir überhaupt gewünscht? Dass er mich noch einmal berührte? Oder vielleicht sogar küsste? Ja, verdammt!

Jona zog sich ebenfalls einen Helm auf, stieg auf die Maschine und klopfte auf das schwarze Lederpolster. Ich schluckte und setzte mich hinter ihn. Der Motor fing an zu knattern, und er sagte etwas zu mir, was ich durch das heruntergeklappte Visier nicht verstehen konnte.

Ich klappte es hoch. »Was ist?«

»Du musst dich an mir festhalten.«

Ich griff in den Stoff seiner Jacke.

»Fester. Oder willst du während der Fahrt herunterfallen?« Sein Grinsen war so breit, dass seine Mundwinkel fast die Polsterung seines Helmes berührten.

Na toll! Er lachte sich gerade darüber kaputt, dass ich noch nie auf einem Motorrad gesessen hatte. Doch selbst wenn ich eine geübte Mitfahrerin gewesen wäre, hätte mich Jonas Nähe so verwirrt, dass ich mich wie eine blutige Anfängerin angestellt hätte. Ich legte meine Hände an seine Hüften.

Mit einem festen Griff zog Jona meine Hände nach vorn, sodass ich mit den Armen seine Taille umschlang. Meine Brüste wurden gegen seinen Rücken gepresst, und auch meine Hüfte kam seiner beunruhigend nah.

Hatte ich anfangs noch Hemmungen gehabt, so ganz extrem eng mit ihm auf Tuchfühlung zu gehen, hatte ich das spätestens dann nicht mehr, als Jona mitten im Dorf auf die Straße abbog, die um den See herumführte. Sie war löchrig wie der Schweizer Käse, den Opa Harry so gern aß. Hätte ich meine Hände nicht schnell noch vor seinem Nabel verschränkt und wäre mit meiner Hüfte ein Stück dichter an ihn herangerutscht, hätte es mich garantiert beim ersten Schlagloch heruntergehauen. Wohin um Himmels willen brachte er mich? Bestimmt zehn Minuten waren wir nun schon unterwegs, und die Häuser wurden immer spärlicher, bis wir schließlich überhaupt keine mehr passierten. Schnell wurde der Weg steiler, und der See mit den kleinen Inseln darin lag inzwischen ziemlich weit unter uns. Erst als wir ein weitläufiges Plateau erreicht hatten, brachte Jona die Maschine zum Stehen und stellte den Motor aus.

Ich zog den Helm vom Kopf und knotete meine Haare zur Sicherheit sofort zu einem Dutt, bevor ich mir die Zeit nahm, mich umzuschauen.

»Wo sind wir?«

Außer der Landschaft um uns herum und dem Sternenhimmel über uns war hier nichts. Überhaupt nichts.

»Du hast mich nach meinem Lieblingsplatz auf der Insel gefragt.« Jona lächelte mich an.

»Und der ist hier?«

»Ja.«

»Auf einem Berg?«

Er nickte. »Ich gebe dir einen Tipp. Dort unten liegt Dunvegan Castle.« Er zeigte auf einen kleinen, beleuchteten Punkt am Ufer des Sees, und da begann ich zu ahnen, wo wir uns befanden.

»Wir sind auf einem der Tafelberge.« Von meinem Fenster und dem Duirinish Stone aus hatte ich sie sehen können. Und Mama und Papa hatten vorgestern eine Wanderung dorthin unternommen.

»Erraten! Kennst du die Legende, die sich um die Tafelberge rankt?«

»Nein.«

»Dann erzähle ich sie dir.« Jona ließ sich auf einem Stein nieder und zog mich neben sich. »Im fünfzehnten Jahrhundert war ein Highlander namens Alasdair Crotach achter Chief der MacLeods. Er war stolz und kein Mann, der es ertrug, wenn jemand auf ihn herabblickte, und das brachte ihn immer wieder in Schwierigkeiten.«

Ich rückte ein Stück näher an Jona heran. Es war schön, mit ihm unter dem nachtblauen Himmelsbogen zu sitzen, an dem Milliarden winziger Sterne wie kostbare Diamanten funkelten.

»Als Alasdair einmal am Hof von König James IV. zum Essen eingeladen worden war«, fuhr er fort, »prahlte der in einer Tour mit seinem Besitz: mit der Anzahl der Kerzenständer, der Größe der Tafel, der Höhe des Gewölbes des Bankettsaals, und er ließ Alasdair deutlich spüren, dass er die Highlander für dumme Barbaren hielt. Das konnte jemand wie er nicht auf sich sitzen lassen, und er meinte: ›Dort, wo ich herkomme, Eure Hoheit, da haben wir sogar eine noch größere Tafel und noch hellere Kerzen als Ihr, selbst unsere Decke ist höher als Eure.‹ Im Saal wurde es augenblicklich still, und Alasdair hatte die gesamte Aufmerksamkeit. Der König zögerte nur einen Augenblick, dann antwortete er: ›Nun, dann werde ich wohl einmal zu Euch reisen und mich selbst von der Größe der MacLeods überzeugen müssen.‹

Als James schließlich auf Skye anreiste, führte Alasdair ihn nicht nach Dunvegan Castle, sondern auf das Plateau des Berges, auf dem wir stehen. Healabhal Mhor heißt er. Dorthin hatte er Essen und Getränke gebracht, und Männer seines Clans standen um das Festmahl und beleuchteten es mit Fackeln. ›Nun, Eure Hoheit, was sagt Ihr? Ist meine Tafel nicht größer, und scheinen meine Kerzen nicht heller als Eure?‹

›Da habt Ihr in der Tat recht, lieber Alasdair‹, sagte James. ›Doch wo ist Euer Gewölbe?‹

Daraufhin antwortete Alasdair: ›Gott selbst hat es gemacht.‹

Jona deutete nach oben, so wie der schottische Clanführer es damals gemacht haben musste. Sein Gesicht war jetzt so nah neben meinem, dass ich seinen Geruch wahrnehmen konnte, diese unwiderstehliche Mischung aus Sandelholz und Patschuli.

»Das ist eine schöne Geschichte«, brachte ich mit trockenem Mund hervor, und tatsächlich nahm ich auf einmal alles ganz anders wahr. Nun saß ich nicht mehr einfach nur auf dem kahlen Plateau eines geköpften Berges. Ich konnte James sehen. Und Alasdair. Den blasierten englischen König und den stolzen Highlandmann. Ich sah ihre Gefolgschaft, die prächtig gedeckte Tafel, die Kerzen – und den funkelnden Himmel über uns. Ich wagte einen Blick zur Seite, auf Jonas vom Mond erhelltes Profil, und auch er drehte den Kopf. Wir sahen uns an, seine Hand tastete nach meiner, und als er sie gefunden hatte, verhakten sich unsere Finger.

»Ich hatte kurz darüber nachgedacht, Essen und Kerzen hier hochzuschaffen. Aber abgesehen von dem logistischen Problem sind die Temperaturen auch nicht unbedingt für ein Mitternachtspicknick geeignet.« Seine Stimme war rau und ziemlich verführerisch.

Hatte mein Herz vorher schon wie verrückt gerast, stand ich nun endgültig fast vor einem Infarkt. Jonas Berührung, sein Duft, der ernste Blick aus seinen wunderschönen tiefblauen Augen und der Sternenhimmel über uns …

»Ich habe alles, was ich mir wünschen könnte«, stieß ich hervor, und dann – endlich! – küssten wir uns.

27

So lange hatte ich auf diesen Kuss gewartet, ich hatte ihn mir in Gedanken immer wieder vorgestellt, davon geträumt. Doch die Realität war um so vieles besser. Denn dieser Kuss war alles: süß und zart, wild und fordernd ... Er raubte mir den Atem, vernebelte meine Sinne, ließ mich fallen, schweben, fliegen ... Ich verlor jegliches Gefühl für Raum und Zeit, und als Jona sich von mir löste, war ich völlig außer Atem und mein Körper so weich wie der einer Schlenkerpuppe. Gut, dass ich auf dem Stein saß, denn niemals hätte ich mich aufrecht halten können. Vor allem nicht, als Jona seine Hand hob und mir unendlich zart mit den Fingern über die Wange fuhr.

»Das habe ich mir gewünscht, seit ich dich das erste Mal gesehen habe.« Seine blauen Augen leuchteten im Licht der Sterne.

Ja? Das hatte man ihm gar nicht angemerkt. »Du meinst,

als ich dir und Pablo im Schneegestöber hinterhergelaufen bin und Theo dich umkreist hat.«

»Okay, nein, diese Begegnung muss ich verdrängt haben.«

»Dann fandest du mich also erst unwiderstehlich, als ich dich im Park der Burg für einen Einbrecher gehalten und versucht habe, dich mir mit einem Stock vom Leib zu halten.« Ich kicherte.

»Vielleicht war es doch erst bei unserer dritten Begegnung gewesen.«

»Als ich dich mit dem Schwert bedroht habe?«

»Ja, ich stehe auf gefährliche Frauen!« Jona feixte, aber dann wurden seine Züge wieder ernst. »Nein, ich glaube wirklich, es war der Moment im Park. Wie du vor mir standest mit deinen wilden roten Locken. Du hast so süß ausgesehen und zu allem entschlossen.«

»Das war ich.«

Dieses Mal zog ich ihn zu mir ran, und wir küssten uns, bis sich meine Lippen wund von seinen Bartstoppeln anfühlten und unsere Körper so ausgekühlt waren, dass die Vernunft es erforderte, zurück zur Burg zu fahren. Und obwohl ich ein bisschen Angst davor hatte, was uns in dieser Nacht wohl erwarten würde, war ich nie glücklicher gewesen.

Zurück auf Dunvegan Castle sah ich mich mit Jona in meinem warmen, kuschligen Himmelbett liegen, doch er hatte andere Pläne.

»Wir wollten doch deinen Geist besuchen.«

Dass er daran noch dachte …

»Müssen wir das jetzt gleich machen?« Ich schaute auf mein Handy. Zwölf Uhr war gerade vorbei, und bisher schien es auf der Burg in dieser Nacht zu keinen nennenswerten Vorkommnissen gekommen zu sein, denn alles war ruhig. »Ich kann mir nicht vorstellen, dass Geister Schlafenszeiten haben.« Ich schlang meine Arme um seine Taille.

Doch er schob mich energisch von sich. »Ich würde ihn wirklich gerne jetzt sofort besuchen.«

Ich verdrehte die Augen. »Na gut.« Lucian übte ja eine ungeheure Faszination auf ihn aus. Ob ich wohl beleidigt sein sollte, dass er die Gesellschaft eines Geistes meiner Gesellschaft im Himmelbett in diesem Moment vorzog?

Lucian stand am Fenster und schaute in die Nacht hinaus. Als er uns hörte, drehte er sich um und begrüßte mich erfreut. »Und dieses Mal hast du sogar jemand mitgebracht.«

Ich sah, wie Jona tief Luft holte und sie nur langsam wieder ausblies.

»Du kannst ihn sehen, oder?«, wisperte ich.

Er nickte.

Auch ich atmete jetzt auf. »Jessy konnte das nicht. – Findest du eigentlich auch, dass er wie Ian Somerhalder aussieht?«

Jona runzelte die Stirn. »Wie wer?«

Inzwischen war Lucian zu uns herangetreten. »Jetzt kommt schon herein und steht nicht so auf der Türschwelle herum.« Er machte eine einladende Geste. »Was verschafft mir denn die Ehre eures Besuchs?«

Ich wollte es ihm gerade sagen, doch da fragte Jona schon: »Wir wollen Ihnen ein bisschen Gesellschaft leisten und uns mit Ihnen darüber unterhalten, was auf der Burg gerade so alles vor sich geht. Als Geist haben Sie doch bestimmt den totalen Überblick.«

Ich warf ihm einen befremdeten Seitenblick zu. Bisher hatte ich nicht den Eindruck gehabt, dass Lucian Mac-Duff ihn *so* stark interessierte.

»Schön wäre es!« Lucian seufzte schwer. »Leider kann ich den Turm nicht verlassen. Du kannst dir gar nicht vorstellen, wie langweilig das ist. Früher kamen zumindest hin und wieder noch Leute hier herauf, und ich konnte sie erschrecken, indem ich Möbel herumgeschoben oder Sachen schweben gelassen habe, aber seit Angus MacLeod den Turm hat absperren lassen, seid ihr die ersten menschlichen Wesen, die ich zu sehen bekommen habe.«

»Dann sind Sie hier gefangen?« Jona hörte sich enttäuscht an.

»Das kann man so sagen.« Lucian nickte. »Dabei hieß es zu meinen Lebzeiten, dass Geister sogar durch Wände gehen können. Und ich scheitere an einer geöffneten Tür. Wie kann das sein, frage ich mich. «

Das fragte ich mich auch. »Gibt es eigentlich noch andere Gespenster auf der Burg außer dir?«

Lucian zuckte mit den Schultern. »Mir ist noch keines begegnet. Aber wer weiß, wer hier sonst noch alles in irgendwelchen Gemächern festsitzt und nicht herauskommt.«

Die Gestalt gestern hatte sich zumindest frei auf der Burg bewegen können. »Was ist mit der jungen Frau im Spiegel, die dich gestern besucht hat, ist die kein Geist?«

Ein Schatten legte sich über Lucians attraktive Züge. »Ich weiß es nicht. Wir können uns nicht miteinander unterhalten.«

»Sie sieht aus wie ich.«

»Ja, das tut sie.« Nun wurde sein Blick ganz sehnsüchtig. »Als du mich das erste Mal besuchen kamst, dachte ich, dass sie es endlich geschafft hat, sich aus dem Spiegel zu befreien. Und dass wir wieder zusammen sein können.«

»Ich weiß, wer sie ist«, sagte ich leise. »Ich habe in einem Familienalbum ein Foto von ihr gefunden. Sie war Charlottes beste Freundin.«

Lucian sah mich überrascht an, dann nickte er. »Ich wünschte mehr als alles andere, es wäre anders gewesen. Aber man kann sich leider nicht aussuchen, in wen man sich verliebt.« An der Bewegung seines Kehlkopfs sah ich, dass er schluckte.

Ich blickte auf Jona, der sich während unseres Gesprächs im Turm umsah. Nein, das konnte man nicht! Denn wenn ich meine Gefühle beeinflussen könnte, würde ich mich sicher dagegen wehren, mich so sehr zu einem Jungen hingezogen zu fühlen, den ich schon in wenigen Tagen höchstwahrscheinlich nie wiedersehen würde. Nun schluckte auch ich.

»Mögt ihr euch ein bisschen zu mir setzen?«, fragte Lucian.

Jona und ich folgten seiner Aufforderung und nahmen auf einem staubigen Sofa Platz, Lucian ließ sich in einen Sessel sinken, und dann fing er an zu erzählen. Er erzählte, wie er Großtante Mathilda das erste Mal gesehen hatte. Wie er sich auf den ersten Blick in sie verliebt hatte. Und wie er bei ihrer zweiten Begegnung, ein Jahr später, merkte, dass seine Gefühle ihr gegenüber nicht schwächer, sondern noch stärker geworden waren – und dass sie das Gleiche ihm gegenüber empfand.

»Wir haben dagegen angekämpft. Das schwöre ich euch! Und als wir merkten, dass dies nicht möglich war, wollten wir es Charlotte gestehen. Aber es war nie der richtige Zeitpunkt dafür. Leider hat sie es trotzdem erfahren.«

Oh! »Und von wem?«

»Das weiß ich nicht. Es muss jemand gewesen sein, der uns beobachtet hat. Wir haben uns immer in der Hütte im Wald getroffen, vielleicht seid ihr dort schon einmal vorbeigekommen. Mathilda hatte schon seit Längerem das Gefühl, dass sie jemand verfolgte.«

Wie ich! Ein Schauer lief über meinen Rücken. »Wie kommst du darauf, dass jemand davon wusste?«

»Charlotte hat Mathilda einen Zettel hinterlassen. *Ich weiß, was ihr getan habt* stand darauf.« Mit einer Geste, die unendlich müde wirkte, strich Lucian sich eine dunkle

Haarsträhne aus der Stirn. »Dass sie von uns erfahren hatte, war der Grund, wieso sie verschwunden ist. Ich hoffe nur, dass sie sich nichts angetan hat.« Er ließ sein Gesicht in seine Hände sinken.

Das hoffte ich auch! Ich griff nach Jonas Hand, und er drückte sie. Wie schrecklich musste es für Lucian und Großtante Mathilda sein, mit dieser Schuld zu leben! Wobei Lucian ja gar nicht mehr lebte … Da er abgesehen von seiner Blässe so menschlich aussah, vergaß ich das immer wieder.

»Sollten wir ihm nicht von deiner Großtante erzählen?«, flüsterte Jona mir ins Ohr.

Ich schüttelte den Kopf. Ich wollte Lucian jetzt noch nicht mit der lebendigen Mathilda konfrontieren. Nicht, solange ich nicht wusste, wie ich sie zu ihm auf den Turm bringen sollte. Es wäre gemein, ihm Hoffnungen auf ein Wiedersehen jenseits eines Spiegels zu machen, das sich vielleicht nie erfüllen würde.

Vor dem Turmfenster flatterte etwas Schwarzes herum. Erst dachte ich, es sei wieder der Falter. Doch er war es nicht.

»Da ist ja Herman! Ich lasse ihn schnell herein.« Lucian stand auf.

»Herman?«, formten Jonas Lippen nahezu lautlos.

»Seine Hausfledermaus«, raunte ich ihm zu.

»Er hält eine Fledermaus als Haustier?« Jonas Hand ging zu seinem Mund, um sein Grinsen zu verbergen.

»Wenn du den ganzen Tag hier allein herumsitzen würdest und nicht rauskönntest, wärst du auch dankbar für Gesellschaft«, nahm ich Lucian in Schutz.

Die Fledermaus flog ins Turmzimmer. Als sie uns bemerkte, stoppte sie abrupt, nur um daraufhin umso schneller zu werden. Hoffentlich wollte sie nicht wieder flüchten. Lucian hatte das Fenster nämlich inzwischen wieder geschlossen, und ich konnte mir nicht vorstellen, dass es auf Dauer gesund war, ständig gegen irgendwas zu fliegen. Doch wie ein Kolibri verharrte sie flügelschlagend in der Luft.

»Jetzt stell dich nicht so an! Allmählich müsstest du aber wissen, dass das Mädchen dir nichts tut«, ermahnte Lucian sie.

Tatsächlich hatte ich dieses Mal aber gar nicht den Eindruck, dass Herman immer noch Angst vor mir hatte. Seine gelben Augen waren fest auf mich gerichtet, und nun umkreiste er mich und fing damit an, zwischen der Tür des Turmzimmers und mir hin- und herzufliegen.

»Was ist denn los mit dir?«, fragte Lucian. »Du bist ja ganz aufgeregt.«

»Vielleicht ist jemand auf dem Weg zum Turm, und er will uns warnen.« Jona, der gerade noch so lässig in dem Sofa gelümmelt hatte, richtete sich auf. »Wir gehen besser.«

»Aber ihr kommt doch wieder?«, fragte Lucian enttäuscht, genau wie bei unserer ersten Begegnung.

Ich nickte und folgte Jona, der schon bei der Wendeltreppe angekommen war. Wir eilten die Treppe hinunter und schlüpften hinter der Fledermaus durch den Spalt zwischen Tür und Kommode wieder hinaus. Ich hob den Kopf und lauschte nach dem Geräusch von Schritten. Doch da war nichts. Und auf unserem Weg durch die Burg begegnete uns niemand. Die Fledermaus flog uns immer noch voraus und wartete am Ende von jedem Gang auf uns, um sich uns wieder anzuschließen. Doch an der Abzweigung, die wir nehmen mussten, wenn wir zum Ostflügel gelangen wollten, flatterte Herman in eine ganz andere Richtung.

»Meinst du, er will, dass wir ihm folgen?«, fragte Jona.

Herman beantwortete die Frage an meiner Stelle, denn er kam zurück, umkreiste uns ein paarmal wie ein Miniatursegelflieger und flog dann wieder vor. Offenbar schon! Was er uns wohl zeigen wollte?

Herman führte uns in einen Teil der Burg, in dem ich bisher erst ein einziges Mal gewesen war: in den Westflügel. Dort lag nicht nur das Museum, sondern auch der große Saal, in dem am kommenden Abend der Hogmanayball stattfinden sollte. Angus hatte ihn uns bei der Führung gezeigt. Ein schwacher Lichtschein war unter der mit prächtigen Schnitzereien verzierten Flügeltür zu sehen. Ich blieb stehen. Im Ballsaal befand sich jemand, und dieser Jemand hatte das Deckenlicht nicht eingeschaltet, sondern nur eine Taschenlampe bei sich.

Ich hörte Jona leise fluchen. »Wieso führt uns diese blöde Fledermaus denn ausgerechnet in den einzigen Teil der

Burg, wo sich um diese Uhrzeit noch jemand aufhält?«, wisperte er mir zu. »Hauen wir ab!«

Doch ich blieb stehen. Denn ich kannte die beiden Stimmen, die gedämpft zu uns drangen. Und sie in dieser Konstellation an diesem Ort und um diese Zeit zu hören, irritierte mich doch sehr.

28

Ich legte mein Ohr an das Holz der Tür. »Hast du den Fernauslöser denn nicht noch einmal überprüft?«, hörte ich Dorothea Schmidt fragen.

»Natürlich, und gestern ging er noch!«, sagte von Stich mit einer Stimme, die nur noch wenig mit der hohen, immer etwas panisch wirkenden Fistelstimme gemein hatte, die ich von ihm kannte. Sie war dunkler und selbstbewusster. »Es wird an den Batterien liegen. Ich habe Ersatz dabei.«

Jona und ich tauschten einen schnellen Blick aus. Was zum Teufel ging dort vor?

»Ha!«, triumphierte von Stich nach einem Moment der Stille. »Es lag wirklich an den Batterien. Und da ist sie ja schon, unsere hübsche Lady. Hallo, Finola, wir hatten dich schon vermisst!«

Finola! Meinte er Finola MacLeod? Zu gern hätte ich

einen Blick in den Ballsaal hineingeworfen, doch der Ausschnitt, den ich durch das Schlüsselloch erhaschte, war viel zu klein, um irgendetwas zu erkennen. Außerdem hatte es Jona auf einmal eilig zu verschwinden.

»Komm, bevor sie rauskommen und uns erwischen«, raunte er.

Er musste einen siebten Sinn oder wirklich Ohren wie ein Luchs haben, denn kaum waren wir im nächsten Gang verschwunden, ging die Tür zum Ballsaal auch schon auf, und die beiden traten heraus.

Eng presste ich mich an die Wand, als sie an uns vorbeigingen, und hoffte inständig, dass sie dabei nicht nach links schauten. Aber dazu waren Dorothea und von Stich viel zu sehr in ihr Gespräch vertieft.

»Das wird ein Spaß morgen!« Von Stich rieb sich die Hände. »Ich freue mich schon, in die ganzen verblüfften Gesichter zu schauen, wenn es losgeht.«

»Und du bist dir wirklich sicher, dass alles glattgeht?«, fragte Dorothea. »Gerade hat das nicht so ausgesehen.«

»Natürlich wird alles glattgehen. Und die Generalprobe muss schiefgehen, wenn die Premiere ein voller Erfolg werden soll. Das Mädchen zumindest hat sich in die Hosen gemacht, als wir ihr eine kleine Kostprobe von unserem Spuk gegeben haben.«

Das Mädchen! Damit war ich gemeint. Ich biss mir auf die Unterlippe. Ob die beiden noch mehr zu mir zu sagen hatten, konnte ich nicht verstehen, denn inzwischen waren sie zu weit weg. Schade!

»Wer waren die beiden denn?«, fragte Jona, als von Dorothea und von Stich nichts mehr zu sehen und zu hören war.

»Er ist der Unternehmer aus Wien, der behauptet hat, dass Finola MacLeod aus meinem Zimmer in seins geschwebt kam, und sie ist eine Journalistin, die eine Reportage über schottische Gruselschlösser schreibt.« Nur langsam lockerten sich meine verspannten Schultern. »Ich wusste allerdings gar nicht, dass die beiden sich kennen. Ich habe bisher noch nicht einmal mitbekommen, dass sie miteinander geredet haben.«

»Ganz offensichtlich kennen sie sich auch nicht nur flüchtig. Weißt du, was sich in dem Raum befindet, in dem sie gewesen sind?«

»Ja, der Ballsaal.«

Jona nahm meine Hand. »Lass uns nachschauen, was sie dort gemacht haben!«

Wir huschten durch den Gang zurück und betraten ihn. Auch Herman war nun wieder bei uns und hängte sich kopfüber in einen der Kronleuchter. Im Schein unserer Handy-Taschenlampen schauten wir uns um. Bei unserer Burgführung war der große, gewölbeähnliche Raum mit dem opulenten Kristallleuchter an der Decke so gut wie leer gewesen. Nun standen runde Tischgruppen in der linken Hälfte des Raumes, auf der rechten Seite war eine kleine Bühne für eine Band aufgebaut worden. Ziellos leuchteten Jona und ich mal in diese und mal in jene Ecke, doch etwas Auffälliges entdecken konnten wir

nicht. Was um Himmels willen hatten die beiden hier gemacht?

Wäre Herman uns nicht zu Hilfe gekommen, hätte
ich die Antwort darauf wahrscheinlich niemals erfahren.
Er löste sich vom Kronleuchter und steuerte zielgerichtet
einen der Vorhänge an, um sich mit seinen winzigen Füßen darin festzukrallen. Doch er ließ sich nicht einfach
nur daran herunterhängen, sondern schlug auch mit den
Flügeln.

»Was macht sie denn da?«, fragte Jona mit einem Stirnrunzeln.

»Keine Ahnung.« Sie war mir schon immer etwas splee-
nig vorgekommen. Eventuell war dieses Verhalten auch
auf ihren Zusammenstoß mit dem Ast zurückzuführen.
Doch dann bemerkte ich den kleinen grauen Kasten, der
unter dem Vorhang stand und zuvor von seinem Stoff bedeckt worden war. »Was ist das denn?« Ich richtete den
Schein meines Handys darauf und ging zum Vorhang. Sofort hörte Herman auf zu flattern und ließ den Vorhang
los. Ich kniete mich auf den Boden und schob ihn zur
Seite. Was war das denn nur für ein seltsamer Kasten? Auf
der Vorderseite befand sich ein Kreis mit mehreren Lö-
chern darin und ein Ein- und Ausschaltknopf. Jona betä-
tigte ihn, und ein leises Zischen ertönte. Ein Zischen, das
ich schon einmal gehört hatte. Eine Sekunde später wusste ich, wo. Dünne weiße Schwaden schlängelten sich aus
der kreisförmigen Öffnung, und ein kalter Lufthauch
blies mir entgegen, der den Geruch von Rosen mitbrachte.

Mit einer Mischung aus Faszination und Irritation schaute ich zu, wie die einzelnen Nebelfäden zu einer dicken weißen Zuckerwattewolke verschmolzen. Genauso wie sie es schon vor zwei Tagen gemacht hatten …

»Jetzt weiß ich endlich, woran mich dieser Geruch gestern Nacht schon erinnert hat«, sagte Jona.

»An was?« Der Nebel füllte bereits gut ein Drittel des Ballsaals aus und reichte uns schon bis zum Knie.

»An die Geisterbahnen auf Jahrmärkten. Darin riecht es genauso.«

»Nach Rosen?« Ich war noch nie in einer Geisterbahn gewesen. Einmal hatte ich mich von Jungs aus meiner Klasse dazu drängen lassen. Doch ich kam nicht besonders weit. Denn bereits im Eingangsbereich war ich so panisch gewesen, dass ich angesichts eines harmlos in der Ecke stehenden Mitarbeiters laut aufgeschrien hatte. Ich hatte ihn für ein Monster gehalten.

»Nein, nach einer Mischung aus Staub und Kirschkaugummi.« Jona schaltete die Nebelmaschine wieder aus und watete durch die Schwaden zum nächsten Vorhang.

Darunter befand sich nichts. Wenn Jona und ich doch nur das Licht anschalten könnten … So dauerte es etwas, aber schließlich fanden wir noch drei weitere Nebelmaschinen. Außerdem wies Herman uns auf mehrere kleine Lautsprecher hin, die auf Kopfhöhe in verschiedenen Winkeln versteckt worden waren. Die interessanteste Entdeckung war jedoch etwas, das aussah wie die Beamer, die Lehrer zu meiner Grundschulzeit benutzt hatten, um

Folien an die Wand zu werfen. Ich schaltete ihn an, und in dem Nebel, der sich nur langsam auflöste, erschien ein paar Meter entfernt von mir eine rosafarbene Gestalt.

»Hallo, Finola!«, sagte jetzt auch ich. Ich streckte die Hand nach der Projektion aus, und sie nahm einen rosafarbenen Schimmer an.

Deshalb waren sie und Lucian MacDuff also so unterschiedlich! Lucian war ein echter Geist, Finola MacLeod ein ganz billiger Trick. Eine Projektion, erschaffen von Dorothea Schmidt und Ferdinand von Stich. Genau wie der Rosenduft und der Nebel.

Neben einer Kamera und verschiedenen Lautsprechern zeigte uns Herman noch einen auf den ersten Blick unspektakulär aussehenden Kasten, der ungefähr die Größe eines Smartphones hatte. Als Jona an einem der Knöpfe drehte, passierte zunächst nichts, doch überkam mich ein beklemmendes Gefühl des Unbehagens. Kälte kroch in meine Knochen und brachte mich zum Zittern, gleichzeitig fühlte ich Schweiß auf meiner Stirn. Außerdem fühlte ich mich beobachtet. Und da war jemand! Am Rand meines Gesichtsfelds sah ich einen grauen Schatten, der in seiner Form so diffus wie die Projektion von Finola MacLeod war. Lautlos bewegte er sich auf uns zu. Meine Nackenhaare stellten sich auf, und ein Schauer lief über meinen Rücken. Ich wirbelte herum. Sofort verblasste die Erscheinung und verschwand. Auch Jona sah sich entsetzt im Ballsaal um. Er hatte all das auch gesehen und gefühlt. Einzig Herman baumelte völlig ungerührt vom Kronleuchter herunter. Das Trommeln meines Herzschlags in meinem Kopf verschluckte jedes Geräusch um mich herum. Aber das konnte doch nicht sein! Wir hatten den ganzen Spuk doch gerade als Inszenierung enttarnt. Erst als mein hektisch herumflackernder Blick an dem Kästchen in Jonas Hand hängen blieb, verstand ich.

Obwohl alles in mir auf Flucht aus war, zwang ich mich zu bleiben, ihm das Kästchen aus der Hand zu nehmen und es auszuschalten. Schlagartig legte sich meine Angst, und die Kälte verschwand.

»Was war das? Hast du das auch gespürt?«, keuchte Jona.

Ich nickte. »Das muss ein Tongenerator sein.« Endlich konnte ich wieder frei durchatmen. »In der Film-AG in der Schule haben wir darüber gesprochen, dass Frequenzen unter zwanzig Hertz für das menschliche Gehör nicht wahrzunehmen sind, aber Angst, Kälte und ein Druckgefühl auf der Brust auslösen. Diese Frequenzen können sogar eine verschwommene Sicht verursachen und dafür sorgen, dass wir Sachen sehen, die es gar nicht gibt.« Obwohl ich nun wusste, dass ich mir den Schatten nur eingebildet hatte, zitterten meine Hände immer noch.

Puh! Von Stich und Dorothea hatten diesen Ballsaal besser ausgestattet als jede Geisterbahn. Eine Geisterbahn, deren Effekte sie mithilfe der Kamera und einer Fernbedienung ganz bequem von ihrem Zimmer aus koordinieren und steuern konnten.

»Nun wissen wir zumindest, was die beiden vorhaben«,

sagte Jona, der sich inzwischen auch wieder entspannt hatte. »Sie wollten MacLeods Hogmanayball durch eine kleine Spukshow aufpeppen. Aber wieso?«

Das konnte ich ihm sagen. »Sie wollen Angus die Burg wegnehmen. Wenn sich das mit dem Spuk herumspricht, werden die wenigen Gäste, die er hat, auch noch wegbleiben. Vielleicht arbeiten sie für einen seiner Verwandten. Er hat Großtante Mathilda gegenüber angedeutet, dass er die Burg mithilfe eines Investors komplett umbauen lassen will. Und dass der Clan nicht glücklich darüber ist.«

Jona stand meiner Theorie skeptisch gegenüber. »Ich kann mir nicht vorstellen, dass jemand so naiv ist und glaubt, dass so etwas funktioniert. Die Gäste würden den ganzen Spuk doch sofort als Inszenierung durchschauen.«

Stimmt!

Damit, dass von Stich und Dorothea unter einer Decke steckten und alles eingefädelt hatten, musste ich erst einmal klarkommen. Ich hatte Dorotheas Gefasel von armen Seelen und den Energien der Geister nie ernst genommen. Und von Stichs Angst vor Finola MacLeod auch nicht. Tatsächlich war er selbst das Gespenst gewesen. Da sein Balkon direkt neben meinem lag, hatte er sicher mitbekommen, wie ich die Ritterrüstung hinausgeschoben hatte und dass ich abends aus dem Zimmer gerannt war, um nach Herman zu sehen. Da ich es nicht abgeschlossen hatte, war es für ihn ein Leichtes, die Ritterrüstung wieder ins Zimmer zu tragen und die Rosenblätter zu verteilen. Ich war sein Versuchskaninchen gewesen, durch das er und Dorothea überprüfen konnten, ob ihr Spuk die gewünschte Wirkung zeigte. Das hatte er! Mich hätte vor Angst der Schlag treffen können, als die Projektion von Finola MacLeod plötzlich in diesen dichten Nebelschwaden auf mich zugeschwebt kam.

Der arme Angus! Auch ohne die beiden hatte er schon genug mit den Gespenstergeschichten zu kämpfen gehabt, die sich um Dunvegan Castle rankten!

»Was sollen wir denn jetzt machen?«, fragte ich Jona.

»Ach! Ich wüsste da schon was!« Jona grinste und zog mich in seinen Arm.

Aber ich muss Angus doch Bescheid sagen, was hier vor sich geht!, wollte ich einwenden, doch dann berührten seine Lippen meine und löschten diesen Gedanken aus. Jona hatte recht: Wieso Angus um seinen Schlaf bringen? Es würde reichen, wenn ich ihn morgen früh über alles informierte.

29

In dieser Nacht schlief ich so fest, dass ich noch nicht einmal richtig aufwachte, als Jona in den frühen Morgenstunden mein Zimmer verließ, und als ich gegen Mittag erwachte, fühlte ich mich frisch und ausgeschlafen wie schon lange nicht mehr.

Ich musste in den letzten Stunden einiges verpasst haben, wie ich auf dem Weg ins Haupthaus bemerkte, denn auf der Burg ging es inzwischen zu wie in einem Bienenstock. Mir völlig unbekannte Menschen liefen im Haupthaus herum. Zwei riesige Männer trugen schwere Kisten in ihren Pranken, auf denen *Vorsicht zerbrechlich* stand. Ein Mädchen, kaum älter als ich, irrte mit einem Tablett herum, auf dem sich Stoffservietten stapelten, so hoch, dass sie kaum darüberschauen konnte, und sie wusste offenbar nicht, wohin mit ihnen. Blumengestecke wurden auf die Burg getragen und Kisten mit Getränken hineingeschleppt. Und in all dem Gewusel lief Angus wie eine aufgezogene Spielfigur herum und verbreitete noch mehr Chaos. Als ich mit einem Apfel und einer Banane aus dem Bankettsaal kam, fuhr er das Mädchen so heftig an, dass es in Tränen ausbrach. Es war über die Kante eines Teppichs gestolpert, und der Serviettenturm war bedrohlich ins Schwanken gekommen.

Mein Blick kreuzte sich mit dem von Teresa, die mit einem Block in der Hand vor dem Bankettsaal stand.

»Mr MacLeod ist sehr nervös wegen des Fests«, sagte sie entschuldigend.

Das war unübersehbar! Mein Entschluss, ihm zu erzählen, welche Geisterbahn von Stich und Dorothea aus seinem Ballsaal gemacht hatten, geriet ins Wanken. So hektisch, wie er herumlief, war es fraglich, ob ich es überhaupt schaffen würde, ihn an seinem Weihnachtspulli zu packen und dorthin zu schleifen. Und wenn ich ganz ehrlich zu mir selbst war, gab es noch etwas, was mich davon abhielt, ihm die Kameras, die Nebelmaschinen und den Projektor zu zeigen: Zu gerne würde ich sehen, was die beiden damit vorhatten. Die Vorstellung, dass sie eine Gruselshow inszenierten, um die Gäste glauben zu lassen, dass es auf Dunvegan Castle spukte, und Angus dadurch zu ruinieren, war tatsächlich einfach nur absurd. Wer glaubte denn schon an Gespenster? Okay, ich. Aber ich kannte ja auch Lucian und wusste, wie wenig gruselig so ein Geist war. Würde Lucian sich unter die Festgesellschaft mischen und Huhu und Buh rufen, würde er damit nicht für Angst und Schrecken sorgen, sondern nur für verrückt erklärt werden. Er konnte ja noch nicht einmal schweben!

Ich ging mit Theo eine Runde im Park spazieren. Auf dem Burghof hielt ein Lieferwagen. Männer luden Instrumente und anderes technisches Equipment aus. Die Luft war inzwischen weiß wie Milch. Sicher würde der Nebel im Laufe des Tages noch viel dichter werden. Schon jetzt legte er sich nicht nur auf mein Gesicht, sondern fraß sich richtig durch die Kleidung. Aber das machte mir keine Angst mehr. Es gab keine Nebelfinger, die sich durch die Ritzen der Burgmauer schlängelten, um mich zu holen. Das alles war nur eine billige Inszenierung gewesen. Was Miss Adeline in ihrer Kristallkugel gesehen hatte, war nicht mehr als ein schlechter Witz. Finola MacLeod war nicht aus dem Totenreich zurückgekehrt, um mich zu holen, sondern sie war eine Projektion gewesen. Auch die Vorstellung, dass sie in Gestalt von Tante Donna durch die Zeit wandelte, entstammte nur meiner Fantasie. Jetzt konnte ich darüber lachen.

Trotzdem konnte ich mir nicht verkneifen, Donna zu fragen, ob sie früher schon einmal auf Skye gewesen war. Ich traf sie auf dem kleinen Spielplatz nahe dem Rosengarten.

»Nein!!!« Donna schüttelte ihre sorgfältig geglätteten, blond gesträhnten Haare. »Und ich bin bestimmt auch das letzte Mal hier. Dieser Nebel schlägt mir aufs Gemüt, und hier gibt es ja nichts außer Natur. Wenn ich shoppen gehen wollte, müsste ich bis nach Edinburgh fahren. Weißt du, wie weit das ist?«

So etwas sagte doch keine jahrhundertealte Highlanderin! Ich zog mir den Schal vor den Mund, um mein Lächeln zu verbergen.

Donna schaute auf die Uhr. »Wir müssen reingehen und uns fertig machen.«

»Jetzt schon?« Es war gerade mal drei, und der Ball begann erst um sechs.

»Hast du eine Ahnung, wie lange das mit zwei Kindern dauert? Ich kann die beiden keine Sekunde aus den Augen lassen. Sie sind vor Aufregung außer Rand und Band.«

Ich konnte ihr nicht widersprechen. Gerade hatte James seiner Schwester eine Plastikschaufel auf den Kopf gehauen. Als Revanche kippte sie ihm feuchten Sand über.

»Ich kann sie dir gerne für zwei Stunden abnehmen«, sagte ich dennoch großzügig. Jetzt, wo ich nicht mehr befürchten musste, dass der heutige Abend mein letzter sein würde, konnte ich gar nicht erwarten, dass die Nacht von Hogmanay endlich begann und ich Jona wiedersah. Sobald seine Schicht im Restaurant beendet war, würde er zu mir kommen. Wir würden den Kamin anmachen, etwas trinken, uns küssen … Und die Zeit bis dahin würde definitiv schneller vergehen, wenn ich etwas zu tun hatte.

»Das würdest du machen?« Bei der Aussicht, zwei Stunden lang ungestört zu sein, wirkte Donna geradezu euphorisch. »Du willst dich doch bestimmt auch umziehen und schminken …«

»Ja, aber ich brauche nicht lange.« In meiner Kosmetiktasche befanden sich lediglich Puder, Wimperntusche und ein Lipgloss, meine Haare würde ich einfach offen lassen, und ich ging auch nicht davon aus, dass es länger als zwei Minuten dauerte, das smaragdgrüne Kleid überzuziehen, das Jessy mir geliehen hatte.

Während Donna zurück zur Burg eilte, spazierte ich mit den Kindern noch ein bisschen durch den Park. Dabei kamen wir auch an dem Mausoleum vorbei. James und Emma spielten mit Theo Ball, und ich blieb an Charlottes Gedenkstein stehen. Eine blutrote Rose lag darauf. Wetten, dass Großtante Mathilda sie dort hingelegt hatte! Ich nahm sie in die Hand, wobei ich darauf achtete, mich nicht an ihren spitzen Dornen zu stechen.

Was ist nur mit dir passiert, Charlotte?, fragte ich stumm. War sie wirklich weggelaufen? Weggelaufen vor lauter Kummer darüber, dass ihre beste Freundin und ihr Verlobter sie so hintergangen hatten? Dieses Geheimnis würde ich wohl nie ergründen. Genau wie das um Finola MacLeods Verschwinden. Ich strich mit dem Zeigefinger über die samtigen Blätter der Rose. Wenn ich den Kurzfilm über sie noch drehen wollte, musste ich mich ranhalten. Mir blieben nur noch wenige Tage, bis wir wieder zurück nach Deutschland flogen – und ich mich von Jona verabschieden musste.

Bevor meine Traurigkeit mich mitreißen konnte, rief ich James und Emma, und wir gingen zurück.

Die Gestalt in dem roten Mantel, die reglos auf einer Bank unter dem Drahtgeflecht eines kahlen Pavillons saß, bemerkte ich erst, als ich direkt an ihr vorbeikam. Es war Jessy. Sie hielt ihr Handy in der Hand und starrte hinein. Ich überlegte kurz, zu ihr zu gehen. Doch die Kinder waren inzwischen schon ein ganzes Stück vorausgelaufen. Wenn ich mit ihnen nicht im immer dichter gewordenen Nebel *Blinde Kuh* spielen wollte, sollte ich besser schauen, dass wir hineinkamen. Außerdem sah Jessy nicht so aus, als ob sie gestört werden wollte.

Ich ging mit James und Emma in die Bibliothek. Doch die beiden hatten leider nicht vor, ruhig sitzen zu bleiben und mit mir eine Runde Schneckenrennen zu spielen. Auch an meiner spontan ausgedachten Geschichte von dem Hasen Hans und der Gans Gerda hatten sie kein Interesse. Viel mehr Spaß machte es ihnen, sich gegenseitig mit Spielsteinen zu bewerfen und auf Möbel zu klettern. Nach nicht einmal einer Viertelstunde schon resignierte ich. Selbst Theo gab einen genervten Laut von sich, als Emma ihm innerhalb kürzester Zeit zum zweiten Mal auf den Schwanz gestiegen war.

Ich fing die beiden ein. »Habt ihr Lust auf ein richtiges Abenteuer?«

»Was ist das?«, wollte James wissen.

Ich senkte meine Stimme. »Wir machen etwas Verbotenes. Etwas, das ihr eurer Mami und eurem Papi nicht sagen dürft. Das muss unser Geheimnis bleiben.« Sofort hatte ich ihre ungeteilte Aufmerksamkeit.

»Und was?« Emmas kleiner Mund war weit geöffnet.

»Wir erforschen einen Turm.« Jetzt war meine Stimme nur noch ein Flüstern. »Es ist verboten, ihn zu betreten. Es muss also unser Geheimnis bleiben. – Habt ihr Lust?«

Die beiden nickten mit leuchtenden Augen. Ha! Kinder waren so durchschaubar. Ich hatte gewusst, dass ich sie mit Wörtern wie *verboten* und *Geheimnis* locken konnte.

»Na, dann los.« Mit James an der einen Hand und Emma an der anderen zog ich los. Theo ließ ich frei herumlaufen und hoffte, dass wir Gracia Patricia nicht trafen. Auf dem Weg in den Park hatte ich ihn allen Ernstes schon wieder dabei erwischt, wie er sich ihr nähern wollte. Und ihr langer Stammbaum hielt das Hundefräulein nicht davon ab, die Avancen unseres Schottischen Schneehundes sichtlich zu genießen. Gestern hatte ich sie dabei erwischt, wie sie sich vor ihm auf den Boden geworfen und ihm schamlos ihren rosa Bauch gezeigt hatte.

Da Jona und ich die Kommode nicht wieder an ihren alten Platz geschoben hatten, gelangten die Kinder, Theo und ich problemlos in den Nordturm – wo Lucian sich gerade mit einer imaginären Partnerin im Arm durch das Zimmer drehte. Ganz in seinen Tanz vertieft bemerkte uns Lucian zunächst nicht.

Emma zog mich zu sich herunter. »Was macht der Mann denn da?«

Sie konnte ihn sehen! Hatte ich es mir doch gedacht! Wer an das Christkind und den Osterhasen glaubte, der hatte auch mit Geistern kein Problem.

»Er tanzt.«

Auch James starrte Lucian fasziniert an. »Warum?«

Mir war schon früher aufgefallen, dass der wissbegierige Kerl ein ausgesprochenes Faible für dieses Wort hatte. Die Antwort auf die Frage, wieso Seepferdchen keine Beine hatten, war ich ihm immer noch schuldig. Diese Frage jedoch konnte ich ihm beantworten. »Ich denke, er würde auch gerne auf das Fest heute Abend gehen.«

»Und warum kann er das nicht?« James sah mich mit großen Augen an, während seine Schwester hingebungsvoll mit dem Zeigefinger in der Nase bohrte.

»Er kommt nicht aus dem Turm heraus.«

»Warum?«

Puh! Wie sollte ich James das erklären?

Zum Glück hatte Lucian uns bemerkt und stoppte seinen Tanz.

»Oh! Da bist du ja schon wieder!« Dieses Mal klang er nicht sonderlich begeistert. »Wen hast du denn dieses Mal mitgebracht?« Er tätschelte Theo, der interessiert an ihm schnüffelte, den Kopf.

»Das sind mein Cousin und meine Cousine. Sie heißen James und Emma.«

»Wenn du mich weiterhin so fleißig mit Besuch beehrst, werde ich bis zu deiner Abreise sicher fast alle derzeitigen Bewohner von Dunvegan Castle kennengelernt haben«, sagte er ungewohnt sarkastisch. »So kann ich ja leider nur diejenigen sehen, die sich in der Nähe meines Turmes herumtreiben.«

»Du bist heute nicht besonders gut gelaunt, oder?«, fragte ich, während ich gleichzeitig James und Emma im Auge behielt. Die hatten ihre anfängliche Schüchternheit nämlich inzwischen abgelegt und begannen, das Turmzimmer zu erforschen.

»Nein, das bin ich nicht«, sagte er griesgrämig. »An Tagen wie heute wird mir bewusst, dass ich schon ganz schön lange hier gefangen bin. Wenn ich wenigstens den Turm verlassen und wie jedes anständige Gespenst herumspuken und Leute erschrecken könnte. O nein! Habe ich das gerade wirklich gesagt?« Er schlug sich die Hand vor den Mund. »Wie weit ist es in den letzten fünfzig Jahren nur mit mir gekommen! Hat dir eigentlich jemand erzählt, dass ich zu meinen Lebezeiten ein bekannter Modefotograf war? Ich war in London, Paris, Mailand, Berlin – die ganze Welt stand mir offen!«

Ich schüttelte den Kopf.

»Schade, das wäre doch mal etwa Rühmliches gewesen, aber dieser blöde Fenstersturz scheint das Einzige zu sein, das den Leuten von mir in Erinnerung geblieben ist. Hätte ich mich damals doch nur nicht so volllaufen lassen! Nun sitze ich hier allein herum, und meine einzige Gesellschaft ist eine Fledermaus.« Er ließ die Schultern hängen und sah so niedergeschlagen aus, dass ich ihn am liebsten in den Arm genommen hätte.

»Wirst du heute Abend mit deinem Freund auch auf den Ball gehen?«, fragte Lucian.

Ich hielt Emma fest, die auf eine Fensterbank geklettert war. »Nein, Jona gehört zu den Irish Travellern und ist auf der Burg nicht besonders gerne gesehen.« Da der Geist nicht nachhakte, ging ich davon aus, dass das damals nicht anders gewesen war.

»Pass auf dich auf!« Lucians betrübte Miene wurde besorgt. »Herman meint, dass sich auf der Burg finstere Gestalten herumtreiben.«

»Du kannst mit ihm sprechen?«

»Nicht so wie mit dir. Es funktioniert eher über Gedankenübertragung.«

»War er heute denn noch gar nicht hier?« Ich hob Emma von der Fensterbank hinunter und versuchte, James davon abzuhalten, ein Loch in die fadenscheinige Wolldecke zu bohren, die auf dem Sofa lag.

»Nein, tagsüber schläft er immer irgendwo. Wieso fragst du?«

»Weil du dir keine Sorgen machen musst.« Ich erzählte ihm, auf was Jona und ich dank Herman im Ballsaal gestoßen waren. »Du scheinst das einzige Gespenst auf Dunvegan Castle zu sein.«

»Na, wenn das kein Grund ist, die Sektkorken knallen zu lassen!« Lucian verzog das Gesicht.

Der Ärmste war heute wirklich griesgrämig. Na ja, so ein fünfzigjähriges Gespensterjubiläum konnte einem schließlich schon mal aufs Gemüt schlagen.

Nun musste ich mich aber von ihm verabschieden und die Zwillinge wieder ihren Eltern zurückbringen.

In Gedanken immer noch bei dem tragischen Geist ging ich die Wendeltreppe hinunter.

Ob ein Treffen mit Großtante Mathilda ihn aus seiner Situation erlösen konnte? Ich musste sie unbedingt irgendwie in diesen Turm locken. Heute Abend während des Balls wäre ein guter Zeitpunkt dafür. Nach ein paar Gläsern Sekt stand sie der Tatsache, dass ihr früherer Geliebter immer noch als Geist auf Dunvegan Castle lebte, sicher um einiges aufgeschlossener gegenüber als nüchtern. Zuvor musste ich Lucian aber unbedingt noch darauf vorbereiten, dass die Zeit mit *seiner Schönen* nicht so gnädig umgegangen war wie mit ihm …

Kurz nachdem die Kinder, Theo und ich den Turm verlassen hatten, passierte genau das, wovor ich mich die ganze Zeit gefürchtet hatte: James und Emma flitzten davon – und das in ganz unterschiedliche Richtungen.

Oh nein! So musste sich eine Katze fühlen, die sich gleich mit zwei Mäusen in einem Raum befand. Wem sollte ich nachlaufen? James? Emma? Hilflos pendelte mein Kopf ein paarmal von rechts nach links, bevor ich beschloss, mich erst einmal auf meine Cousine zu konzentrieren. Sie war einen Tick langsamer als ihr Bruder.

Tatsächlich schaffte ich es relativ schnell, sie einzuholen. Die Kleine jubelte und kicherte, als ich sie an der Taille hochhob und mir über die Schulter warf. Zum Glück wog sie so gut wie nichts. Dieser Meinung war ich bereits wenige Minuten später nicht mehr. Ein Mann mit einem Dudelsack in der Hand blickte mich irritiert an, als ich meine Cousine auf der Suche wie einen Sack Mehl an ihm vorbeischleppte.

»Haben Sie einen kleinen Jungen gesehen? Etwa so groß«, fragte ich ihn.

Er schüttelte den Kopf.

Auch die beiden älteren Damen in ihren glitzernden und mit Pailletten verzierten Kleidern konnten mir nicht helfen. Ich warf einen Blick auf mein Handy. In zehn Minuten schon sollte ich die Kinder bei Donna abliefern. Wieso musste Theo nur so ein miserabler Spürhund sein? Auf meine Anweisung »Such James!« schaute er mich erst dümmlich an und schlug dann mal den Weg zur Küche ein, seinem Lieblingsort auf der Burg. Dort werkelten heute nicht nur Teresa, sondern auch ein halbes Dutzend andere Personen mit Kochmützen auf dem Kopf und Schürzen um die Taille herum, und niemand von ihnen hatte einen kleinen Jungen gesehen. Emma sahnte von einem dicken Mann mit Schnurrbart allerdings ein Würstchen ab, Theo einen wenig appetitlich aussehenden Knochen, von dem Fleischfetzen herunterhingen. Damit setzte er sich in Bewegung, und ich gab mich kurz der Illusion hin, dass er eine Spur aufgenommen hatte. Doch als uns sein Weg in die Bibliothek führte, erkannte ich schnell, dass er nur nach einem ruhigen Ort suchte, an dem er ihn in Ruhe verspeisen konnte.

Dieser nutzlose Hund!

Trotzdem schaute ich hinein. Sicher war sicher! Gloria stand vor dem Regal mit den Familienalben. Eins davon stellte sie gerade wieder hinein. Es hatte einen moosgrünen Einband, und sie schloss damit die Lücke, die gestern noch in dieser Reihe geklafft hatte ... Sie war es also gewesen, die es sich ausgeliehen hatte. Ich hätte jede Wette auf Großtante Mathilda abgeschlossen. Seltsam! Die MacLeods schienen ja eine ganz besondere Faszination auf sie auszuüben, wenn sie das Album sogar mit auf ihr Zimmer nahm. Leise schloss ich die Tür wieder.

30

Ich fand James in der Nähe der Kerker vor einem ausgestopften Luchs, den er hingebungsvoll streichelte.

»Er heißt Mickey!«, erklärte mir der kleine Satansbraten und dass Mickey von nun an bei Mama, Papa, Emma und ihm wohnen würde. Empört kreischte er auf, als ich ihm verkündete, dass das nicht ginge, weil Mickey doch hier auf der Burg zu Hause war, und mein Versuch, ihn von der schon leicht mottenzerfressenen Wildkatze wegzuzerren, endete damit, dass er sich auf den Boden schmiss und um sich schlug.

Als ich es endlich geschafft hatte, Emma und ihn bei Donna und Thomas abzuliefern, war ich nass geschwitzt.

»Hattet ihr Spaß?«, fragte Donna.

»Ja, total!«

»Nein«, heulte James. »Enya ist doof! Ich will wieder zu Mickey!«

»Wer ist Mickey?«, fragte Onkel Thomas.

»Ach, das soll er dir selbst erklären!« Ich schob die Zwillinge ins Zimmer.

Erschöpft wollte ich mich in mein Zimmer zurückziehen, als mein Handy klingelte. Ich dachte, dass es Mama oder Papa wären – sie hatten mir gestern Nacht nur eine Nachricht geschrieben, dass sie gut angekommen waren, und sich seitdem nicht wieder gemeldet –, doch auf dem Display stand eine unbekannte Nummer.

»Bist du es, Enya?« Miss Adelines rauchige Zigarettenstimme klang ungewohnt hell.

Was wollte die denn von mir? War etwas mit Jona? Aber wieso sollte sie in dem Fall gerade mich anrufen? »Ja!«

»Gott sei Dank!« Ich hörte sie ausatmen. »Ich hatte schon befürchtet, dass ich dich nicht erreiche. Du musst sofort verschwinden!«

Was??? »Wieso?«

»Du bist in Gefahr. Ich habe es in meiner Kristallkugel gesehen. Jemand ist hinter dir her!«

Ach so! Mein Herzschlag beruhigte sich wieder. »Ich weiß, der Nebel. Ich kann Sie aber wirklich beruhigen, dafür gibt …«

»Nein!«, unterbrach mich Miss Adeline. »Es ist Finola MacLeod. Sie ist zurückgekehrt. Und sie will dich holen. Ich habe gesehen, wie sie dich verfolgt hat. Und du hattest Angst. Große Angst.«

Ich schloss die Augen und atmete tief ein und aus. Auch

dafür gab es eine ganz harmlose Erklärung. Aber da Jona ihr offenbar nicht von unserer nächtlichen Entdeckung erzählt hatte, würde es zu lange dauern, ihr alles zu erklären. Außerdem sah ich durch das Fenster, dass auf dem Burghof bereits die ersten Gäste von Angus empfangen wurden. Es war eine vierköpfige Familie, die aus einem schicken dunklen Mercedes stieg. Neben dem Mercedes parkte ein silberfarbener SUV ein. Zwei weitere Autos näherten sich dem Burghof über die Zufahrtsstraße.

»Ich werde auf mich aufpassen, versprochen!«, beruhigte ich Miss Adeline. »Außerdem habe ich ja noch Ihr Medaillon. Sie haben doch selbst gesagt, dass mir nichts passieren kann, solange ich es trage.«

Wo war es überhaupt? Ich wimmelte Miss Adeline ab und lief zu meinem Zimmer.

Im Bad lag das Medaillon nicht. Auf der Ablage der Frisierkommode auch nicht. Genauso wenig wie auf meinem Nachtschränkchen. Ich durchwühlte meine Toilettentasche, meinen Koffer, die Taschen aller meiner Kleider – das Medaillon war weg. Hatte ich es vielleicht verloren? Nein! Ich war mir sicher, dass ich es gestern im Bad ausgezogen und auf die Ablage des Waschbeckens gelegt hatte, bevor ich zu Jona ins Bett gekrochen war. Komisch! Auch wenn ich Miss Adelines Geschwätz überhaupt keinen Glauben schenkte – ich wusste schließlich inzwischen, dass Finola MacLeod nur eine Projektion gewesen war –, beschlich mich ein mulmiges Gefühl. Das Medaillon konnte doch nicht verschwunden sein! Doch wo auch immer es nun war: Jetzt hatte ich keine Zeit mehr, es zu suchen. Ich musste mich fertig machen.

Ich zog mich aus, sprang schnell unter die Dusche und griff nach dem grünen Kleid, das an einem Bügel am Kleiderschrank hing. Jessy hatte zwar deutlich mehr Oberweite als ich, da das Oberteil ihres grünen Kleides aber aus einem elastischen Stoff bestand, schmiegte es sich trotzdem vorteilhaft um meine nur spärlich vorhandenen Kurven. Meine Locken waren genauso widerspenstig wie sonst, aber immerhin schaffte ich es, sie mit einem Glättungsbalsam von Jessy zumindest ein bisschen zu bändigen. Meinen ewig blassen Teint frischte ich mit einem Rouge von ihr auf. Es gelang mir sogar ganz gut. Deutlich schwieriger war es, Wimperntusche aufzutragen, denn meine Hand zitterte, und ich musste mich zweimal abschminken, um nicht herumzulaufen, als hätte mir jemand eins aufs Auge gegeben. Nun musste ich nur noch etwas Lipgloss auflegen, und ich war fertig. Ich warf einen prüfenden Blick in den Spiegel. Wäre mein gestresster Gesichtsausdruck nicht gewesen, hätte ich ganz passabel ausgesehen!

Ich schlüpfte in meine schwarzen Stiefeletten, hängte mir eine kleine schwarze Tasche um die Schulter – auch sie war eine Leihgabe von Jessy – und verließ das Zimmer. Auf dem Weg nach draußen ging meine Hand zu meinem nackten Dekolleté. Wenn ich nur wüsste, wo dieses verflixte Medaillon steckte!

Der Ballsaal war prächtig geschmückt. Große Blumen-arrangements aus Amaryllis und Christrosen standen auf den runden Tischen, und die Flammen der schlanken ro-ten Kerzen in den mehrarmigen Leuchtern spiegelten sich in den Gläsern. Namensschilder aus edlem Papier zeigten, wer auf welchem Platz saß, und auf den weißen Tellern mit Goldrand lag eine zu einem Stern gefaltete Serviette. Ein Saxofonspieler saß auf der kleinen Bühne und spielte chillige Loungemusik. Ich war froh, dass An-gus so schnell noch einen Ersatz für den Pianisten bekom-men hatte. Er hatte sich unglaublich viel Mühe mit dem heutigen Abend gegeben, wurde mir jetzt erst so richtig bewusst, und ich bekam heftige Skrupel, ihm nichts von dem ganzen Spuk erzählt zu haben, den von Stich und Dorothea hier abziehen wollten.

Ich ließ meinen Blick weiter im Saal herumschweifen. Angus hatte schon erwähnt, dass er neben uns Gästen, der Presse und der Lokalprominenz auch einen großen Teil seiner Verwandtschaft erwarten würde.

Fast alle Männer trugen einen Kilt, und bei den Schot-tinnen schien die Devise *Mehr ist mehr* zu lauten. Noch nie hatte ich so viel Glitzer, Pailletten, Rüschen und Schmuck-steine auf einem Fleck gesehen.

Jessy hätte über so viel Provinz-Schick eigentlich den Kopf schütteln müssen. Aber meine Schwester war gar nicht bei der Sache. Alle paar Minuten checkte sie ihr Handy, und auf ihrem Gesicht hatten sich hektische rote Flecke gebildet.

Trotzdem musste ich zugeben, dass sie wunderschön aussah. Der schwarze Spitzenrock umschmeichelte ihre langen Beine, und das weiße, schulterfreie Oberteil betonte ihren schlanken Hals. Ihre langen blonden Haare hatte sie zu einem aufwendigen Fischgrätenzopf geflochten.

»Soll ich dich fotografieren?«, bot ich ihr an, als wir uns mit einem Glas Sekt nach unserer Verwandtschaft umsahen.

»Nein«, sagte Jessy mit ausdruckslosem Gesicht, und spätestens da war ich mir sicher, dass sie mehr als nur ein abhandengekommener Follower bedrückte.

»Da sind sie!« Jessy hatte Onkel Thomas, Donna und die Zwillinge in der Menschenmenge entdeckt und steuerte auf sie zu. Anstatt wie sonst mit schwingenden Hüften wie ein Model herumzustolzieren, bewegte sie sich steif wie eine Marionette. Was war denn nur heute mit ihr los?

»Ihr beiden seht toll aus!«, begrüßte uns Großtante Mathilda.

Auch von Onkel Thomas bekamen wir ein Kompliment für unser Aussehen. »Wow!«, sagte er. »Was für eine Ehre, mit den beiden hübschesten Damen im Raum an einem Tisch sitzen zu dürfen. – Nach meiner Frau natürlich«, schob er nach. Aber Donna schien durch meinen heroischen Babysittereinsatz milde gestimmt und fragte Jessy und mich ganz huldvoll, welcher Designer unsere Kleider denn kreiert hätte.

»Hennes & Mauritz und Zara«, antwortete Jessy, ohne

mit der Wimper zu zucken. »Man gönnt sich ja sonst nichts.« Sie prostete Donna mit einem Glas Sekt zu, und zum ersten Mal an diesem Tag sah ich ihre Mundwinkel zucken.

Jessy und ich waren gerade noch rechtzeitig gekommen. Der Dudelsackspieler betrat zusammen mit Angus die Bühne. Das Karo seines Kilts hatte die gleichen Farben und das gleiche Muster wie das des Burgbesitzers. Während ich den fröhlichen Pfeifenklängen lauschte, die er seinem Instrument entlockte, sah ich mich nach weiteren bekannten Gesichtern um. Ich entdeckte von Stich. Mit einem Glas Orangensaft stand er allein in einer Ecke. Sein blasses Gesicht war gerötet. Dorothea Schmidt saß mit einer korpulenten Schottin an einem Tisch und schaute auf ihre Armbanduhr. Mir entging auch der Blick nicht, den die beiden verstohlen miteinander austauschten. Wann das ganze Spektakel losging? Fast wünschte ich mir, dass es bald der Fall sein würde, denn der formelle Teil des Abends, der nun folgte, war zum Gähnen langweilig. Gefühlt jeden der Anwesenden stellte Angus namentlich vor und beteuerte ihm, wie sehr er sich freuen würde, ihn zu sehen. Dabei lief er wie aufgezogen auf der Bühne hin und her. Konnte er nicht stehen bleiben? Allein vom Zusehen wurde ich nervös. Ich hätte dem Armen echt sagen sollen, was von Stich und Dorothea vorhatten. Ihn würde der Schlag treffen, wenn der Spuk losging. Doch dazu war es jetzt definitiv zu spät!

»Hoffentlich ist er bald fertig«, sagte Jessy. »Ich habe Hunger.«

Ich auch. Inzwischen war Angus bei seinem Cousin Hank aus Staffin angekommen, und er machte mit Großonkel Connor und seiner Frau Flora weiter. Wie groß war denn nur dieser Clan?

Eine Frau mit taillenlangen blonden Haaren in einer schottischen Tracht schob sich an mir vorbei. Sie sah aus wie … Erschrocken verfolgte ich ihren Weg durch den Saal, und mein Unbehagen legte sich erst, als sie sich umdrehte, um ein Glas von dem Tablett einer Bedienung zu nehmen. Nein, diese Frau hatte nur von hinten Ähnlichkeit mit der ehemaligen Clanchefin. Trotzdem wurde mir einen Moment ganz flau im Magen. Vielleicht lag das daran, dass ich außer einer Banane und einem Apfel heute noch nichts gegessen hatte.

Ich durfte mich von Miss Adelines Hysterie nicht anstecken lassen! Finola MacLeod war schon seit mehreren Hundert Jahren tot, und selbst für den völlig abwegigen Fall, dass sie es nicht war, war es unmöglich, dass sie mir etwas antat: Ich befand mich schließlich inmitten von über hundert Menschen, und ab elf Uhr würde ich bei Jona sein und mein Zimmer garantiert nicht mehr verlassen. Noch vier Stunden waren es bis dahin … Was er wohl für Augen machte, wenn er mich in diesem Kleid sah? Bisher hatte er mich ja immer nur in eher zweckmäßiger Montur gesehen. In Jeans oder Winterjacke. Oder in einem Schlafanzug …

Endlich war Angus mit seiner Vorstellungsrunde fertig, und er wünschte allen einen wunderschönen Abend und einen guten Appetit. Nicht nur ich atmete erleichtert auf. Fast eine halbe Stunde hatte Angus' Rede gedauert, und in dieser Zeit hatte mein Magen gleich zweimal so laut geknurrt, dass es mir richtig peinlich war.

Die letzten Tage war zu den Mahlzeiten immer ein mehrgängiges Menü aufgetischt worden. Heute gab es ein Buffet. Das mochte ich viel lieber, weil man sich nach Herzenslust an genau den Dingen bedienen konnte, die man gerne aß. Ich liebte ja Nudeln. Und natürlich den Nachtisch. Die schottischen Desserts waren einfach nur fantastisch. Neben den Pineapple Cream Tarts liebte ich vor allem die Macaron Bars und die Millionaires Shortbreads, Shortbreads mit einer Extraportion Karamell und Milchcreme. Zwar war ich pappsatt, aber ich überlegte ernsthaft, ob ich noch eins nehmen sollte. Ich spürte, wie mich jemand beobachtete, und schaute auf. Es war Teresa.

»Hast du schon einen davon probiert?«, fragte sie.

»Ja! Viel zu viele. Sie sind so lecker!«

Die alte Frau lächelte. »Das freut mich. Sie sind meine Spezialität.«

»Sie können unglaublich gut kochen und backen.« Ich fand, das musste mal gesagt werden.

»Danke.« Sie lächelte mich an. »Ich hatte auch lange genug Zeit, um zu üben. – Du siehst heute Abend übrigens ausgesprochen hübsch aus!«

»Oh, danke!« Ich spürte, wie ich rot wurde. Teresa war wirklich nett.

Okay, ein Shortbread würde ich noch nehmen, aber dann war Schluss. Ich konnte mich ja kaum noch bewegen! Und das war ungünstig, denn inzwischen hatte der Saxofonspieler die Bühne geräumt und Platz für eine Band gemacht.

Die Schotten schienen ein tanzwütiges Völkchen zu sein. In Deutschland dauerte es ja immer ein bisschen, bis jemand den Anfang machte. Hier wurde die Tanzfläche regelrecht gestürmt und alle tanzten ausgelassen herum. Allein, zu zweit, in Gruppen. Selbst Donna ließ sich irgendwann von der Ausgelassenheit anstecken und hüpfte mit Emma auf dem Arm herum. Ihre Wangen glühten, und ihre Augen leuchteten. Nie hätte ich gedacht, dass sie so aus sich herausgehen könnte! Ich tanzte mit Großtante Mathilda, Gloria und James im Kreis. Onkel Thomas war von der emanzipierten älteren Schottin im Kaftan zum Tanz aufgefordert worden, die am Tisch neben ihm gesessen hatte. Ich sah, wie sie ihn – nicht umgekehrt! – herumwirbelte. Die Einzige von unserer Familie, die nicht tanzte, war Jessy. Mit verschlossenem Gesicht saß sie immer noch an ihrem Platz, und ihre Daumen flitzten über das Display ihres Handys. Sogar während des Essens hatte sie darauf herumgetippt. Sie konnte froh sein, dass Mama nicht da war!

»Also, ich weiß nicht, wie es bei euch aussieht«, sagte

Großtante Mathilda, nachdem die Band eine kurze Pause angekündigt hatte, »aber ich brauche dringend etwas zu trinken.«

»Geht mir genauso«, keuchte Gloria. Unter den Armen hatten sich schon dunklere Flecke auf ihrem silberfarbenen Abendkleid gebildet, und eine dunkle Haarsträhne klebte auf der verschwitzten Haut ihres Gesichts.

Auch ich hatte Durst. Gloria nahm James auf den Arm, und wir gingen zu der kleinen Bar, die im hinteren Bereich des Ballsaals aufgebaut war.

Gierig stürzte ich die Cola hinunter. Allmählich könnten von Stich und Dorothea echt mal anfangen, es war schon zehn, und in einer Stunde …

Ich hatte den Gedanken noch nicht zu Ende geführt, als mit einem Schlag das Licht ausging und die flackernden Kerzen auf den Tischen die einzige Leuchtquelle waren.

»Ach, du meine Güte! Ein Kurzschluss. Ausgerechnet jetzt«, sagte Großtante Mathilda.

Doch ich wusste es besser: Das war kein Kurzschluss. Es ging los!

31

uch! Was ist es denn auf einmal so kalt hier!« Gloria zog fröstelnd die Schultern hoch. »Ob die Heizung auch ausgefallen ist?«

Dann spürte ich die Kälte auch. Mit ihr kam die Angst. Und auch wenn ich wusste, dass ich nichts zu befürchten hatte, dass Frequenzen der Grund für all das waren, wurde mein Herzschlag schneller und mein Atem flacher.

Ein Kind schrie auf. Emma! Wenigstens meiner Familie hätte ich Bescheid geben sollen. Ich versuchte, gegen den zunehmenden Druck in meiner Brust anzuatmen, doch das war leichter gesagt als getan. Vor allem als der längst erwartete Nebel in schnell dichter werdenden Schwaden über den Boden floss und alle Anwesenden bis zu den Knien verschwinden ließ. Ein zweiter Schrei ertönte. Dieses Mal kam er von einem Mann.

»Da!«, schrie er.

Die Projektion einer Fledermaus flog durch den Saal, und das so dicht über uns hinweg, dass James – der bis dahin mit offenem Mund und mucksmäuschenstill dem Ganzen gefolgt war – loskreischte und die Arme schützend über seinen Kopf hielt. Dabei verfingen sich seine kleinen Finger in Glorias dunkler Mähne – und sie kam ins Rutschen!

Unglaublich! Nicht nur ihre Wimpern und Nägel waren künstlich, Gloria trug auch noch eine Perücke! Ich hatte mich ja schon öfter gefragt, ob überhaupt etwas an ihr echt war, aber damit, dass ihr selbst die Haare nicht von der Natur geschenkt worden waren, hatte ich nicht gerechnet. Gloria rückte die Perücke mit der freien Hand wieder gerade. Dabei schaute sie sich verstohlen um, um herauszufinden, ob es jemand bemerkt hatte. Ich konnte gerade noch rechtzeitig meinen Blick abwenden! Den anderen Gästen um uns herum war nichts aufgefallen. Sie schauten wie gebannt auf die Fledermaus – bis ein lauter Donnerschlag ertönte und eine Frauenstimme heiser flüsterte: »Was wollt ihr hier, ihr Eindringlinge?« Die überlebensgroße Projektion von Finola MacLeod erschien an der Stelle, wo gerade noch so wild getanzt worden war. Eine Gruppe älterer Damen wich mit einem Aufschrei zurück.

»Ihr stört meine Ruhe! Verschwindet!« Die Projektion hob drohend den Arm, und ich hörte ihren rasselnden Atem. Durch die vielen Lautsprecher wirkte es so, als ob sie sich direkt hinter mir befände. Ein Schauer lief über meinen Rücken. Spätestens jetzt hätte ich mir vor Angst in die Hosen gemacht, wenn ich nicht gewusst hätte, dass alles nur inszeniert war. Diese Show war nichts für meine eh schon angegriffenen Nerven! Ich fragte mich, welchen Spuk Dorothea und von Stich noch abziehen würden, als Angus an das Mikrofon trat, an dem gerade noch der Sänger der Band gestanden hatte. Ich hatte mich schon gefragt, wann er endlich eingreifen würde. Doch anstatt seine Gäste zu bitten, Ruhe zu bewahren, so wie er es bei uns in den letzten Tagen mehrmals gemacht hatte, blinzelte er in den Spot eines Scheinwerfers, den irgendjemand auf ihn gerichtet hatte.

Er breitete die Arme aus. »Ladys und Gentlemen! Meine liebe Verwandtschaft! Habt ihr euch gegruselt? Sehr gut! Das werden in Zukunft noch viel mehr Menschen, denn ich freue mich, euch mitteilen zu dürfen, dass Dunvegan Castle schon im nächsten Jahr zum ersten und einzigen schottischen Freizeitpark mit Gruselfaktor umgebaut wird.«

Es war so still im Ballsaal, dass man eine Haarnadel hätte fallen hören können. Auch ich konnte es kaum glauben, was ich gehört hatte.

»So ein Mammutprojekt kann ich natürlich nicht alleine stemmen, ich habe ja keinerlei Erfahrung mit … einer solchen Attraktion.« Also, besonders überzeugt von dem, was er gerade sagte, erschien mir Angus nicht. Er zog den Kopf ein, als würde er befürchten, dass gleich einer der MacLeods auf die Bühne stürmen und ihm eins mit dem

342

Holzhammer überziehen würde. Was ich durchaus nachvollziehen könnte … Hätte Angus aus Dunvegan Castle ein Luxushotel machen wollen, okay, aber einen Gruselpark … Die Gründungsväter des Clans MacLeod würden sich in ihren Gräbern umdrehen.

»Deshalb habe ich mir Unterstützung von einem echten Experten des Grusels geholt: von Ferdinand Gruber«, fuhr er fort. »Mr Gruber gehört nicht nur die traditionsreiche Geisterbahn im Wiener Prater, sondern auch die größte mobile Geisterbahn der Welt und ein Gruselfreizeitpark. Ich freue mich, ihn und seine Frau Dorothea heute Abend hier auf Dunvegan Castle begrüßen zu dürfen.« Im Licht des Scheinwerfer-Spots traten die beiden auf die Bühne.

Klick! Das Licht eines Blitzlichts erhellte den Raum. In den Mann von der Presse war wieder Leben gekommen, und auch die anderen Gäste lösten sich aus ihrer Erstarrung. Getuschel setzte ein.

»Die beiden sind verheiratet! Hättet ihr das gedacht?«, fragte Großtante Mathilda Gloria und mich.

Ich schüttelte den Kopf. Gloria hingegen reagierte nicht, sondern starrte weiterhin auf die Bühne, wo Ferdinand Gruber alias von Stich weitaus selbstbewusster als Angus gefolgt von Dorothea auf die Bühne trat.

»Geplant ist ein Mix aus gotischer Villa, Märchenpalast und Geisterbahn! Die Besucher erwarten natürlich die einschlägigen Gadgets: Totenköpfe, Spinnweben, Fledermäuse, Särge … Aber dabei wird es nicht bleiben.« Er breitete in einer theatralischen Geste die Arme aus. »Sie werden auch durch ausgefeilte Spuksimulationen in Atem gehalten werden: bewegte Objekte, Projektionen, flackernde Lichter, eine Geräuschpalette, die vom gefühlten Windstoß über keuchenden Atem bis hin zu Donnergrollen und Furcht einflößenden Schreien reicht ... Ein Teil der Burg wird natürlich weiterhin ein Hotel sein. Irgendwo müssen die Besucher schließlich auch schlafen. Aber auch hier sind umfangreiche Umbaumaßnahmen geplant: Die Gäste dürfen sich auf Zimmer im Stil einer Kirchen-Krypta freuen mit Gewölbedecken, Säulen, einem Kiefern-Sarg mit wärmenden Decken zum Relaxen, Kerzen ...«

»Vergiss das Unterhaltungsprogramm nicht, Schatz!«, unterbrach ihn Dorothea. »Alle Zimmer werden natürlich mit einem Zweiunddreißig-Zoll-Flachbildschirm ausgestattet werden, und Sie haben die Wahl zwischen sechzig Horrorklassikern. Dazu dürfen Sie eine Flasche erstklassigen Rotwein der von uns kreierten Marke *Bloodeaux* trinken.«

Die Begeisterung der beiden war richtiggehend ansteckend, ich hätte mich glatt für diesen Gruselpark und das Gruselhotel erwärmen können, aber doch nicht hier ... Dunvegan Castle war mehrere Hundert Jahre alt und hatte eine äußerst traditionsreiche Geschichte. Ein solches Gebäude auf diese Weise zu kommerzialisieren kam einer Entweihung gleich ...

Das fand auch der Barmann. »Jetzt hat MacLeod endgültig den Verstand verloren«, murmelte er hinter meinem Rücken.

»Definitiv!«, sagte Gloria tonlos. »Jemand muss diese Menschen aufhalten!« Sie sah so entsetzt aus, dass ich schon befürchtete, sie würde jeden Moment zusammenklappen, und ich nahm ihr schnell James ab, der immer noch wie versteinert auf ihrem Hüftknochen gesessen und keinen Mucks von sich gegeben hatte.

Auch Angus wirkte alles andere als glücklich. Während die Grubers erst so richtig in Fahrt kamen und von Flüsterstimmen im Bad, Folterkammern, einer Henkershow, Gruselmenüs und einem Kiosk mit Gruselartikeln erzählten, schrumpfte er immer mehr in sich zusammen. Seine Bommelmütze saß total schief auf seinem Kopf, weil er sich immer wieder die Stirn mit einem Stofftaschentuch abtupfte.

»Wieso macht er das?«, flüsterte ich Großtante Mathilda zu. »Offenbar findet er diese Pläne selbst nicht gut.«

»Ganz einfach: weil er die Burg sonst nicht halten kann«, antwortete sie pragmatisch.

Da hatte sie wohl recht. Nun wusste ich, wieso Angus in den letzten Tagen so angespannt gewirkt hatte. Für die Grubers war das alles hier ein großer Spaß. Ich konnte mir lebhaft vorstellen, wie viel Vergnügen es ihnen gemacht hatte, Geistergerüchte zu schüren, Elemente aus ihrer Spukshow an uns zu testen und Angus damit in den Wahnsinn zu treiben. Gruber hatte ihn ja sogar darum gebeten, dass er bei ihm schlafen dürfe. Und dann die

Sache mit dem ausgelösten Rauchmelder. Hughes, der wegen der ganzen Ereignisse schon früher abgereist war, obwohl er auf dem Ball hätte Klavier spielen sollen. Bestimmt hatte Angus in ständiger Angst gelebt, was die beiden sich als Nächstes einfallen lassen würden. Doch er war machtlos gewesen, dagegen einzuschreiten. Schließlich war er auf ihr Geld angewiesen. Sicher hatte er bis zuletzt gehofft, noch eine andere Lösung zu finden!

Auf die Wand hinter der Bühne wurden die Umbaupläne mit einem Beamer projiziert, aber ich hatte genug gesehen und gehört. Außerdem musste ich dringend aufs Klo.

Auf dem Weg zu den Waschräumen war mir zum Weinen zumute. Nicht nur, weil ich die Burg lieb gewonnen hatte und es mich schauderte, wenn ich sie mir als Gruselpark vorstellte, sondern auch, weil ich an mein eigenes Zuhause denken musste. Wenn kein Wunder geschah, würden Mama und Papa es verkaufen müssen. Nie wieder würde ich in einem so schönen Haus wohnen und nie wieder in einer Straße namens Dornröschenweg ... Ganz abgesehen von den vielen Erinnerungen, die mich mit der alten Villa und dem Park verbanden. Ich hatte noch nie woanders gewohnt. Und vielleicht würde sie irgendein Baulöwe kaufen, sie abreißen und einen gesichtslosen Wohnblock dorthin stellen, wo jetzt noch die vielen alten Obstbäume standen und die Eiche, in der sich Jessys und mein Baumhaus befand ...

Etwas streifte meine Wange. Igitt! Da war ja schon wieder einer dieser ekelhaften Falter. Wie eine mutierte Motte umkreiste er eine Deckenlampe.

Ich wollte gerade in den Waschräumen verschwinden, als mir der umherhuschende Lichtstrahl im Türschlitz des Museums auffiel. Er musste von einer Taschenlampe stammen. Ich blieb stehen! Es hatte doch hoffentlich nicht einer der Gäste die Gruselshow genutzt, um aus dem Ballsaal zu verschwinden und sich an den Artefakten darin zu bedienen?

Langsam drückte ich die Klinke hinunter und linste hinein.

Jona stand vor einer der Vitrinen.

32

Was machst du denn hier?«, fragte ich verblüfft. »Du wolltest doch erst um kurz nach elf kommen.«

Jona fuhr zusammen. »Ich … äh …«, druckste er herum. Ich sah Sir Rory Mors Horn in seiner Hand und in Verbindung mit seiner schuldbewussten Miene stieg ein schlimmer Verdacht in mir auf.

»Du hast geschaut, ob es hier auf der Burg zufällig ein paar Dinge gibt, die du gebrauchen kannst«, beendete ich an seiner Stelle den Satz. »Oder wolltest du nur überprüfen, ob du ein echter Kerl bist und du es in einem Schluck austrinken kannst?«

Jona trat auf mich zu. »Können wir vielleicht woanders drüber reden? In deinem Zimmer? Es kann jeden Moment jemand kommen.«

»Nein, ich gehe mit dir nirgendwohin.« Plötzlich war mir alles klar. »Es waren deine Schritte, die ich in meiner zweiten Nacht hier auf dem Gang gehört habe, und als ich dich am Duirinish Stone darauf angesprochen habe, wusstest du, dass ich in Finola MacLeods ehemaligem Zimmer wohne. Du wolltest es nach den Diamanttränen durchsuchen. Und als du sie nicht gefunden hast, hast du dir gedacht: Dann schaue ich halt mal, ob ich nicht im Museum etwas finde, was ich zu Geld machen kann.«

Bitte sag, dass das nicht stimmt!, flehte ich stumm.

Aber Jona senkte die Wimpern.

Ich hatte recht gehabt. Diese Erkenntnis tat so weh, dass mir die Tränen in die Augen schossen.

»Enya!«, sagte Jona, doch dieses Mal hatte der Klang meines Namens nichts Verführerisches an sich. Er streckte die Hand nach mir aus, doch ich stieß sie weg.

»Bitte! Es tut mir leid. Aber was hättest du denn an meiner Stelle getan? Ich brauche Geld, sonst stehen Oma und ich schon in ein paar Tagen auf der Straße.«

»Ich hätte dich auf jeden Fall nicht benutzt, nur um ungestört die Burg nach Diamanten durchsuchen zu können.«

»Das habe ich nicht. Okay, am Anfang vielleicht. Aber dann nicht mehr …«

»Erzähl das jemand anderem! Ich hätte auf Angus hören sollen. Ihr Traveller seid nichts anderes als gemeine Diebe und Betrüger.« Ich lief, so schnell es die Absätze meiner Stiefeletten erlaubten. Jona folgte mir nicht.

Es tat so weh! Schluchzer verengten meine Kehle, und Tränen verschleierten mir die Sicht. Doch ich lief weiter.

War das das Bild, was Miss Adeline in ihrer Kristallkugel gesehen hatte? Wenn ja, dann hatte es ihr vorenthalten, dass nicht Finola MacLeod für meine Verzweiflung verantwortlich war, sondern ihr Enkel.

Auf den Ball wollte ich nun nicht mehr. Der war für mich vorbei. Hogmanay war für mich vorbei. Ich würde mich in meinem Zimmer einschließen und es nur noch zu den Mahlzeiten verlassen, bis wir zurück nach Deutschland flogen.

Als ich endlich wieder in meinem Zimmer war, schloss ich die Tür zweimal ab und ließ mich dann auf den Stuhl vor der Frisierkommode sinken. Ich sah genauso schlimm aus, wie ich mich fühlte, bewies mir ein Blick auf mein Spiegelbild. Ich war sogar noch blasser als Lucian, und die zerlaufene Wimperntusche hatte schwarze Schlieren auf meiner Haut hinterlassen. Ich griff nach der Abschminklotion und einem Stoffpad und rubbelte sie weg. Mein Schmerz war Zorn gewichen. Aber ich war nicht nur auf Jona wütend! Wie hatte ich nur so blöd sein können zu glauben, dass ihm an mir etwas gelegen hatte? Das alles hätte ich mir doch gut selbst zusammenreimen können. Es hatte so viele Anzeichen gegeben. Die fadenscheinige Geschichte, dass seine Oma ihn auf die Burg geschickt hatte, damit er dort nach dem Rechten sah. Sein Wunsch, mich immer und immer wieder besuchen zu kommen. Sein auffälliges Interesse an jedem noch so kleinen Detail auf dem Weg zum Nordturm. Und ich dumme Kuh war so blind vor Verliebtheit gewesen, dass ich all das nicht hatte sehen wollen. Ich pfefferte das Abschminkpad gegen den Spiegel, und es hinterließ einen ölig-schwarzen Abdruck darauf.

Es klopfte an der Tür. Wer war das denn jetzt? Jessy? Oder Großtante Mathilda? Wieso hatte ich den beiden denn nur keine Nachricht geschrieben, dass ich Kopfschmerzen hatte und mich hinlegen musste?

»Ja?«

»Ich bin es, Teresa.«

Was machte die denn hier?

»Was ist?«

»Ich habe dich zusammen mit dem Traveller-Jungen gesehen. Und ich habe gehört, was ihr gesprochen habt.«

Sie hatte uns gesehen und gehört? Wo war sie denn gewesen? Ich hatte sie gar nicht bemerkt.

»Kann ich reinkommen?«

Nein!!! Ich wollte allein sein. »Mir geht es nicht gut. Ich habe Kopfschmerzen.«

»Ich habe dir eine Tasse Tee mitgebracht. Eine spezielle Kräutermischung von mir. Sie hilft gegen alles. Auch gegen Kopfschmerzen. – Und Herzschmerz.«

Oh nein! Sie hatte mir extra einen Tee gekocht und den auch noch durch die halbe Burg getragen. Schicksalergeben stand ich auf und öffnete.

Teresa trat ein. In den Händen hielt sie ein kleines Tablett, auf dem ein Kännchen Tee, eine Tasse, Milch und Zucker standen.

»Es tut mir so leid«, sagte sie mit mitleidigem Blick. »Vielleicht tröstet es dich, wenn ich dir sage, dass dieser Junge sowieso kein guter Umgang für dich gewesen wäre.«

Nein, das tröstete mich nicht! Und ich wusste auch nicht, was Teresa das alles anging. Sie sollte wieder gehen! Stattdessen zog sie sich unaufgefordert den Schreibtischstuhl heran und setzte sich.

»Du armes, armes Mädchen!« Sie schubste die Tasse ein Stück näher zu mir heran. »Trink deinen Tee, bevor er kalt wird! Er wird dir guttun.«

Ja, vielleicht. Nach dem Schock! Ich nahm einen Schluck. Wie der letzte, den sie mir angeboten hatte, schmeckte er viel zu süß. Ich verzog das Gesicht.

»Im Dorf erzählt man sich Sachen über ihn«, fuhr Teresa fort. »Es ist nicht das erste Mal, dass er lange Finger gemacht hat.«

Wieso wunderte mich das nicht?

»Lass die Tränen ruhig fließen!« Ich spürte ihre Hand auf meinem Rücken. »Danach wird es dir besser gehen.«

Das konnte ich mir nicht vorstellen. »Es geht schon!«

»Vor mir musst du nicht tapfer sein. Ich kann gut verstehen, was für eine große Enttäuschung es für dich sein muss, dass er dich nur benutzt hat, und ich wünschte, ich hätte dich früher vor ihm gewarnt.«

Das wünschte ich mir auch! Nun spürte ich doch, wie sich meine Augenwinkel mit Tränen füllten. Ich presste meine Augen zusammen, um sie daran zu hindern, unkontrolliert hervorzuquellen, und als ich sie wieder öffnete, um Teresa zu bitten, mich allein zu lassen, schaute ich in mein Spiegelbild.

Ich trug nicht das grüne Kleid, sondern das psychedelisch bunte. Vor Schreck verschluckte ich mich und fing an zu husten. Fast wäre mir dabei die Tasse heruntergefallen, die ich noch immer in der Hand hielt. Teresa nahm sie mir geistesgegenwärtig ab und stellte sie wieder auf die Untertasse zurück. Ich warf ihr einen Seitenblick zu. War auch ihr mein verändertes Spiegelbild aufgefallen? Ich hatte nicht den Eindruck. Was um Himmels willen machte denn Großtante Mathildas jüngeres Ich in meinem Frisierspiegel? Und warum schüttelte sie mit dem Kopf und fuchtelte mit den Händen in der Luft herum? Dabei formten ihre Lippen ein Wort. Lautete es nein?

Teresa war unangenehm nah an mich herangerückt. In ihrem blauen Blick lag etwas Lauerndes, Verschlagenes. Wollte Großtante Mathilda mich etwa vor ihr warnen? Ich schaute wieder in den Spiegel. Sie nickte.

Mein Atem kam ins Stocken. Ich musste hier raus!

»Danke, dass Sie mir das alles erzählt haben«, krächzte ich. »Es ist gut, Bescheid zu wissen. Ich fühle mich jetzt schon viel besser und gehe nun zum Ball zurück.« Ich sprang auf.

Doch Teresa tat es auch. Viel schneller und weniger schwerfällig, als ich es ihr zugetraut hatte.

»O nein! Du wirst schön hierbleiben!«, sagte sie mit eisiger Stimme.

»Was wollen Sie von mir? Wieso lassen Sie mich nicht

raus?« Meine Knie schlotterten so sehr, dass ich es kaum schaffte, aufrecht stehen zu bleiben, und mein Herz klopfte so schnell und laut, dass ich meine eigenen Worte kaum verstand.

»Weil ich eine Träne von dir möchte«, sagte sie sanft. Die schneidende Kälte aus ihrer Stimme war genauso schnell verschwunden, wie sie gekommen war. »Eine einzige Träne, das ist doch bestimmt nicht zu viel verlangt.«

Eine Träne! Schockiert starrte ich Teresa an, die sehr aufrecht mit in die Seiten gestemmten Händen und vorgeschobenem Kinn zwischen mir und der Tür stand.

In dieser Haltung und mit einem Ausdruck im Gesicht, der mir deutlich zu verstehen gab, dass sie zu allem bereit war, hatte sie nur noch wenig mit Angus' verhuscht wirkender Haushälterin gemeinsam. Stattdessen war die Ähnlichkeit mit einer anderen Person auf einmal auffallend. Natürlich war sie viel älter als auf dem Porträt, und ihre Haare waren nicht mehr silberblond, aber die tiefblauen Augen, die zierliche Nase, das spitze Kinn … Es musste an ihrer gebeugten Haltung gelegen haben, dass ich sie immer für eine alte Frau gehalten hatte, an dem schlurfenden Gang, dem weiß gewordenen Haar. Um ihre auffällig hellen blauen Augen hatte sie nämlich nur wenige Fältchen, und auch die Haut in ihrem Gesicht, am Hals und an den Händen war nicht so schlaff, wie man es von jemand in ihrem Alter erwarten würde.

»Sie sind Finola MacLeod!«

33

luges Mädchen! Du weißt also, wer ich bin.« Sie lächelte, doch dieses Lächeln hatte nichts Freundliches an sich. »Das ist gut. Sehr gut. Denn es erspart mir einiges an Erklärungen.«

»Nein!« Ich musste Zeit gewinnen. Zeit, um meine herumrasenden Gedanken zu bündeln und mir einen Plan zu überlegen. Einen Plan, wie ich aus diesem Zimmer herauskommen konnte. »Dann stimmt die Legende also, die man sich über Sie erzählt? Sie können aus Tränen Diamanten machen?«

»Oh ja, das kann ich«, sagte Finola selbstgefällig. »Es hat mich aber viele, viele Jahre gekostet herauszufinden, wie. Es ist nur in der magischen Nacht von Hogmanay möglich. Und nur mit den Tränen von Jungfrauen. Von Jungfrauen, wie du es eine bist.« Sie trat so nah an mich heran, dass ihr Atem mein Gesicht streifte, und streckte ihre

Hand nach mir aus. In dieser aufrechten Haltung war sie kaum kleiner als ich. Ihre Fingerspitzen glitten über mein Gesicht, und ich kämpfte den überwältigenden Drang nieder, sie wegzuschlagen. »Du bist wirklich ein ausgesprochen hübsches Mädchen, kleine Enya. Genau wie deine Großtante Mathilda damals eins gewesen ist. Die Ähnlichkeit zwischen euch ist erstaunlich. Leider hatte sie sich dazu entschlossen, ihre Jungfräulichkeit an diesen *Fotografen* zu verlieren«, aus ihrem Mund hörte sich das so verächtlich an, als hätte sie *Kanalreiniger* gesagt, »und ich musste mit dieser *MacLeod* vorliebnehmen.« Das klang genauso herablassend! »Wer hätte gedacht, dass mir das Schicksal noch einmal eine solche Chance geben würde!« Ihre eisblauen Augen leuchteten.

»Was haben Sie mit Charlotte gemacht?«

»Was meinst du damit?« Sie sah verblüfft aus. »Ich habe sie zum Weinen gebracht. Sonst würde ich jetzt wohl kaum vor dir stehen, sondern wäre sicher schon seit dreißig Jahren tot.«

»Ich meine danach. Was haben Sie danach mit ihr gemacht?«

»Nichts.«

»Nichts? Aber Charlotte ist seitdem spurlos verschwunden.«

Finola zuckte mit den Schultern. »Sie ist noch in derselben Nacht durch den Geheimgang geschlüpft und nie mehr gesehen worden. Mathilda sollte sich ihr Leben lang schuldig daran fühlen.« Sie kicherte. »Ich habe einen Zettel mit Charlottes Handschrift gefälscht. Ich weiß, was ihr getan habt, stand darauf. Das war *meine* kleine Rache dafür, dass ich ihre Tränen nicht haben konnte. Die Wirkung der Tränen ist umso größer, je schöner das Mädchen ist, das sie vergießt. Charlotte war nichts Besonderes.«

Finola rümpfte die Nase. »Aber ich hatte keine Zeit mehr, mir jemand anderen zu suchen. Mit dem zwölften Schlag ist die magische Nacht von Hogmanay nämlich vorbei. Und du siehst ja, was aus mir geworden ist.« Endlich nahm sie ihre Finger von meinem Gesicht und legte sie stattdessen auf ihr eigenes. Ihre Stimme wurde weinerlich. »Die Tränen haben die Macht, mich wieder jung zu machen, aber sie können den Alterungsprozess nicht aufhalten, sondern nur zurückdrehen. Alle fünzig Jahre muss ich die Prozedur spätestens wiederholen, sonst sterbe ich wie alle anderen Menschen auch.«

Dann waren also nicht die Vollmondbäder im Fluss Sligachan ihr Jungbrunnen gewesen, sondern die Diamanten.

Unwillkürlich ging meine Hand an die Stelle, wo sich gestern noch das Medaillon befunden hatte. Wieso hatte ich nicht besser darauf aufgepasst? Finola war verrückt! Total geistesgestört! Ich wollte mir gar nicht ausmalen, was sie mit mir machen würde, wenn sie erst einmal meine Träne hatte. Denn sicher legte sie keinen Wert darauf, dass ihr kleines Geheimnis publik wurde. Charlotte hatte sie verschont, weil die bereit gewesen war, die Insel und sogar Schottland zu verlassen. Da ich überhaupt keinen Grund hatte zu verschwinden und auch gar nicht wüsste, wohin, ging ich nicht davon aus, dass sie mit mir genauso gnädig umgehen würde.

»Vermisst du das hier?«, fragte Finola. Sie griff in die Tasche ihres Rocks. »Ich habe es heute Mittag gefunden, als ich dein Zimmer sauber gemacht habe. Bist du wirklich so naiv gewesen zu glauben, dass ich mich von einem Kräuterbündel aufhalten lasse? Niemand kann mich aufhalten!« Ihr triumphierendes Lachen gellte in meinem Kopf.

Ich musste hier raus! Sofort! Leider kam ich an ihr nicht vorbei. Natürlich könnte ich Finola wegschubsen, ich ging davon aus, dass ich viel stärker war als sie, aber um nach draußen zu gelangen, musste ich erst die Tür aufschließen. Und das kostete Zeit. Zeit, die ich vielleicht nicht hatte.

Ich sah mich nach etwas um, das ich ihr über den Kopf ziehen könnte. Meine Haarbürste würde es sicherlich nicht tun. Vielleicht aber einer der Schürhaken, die an der Wand neben dem Kamin hingen.

»Wieso haben Sie so lange gewartet, bis Sie sich ein neues Mädchen gesucht haben?«, fragte ich, während ich mich gleichzeitig langsam in dessen Richtung bewegte.

»Wieso, wieso?«, äffte Finola mich nach. »Kannst du dir das nicht denken? Es wäre aufgefallen, wenn ich nie gealtert wäre. Du weißt, was mir damals passiert ist. Ich wäre fast auf dem Scheiterhaufen gelandet.«

Wenn ich mich reckte, würde ich den Schürhaken mit den Fingerspitzen bereits erreichen können. Meine Finger stießen an Metall. Endlich! Ich riss ihn an mich, holte aus, schlug zu – und traf daneben. Leider war Finolas Reaktionsfähigkeit unglaublich gut. Ich weiß nicht, wie sie meinen Angriff hatte kommen sehen, aber sie schaffte es, zur Seite zu springen. Immerhin hatte ich sie aus dem Gleichgewicht gebracht. Das genügte mir. Ich schloss die Tür auf und rannte los. Wenn ich erst einmal den Ballsaal erreicht hatte, war ich in Sicherheit! Hinter mir hörte ich Geräusche. Im nächsten Moment streifte mich etwas am Kopf. Es war der Falter. Ein paar Meter vor mir flog er eine enge Kurve, und plötzlich stand Finola wieder vor mir.

Ich schrie auf, so laut wie noch nie in meinem Leben. Sie war der Falter gewesen! Die Hand, in der ich den Schürhaken hielt, sank zu Boden. Tränen bildeten sich in meinen Augenwinkeln, doch als ich das Funkeln in Finolas Augen sah, ihre Hand, die sich mir gierig entgegenstreckte, wischte ich sie schnell weg. Oh nein! So leicht würde ich es ihr nicht machen.

»Wieso wehrst du dich noch dagegen?« Ohne die Hand zurückzuziehen, kam Finola näher. »Du kannst mir eh nicht entkommen. Ich bin viel schneller als du!« Ihre Stimme nahm wieder den kalten, unerbittlichen Tonfall an. »Und nun gib mir endlich, was ich will!«

»Nein!« Der martialische Schrei, der aus meiner Kehle drang, überraschte mich selbst. Im gleichen Moment wirbelte ich herum. Finola wich zwar aus, aber sie stürzte. *Ha!*, dachte ich triumphierend. Ich musste den Ballsaal erreichen. Doch der Weg bis dahin war noch so lang. Ich lief zu dem großen Schrank. Dort würde ich mich vor ihr verstecken. Ich riss die Türen auf und machte sie gleich wieder hinter mir zu. Doch in dem gleichen Moment, in dem mich die Dunkelheit verschluckte, verfluchte ich mich für diese Entscheidung. Waren denn alle meine Gehirnzellen abgestorben? Vor höchstens fünf Minuten hatte Finola mir erzählt, dass Charlotte durch den Geheimgang verschwunden war. Und natürlich wusste sie, wo sich sein Eingang befand. Sie hatte schließlich jahrelang auf der Burg gelebt. Nun blieb mir nur noch zu hoffen, dass sie sich bei ihrem Sturz so stark verletzt hatte, dass sie nicht wieder aufstehen konnte. Aber das konnte sie. Ich hörte Schritte. Verdammt, war diese Frau zäh! Dass der Schrank der Eingang zum Geheimgang war, musste sie allerdings vergessen haben, denn sie lief daran vorbei. Ich atmete auf. Das Geräusch ihrer Schritte verstummte und wurde wieder lauter. So ein Mist! Sie kam zurück. Ich ging in die Knie und tastete die Schrankwand ab. Meine Finger fanden den Hebel und zogen daran. Ich verschwand im Geheimgang. Doch es war zu spät. Die Schranktür öffnete sich.

»Habe ich es mir doch gedacht.« Finolas gehässiger Gesichtsausdruck strafte ihre honigsüße Stimme Lügen. Sie stieg in den Schrank und kam mit ausgestreckten Händen auf mich zu. Carrie, des Satans jüngste Tochter – war nichts gegen diese Frau.

Ich wich zurück. Immer tiefer ließ ich mich von ihr in den Geheimgang treiben.

»Jetzt bleib endlich stehen!«, sagte Finola unwillig. Dass ich drohend mit dem Schürhaken vor ihrer Nase herumfuchtelte, schien sie gar nicht zu beeindrucken. »Du sitzt in der Falle. Wie ein Mäuschen sitzt du in der Falle.«

O nein! Dieses Mal ließ ich nicht den Schürhaken nach vorne schnellen, sondern meinen Fuß. Und damit rechnete sie nicht. Hart traf ich sie im Magen, und sie sackte mit einem Aufstöhnen in sich zusammen.

Diese Chance musste ich nutzen. Ich drehte mich um und lief um mein Leben. Doch es war dunkel, so furchtbar dunkel in dem Geheimgang, und schnell wurde das Licht, das durch die geöffnete Schranktür anfangs noch hineingeströmt war, schwächer, bis es schließlich hinter der nächsten Biegung ganz erlosch. Tastend bewegte ich mich weiter vorwärts. Schon nach wenigen Metern gabelte sich der Gang. Er führte also nicht nur ins Dorf, sondern auch noch woandershin. Ich vermutete, in den Park. Wie sonst hätte Jona sich am Tag meiner Ankunft dort herumtreiben können? Über die Mauer war er sicher nicht geklettert. Wenn ich erst einmal draußen war, konnte ich durch die Eingangstür wieder in die Burg gelangen. Wahrscheinlich standen auf dem Burghof bereits Leute herum, um frische Luft zu schnappen oder zu rauchen. Dort würde Finola mir nichts mehr antun können.

Hatte ich hinter mir ein Geräusch gehört? Ich fuhr herum. Nein, aber das konnte ich wahrscheinlich auch gar nicht. Mein hämmernder Herzschlag dröhnte bis hinauf in meinen Kopf und verschluckte außer dem Rasseln meines Atems jedes Geräusch. Ich musste so schnell wie möglich aus dem Gang herauskommen.

Ich war so auf einen möglichen Verfolger hinter mir konzentriert, dass ich die Gefahr von vorne viel zu spät bemerkte. Ein gleißender Lichtschein blendete mich, sodass ich die Augen schließen musste. Ich stieß mir den Kopf an etwas Spitzem, und zum zweiten Mal an diesem Abend schrie ich gellend auf. Der Schürhaken fiel mir aus der Hand. Und dann fiel ich auch.

34

Als ich wieder zu mir kam, lag ich lang ausgestreckt auf kaltem, hartem Boden. Nur mein Kopf ruhte auf etwas Weicherem, und ich blickte in zwei blaue Augen. Jona schaute besorgt auf mich herunter. Neben ihm kniete Miss Adeline. In der Hand hielt sie ein Fläschchen, das nach Kampfer roch.

Ich schoss nach oben. »Was ist passiert?«

»Du bist mit dem Kopf gegen einen Felsvorsprung gerannt und kurz bewusstlos gewesen. Du Arme! Wir müssen dich furchtbar erschreckt haben.« Miss Adeline tätschelte meine Wange.

»Und was macht ihr hier?«, fragte ich benommen. Zäh, als müssten sie sich durch Sirup kämpfen, strömten meine Gedanken durch meine Gehirnwindungen.

»Was wohl?« Miss Adeline schraubte das Fläschchen wieder zu. »Auf dich aufpassen. Du magst das, was ich dir am Telefon gesagt habe, vielleicht für das überdrehte Geschwätz einer alten Frau halten, aber ich weiß, was ich in der Kristallkugel gesehen habe. Und ich werde nicht zulassen, dass dir das Gleiche passiert wie Charlotte MacLeod.«

»Das wäre aber fast geschehen!« Nachdem ich die Tränen so lange zurückgehalten hatte, strömten sie nun mit der Gewalt eines Wasserfalls aus meinen Augen und über meine Wangen. Finola MacLeod hätte ihre helle Freude gehabt. Ich vergrub mein Gesicht im Stoff von Jonas Jacke. Obwohl ich ihn vor nicht mehr als einer halben Stunde noch so sehr verabscheut hatte, weil er mich so schamlos für seine Zwecke ausgenutzt hatte, war ich noch nie froher gewesen, ihn zu sehen.

»Du hast sie gesehen?« Miss Adelines Hand, die gerade noch so beruhigend über meinen Rücken gefahren war, stoppte.

Ich nickte. Stockend und von vielen Schluchzern unterbrochen erzählte ich den beiden, wie Teresa sich als Finola MacLeod enttarnt hatte und dass ich ins Dorf laufen wollte, um Hilfe zu holen.

»Was sollen wir denn jetzt tun? Wir können sie doch nicht einfach so davonkommen lassen. Sie hat meine Träne nicht bekommen. Nächstes Jahr wird sie sich an Hogmanay wieder ein neues Mädchen suchen.«

»So lange muss sie nicht warten. Sie hat auch dieses Jahr noch die Chance, sich eins zu suchen. Es ist erst kurz nach elf!« Jona sprang auf.

»Nein, zum Glück nicht. Abgesehen von einem Jungen in unserem Alter und dessen jüngerem Bruder sind auf dem Ball nur ältere Leute.«

»Was ist mit deiner Schwester? Ist die inzwischen abgereist?«

Ich schüttelte den Kopf. »Sie kommt aber nicht infrage. Es müssen unbedingt die Tränen einer Jungfrau sein, hat Finola gesagt.« Ich spürte, wie ich rot wurde, denn lieber hätte ich Jona auf eine andere Art und Weise mitgeteilt, dass ich noch nie mit einem Jungen geschlafen hatte. »Und Jessy ist ganz sicher keine Jungfrau mehr.«

»Weiß Finola das auch?«

»Keine Ahnung.« Nun sprang auch ich auf.

Vor dem Ballsaal herrschte immer noch Betrieb. Überall standen Männer und Frauen in Grüppchen davor. Sie redeten und gestikulierten, und es schien nur ein Thema zu geben: den Umbau von Dunvegan Castle zu einem Gruselpark. Jessy war nicht unter ihnen. Aber Großtante Mathilda und Gloria standen mit einem Glas Champagner in der Hand davor.

»Da bist du ja wieder, Enya! Wo warst du denn die ganze Zeit?« Großtante Mathildas Blick pendelte zwischen Jona und mir hin und her.

»Wo ist Jessy?«, stieß ich aus, und Großtante Mathildas Brauen schnürten sich noch mehr zusammen.

»Ach, jemand war so ungeschickt, deiner Schwester Rotwein über ihr Oberteil zu kippen!«, antwortete Gloria.

»Sie ist auf ihr Zimmer gegangen, um sich etwas anderes anzuziehen.«

Ich stieß einen Fluch aus und drehte mich auf dem Absatz um.

»Wo wollt ihr hin?«, rief Großtante Mathilda uns nach. »Und wer ist denn der junge Mann, und wieso hat er einen Schürhaken dabei?«

Ich machte mir nicht die Mühe, ihr zu antworten.

Schon lange bevor Jona und ich Jessys Zimmer erreichten, hörten wir Theo kläffen und jaulen. Das würde er nicht tun, wenn sie bei ihm wäre. Mein Magen zog sich auf Tennisballgröße zusammen.

Ich hämmerte gegen die Tür. »Jessy!«

Als Antwort bellte Theo umso lauter, und er kratzte am Holz, ansonsten blieb es still. »Sie ist nicht da.« Ich stützte mich mit der Hand an der Tür ab, weil mir ganz schwindelig war. Wir hätten zuerst in den Waschräumen nachschauen sollen!

In diesem Moment musste es der aufgeregte Hund irgendwie geschafft haben, mit den Pfoten die Türklinke herunterzudrücken. Sie schwang nach innen auf, und ich stolperte ins Zimmer. Es war leer, genau wie erwartet. Was ich allerdings nicht erwartet hatte, war, dass Theo mich nicht begrüßte wie sonst, sondern an mir vorbeischoss und den Gang hinunterlief.

»Macht er das öfter?«, fragte Jona.

Ich schüttelte den Kopf. »Wir müssen ihm nach!« Zwar befürchtete ich, dass der Hund sich entweder auf dem

Weg in die Küche befand, wo er sich wieder einen Knochen erhoffte, oder dass er Gracia Patricia einen Besuch abstatten wollte, aber was hatte ich denn für eine Wahl! Die Burg war riesig, Jessy konnte überall sein. Ich hoffte nur, dass Finola sie noch nicht erwischt hatte.

Theo jagte zurück ins Haupthaus. Auf dem Weg dorthin trafen wir Großtante Mathilda und Gloria wieder.

»Stopp!« Großtante Mathilda stellte sich mir in den Weg. »Ich will jetzt endlich wissen, was los ist, junge Dame. Wieso rast du hier durch die Burg? Und wieso hast du den Hund rausgelassen?«

»Wir müssen erst Jessy finden!« Ich drängte mich an ihr vorbei. »Wir müssen Jessy finden. Teresa … Sie ist Finola MacLeod! Wir müssen sie vor ihr retten!«

Von Theo war nichts mehr zu sehen, aber ich hörte ihn immer noch.

Jona und ich rannten in die Richtung, aus der das Bellen kam. Es war der Weg zur Küche, und niedergeschlagen dachte ich schon, mit meiner Vermutung recht gehabt zu haben, doch der Hund lief daran vorbei zu der Tür, hinter der es zu dem Verlies hinunterging. Zu dem Verlies, dessen Wände so dick waren, dass kein Laut durchdrang, egal wie laut man schrie … Ich befahl Theo, still zu sein, und Jona drückte die Klinke hinunter. Die Tür ließ sich öffnen. Kälte schlug uns entgegen und ein modriger Geruch, der mir Übelkeit verursachte. Wenn Jessy auch hier nicht war, hatten wir ein Problem.

Wir schlichen die Stufen hinunter und waren noch

nicht ganz unten, da hörte ich schon Stimmen. Jessy befand sich im hintersten Raum. Dort, wo Angus auch Lebensmittel aufbewahrte. Aber sie war nicht allein … Teresa war bei ihr! Ich hatte es befürchtet! Sie war es gewesen, die den Rotwein verschüttet hatte. Jona und ich drückten uns eng gegen die Mauer.

»Wo ist denn jetzt das Salz?«, hörte ich meine Schwester ungeduldig fragen. »Sind Sie sicher, dass Sie keins mehr in der Küche haben? Ich hätte einfach Seife nehmen sollen …« Durch die halb geöffnete Tür sah ich, dass sie sich ein anderes Oberteil angezogen hatte. Das verschmutzte hielt sie in der Hand. Finola stand mit dem Rücken zu uns und durchsuchte ein Regal. Das heißt, sie tat so, denn ich war mir hundertprozentig sicher, dass sie meine Schwester nicht hierhergeführt hatte, um die Rotweinflecken aus dem weißen Top zu waschen, sondern wegen etwas anderem.

»Was machen wir denn jetzt?«, fragte ich Jona erstickt.

Sein Blick ging zu dem Schürhaken in seiner Hand. Ich sah, wie sich seine Kieferpartie anspannte, der Ausdruck in seinen Augen entschlossen wurde und er ihn nach oben zog. Doch obwohl Jona sich flink und behände bewegte, war er noch nicht einmal durch die Tür, als Finola schon herumwirbelte. Sie packte Jessy und hielt ihr ein kleines Küchenmesser an den Hals, das sie aus der Tasche ihrer Schürze gezogen hatte.

»Keinen Schritt näher!«, zischte sie. »Und lass den Schürhaken fallen, wenn du nicht willst, dass ich den zarten

Schwanenhals dieser Jungfrau durchtrenne!« Dann begriff sie, dass Jona nicht allein gekommen war.

»Du!« Sie lachte auf. »Dachte ich es mir doch, dass man dich nicht unterschätzen darf. Du hast Charakter, und im Gegensatz zur Schönheit verblasst der auch nicht.«

»Enya!«, rief Jessy erstickt. Ihre blauen Augen waren vor Angst riesig geworden. »Was ist hier los?«

»Das ist nicht Teresa, sondern Finola MacLeod.« Ich hielt Theo zurück, der zu Jessy laufen wollte.

»Finola MacLeod?«, formten ihre Lippen lautlos.

»Ja, du hast richtig gehört.« Finola drückte das Messer fester an ihre Kehle. »Wage es nicht zu schreien!«

Hilfe suchend schaute ich zu Jona hinüber. Sein Körper war angespannt, und sein Blick zuckte zwischen ihr und dem am Boden liegenden Schürhaken hin und her. Ich war mir sicher, dass er nur auf eine Gelegenheit wartete, sich ihn erneut zu schnappen, wenn sich die Gelegenheit dazu ergab. Und die musste ich ihm beschaffen!

»Lassen Sie meine Schwester los!«, sagte ich fest.

Ihre dünnen, hellen Brauen wölbten sich nach oben. »Und wieso sollte ich das?«

»Weil Ihnen ihre Tränen überhaupt nichts nutzen. Sie ist keine Jungfrau mehr.«

Finola lachte auf. »Natürlich ist sie das.«

»Und woher wollen Sie das so genau wissen?«

»Ganz einfach.« Das selbstsichere Lächeln auf ihrem Gesicht vertiefte sich. »Mein Vater hat mir beigebracht, aus Innereien von Tieren zu lesen.«

Ich hörte Jona neben mir scharf einatmen. Deswegen hatten also die vielen Schafe sterben müssen! Aber das Schaf, dessen Leber, Milz, Niere oder was auch immer ihr diese Information gegeben hatte, war umsonst gestorben. »Dann ist diese Fähigkeit nicht so ausgeprägt, wie Sie gedacht haben«, erwiderte ich. »Sag ihr, dass du keine Jungfrau mehr bist!«, forderte ich Jessy auf.

Jessy senkte den Blick, ich sah, wie ihre Unterlippe zuckte, dann schüttelte sie kaum merklich den Kopf.

Ich war erschüttert. Nie hätte ich mit einer solchen Enthüllung gerechnet! Nicht von ihr, die sich in ihrem Youtube-Kanal und in ihrem neuen Buch nicht nur als Expertin in Sachen Beziehung, sondern auch Sex präsentierte.

»Ich wollte warten, bis jemand kommt, für den ich etwas Besonderes bin, und eine Zeit lang dachte ich auch, dass ich diesen Jemand gefunden habe. Aber so war es nicht ...«

Für einen Moment schloss Jessy die Augen.

»Ja, so sind sie, die Männer!«, sagte Finola überraschend verständnisvoll. »Erst umgarnen sie uns und bringen uns dazu zu glauben, dass wir die eine für sie sind, aber wenn sie uns erst einmal sicher haben, erlischt ihr Interesse an uns. Auch bei Colum war es so.«

»Colum?«, fragte Jessy. Auch ihr war Finolas veränderter Tonfall aufgefallen. »Wer war das?«, motivierte sie sie zum Weitersprechen, und ich war so stolz auf sie. Vielleicht würde das uns den Moment der Unachtsamkeit bescheren, in dem Jona Finola überwältigen konnte.

»Colum MacLeod war mein Mann und der Chief von

Dunvegan Castle.« Stolz lag in ihrer Stimme, aber auch etwas anderes. Etwas, was ich nicht so recht zu deuten wusste. War es … Sehnsucht? »Ich war die Tochter eines einfachen Schusters, und ich lebte mit meinem Vater in einem kleinen Dorf. Wir wären uns niemals begegnet, aber ein Barde hatte ihm von mir erzählt. Du musst wissen, dass ich früher eine große Schönheit war.«

Jessy nickte eifrig. »Oh ja! Das Bild in der Ahnengalerie. Sie haben umwerfend ausgesehen, ehrlich! Sie waren die schönste Frau, die ich je gesehen habe. Allein Ihre tollen Haare …« Ich befürchtete schon, dass sie zu dick auftrug, doch Finola wirkte plötzlich nicht mehr so angespannt wie vorher, und ein geschmeicheltes Lächeln umspielte ihre Lippen.

»Oh ja, das war ich. Im Dorf war ich eine Ausgestoßene. Meine Schönheit sei Teufelswerk, sagten sie. Die Ehe mit Colum war eine Möglichkeit für mich, meinem Vater und mir ein neues Leben aufzubauen und ihr boshaftes Geschwätz und unsere Armut hinter uns zu lassen. Aber auch auf der Burg wurde ich nicht freundlich empfangen.« Der Stolz aus Finolas Stimme war verschwunden, und Resignation machte sich darin breit. »Als Colum noch Interesse an mir hatte, machte mir das nicht viel aus, aber je älter ich wurde und je mehr meine Schönheit schwand, desto weniger oft besuchte er mich in meinen Gemächern.« Finolas Hand, in der sie das Messer hielt, sank nach unten, aber sie schien es nicht einmal zu bemerken, zu sehr war sie gefangen in der Vergangenheit.

»Wie gemein von ihm!«, stieß Jessy aus. Sie schien wirklich einen Draht zu Finola zu haben.

Finola nickte. »Ich habe alles getan, um sein Interesse zurückzugewinnen. Ich habe bei Vollmond im Fluss Sligachan gebadet, weil die Energie meiner Vorfahren durch dessen Wasser floss, ich habe Kräuter zu Salben verarbeitet, und ich habe meine Haut mit Tierblut eingerieben, aber nichts hat mir meine Schönheit zurückgebracht. Bis zu dem Abend des Hogmanayballs, an dem mir die Innereien eines Kaninchens das erste Mal verrieten, dass Colum mich betrog.«

»So ein Arsch!«, rief Jessy.

Ich musste sie dafür bewundern, dass sich diese Mischung aus Mitleid und Empörung bei ihr absolut echt anhörte. Ich hatte gar nicht gewusst, dass sie so eine gute Schauspielerin war.

»Ja.« Finolas Züge verhärteten sich, und leider war ihr auch aufgefallen, dass sich das Messer nicht mehr an Jessys Kehle befand, und sie hob ihre Hand wieder. So ein Mist! »Du kannst sicher verstehen, dass ich völlig außer mir war, und als meine Zofe mich für den Ball ankleidete und mir beim Frisieren an den Haaren riss, entlud sich meine Wut, und ich schlug sie, so fest ich konnte, ins Gesicht. Es fing an zu weinen, das ungeschickte Ding, und verschmutzte mir mein Kleid. Ich wollte sie fortscheuchen …«

Finola erzählte uns, wie erschrocken sie war, als die Tränen der Dienerin auf ihrer Haut zu Diamanten wurden, und dass ihre Haut an der Stelle, an der sie sie berührten, wieder jung und glatt war. Wie sie in der folgenden Zeit anfing zu experimentieren und schließlich herausfand, dass der verjüngende Effekt nur in der Nacht von Hogmanay eintrat und dass nur die Tränen von Jungfrauen ihn bewirken konnten. Schließlich brachten ihr diese Experimente den Ruf ein, aufbrausend und grausam zu sein. Sie wurde leichtsinnig, machte sich dieses Jugendelixier immer öfter zunutze, in der Hoffnung, wieder die Frau für Colum zu sein, die sie in der Anfangszeit für ihn gewesen war.

»Wie genau funktioniert das denn mit den Diamanttränen?«, fragte Jessy. »Reiben Sie sich mit den Diamanten ein?« Ich konnte sie wirklich nur dafür bewundern, dass sie in dieser Situation so ruhig blieb. Finola hielt das Messer so fest an ihre Haut gedrückt, dass ein Rinnsal Blut ihren Hals hinuntergeflossen und in ihrem weißen Oberteil versickert war.

Finola schüttelte den Kopf. »Es reicht, wenn ich sie auffange und meine Finger fest darumschließe. Im gleichen Moment, in dem sie zu Diamanten werden, setzt die Wirkung ein, und was das Beste ist: Mit den Jahren habe ich gelernt, sie ganz genau zu steuern und zu entscheiden, wie jung sie mich machen sollen. Leider blieb es natürlich trotzdem nicht unbemerkt, dass alle auf der Burg alterten, nur ich nicht. Die Stimmen, dass dies alles nicht mit rechten Dingen zuginge, wurden immer lauter, und Colum war es ein willkommener Vorwand, mich endlich loswerden zu können.« Ihr Mund wurde schmal, und ihr Brustkorb hob und senkte sich schwer.

»Sie Ärmste! Das alles muss furchtbar für Sie gewesen sein. Wie haben Sie es geschafft zu fliehen?«, fragte Jessy. »Hat Ihnen jemand geholfen?«

»Nach dem Tod meines Vater gab es niemanden, der das für mich getan hätte.« Finola blinzelte, und einen Moment lang dachte ich, dass sie gleich anfangen würde zu weinen. »Meine Magie war meine Hilfe. In der Mauer war ein Spalt. Ich habe mich in einen Falter verwandelt und bin hinausgekrochen.«

Das hätte ich mir ja denken können!

»Was ist mit den Diamanttränen, die die Mädchen geweint haben? Sind die wirklich noch auf der Burg?«, fragte Jessy.

Sie schüttelte den Kopf. »Ich habe sie in einem Samtbeutel aufgehoben, den ich unter einem kaputten Dielenbrett in der Hütte versteckt habe, in der mein Vater und ich gewohnt haben. Zum Glück! Ohne das Geld, das ich durch ihren Verkauf erzielt habe, hätte ich mir niemals ein neues Leben aufbauen können. Und seitdem wandele ich durch die Zeiten. Ich nutze den Verjüngungseffekt der Tränen nur noch alle fünfzig Jahre. Danach verschwinde ich sofort und wechsele meine Identität, damit niemand hinter mein Geheimnis kommt. Mich ausstellt wie ein Tier im Zoo oder mich untersucht, um herauszufinden, welches Gen in mir für meine magischen Fähigkeiten verantwortlich ist.« Sie rieb sich die Stirn. »Ich bin es so leid, dieses ewige Wandern. Immer wieder neu anfangen zu müssen.«

In meinem Hals bildete sich ein Kloß. Finola war verrückt, verrückt und skrupellos, keine Frage, aber sie war auch müde, traurig und sehr, sehr einsam. Selbst Theo stieß ein leises Winseln aus.

»Sind Sie deshalb zurückgekommen?«, fragte Jessy leise. Ungeachtet des Messers, das Finola noch immer an ihre Kehle hielt, nahm sie deren freie Hand und drückte sie. »Weil diese Burg Ihr einziger Fixpunkt ist?«

Sie machte das wirklich alles sehr geschickt. Ich suchte Jonas Blick. »Gleich ist es so weit!«, sagte der Ausdruck in seinen Augen.

Finola nickte. »Hier habe ich die schönste Zeit meines Lebens verbracht.« Ich sah, wie sie schluckte – und auch, wie sich Jonas Muskeln anspannten, er sich bereit zum Sprung machte. »Denn weißt du, was das Schlimmste ist: Egal, was Colum mir alles angetan hat, ich habe ihn aus ganzem Herzen geliebt.«

»Das ist so traurig.« Jessys Unterlippe fing an zu zittern, und ihre Augen wurden feucht. Eine Träne löste sich und rann ihre Wange hinunter.

»Jessy!«, schrie Jona. Vielleicht war ich es auch gewesen. Ich konnte es nicht sagen.

Doch es war zu spät. Denn im gleichen Moment, in dem Jona sich auf den Schürhaken stürzte, hatte Finola das Messer fallen lassen und sie aufgefangen. Fest schlossen sich ihre Finger darum.

Nein! Nein!!! Nein!!!! Wenn sie erst hatte, was sie wollte, würde sie uns vielleicht alle töten. Hilflos musste ich zusehen, wie Finolas Haut innerhalb von Sekundenbruchteilen glatter und straffer, ihre Züge weicher und die Augen größer wurden, bis sie schließlich in einen richtigen Wirbel geriet. In einen Wirbel, der immer schneller wurde, bis ich keine Details mehr wahrnehmen konnte, sondern nur noch Teilchen in der Größe von Mosaiksteinen. Sie waren schwarz und weiß. Wie die Farben von Finolas Dienstbotentracht. Schwarz und weiß wie ihre Seele. Und selbst die lösten sich nach und nach auf. Sie fielen als feiner Sand auf den Boden und verblassten. Zurück blieb nur Jessys Träne. Ein farbloser, fingernagelgroßer Diamant.

Es war vorbei!

35

Sie ist fort«, sagte Jessy tonlos. »Sie hätte doch mindestens fünfzig weitere Jahre vor sich gehabt.«

»Ihr ist wohl bewusst geworden, dass sie die gar nicht mehr wollte.« Auch Jonas Stimme klang belegt.

Schockiert starrten wir alle drei auf den Edelstein, der am Boden lag. Dort, wo kurz zuvor noch Finola MacLeod gestanden hatte. Erst als wir Schritte hörten, schafften wir es, uns aus unserer Versteinerung zu befreien. Miss Adeline humpelte ins Verlies. Hinter ihr erschienen Gloria und Großtante Mathilda.

»Wo ist sie?«, fragte Miss Adeline, ihren Schlangenstock hielt sie drohend erhoben.

Statt einer Antwort fing Jessy an, laut zu schluchzen.

»Sie ist weg!«, sagte Jona.

»Und wohin?« Miss Adeline ließ ihren Blick durch das Verlies gleiten.

Jona bückte sich nach dem Diamanten, doch ich kam ihm zuvor und stellte meinen Fuß darauf.

»Das wissen wir nicht.«

»Kann mich mal jemand aufklären und mir sagen, was hier gespielt wird?«, fragte Großtante Mathilda. »Du und dieser Junge, ihr stürmt an mir vorbei und erzählt mir, dass Teresa Finola MacLeod ist und dass ihr Jessy vor ihr retten müsst, auf einmal kommt diese Dame Gloria und mir entgegen und behauptet das Gleiche, und nun ist sie auch noch verschwunden. Ihr könnt doch nicht ernsthaft denken, dass ich euch das glaube.«

»Das werden Sie wohl müssen«, sagte Miss Adeline. »Es gibt mehr Dinge zwischen Himmel und Erde, als Eure Schulweisheit sich träumt. Das hat schon der gute alte Shakespeare gewusst!«

»Sie hat recht«, warf Gloria ein, und sie wirkte auf einmal sehr nachdenklich. »Mir ist auf dieser Burg vor vielen Jahren etwas Ähnliches passiert. Eine Frau stand vor mir, so dicht wie ihr jetzt, und als ich einen Moment lang nicht hingeschaut hatte, war sie weg, und nur noch ein schwarzer Falter flatterte herum.«

Ein Falter?

»Können wir vielleicht woandershin gehen und dort weiterreden?« Jessy hatte die Arme fest um ihren Oberkörper geschlungen. »Ich möchte so schnell wie möglich von hier weg.«

Auf dem Weg aus dem Verlies erzählte ich Großtante Mathilda und Gloria, was alles passiert war. Okay, fast alles. Dass der Diamant zurückgeblieben war, verschwieg ich. Gloria hing an meinen Lippen und saugte jedes meiner Worte ein, aber auch Großtante Mathilda hörte mir aufmerksam zu. Wobei ihr skeptischer Gesichtsausdruck ahnen ließ, dass sie immer noch zweifelte, ob es wirklich stimmte, was ich ihr erzählte.

»Wenn du uns immer noch nicht glaubst, schau dir mal meinen Hals an.« Jessy war vor einem ovalen Spiegel stehen geblieben, der über einer Kommode hing. »Diesen hässlichen Schnitt werde ich mir ja wohl kaum selbst zugefügt haben.«

Ich zuckte zusammen, aber nicht wegen Jessys Wunde, sondern weil nicht ich hinter ihr stand und in den Spiegel schaute, sondern die jüngere Version Großtante Mathildas in dem kurzen, bunten Kleid.

Die junge Mathilda winkte mir hektisch mit beiden Händen zu, verschwand zu einer Seite, nur um gleich wieder zu erscheinen. Ich nickte stumm. Von hier aus waren es nur ein paar Meter bis zum Nordtrakt.

»Hast du einen Moment Zeit?«, fragte ich Großtante Mathilda. »Ich muss dir unbedingt etwas zeigen.«

»Und was?«

»Das ist eine Überraschung!«

»Davon hatte ich heute Abend eigentlich schon mehr als genug«, sträubte sie sich, doch ich blieb hartnäckig.

»Na gut!«, stieß sie mit einem gut hörbaren Seufzer aus. »Organisieren Sie in der Zeit doch schon mal ein Glas

Champagner für mich«, wies sie Gloria an. »Oder wissen Sie, was: Holen Sie doch gleich eine ganze Flasche! Die kann ich jetzt wirklich gut brauchen.«

Gloria nickte, die letzten Minuten war sie auffallend schweigsam gewesen.

»Wir beide sollten schauen, dass wir so schnell wie möglich von hier verschwinden«, sagte Miss Adeline zu Jona.

»Nein! Bleibt noch! Bitte! Es dauert auch nicht lange«, rief ich erschrocken. Sie konnten doch jetzt nicht einfach so gehen.

Jona schüttelte den Kopf. »Das geht nicht. MacLeod wird ausflippen, wenn er uns hier sieht.«

»Ja und?«, sagte Jessy. »Wir haben es gerade mit einer jahrhundertealten Highlanderin aufgenommen, da werden wir doch vor ihrem Ururenkel nicht einknicken. Ich verteidige euch mit meinem Leben.« Sie schwenkte den Schürhaken, den sie zusammen mit dem Messer aus dem Verlies mitgenommen hatte. Die Schrecken der vergangenen Stunde schienen langsam von ihr abzufallen.

Ich hakte mich bei Großtante Mathilda unter. Je näher wir dem Nordturm kamen, desto nervöser wurde sie.

»Ich weiß wirklich nicht, was diese Geheimnistuerei soll, Enya«, sagte sie. »Kannst du mir nicht einfach sagen, was du mir zeigen willst?«

Ich schüttelte den Kopf.

Der Nordturm war immer noch unverschlossen, nicht einmal das Baustellenband hatte Angus wieder aufgehängt.

Wie eine rot-weiße Schlange kräuselte es sich auf dem Boden.

»Du willst in den Turm.« Großtante Mathilda blieb abrupt stehen, als sie merkte, was ich vorhatte. »Hast du nicht gehört, was Angus bei der Führung gesagt hat? Wir dürfen dort nicht rauf, er ist einsturzgefährdet.«

»Ist er nicht. Es hatte andere Gründe, wieso er nicht wollte, dass jemand hinaufgeht.« Ohne auf ihren Protest zu achten, nahm ich sie fest an der Hand und zog sie die Wendeltreppe hinauf.

Lucian war nicht da. Das Zimmer war leer. Aber inzwischen wusste ich ja, wo er sich gerne aufhielt.

»Wolltest du mir zeigen, dass sich hier oben ein Zimmer befindet? Wunderbar! Das habe ich jetzt gesehen. Können wir nun wieder runtergehen?«, fragte Großtante Mathilda. Ihr Blick hing an dem schmalen Holzkreuz.

»Nein! Wir müssen auf den Turm! – Bitte, Tante Mathilda, vertrau mir!« Ich drückte fest ihre Hand und führte sie nach oben.

Der Nebel des Tages hatte sich vollständig verzogen. Wie eine Schale voller funkelnder Sterne breitete sich der Nachthimmel über den Turm, und im Gegensatz zu meinem letzten Besuch hier oben wehte kein eisiger Wind, sondern nur ein laues Lüftchen.

Lucian lehnte zwischen zwei Zinnen auf der Brüstung und schaute Herman zu, der vor einem vollen Mond seine Kunstfliegerloopings machte. Ich spürte, wie Großtante Mathildas Finger sich fest um meine Hand krallten.

»Lucian!«, stieß sie kaum hörbar aus, und dann: »Siehst du ihn auch?«

»Ja.« Ich streichelte mit meinem Daumen über ihren sehnigen Handrücken. »Deshalb habe ich dich hierhergebracht! – Geh zu ihm!«

Sie schüttelte den Kopf. Doch da hatte Lucian uns sowieso schon bemerkt.

Er drehte sich um.

»Wie lieb, dass du mich noch einmal besuchen kommst!«, rief Lucian. Er löste sich von den Zinnen. »Ich hatte schon ein ganz schlechtes Gewissen, dass ich vorhin so grantig zu dir war. Der Jahreswechsel macht mir immer sehr zu schaffen. Wen hast du denn dieses Mal mitgebracht?« Er legte den Kopf schief.

Ich stupste Großtante Mathilda, die steif wie ein Fischstäbchen neben mir stand, sanft in die Seiten.

»Ich bin es!«, sagte sie leise.

Lucians Augen wurden groß. »Matti?«, fragte er nach einer kleinen Ewigkeit.

Sie nickte kaum merklich. »Wie kann es sein, dass du hier bist? Ich dachte, du bist …« Ihre Stimme erstarb.

Ich sah, wie er schluckte. »Ja, das bin ich!« Seine Augen schimmerten feucht. »Aber ein Teil von mir ist zurückgeblieben.« Langsam ging er auf Großtante Mathilda zu, seinen Blick hatte er in ihren versenkt. »Vielleicht war es die Aussicht, dich noch einmal wiederzusehen, die mich hiergehalten hat.«

Sie schluchzte auf.

»Schsch! Ist ja gut!« Er streckte seine Geisterhand nach ihr aus, ließ sie sanft auf ihrer welken Wange ruhen. Sie schloss die Augen.

Ich schluckte, aber es dauerte ein wenig, bis ich den Kloß in meinem Hals hinuntergewürgt hatte. Es war Zeit, die beiden allein zu lassen.

Die Augen voller Tränen zog ich mich leise zurück. Auf einmal nahm ich hinter mir eine Bewegung wahr. Großtante Mathilda, Lucian und ich waren nicht allein. Gloria war uns gefolgt. Sie stand in der Tür, und auch sie weinte. Völlig zusammengesunken stand sie da, und ihre Schultern bebten. Ihre Perücke saß ein wenig schief auf ihrem Kopf …

Mein Herz zog sich zusammen, doch bevor ich leise etwas zu ihr sagen konnte, huschte sie auch schon davon.

Als ich in den Burghof trat, war es kurz vor Mitternacht, und die Gäste des Balls hatten sich versammelt, um auf den Jahreswechsel anzustoßen. Ich sah Jona und Miss Adeline, die sich zusammen mit Jessy ein wenig abseits des Geschehens hielten, und atmete auf. Sie waren noch da. Auch Donna, Thomas, die Zwillinge, Dorothea Schmidt und Ferdinand von Stich alias Ehepaar Gruber standen dick eingepackt auf dem Burghof. Abgesehen von James und Emma hielt jeder ein Glas Sekt in der Hand. Angus lief so nah an Jona vorbei, dass ich schon erschrocken die Luft einzog. Doch der Besitzer von Dunvegan Castle hatte den Kragen seines Wintermantels bis über das Kinn gezogen und bemerkte ihn und seine Oma nicht.

»Was für eine Nachricht, Angus!«, rief ihm die korpulente Frau zu, die auf dem Ball Onkel Thomas herumgeschwenkt hatte. »Du bist doch immer für eine Überraschung gut!«

Er nickte zerstreut.

Ich rieb mir die Hände. Es war ganz schön kalt. Gut, dass ich noch einmal aufs Zimmer gegangen war, um meine Jacke zu holen. Mein Atem zeichnete weiße Rauchwölkchen in die klare Luft.

»Da bist du ja endlich!«, sagte Miss Adeline.

»Ja, es hat doch etwas länger gedauert. Danke, dass ihr so lange gewartet habt.«

Sie zuckte mit den Schultern. »Ach, ich dachte, wo wir schon da sind, können wir uns auch noch das Feuerwerk anschauen.«

»Kann ich kurz mit dir sprechen?«, fragte ich Jona.

Er nickte, und ich zog ihn ein Stück zur Seite. »Du solltest noch etwas bekommen.« Ich zeigte ihm den Diamanten, den ich immer noch bei mir trug. Selbst jetzt, in der Dunkelheit, ging ein geradezu magisches Funkeln von ihm aus.

Jonas Augen weiteten sich. »Aber ihr braucht das Geld doch selbst!«

»Ja. Aber im Gegensatz zu deiner Oma und dir stehen wir nicht auf der Straße. Selbst wenn Mama und Papa unser Haus verkaufen müssen, können wir uns etwas anderes, Kleineres kaufen.« Ich nahm seine Hand und schloss seine Finger um den kühlen Stein.

Jonas Kehlkopf bewegte sich auf und ab. »Enya!«

»Ja?«

»Bevor Oma und ich gehen, muss ich dir unbedingt noch etwas sagen: Du hast mich vor ein paar Tagen mal gefragt, welche Prophezeiung meiner Oma eingetreten ist.«

»Ja. Und du wolltest es mir nicht sagen.«

»Jetzt sage ich es dir.«

»Ach! Da bin ich aber gespannt!« Wieso fing er denn jetzt damit an?

»Oma hat mir prophezeit, dass ein Mädchen mit roten Haaren auf die Insel kommen wird und dass ich mich unsterblich in sie verlieben werde.« Er sah mich fest an. »Genau das ist passiert. Deshalb bin ich auch noch einmal umgedreht und zurückgekommen. – Ja, ich dachte mir, dass es durch dich leichter ist, in der Burg nach den Diamanten zu suchen, aber alles, was ich zu dir gesagt oder getan habe, das habe ich auch genau so gemeint. Das musst du mir glauben.« Der Blick aus seinen wunderschönen blauen Augen hielt meinen fest. Abwartend, angespannt …

»Das tue ich.« Wäre es um mein Zuhause gegangen, ich hätte mich vermutlich nicht anders verhalten. Meine Hand tastete nach seiner, und ich wollte mich gerade auf die Zehenspitzen stellen, um Jona einen Kuss zu geben, als ich Gloria bemerkte.

»Warte kurz! Ich muss noch mit jemand sprechen!«, sagte ich zu ihm, und ich lief auf die Schauspielerin zu.

Ihre Augen waren stark gerötet, und ihr zerlaufenes Make-up hatte Schlieren auf ihrer Haut gebildet. Eine ihrer falschen Wimpern hatte sich am Rand gelöst und wippte auf und ab.

»Charlotte!«, rief ich.

Sie blieb stehen. »Ist dir durch die ganze Aufregung mein Name entfallen?«, fragte sie, doch ich sah, dass ihr Augenlid zuckte.

»Vor mir müssen Sie sich nicht mehr verstellen. Ich weiß, wer Sie sind. Ich habe ein Foto von Ihnen und Großtante Mathilda in einem Familienalbum gefunden, und man sieht Ihren blonden Ansatz, seit James an Ihren Haaren gezerrt hat. Außerdem haben Sie vorhin im Turm so furchtbar geweint. Es tut mir so leid, dass Sie das mit ansehen mussten«, fuhr ich fort, bevor Charlotte weitersprechen konnte. »Es war bestimmt total schlimm für Sie. Und es tut mir leid, dass Großtante Mathilda und Lucian Sie hintergangen haben. Ich weiß, dass sie sich lange dagegen gewehrt haben. Und dass sie es Ihnen sagen wollten. – Sie hätten sich von Finola nicht dazu bringen lassen dürfen wegzugehen«, fügte ich leise hinzu.

»Nein, das hätte ich nicht«, sagte Charlotte traurig. »Denn vor seinem Schmerz kann man nicht weglaufen. Und vor seinen Gefühlen auch nicht. Beides geht mit.«

»Sind Sie deshalb hierher zurückgekehrt? Um endlich mit allem abzuschließen?«

»Ja. Aber wie du weißt, hat es nicht geklappt. Ich kam immer wieder …«

»Ich habe den Brief gefunden, den Sie Großtante Mathilda geschrieben und niemals abgeschickt haben. Sie
müssen sie sehr geliebt haben ...«

Charlotte schluckte. »Ja, das habe ich. Ich habe niemals
wieder jemand so sehr geliebt wie sie.«

Ein paar Augenblicke sahen Charlotte und ich uns
schweigend an.

»Du siehst genauso aus wie sie damals«, sagte sie dann
weich.

»Ich weiß. Das bekomme ich ständig gesagt.« Ich bemühte mich um ein Lächeln, aber es verrutschte.

»So! Genug der Sentimentalität!« Charlotte schüttelte
sich leicht. »Nach den ganzen Ereignissen brauche ich
jetzt erst einmal einen Champagner!«

Sie stöckelte davon. Ihre Hand ging zu ihrer Perücke.
Um sie gerade zu rücken, dachte ich. Doch sie zog sie mit
einem einzigen Ruck herunter, und ihre kinnlangen blonden Haare wurden vom Wind sanft nach hinten geweht.

Ich ging zu Jona zurück.

»Schau!«, sagte er und zeigte zum Nordturm hinauf.

Hinter den Zinnen sah ich Großtante Mathilda und
Lucian. Die beiden bewegten sich leicht. So als würden
sie zu einer imaginären Musik tanzen. Großtante Mathilda hatte den Kopf auf seine Schulter gelegt.

Die Uhr der Burgkapelle fing an zu schlagen. Einmal,
zweimal ...

»Noch zehn!«, rief ein rothaariger Hüne im Kilt, und die
Menge fiel ein.

»Neun, acht, sieben«, riefen alle im Takt der Glocken-
schläge, doch Großtante Mathilda und Lucian schienen
die lauten Stimmen, die vom Burghof zu ihnen schallten,
nicht wahrzunehmen, so vertieft waren sie in ihren Tanz.
Meine Kehle schnürte sich zusammen, denn mit jedem
Glockenschlag verblasste Lucian mehr. Schnell konnte
ich den Sternenhimmel durch ihn schimmern sehen, auch
der Heiligenschein wurde blasser und blasser.

»Noch drei, zwei, eins!«

Mit einem gigantischen Knall setzte das Feuerwerk ein.
Lucian war fort. Doch Großtante Mathilda tanzte weiter.

An der Feuchtigkeit auf meinen Wangen spürte ich, dass
ich weinte.

Jona zog mich an sich. »Er wollte gehen«, flüsterte er in
mein Haar. »Und wenigstens konnten die beiden sich
noch einmal sehen.«

»Ich weiß.« Ich vergrub mein Gesicht in seiner Schulter-
beuge. »Genau wie Finola. Aber es ist trotzdem traurig.
Ich hoffe so sehr, dass es den beiden gut geht, dort, wo sie
jetzt sind.«

»Das hoffe ich auch!« Jona schlang seine Arme fest um
mich und hielt mich fest, bis der letzte Funke des Feuer-
werks verglüht war und die Sterne das einzig Leuchtende
am samtig blauen Nachthimmel waren.

Epilog

Die Leinwand wurde schwarz, und einen Moment lang herrschte Stille.

Dann brach der Applaus aus. Erst leise, dann immer lauter. Papa legte sogar seine Finger an die Lippen, um zu pfeifen, und Opa Harry machte trotz seiner Prothese Anstalten aufzustehen, um im Stehen zu applaudieren.

»Nicht!«, zischte ich.

»Darf ich denn nicht zeigen, wie stolz ich auf meine Enkelin bin?«, fragte er empört.

Ich wollte ihn durch einen beherzten Ruck an seinem Hemdsärmel zwingen, sich wieder hinzusetzen, doch immer mehr Leute standen auf. Selbst Jessy.

»Ich bin so stolz auf dich, Schwesterherz! Und komm auch endlich hoch, damit alle dich sehen können!« Sie zerrte mich nach oben. »Das ist meine Schwester!«, schrie sie. »Sie hat den Film gemacht.«

O nein! Ziemlich viele Köpfe um uns herum drehten sich in unsere Richtung, die Lautstärke des Beifalls nahm noch einmal zu. Mir war die ganze Vorführung hindurch schon unglaublich heiß gewesen, nun fühlte ich mich, als würde ich innerlich verbrennen.

Natürlich fand ich es süß, wie stolz meine Familie auf mich war, aber konnte sie ihrer Begeisterung nicht etwas diskreter Ausdruck verleihen? Anders als Jessy stand ich einfach nicht gerne im Mittelpunkt. Und gleich musste ich auch noch auf die Bühne, um den Preis entgegenzunehmen. Allein der Gedanke sorgte dafür, dass sich Schweißtropfen auf meiner Stirn bildeten.

Ein Arm legte sich um meine Schultern, und ein blonder Kopf neigte sich zu meinem. »Entspann dich! Das ist dein großer Moment! Genieß ihn!«

Dankbar schaute ich zu Jona auf, ich schlang meine Arme um seine Taille, und für einen Moment ließ ich meinen Kopf gegen seine Schulter sinken und versuchte, alles um mich herum auszublenden.

Noch immer konnte ich es nicht fassen, dass das, was in den letzten Monaten passiert war, wirklich real war. Ich hatte den dritten Platz des Deutschen Jugendfilmpreises in der Altersklasse der Sechzehn- bis Zwanzigjährigen gewonnen, und nun wurde mein Film auf dem Bundes-Film-Festival gezeigt. Und nicht nur, dass meine ganze Familie dabei war, um dies mit mir zu feiern – sogar Donna und Onkel Thomas waren gekommen –, neben mir stand auch noch dieser unglaubliche Junge. Seit neun

Monaten waren Jona und ich jetzt schon zusammen. Zwar sahen wir uns bisher nur in den Ferien, aber das würde sich bald ändern. Denn in einem Jahr war ich mit der Schule fertig, und auch in Edinburgh gab es eine Filmhochschule. Die schottische Hauptstadt war nur eine knappe Stunde von Stirling entfernt, wo Jona Tiermedizin studieren würde. Davon hatte ich mich bei meinem letzten Besuch dort überzeugen können.

Einen Dokumentarfilm über das Leben von Finola MacLeod hatte ich nicht gemacht. Um ihr Leben in allen Facetten darzustellen, hätte es viel mehr als die erlaubten sechs Minuten gebraucht. Ich hatte stattdessen einen Film über das Leben der Irish Traveller in Schottland gedreht.

Aber wer weiß! Vielleicht bekam ich irgendwann ja mal die Gelegenheit dazu. Schön wäre es schon, ihre wahre Geschichte zu erzählen. Von ihrer Liebe zu Colum, von ihrer Flucht aus dem Verlies, von ihrem rastlosen, einsamen Wandern durch die Zeit. Ich hoffte so sehr, dass sie nun ihren Frieden gefunden hatte.

Genau wie Lucian. Noch immer brach es mir das Herz, wenn ich daran dachte, wie Großtante Mathilda und er in der Nacht von Hogmanay voreinandergestanden hatten. Er, der wunderschöne Geist, der niemals älter geworden war, und sie, die über siebzigjährige Frau. Beide verbunden durch ihre große Liebe – und durch eine Schuld, die gar keine gewesen war.

Ja, Finola hatte Charlotte fünfzig Jahre zuvor als Unternehmerswitwe Fearchara Campbell zum Weinen gebracht.

Aber nicht nur, weil Charlotte durch sie von Großtante Mathildas und Lucians Verhältnis erfahren hatte, sondern vor allem, weil sie ihr auch klargemacht hatte, dass ihre Eltern es niemals tolerieren würden, dass sie Frauen liebte und keine Männer.

Deswegen war sie fortgegangen. Erst nach England und von dort aus in die USA, wo sie ein großer Star geworden war. In Amerika hatte sie schließlich auch eine neue Liebe gefunden. Sie hieß Gracey und war Maskenbildnerin. Öffentlich gemacht hatte Charlotte ihre Beziehung aber bis zu deren Tod vor neun Jahren nicht.

Ich war froh, dass die Zeiten sich geändert hatten. Dass es inzwischen erlaubt war, mit dem Menschen zusammen zu sein, den man liebte – egal welches Geschlecht er hatte. Und es tat mir wahnsinnig leid für Charlotte, dass sie sich so lange hatte verstecken müssen. Aber für mich war es letztendlich gut so. Denn wäre Charlotte damals nicht spurlos verschwunden, hätte Großtante Mathilda uns niemals nach Schottland eingeladen, und ich hätte niemals Jona kennengelernt. Wobei Jessy fest davon überzeugt ist, dass sich wahre Liebe immer findet …

In den letzten Monaten war sie beunruhigend gefühlsduselig, was wohl an unserem Aushilfspostboten Felix lag, der neben ihr saß.

Mit ihm hatte Jessy sich auf Skye immer geschrieben. Seine Nachrichten hatten für den verklärten Ausdruck auf ihrem Gesicht gesorgt, sie aber auch zunehmend verwirrt, weil sie gemerkt hatte, dass das, was zwischen ihnen gerade passierte, viel mehr für sie war als nur ein harmloser Flirt.

Ihren Frag-Jessy-Youtube-Channel hatte Jessy noch immer. Und seit sie sich offen dazu bekannt hatte, noch mit niemandem geschlafen zu haben, weil sie auf den Richtigen warten wollte, war sie noch viel erfolgreicher.

Trotzdem hatte Jessy sich dazu entschlossen, nach dem Abitur nicht Modedesign zu studieren, so wie wir es alle vermutet hatten, sondern ganz unspektakulär Deutsch und Geschichte auf Lehramt. Sie hatte einfach lieber mit jungen Menschen zu tun als mit Kleidern, hatte sie mir gesagt.

Auch Donna arbeitete jetzt wieder. Doch nicht als Model – das Bad im Sligachan hatte nicht ausgereicht, um wieder so jung auszusehen, wie es in diesem Beruf leider erforderlich war –, sondern als Kosmetikerin. Onkel Thomas' Firma hatte sich zwar wieder etwas erholt, aber noch nicht so sehr, dass sie wieder Porsche statt Opel fahren konnten, und damit das schnell wieder der Fall war, hatte sie beschlossen, auch etwas zu ihrem Lebensunterhalt beizutragen. Und weil Donna mindestens genauso geschäftstüchtig wie Tante Mathilda und von einem unglaublichen Ehrgeiz getrieben war, konnte ich mir gut vorstellen, dass sie bald nicht nur ein eigenes Studio, sondern auch eine ganze Kette hatte.

Großtante Mathilda und Charlotte wären auch gerne zu der Preisverleihung gekommen, aber die beiden mussten die Renovierung von Dunvegan Castle überwachen.

Charlotte hatte als rechtmäßige Erbin die Burg von Angus übernommen, und die beiden hatten vor, mit dem Geld von Großtante Mathilda daraus ein Luxushotel zu machen. Nur ein Zimmer hatten sie nicht renoviert. Mein Zimmer beziehungsweise das von Finola und Charlotte. Angus' Eltern hatten Charlottes inzwischen verstorbenen Eltern schwören müssen, dass sie daran nichts veränderten. Für den Fall, dass ihre Tochter doch noch irgendwann zurückkehrte. Dass Charlotte nichts daran geändert hatte und auch wieder dort eingezogen war, war wohl ihre Art, ihnen zu sagen: Hey! Ich bin wieder da!

Angus hatte nichts dagegen, Dunvegan Castle den beiden zu überlassen. Er studierte gerade mit einer Laienschauspielgruppe *Romeo und Julia* ein. Er hatte darauf bestanden, den Romeo zu spielen. Außerdem wurde er voll und ganz von seinen Hunden in Beschlag genommen. Neun Stück hatte er jetzt. Denn nur zwei Monate nachdem wir abgereist waren, hatte Gracia Patricia acht vollkommen unaristokratische Welpen bekommen. Von Theo natürlich, dem Schottischen Schneehund. Sie waren furchtbar süß, schlugen aber ausnahmslos alle nach ihrem Vater. Da Angus behauptete, dass er derart hässliche Hunde niemand anbieten konnte, hatte er sie alle behalten. Ich glaubte jedoch, dass das nur ein Vorwand war, weil er sich von keinem von ihnen lösen konnte. Beim nächsten Mal wollte er Gracia Patricia allerdings von einem Hund decken lassen, der einen genauso langen Stammbaum hatte wie sie.

Die Grubers waren furchtbar enttäuscht gewesen, dass sie aus Dunvegan Castle keinen Gruselpark machen konnten. Aber letztendlich hatten sie ein anderes Objekt dafür gefunden. Es war auch eine Burg, und sie lag ganz klischeehaft in Transsilvanien. Neben Vampiren, Werwölfen und Hexen spukte auch eine schöne Frau im Park herum. Sie erschien den Besuchern so unvermittelt in einem Spiegel, dass ein älterer Herr vor Schreck sogar in Ohnmacht gefallen war und ein Arzt gerufen werden musste, hatte mir Dorothea nicht ohne Stolz in ihrer letzten Mail erzählt.

Die junge Mathilda war niemals wieder in den Spiegeln der Burg aufgetaucht. Miss Adeline hatte die Theorie, dass Mathildas Seele durch die furchtbaren Ereignisse vor fünfzig Jahren zersplitterte und einer dieser Seelensplitter auf Dunvegan Castle zurückgeblieben war. Erst nachdem Großtante Mathilda Lucian wiedergesehen und sich mit Charlotte ausgesöhnt hatte, hätte der Splitter wieder zu seiner Ursprungsseele zurückgefunden.

Miss Adeline war dank des Geldes, das sie aus dem Verkauf des Diamanten gewonnen hatte, zum ersten Mal in ihrem Leben in ein richtiges Haus gezogen. Aber den Wohnwagen besaß sie trotzdem noch, er stand jetzt nur auf einer anderen Wiese. Das wirkte für eine Wahrsagerin einfach authentischer, meinte sie.

Auch wir waren unsere Geldsorgen los. Die Schäden, die das Feuer an unserem Haus verursacht hatte, hatten sich nicht nur auf Opa Harrys Zimmer beschränkt. Das

Feuer hatte auch große Teile des Dachstuhls beschädigt. Da wir Opa Harry unrecht getan hatten und nicht seine Zigarren, sondern eine defekte Leitung an seinem Wasserkocher für den Brand gesorgt hatte, hatte die Versicherung anstandslos bezahlt.

Außerdem hatte Papa mit seinem Tauben-Kunstprojekt doch tatsächlich einen Wissenschaftspreis gewonnen, und der war gar nicht so schlecht dotiert gewesen.

Gleich war es so weit! Gleich würde ich nach vorne gehen, um meinen Preis entgegenzunehmen. Noch einmal ließ ich meinen Blick durch die Reihen schweifen, über all die Menschen, die hier waren, um mit mir diesen besonderen Moment zu feiern, als ich auf einen jungen Mann aufmerksam wurde. Die Beine lässig übereinandergeschlagen saß er in einem Kinosessel in der letzten Reihe, er trug einen Pullunder und eine Schlaghose.

Lucian? Ich kniff die Augen zusammen. Der junge Mann strahlte mich an und warf mir eine Kusshand zu.

O Gott! Das war Lucian. Aber das konnte doch gar nicht sein! Bestimmt bildete ich ihn mir nur ein. Ich hatte schließlich gesehen, wie er mit dem zwölften Glockenschlag verblasst war.

Auf der anderen Seite: Wenn ich etwas gelernt hatte in den letzten Monaten, dann, dass es viel mehr gab als nur das, was ich mit meinem Verstand begreifen konnte. Bei dem Gedanken spürte ich, wie sich mein Mund zu einem breiten, glücklichen Lächeln verzog. Ich hob die Hand und winkte ihm zu.

Danksagung

Liebe Leserinnen und Leser,
hat euch meine Geschichte gefallen? Ich hoffe es sehr!
Fast ein Jahr habe ich mit meinen Figuren verbracht, und auch wenn sie manchmal ziemlich widerspenstig waren und nicht den Weg einschlagen wollten, den ich für sie geplant habe, war die Zeit mit ihnen wunderschön. Ich vermisse Enya, Jona, Jessy und alle anderen jetzt schon! Und die Isle of Skye.

Bereits als ich das erste Mal Bilder von der Insel des Nebels gesehen habe, war es um mich geschehen. Und was das Beste ist: Die Fairy Pools, das Glen Fairy, die Sligachan Bridge und Dunvegan Castle sind in Wirklichkeit genauso bezaubernd wie im Internet abgebildet. Ich war letzten Dezember selbst dort. Mein absolutes Highlight auf der Reise war das Tal der Feen. Ganz ehrlich: Noch niemals zuvor war ich an einem so magischen Ort. Wäre der Wind nicht so furchtbar kalt gewesen, würde ich vielleicht heute noch dort stehen. Ich konnte gar nicht aufhören zu schauen und zu staunen.

Auch an der Sligachan Bridge war ich, habe aber leider nicht im Fluss gebadet. Dabei hatte ich es mir fest vorgenommen. Das Wetter war zu grässlich an diesem Tag. Es herrschten Dauerregen, Dauerwind und Dauerkälte. Nicht einmal die Aussicht auf ewige Jugend und Schönheit konnte mich dazu bewegen, mich durch den Matsch zum Fluss vorzukämpfen und mein Gesicht ins Wasser zu tauchen. Jetzt bedauere ich es natürlich, und allein dieses Versäumnis ist ein Grund wiederzukommen! Fotos von meiner Recherchereise könnt ihr euch übrigens auf Pinterest anschauen. Auch mein enttäuschtes Gesicht darüber, dass ich die Feen-Wellness im Sligachan nicht gewagt habe.

Die Frage, die mir zu *Faye – Herz aus Licht und Lava* am allerhäufigsten gestellt wurde, lautete: Wird es eine Fortsetzung geben? Ich nehme das mal als Kompliment :) Aber leider musste ich verneinen.

Auch *Die Nebel von Skye* wird ein Einzelband bleiben. Natürlich hätte ich Lust, noch ein paar mehr Abenteuer mit meinen Protagonisten zu erleben und sie noch ein bisschen länger zu begleiten. Aber ich finde, ich habe jeder einzelnen Figur des Romans das bestmögliche Happy End beschert, und das möchte ich ihnen nicht wieder nehmen. Außerdem warten so viele neue liebenswerte und verrückte Figuren – und auch geheimnisvolle, umwerfend attraktive Jungs –, mystische Schauplätze und aufregende Abenteuer auf mich. Gerade denke ich über eine neue Idee nach, von der ich glaube, sie könnte euch gefallen!

Nun möchte ich aber unbedingt noch den Personen danken, durch die *Die Nebel von Skye* so viel besser geworden ist, als ich es allein geschafft hätte:

Ich danke meinen Kolleginnen Nikola Hotel und Marah Woolf für die vielen hilfreichen Tipps, und meiner Lektorin Susanne Bertels für ihr kritisches Auge. Ohne Susanne wäre die Geschichte ein Fünftel länger und viel, viel langweiliger gewesen. Auch wenn ich anmerken muss, dass es einem als Schriftstellerin schon weh tut, so viele Seiten zu streichen. Aber das Ergebnis war es wert!

Außerdem hatte ich zwei ganz wundervolle Testleserinnen: Meine Tochter Lilly und Verena Schulze von *Mein Lieblingsleseplatz*. Beide hatten so viele hilfreiche Anmerkungen.

Ich danke auch meiner Mutter, mit der ich auf der Isle of Skye eine sehr geduldige Reisebegleiterin und Fotografin an meiner Seite hatte, und Carolin Liepins, meiner unglaublich kreativen und begabten Grafikerin. Ist das Cover nicht ein Traum! Vor allem der Diamanttränen-Font hat es mir angetan.

Daniel Morawek hat als Filmemacher dafür gesorgt, dass Enyas Wunsch, Regisseurin zu werden, authentisch rüberkommt, und durch Marilena Lippmann und Vanessa Stachel wurde ich auf Girls Go Movies aufmerksam. Das ist ein Kurzfilmfestival in Mannheim für Mädchen und Frauen von 12 bis 27. Ich mag den Film Hexenjagd, den die beiden zusammen gedreht haben, sehr.

Meinem Mann Stefan habt ihr den Showdown zu verdanken. Mein ursprünglicher Plan war, dass Finola sich mit dem Diamanten über die Haut reibt und dadurch zu ewiger Jugend und Schönheit kommt. Das fand er komisch. Zum Glück! Sein Vorschlag ist so viel besser. So konnte Finola am Ende auch das bekommen, was sie sich sehnlichst gewünscht hatte: Erlösung!

Und euch, liebe Leserinnen und Leser, möchte ich dafür danken, dass ihr Enya auf ihrem Abenteuer begleitet und bis ganz zum Ende durchgehalten habt. Wenn euch *Die Nebel von Skye* gefallen hat, schreibt mir doch auf Facebook, Instagram oder über das Kontaktformular auf meiner Homepage (*www.katharina-herzog.com*), ich antworte euch garantiert. Außerdem würde ich mich riesig über eine Rezension freuen, denn wenn ihr meine Geschichten weiterempfehlt, dann ist das meine schönste Belohnung!

So, und jetzt stürze ich mich ins nächste fantastische Abenteuer!

Eure Katharina Herzog